LN

W0241623

Un étranger dans la nuit

Un privé trop désirable

CARLA CASSIDY

Un étranger dans la nuit

Traduction française de
CHRISTINE BOYER

BLACK ROSE

HARLEQUIN

Collection : BLACK ROSE

Titre original :
A HERO OF HER OWN

Ce roman a déjà été publié en 2009

© 2009, Harlequin Books S.A.
© 2009, 2020, HarperCollins France pour la traduction française.

Ce livre est publié avec l'autorisation de HARLEQUIN BOOKS S.A.

Tous droits réservés, y compris le droit de reproduction de tout ou partie de l'ouvrage, sous quelque forme que ce soit.
Toute représentation ou reproduction, par quelque procédé que ce soit, constituerait une contrefaçon sanctionnée par les articles 425 et suivants du Code pénal.

Si vous achetez ce livre privé de tout ou partie de sa couverture, nous vous signalons qu'il est en vente irrégulière. Il est considéré comme « invendu » et l'éditeur comme l'auteur n'ont reçu aucun paiement pour ce livre « détérioré ».

Cette œuvre est une œuvre de fiction. Les noms propres, les personnages, les lieux, les intrigues, sont soit le fruit de l'imagination de l'auteur, soit utilisés dans le cadre d'une œuvre de fiction. Toute ressemblance avec des personnes réelles, vivantes ou décédées, des entreprises, des événements ou des lieux, serait une pure coïncidence.

Le visuel de couverture est reproduit avec l'autorisation de :
© TREVILLION IMAGES/LEE AVISON/TREVILLION IMAGES
Réalisation graphique couverture : L. SLAWIG (HarperCollins France)

Tous droits réservés.

HARPERCOLLINS FRANCE
83-85, boulevard Vincent-Auriol, 75646 PARIS CEDEX 13
Service Lectrices — Tél. : 01 45 82 47 47

www.harlequin.fr

ISBN 978-2-2804-4791-1 — ISSN 1950-2753

1

Le visage ruisselant de sueur, Jewel Mayfair se réveilla en sursaut. Son cœur battait à se rompre et une sourde panique lui étreignait la gorge, l'empêchant de respirer. Sa chambre était plongée dans le noir mais une veilleuse allumée dans le couloir projetait une faible lueur sur le mur.

Une fois encore, ses cauchemars étaient revenus la tourmenter. Voilà deux ans que d'horribles images hantaient chacune de ses nuits ou presque. Depuis l'accident de voiture qui avait coûté la vie à son fiancé, elle ne dormait plus.

Andrew ! Les larmes aux yeux, elle se remémora leur dernière soirée ensemble. Tout avait été parfait. Elle était passée le chercher à son bureau, au volant de sa voiture, et ils étaient allés dîner dans leur restaurant préféré. Au dessert, il lui avait pris la main, lui avait dit qu'il l'aimait plus que tout et il lui avait demandé de devenir sa femme. Quand il avait glissé à son doigt une magnifique bague de fiançailles, elle avait cru éclater de bonheur.

Elle lui avait alors annoncé la grande nouvelle. Elle était enceinte !

Un instant, elle revit l'expression d'Andrew en apprenant qu'il allait être père. L'intense émotion qui avait brillé dans son regard d'homme l'avait touchée au cœur.

Brisée, elle regarda son ventre. L'accident lui avait non seulement arraché Andrew mais il avait également causé la mort de l'enfant qu'elle portait. A ce souvenir, une insupportable douleur la traversa, aussi violente que lorsqu'elle avait repris connaissance sur un lit d'hôpital et appris ce qu'elle avait perdu.

D'un bref coup d'œil, elle consulta son réveil posé sur sa table de chevet. Il était un peu plus de minuit. Elle avait à peine dormi une heure mais, par expérience, elle savait qu'elle ne retrouverait pas les bras de Morphée avant un long moment.

Comme souvent quand elle se réveillait ainsi au cœur de la nuit, elle décida d'aller se promener dans la forêt derrière la maison.

Repoussant ses couvertures de ses longues jambes fuselées, elle attrapa sa robe de chambre qu'elle enfila par-dessus sa chemise de nuit. Sans faire de bruit, elle ouvrit sa porte-fenêtre qui donnait sur un grand patio et sortit sous le porche.

Malgré l'heure tardive, la chaleur estivale enveloppait la propriété sous un voile oppressant. En passant, la jeune femme contempla les reflets de la lune qui jouaient dans les eaux de la piscine. Un peu plus loin s'étendaient les bois qui couvraient la plus grande partie du ranch Hopechest.

Depuis son arrivée à Esperanza, au Texas, six mois plus tôt, la forêt était devenue une amie, une intime, pour Jewel. Lorsqu'elle ne parvenait pas à dormir — ce qui se produisait de plus en plus souvent —, elle avait pris l'habitude d'aller s'y réfugier. Au milieu des chênes séculaires et des érables, elle trouvait parfois une certaine paix.

Mille senteurs florales embaumaient l'air et, tout en contournant la maison pour se diriger vers le fond du jardin, Jewel inspira plusieurs fois à pleins poumons pour s'enivrer de ces délicieuses fragrances. Avant d'ouvrir la barrière, elle se retourna pour admirer la demeure.

La jeune femme avait encore du mal à croire qu'elle dirigeait ce centre pour enfants dits « à problèmes ». Le ranch Hopechest avait été restauré dans ce but. Erigée sur une colline qui surplombait la région, la maison avait été bâtie dans un magnifique style espagnol.

Jewel y avait ses appartements — une chambre spacieuse, un dressing-room, une salle de bains privée et un bureau. L'autre aile de la bâtisse abritait deux dortoirs pour ses pensionnaires et une suite confortable où logeait actuellement un ménage d'une trentaine d'années, Jeff et Cheryl Cookson, tous deux psychologues, qui l'épaulaient dans sa tâche.

Ne voyant pas de lumière allumée et sachant que si un des enfants se réveillait, les Cookson s'en occuperaient, Jewel s'enfonça dans les bois. Elle espérait trouver un peu de fraîcheur sous leur feuillage.

Tandis qu'elle cheminait sur le sentier, un léger souffle de vent souleva ses cheveux auburn doré par le soleil. La jeune femme tentait d'évacuer de son esprit les horribles images qui perturbaient son sommeil depuis des mois. Au début, elle avait espéré qu'avec le temps, la situation s'arrangerait. Mais au lieu de s'améliorer, ses insomnies s'aggravaient et elle était épuisée.

Ironie du sort, son métier de psychologue consistait à aider des enfants et des adolescents à cicatriser des traumatismes intérieurs et à résoudre leurs problèmes. Mais sa formation ne lui permettait pas de sortir des difficultés dans lesquelles elle-même se débattait depuis trop longtemps.

En proie à un léger malaise, elle s'arrêta de marcher et s'adossa au tronc d'un chêne. Les yeux clos, elle se demanda si elle parviendrait un jour à recouvrer le sommeil, à dormir une nuit entière, si ses cauchemars cesseraient de venir la tourmenter. Elle avait cru qu'en quittant Prosperino, la Californie, elle tournerait définitivement le dos aux souvenirs de l'accident et à tout ce qu'elle avait perdu. Malheureusement, ils l'avaient poursuivie jusqu'ici et ils devenaient même de plus en plus intrusifs depuis six mois.

— Jewel…

Les yeux écarquillés de terreur, elle se pétrifia. Chaque muscle de son corps se tétanisa. Quelqu'un ne venait-il pas de prononcer son nom ? A moins qu'elle ne soit victime de son imagination. Le cœur battant, elle promena les yeux autour d'elle.

De chaude, la nuit devint glacée. La tête penchée sur le côté, la jeune femme tendit l'oreille, plissant les paupières pour tenter de percer l'obscurité.

— Oui ? répondit-elle dans un murmure.

La lune était pleine et projetait suffisamment de lumière pour éclairer le chemin mais pas assez pour sonder l'épaisseur de la forêt.

— Jewel…

Elle sursauta. C'était impossible, elle le savait, mais elle avait l'impression d'entendre la voix d'Andrew.

— Andrew ? balbutia-t-elle, les larmes aux yeux. Andrew, chéri, c'est toi ?

Elle devinait une présence non loin d'elle.

— Andrew ? répéta-t-elle.

Il n'était pas vraiment mort dans cet accident. Toute cette histoire n'avait été qu'une affreuse méprise. Il y avait eu une erreur sur l'identité de la victime. En réalité, Andrew avait survécu au drame et maintenant, il venait la retrouver.

En voyant l'ombre s'éloigner vers les arbres, elle tenta de la retenir.

— Andrew, attends ! cria-t-elle.

Son cœur battait si fort qu'elle ne parvenait plus à respirer.

A peine consciente de ce qu'elle faisait, elle s'enfonça dans la forêt. Elle devait le retrouver. La voix qu'elle avait entendue l'appeler par son nom était celle d'Andrew, elle en était sûre et certaine. Elle ignorait comment un tel miracle était possible et elle s'en moquait. Elle voulait seulement le rejoindre, se blottir dans ses bras comme autrefois…

Elle s'aperçut soudain que sa peau se hérissait et elle se demanda pourquoi elle avait la chair de poule alors que la chaleur ambiante était suffocante.

Dans un état second, elle lutta contre les ronces qui s'accrochaient à sa chemise de nuit, griffaient ses jambes nues et l'empêchaient d'avancer.

Comme elle s'élançait dans la futaie, une branche basse lui gifla le visage. Déstabilisée, elle trébucha sur une racine en travers de sa route et elle s'étala de tout son long. Lorsque sa tête heurta le sol, elle revint brutalement à la réalité et comprit qu'elle était au milieu des bois en train de poursuivre un fantôme.

La silhouette après laquelle elle courait avait disparu… ou peut-être n'avait-elle jamais existé, se dit-elle. Peut-être avait-elle été victime de son imagination.

Réprimant les larmes de désespoir qui brûlaient ses paupières, elle se releva mais ne put réprimer un hurlement quand deux grandes mains la saisirent par les épaules.

— Jewel, c'est moi, Quinn Logan. Je vous ai entendue crier. Que se passe-t-il ?

— Je suis tombée et je me suis cogné le front par terre, balbutia-t-elle.

Consciente de s'exprimer d'une voix d'outre-tombe, elle s'ordonna in petto de se ressaisir.

— Mais ça va, merci, ajouta-t-elle.

— Venez, retournons sur le sentier, dit-il.

Il mêla ses doigts aux siens pour l'entraîner.

Comme peu à peu, elle recouvrait ses esprits, elle se libéra de son emprise et le dévisagea. Grâce au clair de lune, elle distinguait parfaitement les traits séduisants de son interlocuteur.

Une crinière de cheveux blonds auréolait son visage fin et racé. Une cicatrice cisaillait une de ses joues mais loin de remettre en cause ses charmes, elle semblait au contraire les souligner. Ses prunelles topaze avaient quelque chose de félin et, comme chaque fois qu'elle posait les yeux sur lui, Jewel s'étonna de sentir une étrange émotion l'envahir, une réaction stupide de sa part au demeurant.

— Que faites-vous en pleine forêt à minuit passé, Docteur Logan ? demanda-t-elle.

Quinn était le vétérinaire du village. Grand et mince, il était pourtant doté de larges épaules et il émanait de lui une force tranquille, une assurance, qui donnaient aux gens la certitude qu'il était capable de résoudre n'importe quel problème et de soigner toutes les maladies affectant leurs animaux.

— Quinn, appelez-moi Quinn, je vous en prie, répondit-il. Je reviens du ranch de Clay. Une de ses juments souffre de coliques alors j'y suis passé pour lui administrer un traitement.

Clay Colton était un des cousins éloignés de Jewel et depuis l'arrivée de cette dernière à Esperanza, tous deux étaient devenus très proches. Clay, qui élevait des chevaux sur la propriété mitoyenne à celle de la jeune femme, dispensait gentiment des cours d'équitation aux enfants du centre. Les protégés de Jewel en étaient ravis. Ils adoraient monter et elle avait remarqué que la fréquentation des poneys leur donnait confiance en eux et un certain équilibre.

Quoi qu'il en soit, la nouvelle inquiéta Jewel.

— Et va-t-elle mieux ? s'enquit-elle en croisant les bras pour tenter de se réchauffer.

Depuis qu'elle avait entendu cette voix mystérieuse dans la pénombre, elle avait froid. La silhouette qu'elle avait vue entre les arbres avait-elle été celle de Quinn ? Etait-ce lui qui l'avait appelée sans se montrer ?

— Oui, j'ai réussi à la soulager. Mais à présent, c'est pour vous que je me fais du souci, Jewel. Vous disiez que vous vous étiez cogné la tête ?

Il lui souleva le menton avec douceur pour examiner son visage à la clarté de la lune.

A ce contact, elle sentit un frisson la parcourir et, reculant, elle répliqua avec raideur.

— Ça va, merci.

Passant une main dans ses cheveux blonds pour dégager ses yeux, il la regarda avec curiosité.

— Et vous-même, que faites-vous en pleine forêt à cette heure-ci ?

Elle hésita un bref instant avant de décider d'être franche.

— Depuis quelques mois, je souffre d'insomnies et me balader au milieu des bois m'aide parfois à recouvrer le sommeil.

— Voulez-vous que je vous raccompagne jusqu'à chez vous pour m'assurer que vous êtes bien rentrée ?

— Merci mais ce n'est pas nécessaire, protesta-t-elle.

Même s'il lui avait fourni une explication plausible,

elle trouvait encore bizarre qu'il se promène ainsi la nuit. De plus, elle ne parvenait pas à oublier la voix qu'elle avait entendue. S'agissait-il d'Andrew ? De Quinn ? Du vent dans les branches ? L'avait-elle imaginée ? Elle ne savait plus quoi penser, mais sans pouvoir expliquer pourquoi, elle n'était pas totalement sûre que le vétérinaire lui ait dit toute la vérité.

A présent, elle n'avait qu'une envie : rentrer chez elle et regagner sa chambre. Elle se sentait en danger. Pourtant Quinn ne la menaçait en aucune façon.

— Je vous souhaite une bonne nuit, dit-elle.

Avec brusquerie, elle tourna les talons et s'éloigna à grands pas vers le ranch Hopechest, soulagée que Quinn ne cherche pas à la retenir.

Ce n'est qu'une fois dans sa chambre — et après avoir refermé la porte d'entrée à double tour — qu'elle parvint à se détendre.

Un peu rassurée, elle observa les alentours de la maison à travers les rideaux tirés mais elle ne vit rien, ni ombre ni silhouette, pas même un fantôme.

Avec un soupir, elle s'écarta de la fenêtre, retira sa robe de chambre et se glissa dans son lit. Son cœur battait encore à grands coups dans sa poitrine et elle devinait qu'elle aurait du mal à recouvrer le sommeil. Sa nuit était sans doute finie, à présent.

Elle avait un peu perdu la tête dans le bois. Comment avait-elle pu imaginer qu'Andrew l'appelait ? Comment avait-elle pu croire, ne serait-ce qu'un instant, qu'il n'était pas mort et qu'il était revenu la chercher ?

Son fiancé lui manquait tellement que son esprit fatigué lui jouait des tours et lui faisait prendre ses désirs pour la réalité.

Mais avait-elle bien été victime de son imagination ?

Etait-il possible que Quinn ait manigancé un petit jeu cruel avec elle ?

Les sourcils froncés, elle se remémora les traits du séduisant vétérinaire. Depuis son arrivée à Esperanza, elle l'avait croisé à cinq ou six reprises par hasard, et en général, chez Clay. Mais à chaque fois, elle avait été très consciente de sa présence. Bizarrement, elle se sentait attirée par lui.

A un moment, lorsqu'il l'avait prise par les épaules, elle avait eu envie de se pelotonner contre lui, de sentir la chaleur et la force de ses bras autour d'elle…

Les yeux clos, elle se remémora la brève caresse de ses doigts virils sur son visage lorsqu'il lui avait soulevé le menton. Cela faisait longtemps qu'un homme ne l'avait pas touchée. Etait-ce pour cela qu'elle réagissait si fort à son contact ?

Elle ignorait ce qui l'ennuyait le plus : la peur d'être en train de sombrer dans la folie, ou la crainte d'être attirée par un homme qui, pour une raison qui lui échappait, jouait sans doute avec son équilibre mental.

Pourquoi Quinn s'amuserait-il à un comportement aussi pervers ?

Il semblait pourtant sain et gentil.

Elle ne comprenait pas…

Au ranch Hopechest, les journées commençaient souvent aux aurores et en fanfare, y compris pendant les vacances, et le matin suivant ne fit pas exception à la règle. Peu avant 7 heures, des rires d'enfants tirèrent Jewel du sommeil. Comme elle se sentait épuisée, elle fut reconnaissante à Cheryl et à Jeff Cookson de préparer le petit déjeuner pour les sept gamins qui séjournaient actuellement au centre.

Les âges de leurs petits pensionnaires s'étalaient de

dix à treize ans, la plus vieille étant une adolescente arrivée la veille de Chicago, Kelsey Cameron.

Dans la matinée, Jewel recevrait la jeune fille pour un entretien individuel. En général, elle voyait chaque enfant en séance deux fois par semaine mais en réalité, au centre Hopechest, les soins thérapeutiques étaient continus. Toutes les activités, toutes les conversations avaient pour objectif d'aider à la cicatrisation des plaies intérieures. Toutes les occasions étaient bonnes pour tenter de redonner confiance à ces adolescents blessés par la vie et de les remettre sur le chemin qui leur permettrait de mener une existence heureuse et équilibrée.

Comme Jewel finissait de se doucher et de s'habiller, elle resongea à sa rencontre nocturne dans les bois avec Quinn. Même si elle était arrivée dans la région depuis peu, elle connaissait l'histoire du jeune vétérinaire et les démêlés qu'il avait eus, à une époque, avec les habitants d'Esperanza. Clay lui avait raconté que, quelques années plus tôt, Quinn avait diagnostiqué chez un de ses pur-sang une maladie qui risquait de contaminer tout le troupeau et lui avait conseillé de faire abattre l'étalon. Etant très attaché à l'animal — il s'agissait de son cheval préféré —, il en avait beaucoup souffert. La plupart des fermiers du coin étaient alors persuadés que le diagnostic du vétérinaire était erroné.

Quinn avait été vivement critiqué par les gens du village et sa réputation en avait pâti. Pendant plusieurs mois, une grande partie de sa clientèle s'était détournée de lui. Mais Clay lui était resté fidèle. Il ne lui avait jamais retiré son amitié et il ne cessait de dire à Jewel que Quinn était un type formidable.

Mais qu'était venu faire ce type formidable au milieu de la forêt, au cœur de la nuit ? s'interrogeait-elle. S'il s'était rendu chez Clay pour y soigner un cheval, pourquoi n'avait-il pas utilisé son camion ? Y aller à pied prenait beaucoup plus de temps, non ?

Dès qu'elle quitta sa chambre, elle n'eut plus le loisir de s'interroger sur Quinn. Après le petit déjeuner, elle eut un entretien avec Kelsey Cameron. Pendant quatre ans, l'adolescente avait été trimbalée d'un membre de sa famille à l'autre. Sa mère, une droguée au crack, s'était réveillée un beau matin en décrétant qu'elle ne voulait plus s'occuper de sa fille. Kelsey avait alors été hébergée chez ses tantes qui l'accueillaient à tour de rôle. Mais l'une d'elles avait finalement contacté Jewel. Elle s'inquiétait pour sa nièce qui lui semblait devenir chaque jour un peu plus en colère et un peu plus désorientée.

Jewel ne parvint pas à obtenir beaucoup de confidences de la jeune fille mais il était rare que ce soit le cas dès la première séance. De plus, cette journée devait être consacrée à l'équitation. En général, les enfants appréciaient beaucoup ces leçons et ce serait une belle occasion de donner à Kelsey le sentiment de faire partie de leur « famille ».

Après le déjeuner, quand la joyeuse petite troupe se fut entassée tant bien que mal dans le minibus, Jewel mit le cap sur le ranch voisin, le Bar None. Tandis qu'elle parcourait la courte distance qui séparait sa propriété de celle de Clay Colton, elle entendait ses pensionnaires parler avec excitation des chevaux qu'ils allaient monter et de Burt Walker, leur moniteur. Dans le rétroviseur, elle remarqua que Kelsey était assise seule dans un coin et regardait le paysage d'un œil morne. Manifestement, l'adolescente aurait plus que tout souhaité être ailleurs.

Le Bar None faisait partie des ranches les plus prospères de la région. De ses écuries sortaient des champions qui remportaient des grands prix. Clay Colton était l'un des trois enfants illégitimes de Graham Colton et d'une femme de rodéo, Mary Lynn Grady. Clay était un homme solide et responsable. Depuis son arrivée, Jewel avait appris à l'aimer comme un frère aîné.

Elle passa devant la maison et se gara devant les écuries. En reconnaissant le camion de Quinn, elle se sentit de nouveau la proie d'une étrange émotion. De la main, elle remit en place ses cheveux, regrettant de n'avoir pas pris le temps de mieux les coiffer et de se maquiller, ce matin. Cette idée saugrenue l'irrita et in petto, elle se traita d'idiote.

Comme les enfants bondissaient hors du bus, Burt s'avança pour les accueillir. Agé d'une quarantaine d'années, il avait longtemps exercé le métier de jockey. A présent, il travaillait pour Clay et donnait des leçons d'équitation.

— Les chevaux vous attendent, dit-il aux gosses. Hier soir, ils m'ont confié qu'ils avaient envie de se dégourdir les pattes et qu'ils espéraient que vous alliez les emmener faire une grande balade.

Barry Lundon, un rouquin d'une dizaine d'années, écarquilla les yeux.

— Ils vous parlent ?

Avec un soupir exaspéré, Sam Taylor lui envoya une bourrade.

— Grandis, répliqua-t-il du haut de ses douze ans. Les chevaux ne parlent pas.

— Bien sûr que si, rétorqua Burt. Mais pas comme vous ou moi. Allez les seller et je vous apprendrai leur langage.

Avec un clin d'œil à Jewel, il emmena les gosses à l'intérieur des écuries.

Ils venaient tous de disparaître lorsque Clay, Tamara et Quinn surgirent devant elle.

— Je savais bien que j'entendais des enfants ! s'exclama Clay avec un grand sourire.

— Nous nous apprêtions à rentrer pour prendre un rafraîchissement, poursuivit Tamara. Tu nous accompagnes, Jewel ?

Tamara Brown avait été l'ex-femme de Clay. Cinq ans plus tôt, ils avaient divorcé et elle était devenue inspectrice à la brigade criminelle de San Antonio. Quand un cadavre avait été découvert dans un ravin, sur le ranch de Clay, et que Tamara avait été chargée de l'enquête, ils avaient été remis en présence l'un de l'autre.

Quinn lui sourit.

— Comment allez-vous, Jewel ? s'enquit-il de sa voix profonde qui lui rappela leur rencontre nocturne et l'envie ridicule qui l'avait traversée de se blottir dans ses bras.

— Bien, très bien, répondit-elle.

Il lui parut aussi séduisant que la nuit précédente. Le soleil jouait dans ses cheveux. Jewel savait qu'il avait quarante-quatre ans — cinq ans de plus qu'elle — mais il débordait d'énergie et il semblait plus jeune qu'il n'était.

— La journée est belle, poursuivit-il.

— Magnifique.

— Mais l'hiver va arriver avant que nous ayons eu le temps de dire ouf.

Tamara laissa échapper un petit soupir impatient.

— Si vous voulez rester à cuire sous ce soleil de plomb en échangeant des considérations sur les saisons, libre à vous. Moi, je vais sortir une bouteille de limonade.

Et elle rentra dans la maison.

Clay la suivit d'un regard amoureux.

« Autrefois, Andrew me dévorait des yeux comme cela », songea Jewel.

Elle ignorait si elle était prête à vivre une histoire d'amour avec un autre mais elle devait avouer que, parfois, elle regrettait que plus personne ne la dévisage de cette façon, comme si elle était la huitième merveille du monde.

Clay se tourna vers eux.

— Vous venez ?

— Je ne peux pas, répondit Quinn en consultant sa montre. Je dois vous laisser, j'ai un rendez-vous dans un quart d'heure à ma clinique. J'ai été content de vous revoir, ajouta-t-il à l'intention de Jewel.

La gorge serrée, elle hocha la tête.

— Moi aussi.

Aux côtés de Clay, elle le regarda monter dans son camion et démarrer. Elle se félicita que Quinn n'ait pas évoqué leur rencontre nocturne. Elle n'avait pas envie que Clay apprenne qu'elle se baladait souvent la nuit dans les bois pour tenter d'oublier ses cauchemars et de chasser ses démons. Son métier consistait à aider des personnes en souffrance, elle ne voulait pas que les gens se doutent qu'elle-même se débattait au milieu de problèmes insolubles.

— C'est vraiment un chic type, dit Clay tandis que le véhicule de son ami disparaissait dans un nuage de poussière. Et un excellent vétérinaire.

— A ce sujet, j'ai entendu dire qu'une de tes juments avait été malade cette nuit.

Il fronça les sourcils.

— Je ne sais pas qui t'a raconté cela mais ce sont des histoires. Tous mes chevaux vont très bien.

Il lui avait menti ! Quinn lui avait menti. La chaleur

de cette journée estivale ne parvint pas à compenser le froid qui la saisit en le comprenant.

Que faisait donc Quinn dans les bois au cœur de la nuit et pourquoi lui avait-il menti ?

2

Comme chaque fois qu'elle en franchissait le seuil, Jewel éprouva un sentiment de bien-être dès qu'elle entra dans la grande maison de Clay. Sur les talons de son cousin, la jeune femme traversa le hall jusqu'à l'immense cuisine, décorée dans un style rustique, qui donnait sur le salon.

Dans ce dernier, deux canapés en cuir se faisaient face devant une gigantesque cheminée en pierre. Des meubles en bois ornaient la pièce et sur le mur était accroché un vieux drapeau aux couleurs du Texas qui aurait flotté à Alamo. L'ensemble était chaleureux et accueillant.

Sans s'y arrêter, ils se rendirent directement dans la cuisine où Tamara leur avait déjà rempli des verres de limonade.

— Où est Quinn ? demanda-t-elle tandis que Jewel et Clay s'installaient autour de la table de chêne.

— Il est parti, il avait un rendez-vous, expliqua Clay.

Tamara prit place à côté de lui.

— Je crois avoir vu un nouveau visage dans ta petite troupe, ce matin… Aurais-tu une autre pensionnaire au centre Hopechest, Jewel ?

Cette dernière opina du menton.

— Kelsey Cameron est arrivée hier de Chicago. Etant née de père inconnu et d'une mère droguée, la pauvre a été ballottée d'un membre de sa famille à l'autre pendant des années. Elle me semble un peu perdue et renfermée dans sa coquille.

— Ta magie va opérer et quand cette jeune fille repartira, elle aura acquis de l'assurance et trouvé un équilibre qui lui permettra de prendre un nouveau départ dans la vie, dit Clay.

Jewel sourit.

— A t'entendre, c'est facile.

— C'est parce que, avec toi, tout paraît simple, renchérit Tamara. Les relations que tu entretiens avec ces gosses me fascinent. Tu sais vraiment y faire et crois-moi, ce n'est pas donné à tout le monde.

Embarrassée par leurs compliments, Jewel tenta de changer de sujet.

— Etiez-vous au courant de la visite que Joe et Meredith Colton comptent faire prochainement au Texas ? Aux dernières nouvelles, ils devraient passer par Esperanza.

Avec un hochement de tête, Clay se cala sur sa chaise.

— Dans le cadre de sa campagne électorale, oui… J'en ai entendu parler à la radio.

— J'ai l'intuition que les Colton fêteront Noël à la Maison Blanche, ajouta Tamara.

— Tu imagines notre oncle devenir président du pays, Jewel ! Je l'avoue, cela me fait quelque chose, plaisanta Clay.

Jewel se mit à rire.

— N'allez pas trop vite en besogne. Les élections se tiendront en novembre, il faut patienter quelques mois encore pour en connaître les résultats. Certes, les sondages lui sont favorables mais les retournements d'opinion de dernière minute sont légion dans l'histoire de ce pays.

— A mon avis, sa victoire est assurée, répliqua Clay. D'autant qu'Allan Daniels n'est plus dans la course maintenant. C'était le seul candidat susceptible de représenter une menace au niveau des primaires. A présent, rien ne pourra arrêter Joe et contrairement à toi, je suis très confiant.

Allan Daniels avait été gouverneur de l'Etat du Texas et le plus sérieux adversaire de Joe dans cette compétition, jusqu'au moment où le masque était tombé et où il avait révélé son vrai visage. Une affaire de corruption et une tentative de meurtre l'avaient conduit en prison, et il ne représentait donc plus aucun danger pour la candidature de Joe Colton.

Pendant le quart d'heure suivant, ils discutèrent de la campagne présidentielle et de la façon dont Joe Colton évoluait dans les sondages. Même si, par superstition, Jewel refusait de vendre la peau de l'ours avant de l'avoir tué, les chances de son oncle de l'emporter étaient réelles. Son programme ambitieux enthousiasmait les journalistes et les experts politiques, son charisme soulevait les foules, son sourire enflammait les cœurs et rien ne semblait pouvoir l'arrêter sur la route de la Maison Blanche. Au fil des mois, il avait su rallier à lui les plus sceptiques et chacun s'accordait à dire que le pays avait besoin d'un homme comme lui. Même ses adversaires le respectaient et reconnaissaient la valeur de la plupart de ses analyses.

Puis la conversation s'élargit sur la politique en général avant de dévier sur les autres membres de la famille.

L'arbre généalogique de la tribu Colton était complexe et comportait plusieurs ramifications. Joe et Meredith avaient eu cinq enfants biologiques et en avaient adopté sept autres. De son côté, la mère de Jewel — Patsy, la sœur jumelle de Meredith — avait séquestré plusieurs années cette dernière et avait prétendu pendant près de dix ans être l'épouse de Joe, lui donnant ainsi trois autres héritiers. Quant au frère de Joe, Graham, il avait eu deux fils légitimes avec son épouse Cynthia et trois enfants naturels avec Mary Lynn Grady, avec laquelle il avait entretenu une longue liaison.

Parfois, lorsque Jewel songeait à l'histoire des Colton, elle en avait la migraine. Le plus douloureux pour elle était de penser à sa propre mère, Pasty, qui s'était comportée de manière horrible avant de finir sa vie en hôpital psychiatrique.

Jewel s'efforçait de ne pas s'attarder trop souvent sur le destin de celle qui l'avait mise au monde. Il ne lui était pas toujours simple d'assumer le fait d'être la fille d'une femme aussi monstrueuse. Elle préférait se souvenir de Charlie et de Ruth Baylor, le couple qui l'avait adoptée. Tous deux l'avaient entourée d'amour et d'affection. Ils lui avaient donné la possibilité de vivre une enfance et une adolescence normales dans le Midwest, et ils l'avaient merveilleusement élevée. Malheureusement, ils étaient morts depuis plusieurs années.

Alors qu'ils évoquaient des membres plus éloignés du clan Colton, une voix claire et familière se fit entendre de l'entrée.

— Bonjour ! Il y a quelqu'un ?

— Nous sommes dans la cuisine ! répondit Tamara.

Un grand sourire aux lèvres, Georgie, la petite sœur de Clay, pénétra dans la pièce, sa longue tresse rousse voletant autour d'elle. La jeune rouquine débordait d'énergie et de joie de vivre. Son mari, Nick Sheffield, la suivait de près.

Clay se leva pour les accueillir.

— Bonjour, Georgie, bonjour, Nick. Asseyez-vous,

nous étions justement en train d'évoquer les derniers ragots devant un verre de limonade.

— Nous venons de voir les gosses dans le corral, Jewel. As-tu repéré de futurs champions équestres dans la troupe ? s'enquit Georgie.

Georgie avait passé l'essentiel de sa vie à participer à des rodéos à travers le pays. Même la naissance de sa petite fille, âgée à présent de cinq ans, ne l'avait pas empêchée de concourir.

— Je ne crois pas, répondit Jewel en riant. La plupart s'accrochent à la crinière de leur monture en priant Dieu de leur garder la vie sauve.

Georgie s'esclaffa puis ses prunelles de chat brillèrent d'un éclat particulier tandis qu'elle se tournait vers son frère aîné.

— Clay, j'ai une surprise pour toi, annonça-t-elle d'un ton redevenu sérieux.

— Tu sais pourtant que j'ai horreur des surprises…

Secouant la tête, elle se mit à rire.

— Celle-ci te plaira, je te le garantis. Entre ! cria-t-elle, les mains en porte-voix vers l'entrée.

Jewel faillit tomber à la renverse en voyant apparaître le cadet de Clay, Ryder, et sa femme, Ana Morales, une jeune Mexicaine qui avait travaillé au centre Hopechest avant son accouchement. Quelques jours après sa naissance, l'enfant avait été kidnappée pour être vendue au marché noir par des trafiquants.

Sa fille dans les bras, Ana arborait le sourire d'une femme amoureuse. Elle dévorait Ryder des yeux.

Clay se leva. Son visage reflétait une myriade d'émotions. Jewel savait pourquoi, elle connaissait l'histoire des deux frères.

Longtemps, Ryder avait joué les mauvais garçons et désespéré son aîné. Il avait commis tant de bêtises, accumulé tant d'erreurs qu'il avait été arrêté et condamné à plusieurs années de prison. Ecœuré, Clay avait fini par le rejeter. Jewel n'ignorait pas qu'il avait été très douloureux pour lui de s'éloigner de son cadet.

Mais par la suite, Ryder avait eu la possibilité de se racheter en travaillant pour les services secrets. Il avait réussi à démanteler le réseau clandestin de trafic de bébés, sauvant la fille d'Ana et tombant amoureux de la jeune femme par la même occasion. Pendant toute l'aventure, Clay avait cru son frère mort et en avait été accablé. Mais une fois la mission de Ryder accomplie et ce dernier libéré, sa famille avait appris avec joie qu'il était toujours en vie.

Et, à présent qu'ils étaient remis en présence l'un de l'autre, ils avaient sans doute conscience qu'une seconde chance leur était offerte.

— Salut, Clay, lança Ryder d'une voix rauque.

Il y eut un moment chargé d'émotion, puis Clay lui ouvrit les bras. Tous deux se donnèrent l'accolade. Comme la plupart des hommes, ils ne savaient pas bien exprimer leurs sentiments mais Jewel et Tamara comprirent qu'ils étaient heureux de se retrouver, de tirer un trait sur le passé et de pouvoir repartir sur de nouvelles bases.

Les larmes aux yeux, les deux femmes échangèrent un petit sourire de connivence. Elles savaient à quel point ces retrouvailles étaient importantes pour eux deux.

Puis Jewel s'approcha d'Ana et l'embrassa.

— Comment vas-tu, Ana ? Cela me fait très plaisir de te voir, dit-elle.

Plusieurs mois auparavant, Ana était venue frapper à la porte du centre Hopechest. Elle était alors enceinte mais s'étant rendu compte que son fiancé se livrait avec son propre père à des activités criminelles d'une extrême gravité, elle avait décidé de s'enfuir, de quitter sa famille et son pays natal pour trouver refuge aux Etats-Unis. Jewel l'avait accueillie au ranch jusqu'à la naissance du bébé. Pour la remercier de l'héberger, Ana avait travaillé pour elle, s'occupant en particulier des plus jeunes. Dotée d'une grande patience, la jeune Mexicaine se destinait à l'enseignement. Au fil du temps, toutes deux s'étaient liées d'amitié.

Avec un sourire attendri, Jewel caressa la joue du bébé.

Tout à coup, tout le monde se mit à parler en même temps. Clay et Tamara surprirent l'assistance en annonçant qu'ils s'étaient mariés sans tambour ni trompettes le mois précédent.

A ces mots, ils s'embrassèrent de nouveau. Par discrétion, Jewel profita de l'allégresse générale pour se glisser dehors et les laisser se congratuler entre eux. Elle n'était que leur cousine et elle devinait qu'ils avaient envie de fêter cet événement dans l'intimité.

Elle avait l'impression que les ombres qui avaient tenu Ryder et Clay éloignés l'un de l'autre pendant des années s'étaient à présent dissipées et que les deux frères allaient désormais renouer des liens étroits. Elle s'en réjouissait pour eux mais, tout en regagnant les écuries, elle prit conscience de sa propre solitude et une profonde tristesse lui étreignit le cœur.

Clay et Tamara s'étaient remariés et, vu la façon dont Ryder et Ana se dévoraient des yeux, il était évident qu'ils n'allaient pas tarder, eux aussi, à se passer la bague au doigt. Les mariages se succédaient à Esperanza. Un observateur extérieur aurait pu croire qu'il s'agissait d'une épidémie.

Mais Jewel n'avait pas trouvé chaussure à son pied et elle se sentait étrangère à tout sentiment amoureux.

Apparemment, Cupidon l'avait oubliée et, même si elle s'en défendait, elle en souffrait.

Plus d'une fois, l'adjoint au shérif, Adam Rawlins, lui avait fait comprendre qu'elle l'intéressait. Manifestement, il ne demanderait pas mieux que de sortir avec elle. Ils s'étaient rendus ensemble à quelques réceptions — de mariage, en particulier — mais elle avait beau essayer, Jewel n'éprouvait pour lui qu'une vague amitié. De plus, vu les cauchemars qui la tourmentaient presque quotidiennement, mieux valait sans doute pour elle vivre seule. Aucun homme ne voudrait partager ses nuits avec une femme hantée par les fantômes de son passé.

Consciente qu'elles n'étaient pas de saison pour elle, Jewel écarta ces idées de romance de son esprit et elle entra dans l'écurie.

Les enfants finissaient de brosser leurs montures et Burt s'approcha d'elle avec un sourire amical.

— Ils seront bientôt prêts à partir, dit-il.

— Comment Kelsey s'en est-elle tirée ? demanda-t-elle, espérant que sa nouvelle protégée avait apprécié cette première leçon d'équitation.

— Elle n'a pas dit un mot mais elle semble très à l'aise sur une selle. Visiblement, les chevaux ne lui font pas peur. A-t-elle grandi à la campagne ?

— Non, au contraire. Elle vient de la ville et n'en avait sans doute jamais vu jusqu'à aujourd'hui.

Burt regarda Kelsey qui brossait sa jument avec application.

— En tout cas, elle a des dispositions, c'est évident. C'est une cavalière-née et j'espère qu'elle va rester assez longtemps au centre pour développer ses talents naturels.

— Elle va certainement demeurer ici quelque temps. Nous avons beaucoup de travail à effectuer ensemble, elle et moi.

Il fallut une bonne demi-heure à Jewel pour faire grimper les enfants dans le bus et les reconduire à Hopechest. Dans le véhicule, le niveau de décibels était nettement plus élevé qu'à l'aller. Après avoir monté, les gosses étaient toujours contents de discuter avec animation de leurs prouesses équestres. La seule à rester dans son coin fut Kelsey. Elle regardait par la vitre et elle semblait perdue dans son monde à elle.

Jewel était déterminée à l'en faire sortir. Pas uniquement parce que ses responsabilités professionnelles l'y obligeaient, mais surtout parce qu'elle devinait que, pour la jeune fille, s'ouvrir aux autres était une nécessité vitale.

Lorsqu'elle se gara devant la maison, elle se retourna pour lancer à la petite troupe :

— Tout le monde descend ! Vous avez quartier libre jusqu'au dîner et vous pouvez aller jouer dans le garage.

Une partie de ce dernier avait été transformée en salle de jeux. Jewel y avait installé un atelier de bricolage, de quoi peindre et sculpter, un billard américain et un flipper électrique. Avec des cris de joie, tous les gosses s'y ruèrent en courant, à l'exception de Kelsey qui resta en arrière.

— M'autorisez-vous à aller dans ma chambre ? demanda-t-elle.

Jewel aurait préféré qu'elle rejoigne les autres et se mêle à leurs activités, mais elle savait qu'il faudrait un peu de temps à l'adolescente pour se sentir en sécurité au centre et pour avoir le sentiment de faire partie du groupe.

En souriant, elle posa une main amicale sur l'épaule de la jeune fille.

— Pas de problème. Nous dînons à 7 heures. A plus tard, Kelsey.

Comme, avec un hochement de tête, Kelsey rentrait à l'intérieur, une vague de fatigue menaça soudain de submerger Jewel. Ses insomnies répétées comme ses cauchemars de plus en plus fréquents transformaient sa vie en enfer.

Elle leva son visage vers le soleil et, une fois encore, elle songea à sa solitude. Peut-être était-elle incapable d'aimer de nouveau. Peut-être l'amour qu'elle avait partagé avec Andrew resterait-il le seul qu'elle connaîtrait. Peut-être n'avait-elle plus rien à donner à un homme, à présent, songea-t-elle avec tristesse.

Bien sûr, cela n'expliquait pas l'étrange émotion qu'elle éprouvait chaque fois qu'elle rencontrait Quinn. Ses hormones lui rappelaient sans doute ainsi qu'elle était en vie…

Mais il lui était impossible de retomber amoureuse, d'autant que son passé revenait la hanter chaque nuit.

Des voix dans la nuit, des visions dans les bois. Aussi obsédante que ses mauvais rêves, la peur de sombrer dans la folie comme sa mère s'insinuait peu à peu dans son esprit…

— Elle devrait vite se rétablir, assura Quinn à Ralph Smith, un fermier du coin, à propos d'une vache qui s'était blessée dans des barbelés. Ses plaies sont superficielles. Maintenant que je les ai nettoyées et que j'y ai mis une crème antibiotique, elles vont rapidement cicatriser.

D'un geste affectueux, il claqua le dos de l'animal qui s'éloigna avec un meuglement vers les pâturages.

— Mais à votre place, ajouta-t-il, j'essaierais de nettoyer ce coin pour éviter de réitérer ce genre de mésaventures, à l'avenir.

Ralph considéra le bosquet d'arbres et d'arbustes où l'accident était survenu.

— Je ne savais même pas qu'il y avait des barbelés à cet endroit-là. Je n'avais vu que des broussailles, mais je vais les retirer aujourd'hui même.

De concert, les deux hommes se dirigèrent vers la barrière. Au départ, se rendre chez Ralph avait été un peu embarrassant pour Quinn. En effet, lorsqu'il avait conseillé à Clay d'abattre son étalon pour que la maladie de ce dernier ne se propage pas au reste du troupeau, Ralph avait été un de ses adversaires les plus virulents.

Cet épisode avait été le plus sombre de la vie de Quinn après celui de la mort de sa femme, Sarah, emportée par un cancer à trente ans à peine.

Même si la suite avait prouvé qu'il avait vu juste, que son diagnostic à propos du pur-sang était bon et qu'en le piquant, il avait sans doute sauvé tous les autres chevaux de Clay, Quinn avait été surpris de l'animosité dont beaucoup de ranchers de la région avaient fait preuve à son égard, à l'époque.

Le fait que Ralph l'ait appelé pour lui demander de soigner sa vache prouvait qu'il avait envie de faire la paix avec lui, et Quinn avait accepté avec reconnaissance ce rameau d'olivier. Il avait fallu du temps pour que Ralph lui tende la main mais Quinn n'était pas du genre rancunier. La vie était trop courte pour perdre son énergie à nourrir de vieilles querelles stériles, pensait-il.

— Si ses plaies ne cicatrisaient pas rapidement ou prenaient une mauvaise tournure, appelez-moi et je repasserai, dit Quinn en ouvrant la portière de son camion.

— Merci, Doc, répondit Ralph. Je n'y manquerai pas.

Quelques instants plus tard, alors qu'il regagnait la ville, Quinn resongea à cette sombre période où beaucoup d'habitants d'Esperanza lui avaient tourné le dos. Il l'avait vécue d'autant plus douloureusement qu'il se remettait alors à peine de la mort de sa femme. Pour tenter de surmonter son chagrin, il avait éprouvé le besoin de se consacrer corps et âme à son travail. En le rejetant comme ils l'avaient fait, les gens l'en avaient empêché, le contraignant à l'inactivité. Quinn avait alors eu envie de quitter la région.

Pourtant, grâce au soutien sans faille des Colton, et de Clay en particulier, il était resté et avait gardé la tête haute. Lorsque tout le monde lui avait reproché sa décision d'abattre l'étalon, il avait décidé de ne pas répondre aux attaques et de continuer son petit bonhomme de chemin malgré l'orage.

Comme il remontait la rue principale d'Esperanza, il décida de s'arrêter pour dîner chez Sue. Il y prenait la plupart de ses repas. Il tentait de se persuader qu'il fréquentait cette brasserie parce qu'il ne savait pas cuisiner mais en réalité, il détestait passer ses soirées seul.

Une vieille cloche accrochée à la porte prévint le personnel de son entrée dans l'établissement.

— Vous arrivez plus tôt que d'habitude, ce soir ! s'exclama Becky French, la maîtresse des lieux, avec un grand sourire chaleureux.

Il se mit à rire.

— Il n'est jamais trop tôt pour déguster un bon repas, répliqua-t-il.

Comme chaque jour, il s'installa à une table près de la fenêtre d'où il pouvait voir la rue.

— J'ai reçu de nouvelles photos, lui apprit Becky en lui servant du café.

La vieille femme adorait montrer à ses clients les portraits de ses petits-enfants. Elle posa la cafetière sur la table avant de sortir une enveloppe de la poche de son tablier.

Quinn examina avec attention les visages souriants des enfants.

— Ils sont magnifiques.

Becky le gratifia d'un sourire reconnaissant.

— C'est vrai. Que prendrez-vous ? J'ai un rôti de bœuf servi avec des pommes de terre en robe des champs, ce soir.

— Parfait, répondit-il en lui rendant la carte pour porter la tasse à ses lèvres.

Becky s'éloigna vers les cuisines.

A une époque, Quinn avait espéré vivre dans une maison remplie de gosses mais le destin et le cancer l'avaient empêché de concrétiser ce rêve. Sarah et lui n'avaient jamais eu la possibilité de mettre au monde une progéniture.

Il était tôt mais le restaurant se remplissait vite. D'ailleurs, l'endroit était toujours bondé.

Il finissait son café lorsque Georgie Sheffield, son mari, Nick, et leur petite fille, Emmie, entrèrent dans la brasserie.

— Je crois que nous vous avons raté de peu chez Clay, ce matin, lui dit Georgie. Toute la famille s'est trouvée réunie, cela ne nous était pas arrivé depuis longtemps. Ryder et Ana sont revenus au pays et nous les avons emmenés chez Clay. Ils se sont réconciliés. Enfin ! C'était formidable, ajouta-t-elle, les yeux pétillant de joie.

Emmie s'installa près de Quinn. A cinq ans, la petite était le portrait miniature de sa mère. Ses cheveux roux et ses taches de rousseur lui donnaient un air mutin. Comme sa maman, elle était vêtue d'un jean, d'une chemise de coton et de bottes de cow-boy.

Considérée à juste titre comme une enfant précoce, la fillette avait passé l'essentiel de sa vie à assister à des concours de rodéos avec Georgie. Elle adorait Quinn parce qu'il soignait les chevaux lorsqu'ils étaient malades et que depuis toujours, Emmie vivait au milieu d'eux.

— Excuse-moi, maman, mais je voudrais parler à M. Quinn de quelque chose d'important, dit-elle.

Georgie esquissa un sourire amusé.

— A propos de ce qui va se passer la semaine prochaine, je suppose ?

— De quoi s'agit-il ? s'enquit Quinn.

Avec un gros soupir, la fillette expliqua.

— De la rentrée des classes…

Quinn lui sourit.

— Formidable ! Ainsi tu vas aller à l'école ! Quelle chance tu as. Et en quelle classe vas-tu entrer ?

— J'espérais aller en CE1 puisque je sais déjà lire mais la directrice de l'école a tenu à m'inscrire en dernière année de maternelle. Je vais me faire des amis, maman me l'a dit, même s'il n'y aura pas de cow-boy dans ma classe, évidemment.

— Cela me semble merveilleux, assura Quinn.

Emmie se tourna vers sa mère et Nick.

— Maintenant, je vais nous trouver une table.

Tandis que sa fille s'éloignait, Georgie adressa un sourire à Quinn.

— Je n'arrive pas à croire qu'elle va prendre le chemin de l'école comme tous les enfants du pays. Elle est tellement à l'aise avec les adultes ! Depuis toujours, elle s'est liée d'amitié avec des types du rodéo. J'espère que tout se passera bien, ajouta-t-elle.

Elle s'exprimait d'une voix rauque, les larmes aux yeux. Manifestement, cette rentrée des classes n'était pas simple pour elle.

— J'en suis certain, assura Quinn avec sincérité.

— Evidemment, intervint Nick en enlaçant les épaules de Georgie. Emmie est aussi forte que sa mère et presque aussi belle.

Avec un petit rire, la jeune femme se blottit contre lui. Nick poursuivit en soupirant :

— Un jour peut-être connaîtrez-vous à votre tour les affres des parents la veille de la première rentrée des classes de leur rejeton.

Comme tous deux allaient rejoindre la fillette qui s'était installée à une table au fond de la salle, Quinn s'interrogea sur les paroles de Nick.

Autrefois, il avait souvent évoqué avec Sarah la possibilité d'avoir des enfants, mais avant d'avoir pu concrétiser ce rêve, sa malheureuse épouse avait été emportée par la maladie. Ils avaient été mariés dix-huit mois à peine.

De son vivant comme lors de son agonie, Sarah avait été d'une gentillesse à toute épreuve. A sa mort, Quinn avait éprouvé un profond chagrin et il avait eu du mal à surmonter son deuil. A présent, lorsqu'il songeait à elle, il ne ressentait plus ce désespoir mais seulement un sentiment de solitude et un désir croissant de retourner dans la vie.

— Et voilà votre rôti ! annonça Becky en déposant une assiette fumante devant lui. Avez-vous besoin d'autre chose ?

— Non, merci. C'est parfait.

— Non, non, la situation est loin d'être parfaite, rétorqua la vieille femme, ses yeux bleus pétillant de malice. Vous savez que j'adore m'occuper de ce qui ne me regarde pas. Voilà pourquoi je me permets de vous dire que vous avez besoin d'une épouse qui prendrait soin de vous, Quinn. Sans vouloir vous vexer, vous venez beaucoup trop souvent dîner seul chez moi…

Il se mit à rire.

— C'est drôle, j'étais justement en train de me dire la même chose.

— Beaucoup de jeunes femmes charmantes et célibataires seraient ravies de vous rendre heureux. Il émane de vous une force tranquille qui vous rend très attirant. Le genre ours ténébreux séduit beaucoup la gent féminine, vous savez. Mais si vous vous montrez trop distant, les filles d'Eve risquent d'en prendre ombrage et de s'éloigner. Tout est une question de dosage, croyez-moi.

— Je tâcherai de ne pas l'oublier, répondit Quinn.

Il était impossible d'en vouloir à Becky. Il était tellement évident qu'elle était animée par le seul désir de le voir heureux !

Comme elle s'éloignait, il repensa à la jeune femme qu'il avait croisée dans la forêt la veille au soir. A Jewel. Depuis leur première rencontre, elle l'intriguait. Mince mais dotée de formes là où il le fallait et de longues jambes qui semblaient ne jamais finir, elle était très séduisante.

Ce n'était pas la première fois qu'il l'apercevait errant dans les bois au cœur de la nuit, mais c'était la première fois qu'il lui avait signalé sa présence en l'abordant.

Il avait l'intuition que Jewel et lui souffraient des mêmes maux — insomnie et solitude. Quinn passait beaucoup de temps la nuit chez Clay qui hébergeait son cheval, Noches.

Mais il ne comprenait pas pourquoi la jeune femme avait soudain crié dans le noir, ni pourquoi, lorsqu'il s'était adressé à elle, elle avait eu ce regard hanté.

3

Comme les ombres des arbres s'allongeaient autour de la maison, une certaine tension commença à envahir Jewel. Il n'était pas normal que l'arrivée de la nuit provoque en elle une telle terreur, mais depuis plusieurs mois, l'obscurité croissante la plongeait dans une sourde angoisse. La gorge serrée, elle sentit des gouttes de sueur perler à son front.

Jeff et Cheryl étaient en train de préparer les enfants à se mettre au lit et, profitant de ce moment de répit, Jewel s'installa à la table de la cuisine pour dresser la liste des affaires qu'elle devait acheter avant la rentrée scolaire de la semaine prochaine.

Lorsqu'elle aurait terminé, elle irait embrasser chacun de ses petits protégés pour lui souhaiter bonne nuit et de beaux rêves. Pour elle, ce moment de tendresse à l'heure du coucher, ces baisers échangés, ces paroles affectueuses étaient très importants. Non seulement les enfants avaient besoin d'amour et de mots tendres pour les rassurer, mais ces rituels instaurés au ranch au fil des mois leur donnaient des repères, les sécurisaient.

Quelqu'un frappa soudain à la porte d'entrée et d'un bref coup d'œil, elle consulta l'horloge. Elle avait l'impression qu'il était tard mais en réalité il n'était que 20 heures.

Elle se hâta d'aller ouvrir et découvrit sur le seuil

l'adjoint du shérif, Adam Rawlins, un grand brun qui lui tournait autour depuis son arrivée à Esperanza. Comme d'habitude, il était parfaitement peigné, pas une mèche ne dépassait de son képi, et son uniforme était impeccable.

— Bonsoir, Adam.

— Je faisais ma ronde et j'ai eu envie de passer vous dire un petit bonjour.

Jewel alluma la lumière extérieure pour sortir bavarder avec lui dehors.

— La nuit est-elle calme ? s'enquit-elle.

— La plupart le sont par ici et je ne vais pas m'en plaindre. J'ai appris que vous aviez une nouvelle pensionnaire. Tout va bien avec elle ?

Elle acquiesça.

— Kelsey a treize ans et elle est originaire de Chicago. Si vous étiez venu hier et si vous m'aviez demandé comment les choses se passaient avec elle, je vous aurais répondu que c'était une catastrophe. Depuis son arrivée, elle se montre renfermée et repliée sur elle-même. Mais aujourd'hui, je me suis rendu compte qu'elle adorait monter à cheval et j'ai bon espoir de tenir là le moyen de lui faire apprécier la vie au centre et de l'intégrer à notre petite communauté. Elle a interrogé ses camarades pour savoir quand nous retournerions au Bar None pour prendre d'autres leçons d'équitation.

En se rendant compte qu'elle parlait un peu pour ne rien dire, elle s'interrompit.

— Et vous, comment allez-vous ? reprit Rawlins. Vous avez l'air fatigué, ajouta-t-il en la dévisageant avec attention.

— Je le suis, reconnut-elle. J'étais en train de répertorier tout ce que je dois acheter pour la rentrée scolaire de la semaine prochaine et, croyez-moi, essayer d'imaginer ce qu'il faut à sept enfants d'âges différents entrant donc dans des classes différentes épuiserait n'importe qui.

— Je ne vais pas vous retenir longtemps. Je voulais juste vérifier que tout allait bien au centre et m'assurer, en particulier, que vous étiez en forme.

Manifestement mal à l'aise, il se balançait d'un pied sur l'autre.

— Si vous vous octroyez parfois des moments de liberté et si cela vous fait plaisir d'aller dîner ou de voir un film avec moi, reprit-il, n'hésitez pas à me téléphoner. Je serais ravi de passer une soirée avec vous.

Elle lui sourit.

— Merci, Adam. J'y penserai et je vous le dirai.

Ils se souhaitèrent bonne nuit et elle le regarda rejoindre sa voiture de patrouille pour s'éloigner dans la nuit. Adam lui paraissait sympathique. C'était un homme séduisant et manifestement il s'intéressait à elle. Malheureusement, elle n'éprouvait pour lui qu'une vague amitié.

Retournant à l'intérieur, elle se rassit à table pour terminer sa liste de fournitures scolaires et s'aperçut alors qu'il était temps d'aller embrasser les enfants avant qu'ils ne s'endorment.

Elle se rendit d'abord dans le dortoir des garçons. Il comprenait plusieurs lits superposés mais actuellement, seuls quatre d'entre eux étaient occupés. Barry et Sam, les deux plus vieux, occupaient les couchettes du haut et Jimmy Nigel et Caleb Torrel, âgés respectivement de huit et sept ans, celles du bas.

— Veux-tu que je te borde ? demanda-t-elle à Barry en s'approchant de lui.

Il hocha la tête.

— Oui, merci. Cela ne vous ennuie pas de laisser

de la lumière dans le couloir, mademoiselle Jewel ? s'enquit-il d'un ton anxieux. Je n'ai pas peur mais je n'aime pas être dans le noir.

Jewel lui sourit. Il lui demandait chaque soir la même chose.

— Ne t'inquiète pas, Barry. La veilleuse restera allumée toute la nuit. Dors bien, mon bonhomme.

Tout en se dirigeant vers Sam puis vers les deux plus jeunes, elle ne put s'empêcher de penser au bébé qu'elle avait perdu. Elle aurait tellement voulu devenir mère ! Elle se souvenait de la joie sans bornes qu'elle avait éprouvée en découvrant sa grossesse. Au moment où son médecin lui avait confirmé ses espoirs, son cœur avait explosé de bonheur. Jamais elle n'avait été aussi heureuse qu'alors.

Comme elle sortait du dortoir des garçons pour rejoindre celui des filles, elle s'efforça d'écarter ces souvenirs de son esprit.

« A quoi bon ressasser cette époque et ce qui aurait pu être ? », se dit-elle avec un soupir.

Actuellement, le centre accueillait trois filles. Kelsey dormait dans la couchette du haut. Quant à Lindy Walker et à Carrie Lyndon, âgées l'une et l'autre de dix ans, elles occupaient toutes deux les lits du bas.

Jewel s'approcha d'abord de Kelsey. Par respect pour l'adolescente, elle veilla à ne pas la toucher, à ne pas envahir son espace personnel sans y avoir été invitée.

— As-tu tout ce qu'il te faut pour passer une bonne nuit ? s'enquit-elle.

La jeune fille hocha la tête. Ses yeux verts semblaient un peu plus clairs que la veille. Manifestement, elle commençait à se détendre.

— Mais je n'ai pas l'habitude de me mettre si tôt au lit.

Jewel lui sourit.

— Nous nous levons avec le soleil, voilà pourquoi nous nous couchons avec lui. C'est une habitude à prendre, tu verras. De plus, comme l'école recommence la semaine prochaine, il est important que tu aies ton quota de sommeil.

Elle se tourna ensuite vers les deux autres fillettes qui lui réclamèrent des baisers à n'en plus finir. En riant, elle les câlina un bon moment puis elle éteignit les lumières et quitta la pièce.

Dans le couloir, elle croisa Cheryl et lui sourit d'un air fatigué.

— La journée est finie. Ouf !

Cheryl lui rendit son sourire en repoussant une de ses longues mèches brunes en arrière.

— Je voulais vous voir pour vous soumettre une idée, Jewel. Un de ces jours, avant la rentrée, Jeff et moi aimerions emmener les gosses pour une grande virée en minicar. Il y a un musée indien à deux heures de route qui les intéresserait sûrement et nous pourrions ensuite aller pique-niquer dans un parc voisin.

— Cela me semble formidable, répondit Jewel. Je suis sûre que cette sortie leur plaira beaucoup.

— Nous n'avons pas encore décidé quand nous irions là-bas, je préférais déjà avoir votre sentiment sur le projet.

— Je l'approuve sans réserve. Quand vous aurez fixé une date, dites-la-moi, je m'occuperai des détails pratiques.

Cheryl hocha la tête.

— D'accord, merci. Il ne me reste plus qu'à vous souhaiter une bonne nuit, alors.

Comme la jeune femme allait rejoindre son mari, Jewel regagna la cuisine. Elle glissa la liste de fournitures scolaires dans son sac puis compléta les dossiers qu'elle tenait pour chacun de ses petits pensionnaires.

Elle était parfaitement consciente qu'elle s'absorbait dans cette tâche pour retarder le moment où il lui faudrait se coucher.

Où elle commencerait à s'assoupir.

A rêver.

Ou plutôt à cauchemarder.

De nouveau, elle éprouva une sourde angoisse. Si seulement elle avait pu profiter, ne serait-ce qu'une fois, d'une nuit complète ! Elle aspirait à dormir tout son soûl, à faire de beaux songes entre les bras de Morphée. Elle donnerait beaucoup pour avoir la chance de se réveiller un matin avec le sentiment d'avoir vraiment récupéré, d'être bien !

Si seulement Andrew n'était pas mort dans cet accident, elle n'en serait pas là.

Avec un soupir, elle reporta son attention sur les dossiers ouverts devant elle. Elle considérait ses petits pensionnaires comme ses enfants. Ils venaient à Hopechest parce qu'ils manquaient de stabilité et d'amour. Leur en donner la comblait. Elle n'avait besoin de rien d'autre pour être heureuse. Sauf peut-être d'une bonne nuit de sommeil…

Elle travaillait depuis un long moment quand elle entendit soudain un curieux bruit qui lui fit dresser l'oreille. Comme si quelqu'un grattait à la porte. Intriguée, elle se leva pour aller tirer le verrou. Lorsqu'elle ouvrit, un gros chien couleur chocolat bondit à l'intérieur. Surprise, elle recula et tomba sur son postérieur. L'animal lui lécha affectueusement le visage, comme si elle était une amie de longue date qu'il était tout heureux de retrouver.

— D'accord, d'accord ! s'écria-t-elle en riant tandis qu'il continuait à lui nettoyer les joues.

C'est alors qu'elle aperçut Quinn sur le seuil. Aussitôt, son cœur s'accéléra dans sa poitrine.

Il entra et prit le chien par son collier.

— Je suis désolé pour cette intrusion, dit-il. Ce labrador vous semble certainement un peu fou fou, mais même s'il est grand, ce n'est encore qu'un chiot. Voilà pourquoi il n'a pas encore appris les bonnes manières.

Un peu gênée, la jeune femme se releva rapidement.

— Pas de problème, répondit-elle en passant la main dans ses cheveux. Il est adorable. C'est le vôtre ?

Comme toujours, la simple vue du séduisant vétérinaire suffisait à la mettre en transe.

Il lui sourit.

— En fait, j'aimerais qu'il devienne le vôtre.

— Le mien ? s'exclama-t-elle en le dévisageant d'un air étonné.

Sagement, l'animal s'assit à côté de lui, regardant tour à tour Quinn et Jewel comme s'il devinait qu'ils parlaient de lui.

— C'est sans doute présomptueux de ma part mais je me suis dit que vous aviez peut-être besoin d'un compagnon, surtout quand vous allez vous promener la nuit dans la forêt.

Il passa la main dans ses cheveux pour les rejeter en arrière et il se balança sur ses pieds comme s'il semblait soudain très mal à l'aise.

— Mais c'est peut-être une idée stupide de ma part…

— Non, vous êtes très gentil d'y avoir pensé, répondit-elle, touchée par l'attention. En réalité, lorsque j'ai ouvert ce centre, je m'étais promis d'adopter un chien mais cette envie était restée en l'air et je n'ai jamais eu l'occasion de la concrétiser. Comment s'appelle-t-il ?

— Il n'a pas encore de nom. Je dois vous prévenir

qu'il n'a que trois mois. Il faut le dresser. Mais il est affectueux et, surtout, il est très doux avec les enfants.

— Dès lors, comment pourrais-je refuser un si merveilleux cadeau ? Les gosses vont être ravis de ce nouveau pensionnaire. Peut-être vais-je le faire dormir dans le garage, cette nuit. Qu'en pensez-vous ?

Quinn hocha la tête et accrocha une laisse au collier de l'animal.

— Ce sera parfait. Pourriez-vous le tenir pendant que je vais prendre ses affaires et tout ce qu'il faut pour lui dans mon camion ?

— Ses affaires ?

Quand il lui sourit de son inimitable sourire chaleureux, la cicatrice sur sa joue parut disparaître et, d'un seul coup, son visage perdit son côté légèrement menaçant pour devenir franchement séduisant.

— J'ai apporté un panier pour chien, des écuelles, quelques jouets et plusieurs sacs de croquettes.

— Quinn, vous n'auriez pas dû ! Vous n'allez pas m'offrir tout cela ! répliqua-t-elle en s'emparant de la laisse.

— Il ne serait pas très juste de vous faire un cadeau qui vous obligerait à vous ruiner. Et bien sûr, vous aurez droit aux services gratuits du vétérinaire local pendant toute la vie de ce lascar. Si cela vous gêne, considérez-le comme une donation de ma part au centre Hopechest.

De nouveau, elle voulut protester mais elle y renonça et se contenta de lui sourire avec gratitude.

— Merci beaucoup, Quinn.

Ils sortirent ensemble dans la nuit. Tandis qu'il allait chercher le matériel dans son camion, elle se dirigea vers le garage. En réalité, elle en avait trois. Le premier servait de salle de jeux pour les enfants, elle mettait sa voiture et le minibus dans le deuxième, mais le dernier était vide et pouvait donc accueillir le chiot.

En attendant Quinn, elle s'accroupit pour caresser l'animal.

— Les gosses te trouveront un nom demain, lui dit-elle.

Il battit la queue et dévisagea la jeune femme de ses grands yeux bruns d'un air d'adoration.

Attendrie, Jewel fondit. Quinn lui avait apporté un chien pour l'accompagner dans ses petites balades nocturnes dans les bois. Qu'il était gentil ! Personne ne s'était jamais montré aussi attentif à son égard. Elle n'en revenait pas qu'il ait pensé qu'elle avait besoin d'un compagnon et qu'il lui en ait trouvé un.

Avait-il senti la profonde solitude dans laquelle elle se débattait depuis des années ? Celle-ci qui lui collait à la peau. Elle avait beau être entourée d'enfants et de beaucoup d'autres personnes, être très occupée, elle se sentait souvent seule.

Comme il la rejoignait, deux gros sacs de croquettes sur le dos, elle l'observa avec attention. Il était grand et mince mais ses épaules étaient assez larges pour supporter le poids de son chargement.

— Je n'arrive pas à croire que vous ayez fait ça pour moi, dit-elle. C'est vraiment adorable de votre part.

Lorsqu'il se rapprocha, elle sentit de nouveau une étrange émotion s'emparer d'elle.

Il lui sourit.

— J'espérais que vous me seriez reconnaissante et ne pourriez pas me refuser une tasse de café, répondit-il en posant les sacs sur le sol.

— Bien sûr !

Elle se répéta qu'elle éprouvait simplement de la joie à la perspective d'avoir de la compagnie plutôt que de passer seule des heures dans la nuit sans parvenir à trouver le sommeil.

Il ne fallut à Quinn que quelques instants pour décharger les affaires. Ils installèrent tout pour le chiot puis Quinn la suivit à l'intérieur.

La cuisine était une des plus grandes pièces de la maison mais comme Quinn prenait place autour de la table de chêne, l'endroit parut soudain plus petit à Jewel. Même s'il arborait un calme olympien, il émanait de lui une présence, une énergie extraordinaire. Et cette énergie brûlait l'air autour de lui.

— J'espère que je ne vous empêche pas d'aller vous coucher, dit-il en la regardant confectionner le café. Je ne me suis pas rendu compte de l'heure tardive avant d'être devant votre porte.

— Ce n'est pas un problème, assura-t-elle. Je ne me mets jamais très tôt au lit.

Mais lorsqu'elle reporta son attention sur la bouilloire, elle se remémora soudain ce qui s'était passé la veille au soir, leur rencontre nocturne dans le bois et le fait qu'il ne lui avait pas dit la vérité en lui expliquant la raison de sa présence dans la forêt.

Alors qu'un instant plus tôt, le regard de Jewel était chaleureux et accueillant, il se ferma brutalement, remarqua Quinn, perplexe.

Il n'eut pas longtemps à attendre pour comprendre l'origine de ce brusque retournement.

— Vous m'avez menti hier soir, dit-elle. Vous avez prétendu que vous reveniez de chez Clay qui vous aurait appelé pour une jument malade. Mais par la suite, je l'ai vu et je lui ai posé la question. Il m'a assuré que tous ses chevaux se portaient à merveille…

Voilà ce qui avait provoqué son changement d'expression, se dit-il. Elle venait de se rappeler ce qu'il lui avait raconté la veille.

— C'est vrai, je vous ai menti, reconnut-il. C'était stupide de ma part. J'étais gêné de tomber sur vous, trop gêné pour vous avouer la vérité.

La cafetière à la main, elle resta immobile, à le dévisager avec attention. Le café était prêt mais elle n'esquissa pas le moindre mouvement pour sortir des tasses du placard. Il devina qu'elle attendait ses explications et que, si celles-ci ne lui convenaient pas, il n'aurait pas droit au breuvage et devrait s'en aller.

Or il n'en avait pas envie. Il avait eu besoin de la soirée entière pour trouver le cran de venir jusqu'ici. En réalité, il lui avait fallu des mois pour oser. Il voulait prendre un café avec elle et en apprendre davantage sur elle.

Elle le considéra d'un air suspicieux.

— Et quelle est-elle, cette vérité ? s'enquit-elle d'un ton froid.

— Je ne dors pas bien. Depuis des années, je souffre d'insomnies. Parfois, la nuit, quand je sens que je n'arriverai pas à trouver le sommeil, je vais chez Clay pour monter mon cheval, Noches, qui y est hébergé, et je passe ma soirée avec lui…

Elle chercha ses yeux, comme si elle pouvait lire dans son regard s'il était ou non sincère.

Devinant ses doutes, il poursuivit :

— Jewel, pour quelle autre raison me serais-je trouvé dans les bois au cœur de la nuit ?

Sans répondre, elle lui tourna le dos pour attraper des tasses, mais il eut le temps de voir une étrange émotion briller dans ses prunelles, une sorte de peur.

— Vous auriez dû me le dire hier soir, répliqua-t-elle enfin.

Elle posa la cafetière sur la table, les servit avant de s'asseoir en face de lui.

— Je n'avais pas tellement envie de répandre dans la région la rumeur selon laquelle le vétérinaire souffrirait d'insomnies. Si cela venait à se savoir, la prochaine fois qu'un animal à qui j'ai prodigué des soins succombera à ses blessures, tout le monde dira que c'est parce que j'avais mal dormi et que je n'avais pas l'énergie de m'en occuper correctement.

Sans cesser de le dévisager avec curiosité, elle sirotait son café.

— Cela a dû être difficile pour vous, dit-elle, quand il vous a fallu abattre l'étalon de Clay, que tous les habitants du village vous l'ont reproché et vous ont alors tourné le dos. Il m'en a parlé.

— Oui, ce fut un peu dur, reconnut-il. Mais c'est terminé à présent et j'essaie de ne pas laisser les tourments du passé me gâcher ma vie présente.

Comme, en prononçant ces mots, il songea aussitôt à Sarah, il s'ordonna de changer de sujet.

— J'ai l'impression que j'ai raté une importante réunion de famille chez Clay, ce matin.

— En effet, répondit-elle. C'était formidable de voir Clay et son frère enfin réunis. Je crois qu'ils vont pouvoir renouer une relation étroite, qu'ils souhaitent l'un et l'autre.

Comme un sourire éclairait son ravissant visage, une douce chaleur envahit Quinn.

Il hocha la tête.

— La vie dissolue que Ryder a menée dans sa jeunesse a profondément peiné Clay mais manifestement, Ryder a maintenant tourné la page et pris une autre voie. Tant mieux. Je m'en réjouis pour eux deux.

— Comment l'avez-vous appris ? Qu'ils s'étaient retrouvés, je veux dire ? demanda-t-elle avec curiosité.

— Je suis tombé par hasard sur Georgie, Nick et Emmie à la brasserie, ce soir. Emmie m'a dit qu'elle préparait sa première rentrée, la semaine prochaine. Elle espère que l'école lui plaira et qu'elle s'y fera des amis, même si aucun ne sera cowboy.

A ces mots, Jewel éclata de rire et, de nouveau, une agréable émotion s'empara de Quinn. Elle avait un rire charmant.

— Cette enfant est un amour, dit-elle. Je sais que Georgie s'inquiète beaucoup pour elle. Elle craint que sa fille ne supporte pas bien le mode de vie scolaire mais je suis persuadée du contraire. La petite a passé son existence sur les routes et dans les rodéos, au milieu d'adultes. Elle a donc appris à s'adapter à toutes sortes de situations. Et elle est tellement intelligente qu'il n'y aura aucun problème. Je ne cesse de le répéter à sa mère.

Puis un ange passa et ce long moment de silence mit Quinn mal à l'aise. Il se sentait comme un adolescent à son premier rendez-vous amoureux et il se torturait la cervelle pour chercher un sujet de conversation intéressant. Depuis l'arrivée de Jewel dans le village, il avait très envie de mieux la connaître mais cela faisait des années qu'il n'avait pas dragué une femme.

— Je pense que les enfants…

— Comment avez-vous…, lança-t-elle en même temps.

— Allez-y, dit-il.

— Je m'apprêtais seulement à vous demander où vous aviez trouvé le labrador que vous m'avez offert.

— J'ai aidé à le mettre au monde. Une portée de quatre chiots. Le propriétaire m'en a laissé un en guise de paiement. Comme j'ai déjà un chien, je me suis dit qu'il fallait que je lui trouve un bon foyer. Je suis certain qu'il se plaira ici.

Elle sourit.

— Les enfants vont l'adorer et prendre soin de lui. Cela leur fera du bien de s'en occuper.

Quinn se cala sur sa chaise. La tension commençait à se dissiper.

— Vous aimez votre métier, n'est-ce pas ?

Elle opina du menton, ses cheveux dorés valsant autour de son visage.

— Beaucoup. Avant, je travaillais pour Meredith Colton à Prosperino, en Californie, et lorsqu'elle m'a proposé de venir ouvrir un centre dans ce ranch, j'ai sauté sur l'occasion. Dès le départ, ce projet m'a enthousiasmée.

— Cela n'a-t-il pas été trop difficile de quitter la Californie pour le Texas ?

— Pas vraiment. J'avais besoin d'un changement et bien sûr, Clay m'a énormément aidée.

— Il m'a dit beaucoup de bien de vous.

— Et il ne cesse de chanter vos louanges. Il vous tient manifestement en haute estime.

— C'est un grand ami, je sais pouvoir compter sur lui, répondit Quinn en sirotant son café.

Elle se tut, serrant sa tasse entre ses mains, et elle lui parut soudain plus vulnérable.

— Je souffre moi aussi d'insomnies, reprit-elle enfin. Je finis par craindre la tombée de la nuit.

Il n'eut pas l'air surpris par cet aveu.

— Avez-vous consulté un médecin à ce sujet ? Peut-être pourrait-il vous prescrire des somnifères…

Elle secoua la tête.

— Je n'ai aucune envie de me bourrer de médicaments. Et vous, avez-vous vu un docteur ?

— Non, je suis comme vous, je préfère éviter de me droguer. En général, après deux ou trois nuits blanches, j'arrive à dormir quelques heures. D'après ce que m'a dit Clay, ce n'est pas la seule chose que nous ayons en commun, ajouta-t-il après un moment d'hésitation.

— Ah bon ? Qu'avons-nous d'autre ? demanda-t-elle avec curiosité.

— Nous avons l'un et l'autre perdu un être cher. Clay m'a raconté pour votre fiancé. Je suis désolé.

A ces mots, la jeune femme se pétrifia et son visage perdit toute couleur.

— Merci. Ce fut une véritable tragédie mais elle appartient au passé. J'essaie de tourner la page.

A sa réaction, il était évident que, si les événements remontaient à plusieurs mois, elle n'avait pas encore surmonté ce traumatisme.

Elle s'éclaircit la gorge.

— Et vous ? Qui avez-vous perdu que vous aimiez ?

— Ma femme, Sarah.

— Je suis navrée. J'ignorais que vous aviez été marié.

— Nous ne l'avons pas été longtemps. Dans l'année qui a suivi notre mariage, elle a appris qu'elle souffrait d'une tumeur au cerveau qui l'a emportée en moins de six mois.

A la grande surprise de Quinn, Jewel prit sa main.

— Quinn, je suis vraiment désolée.

Le contact de sa peau le fit frissonner et il mêla ses doigts aux siens.

— Si je vous en ai parlé, c'est uniquement pour que vous sachiez que je comprends votre chagrin et que si vous avez besoin de vous confier à quelqu'un, j'ai une bonne oreille et de larges épaules.

A ces mots, elle le lâcha soudain, comme si sa réflexion la gênait.

— Merci. C'est très gentil de votre part mais ça va. Parlez-moi de Sarah. Comment était-elle ?

— Timide et adorable. Nous avons fait connaissance à l'université. Nous poursuivions tous les deux des études scientifiques. Je voulais devenir vétérinaire, et elle, infirmière. Nous sommes d'abord devenus amis puis, peu à peu, nous sommes tombés amoureux. Elle aimait les animaux autant que moi, nous voulions une dizaine d'enfants et une ribambelle de chiens et de chats. Et vous, avec votre fiancé ? Il s'appelait Andy, n'est-ce pas ?

— Andrew, pas Andy, répondit-elle avec douceur. Il dirigeait un cabinet d'expertise comptable. Il adorait jongler avec les chiffres. Il m'a demandé ma main la nuit où il est mort.

— Au cours d'un accident de la route, je crois.

Hochant la tête, elle enveloppa de nouveau sa tasse de ses mains comme pour les réchauffer.

— Nous revenions d'un restaurant où nous avions dîné. Il faisait sombre. Une berline a brusquement surgi devant nous et nous a emboutis avec une extrême violence. Le choc a été terrible. J'ai été éjectée du véhicule et j'ai perdu connaissance. Malgré les efforts de la police, le chauffard responsable de cette tragédie n'a jamais été retrouvé…

Devant son émotion, Quinn eut envie de la prendre dans ses bras et de l'étreindre contre lui jusqu'à ce qu'elle perde son air hanté.

— Même s'il est impossible de se préparer à la mort d'un être cher, j'ai eu six mois pour m'habituer à cette idée et pour dire au revoir à Sarah. Mais vous, vous n'avez pas eu la possibilité de le faire avec Andrew.

Elle haussa les épaules.

— C'est arrivé, voilà. Maintenant, la vie doit continuer, dit-elle en jetant un coup d'œil à l'horloge.

Il comprit le message.

— Il se fait tard, dit-il. Je vais rentrer chez moi.

Comme elle ne protesta pas, il se leva et porta sa tasse dans l'évier.

— Merci pour le café, dit-il en se dirigeant vers la porte.

— Merci pour le chien, répliqua-t-elle. C'est vraiment très gentil à vous d'avoir eu ce genre d'attentions, ajouta-t-elle en ouvrant la porte.

Il devinait qu'elle voulait qu'il s'en aille mais il n'en avait pas envie.

— Jewel, j'espère que notre conversation n'a pas réveillé de mauvais souvenirs. J'en serais sincèrement navré.

Alors qu'il avait enfin trouvé le courage de venir lui rendre visite et le moyen de lui parler en tête à tête, il avait fallu qu'il choisisse d'évoquer leurs passés tragiques et douloureux.

Pourquoi n'avait-il pas abordé un autre sujet ? se reprocha-t-il.

A sa grande horreur, il vit les yeux de la jeune femme se remplir de larmes.

— Je suis désolée, dit-elle.

Il s'avança vers elle, incapable de rester sans bouger devant tant de souffrance, se sentant de surcroît coupable. Il aurait dû lui parler du temps ou de l'état des routes au lieu de remuer le couteau dans la plaie.

Il lui ouvrit les bras et, à sa grande surprise, elle se jeta à son cou pour nicher sa tête au creux de son épaule. Envoûté par son parfum, il l'étreignit avec force.

En se décidant à lui rendre visite ce soir, il ne s'attendait pas du tout à cette tournure des événements mais lorsqu'elle leva le visage pour le regarder, il comprit qu'il n'allait pas en rester là.

Il mourait d'envie de l'embrasser.

4

Jewel comprit qu'il allait l'embrasser.

Quelque part, elle se doutait que c'était de la folie, qu'elle ne le connaissait pas assez et que, de toute façon, elle n'était pas prête à nouer une relation amoureuse avec qui que ce soit. Comment envisager de vivre une histoire d'amour ou même une simple aventure alors qu'elle se débattait des nuits durant pour tenter de chasser les fantômes de son passé ?

Pourtant, même si rationnellement elle s'interdisait d'aller plus loin, quand elle posa les yeux sur lui, un désir viscéral, aigu, la souleva. Lorsque Quinn pencha la tête pour capturer sa bouche, elle entrouvrit la sienne sans réfléchir.

C'était de la folie pure, elle le savait, mais, renonçant à lutter, elle s'abandonna à cette étreinte. Les lèvres de Quinn étaient chaudes et la réchauffèrent, l'embrasèrent. Elle adorait les sensations qu'il faisait naître en elle et elle se colla plus étroitement contre lui pour lui permettre d'approfondir leur baiser.

Bien sûr, elle aurait dû reculer, s'écarter, l'empêcher de continuer, mais elle s'en sentit incapable. Cela faisait si longtemps qu'un homme ne l'avait pas prise dans ses bras ! Et ceux de Quinn étaient tellement réconfortants. Quant à sa façon de l'embrasser, elle lui donnait faim de davantage encore.

Comme leurs langues entamaient une danse sensuelle, Quinn l'étreignit plus fort, ses grandes mains masculines allant et venant sur son dos.

Avec un gémissement de plaisir, Jewel noua ses bras autour de son cou et glissa les mains dans ses cheveux. Ses doigts se perdirent dans cette épaisse crinière.

Elle sentait ses jambes s'affaiblir, devenir du coton, menaçant de s'effondrer. Le cœur battant, elle s'accrocha à lui.

Finalement, la bouche de Quinn abandonna la sienne pour se promener dans son cou. Puis, avec une lenteur délibérée, il lui mordilla le lobe des oreilles. Traversée par des ondes délicieuses, elle rejeta la tête en arrière, lui permettant de picorer sa gorge de baisers brûlants et de s'aventurer dans l'embrasure de son corsage.

Emportée par la passion, elle se moquait d'embrasser un quasi-inconnu avec une telle fougue, de s'abandonner sans retenue à son étreinte. Certes, elle le connaissait peu, ne l'ayant croisé qu'à trois ou quatre reprises depuis son emménagement, mais soudain, cela n'avait plus aucune importance. Tant pis, si elle n'avait jamais fait quelque chose d'aussi fou dans la vie. Dans les bras de Quinn, elle se sentait bien, à sa place. A défaut de le connaître, elle avait l'impression de le reconnaître. Elle avait envie d'être folle, de tout oublier. Elle avait faim de ses baisers, de lui.

Il reprit sa bouche et comme elle se pressait plus étroitement contre lui, elle remarqua son érection. En prendre conscience ne fit qu'attiser sa propre flamme.

Elle voulait faire l'amour avec lui, se perdre dans ses caresses, dans les fabuleuses sensations que faisait naître le plaisir sexuel.

Elle avait entendu suffisamment Clay parler de Quinn pour savoir qu'il ne lui ferait pas de mal, qu'elle pouvait s'abandonner en confiance. Elle ne songeait pas aux conséquences. Peut-être serait-elle un peu gênée demain matin de se réveiller dans les bras d'un inconnu. Mais en réalité, elle s'en moquait. Demain n'existait plus, elle refusait d'y penser.

La seule chose qui l'intéressait était le désir qui la dévorait, là, maintenant.

— Mademoiselle Jewel ?

Comme deux adolescents pris en faute, ils s'écartèrent précipitamment l'un de l'autre.

Jewel reconnut la voix de la jeune fille qui l'appelait. Elle prit une profonde inspiration et sans oser regarder Quinn, elle demanda :

— Qu'est-ce qui ne va pas, Lindy ?

— Vous feriez mieux de venir très vite, mademoiselle. Kelsey est en train de faire ses valises. Elle dit qu'elle veut se sauver d'ici.

— J'arrive.

Finalement, Jewel trouva le cran de dévisager Quinn et sentit aussitôt ses joues s'empourprer. En définitive, elle n'aurait pas à attendre le lendemain matin pour être un peu gênée.

Il demanda avec douceur :

— As-tu besoin d'aide ?

— Non, merci, ça va aller. Rentre chez toi, je t'en prie.

A présent que l'excitation était retombée, elle n'en revenait pas de ce qui s'était passé entre eux… de ce qui était toujours entre eux.

Sa propre réaction l'étonnait. Elle n'était pourtant pas du style à s'emballer au premier regard et encore moins à se jeter au cou de n'importe qui. Jusqu'à ce soir, elle estimait qu'elle avait plutôt la tête sur les épaules et le sens de la mesure. Désormais, elle n'oserait plus le prétendre.

Elle lui fut reconnaissante de ne pas insister et de se contenter d'opiner du menton avant de s'en aller.

Après avoir refermé la porte derrière lui, elle se précipita vers le dortoir des filles. Elle y découvrit Kelsey qui balançait ses vêtements dans la valise avec laquelle elle était arrivée deux jours plus tôt.

— Kelsey, que se passe-t-il ?

Sans cesser de s'activer, la jeune fille répondit d'un ton sec :

— Rien. Si ce n'est que je n'ai plus envie de rester ici.

— Pourquoi ? Quelqu'un t'a-t-il dit quelque chose qui t'a fait de la peine ou contrariée ? s'enquit Jewel en se rapprochant.

— Non, je veux juste m'en aller, voilà tout. Je dois partir.

Des larmes brillaient dans ses yeux verts quand elle se tourna enfin vers Jewel.

Cette dernière lui tendit la main.

— Viens avec moi. Nous allons trouver un endroit tranquille où nous pourrons discuter toutes les deux.

Un instant, l'adolescente hésita mais elle finit par la suivre.

Avant de quitter la pièce, Jewel lança à la cantonade :

— Lindy, Carrie, retournez vite vous coucher et éteignez la lumière.

Elle emmena Kelsey dans la cuisine et lui désigna la chaise sur laquelle Quinn s'était assis.

— Aimerais-tu un verre de lait ? Avec un cookie peut-être ? Cheryl en a justement confectionné, ce matin.

Kelsey secoua la tête. Son visage reflétait le désespoir le plus absolu.

Avec un sourire encourageant, Jewel s'assit à côté d'elle et lui prit la main.

— Chérie, si tu ne me dis rien, je ne pourrai pas t'aider, commença-t-elle avec douceur.

La jeune fille se mordilla les lèvres un moment et finit par pousser un profond soupir.

— Je me plais beaucoup trop ici, c'est le problème.

— Excuse-moi, je ne comprends pas, répondit Jewel.

Kelsey fronça les sourcils.

— Chaque fois que je suis bien quelque part, quelqu'un m'en fait partir. Cela ne rate jamais. Alors cette fois-ci, j'ai décidé de ne pas attendre qu'on me jette. Je préfère m'en aller avant de m'habituer à cette vie. Sinon quand on me renverra dans ma famille, être privée de tout ce que j'aurais connu ici me sera devenu trop douloureux.

Un sanglot secoua sa maigre poitrine.

— Pourquoi rester chez vous et essayer d'y être heureuse alors que je sais très bien qu'un jour, il me faudra plier bagage et être de nouveau malheureuse ?

Bouleversée par son chagrin, Jewel prit la jeune fille dans ses bras.

— Il ne faut jamais refuser le bonheur lorsqu'il se présente à toi. Au contraire, tu dois profiter le plus possible de tous les moments heureux que t'offre la vie, aussi longtemps que tu le peux. Comme ça, même s'ils ont une fin, tu garderas de bons souvenirs qui t'aideront à tenir le coup dans les moments plus difficiles. Le bonheur va et vient mais tu ne dois sous aucun prétexte lui fermer la porte au nez. De plus, je compte bien t'apprendre ici deux ou trois petites choses qui te permettront d'être heureuse partout et en toutes circonstances.

Kelsey leva la tête et la dévisagea à travers ses larmes.

— Mais je ne veux pas être heureuse, mademoiselle ! Le bonheur fait trop mal quand il s'en va.

Le cœur serré, Jewel étreignit plus étroitement l'adolescente contre elle.

— Je le sais, chérie. Mais j'aimerais que tu restes avec nous et que tu emmagasines toutes les petites joies que nous pourrons te donner. Ne pense pas au jour où tu t'en iras. Tu viens à peine d'arriver ! Profite de l'instant présent.

Comme elle la lâchait, Kelsey se mit à rire.

— Je n'ai aucune envie de partir, reconnut-elle. J'ai adoré monter à cheval et j'attends avec impatience d'avoir l'occasion de renouveler l'expérience. Je m'entends bien avec les autres enfants du centre aussi.

— Parfait. Alors je te suggère de retourner te coucher, maintenant. Beaucoup d'activités sont au programme dans les jours à venir et si tu n'as pas assez dormi, tu seras fatiguée et tu ne pourras pas t'amuser autant. Tu déferas ta valise demain, d'accord ?

L'adolescente opina du menton et toutes deux repartirent vers le dortoir des filles.

Devant la porte, Jewel lui sourit.

— Bonne nuit, Kelsey, chuchota-t-elle.

— Bonne nuit.

Jewel la regarda grimper sur son lit.

La crise calmée, elle retourna dans la cuisine où elle éteignit les lumières avant de regagner ses quartiers.

Des images de Quinn hantaient son esprit. Elle ne parvenait pas à croire qu'elle avait embrassé un quasi-inconnu et elle n'osait pas imaginer ce qui se serait passé s'ils n'avaient pas été interrompus.

En réalité, le problème était qu'elle imaginait parfaitement ce qui se serait passé. La bouche sèche, elle se remémora les baisers qu'ils avaient échangés. A cinq minutes près, elle l'aurait entraîné jusqu'à sa chambre et l'aurait autorisé — ou plutôt encouragé — à faire l'amour avec elle.

Seigneur, fallait-il qu'elle soit désespérée et se sente

profondément seule dans la vie pour coucher ainsi avec le premier venu ?

Entrant dans le dressing-room, elle retira son jean et son T-shirt. Puis elle se tourna vers le grand miroir mural et considéra son reflet.

Elle fronça les sourcils en remarquant les rides de fatigue qui cernaient ses yeux.

Non, elle n'était pas désespérée au point de coucher avec le premier venu et lui faire comprendre qu'elle lui plaisait. Si cela avait été le cas, elle aurait cédé depuis longtemps aux avances de l'adjoint du shérif, Adam Rawlins. Depuis des mois, il lui faisait une cour assidue, elle savait qu'elle l'intéressait et qu'elle n'aurait eu qu'un mot à dire pour faire l'amour avec lui. Mais elle n'avait même pas voulu l'embrasser. Elle n'en avait jamais eu envie. Alors qu'elle avait eu très envie que Quinn l'embrasse.

Le séduisant vétérinaire l'attirait comme aucun homme ne l'avait attirée depuis très, très longtemps. S'écartant du miroir, elle attrapa sa chemise de nuit. Depuis qu'elle avait posé les yeux sur Quinn, elle fondait. Il ne s'agissait pas uniquement d'une attirance physique. Il lui plaisait à un niveau plus profond, elle se sentait bien avec lui.

Il émanait de lui une force tranquille qu'elle appréciait beaucoup et ce qui s'était passé ce soir l'avait confortée dans l'opinion qu'elle avait de lui. Il semblait à la fois viril et tendre, volontaire et gentil. Pourtant, elle se sentait encore un peu gênée d'avoir répondu avec tant d'empressement à son étreinte.

Qu'allait-il penser d'elle ? Elle espérait qu'il ne la prendrait pas pour une fille facile ou un peu irresponsable. Elle savait qu'elle n'était ni l'une ni l'autre.

Revêtue de sa chemise de nuit, elle regagna sa chambre

et se glissa sous ses draps, étonnée de constater que non seulement elle était fatiguée, mais aussi qu'elle se sentait sur le point de s'assoupir.

La conversation qu'elle avait eue avec Quinn l'avait peut-être détendue et avait peut-être dénoué quelque chose en elle. A moins que par sa seule présence, par son calme, il n'ait réussi à l'apaiser.

D'un bref coup d'œil, elle consulta le réveil posé sur sa table de chevet. Il était presque 11 heures. Peut-être allait-elle réussir à dormir cette nuit. A cette perspective, une lueur de joie éclaira un instant son visage. Elle éteignit la lumière et ferma les paupières.

Une image de Quinn assis à la table de la cuisine remonta alors à sa mémoire. Elle revit ses yeux topaze brillant d'une force intérieure, sa bouche sensuelle esquissant un doux sourire. Presque aussitôt, elle eut l'impression que Morphée lui ouvrait les bras et elle s'abandonna au sommeil avec un soupir de soulagement.

Aussitôt, elle se mit à rêver.

Elle se voyait attablée avec Andrew dans un restaurant italien. Ils adoraient cet endroit et y venaient souvent dîner. Comme dans beaucoup d'établissements de ce genre, les tables étaient recouvertes de nappes rouges et éclairées par des chandeliers. La nourriture y était délicieuse, le personnel efficace et souriant, l'ambiance chaleureuse et romantique à souhait.

Ils finissaient leur repas quand Andrew, une lueur dans les yeux, s'était éclairci la gorge.

— J'ai passé la journée à tenter d'imaginer la meilleure façon de m'y prendre mais je suis comptable, ce qui signifie que mes capacités en la matière sont un peu limitées, pour ne pas dire extrêmement limitées.

Manifestement ému, il avait alors sorti de la poche de sa chemise un petit écrin.

— Je t'aime plus que tout, Jewel, et si tu acceptais de devenir ma femme, je serais l'homme le plus heureux de la Terre.

C'était magique. L'homme, la bague, cette déclaration, sa demande en mariage… Toute la scène semblait extraite d'un conte de fées ou d'un rêve merveilleux. Jewel savait qu'elle ne l'oublierait jamais. La gorge serrée, elle avait regardé Andrew prendre sa main pour lui glisser la bague au doigt. Le somptueux diamant brillait de mille feux.

Et l'atmosphère était devenue plus féerique encore lorsqu'elle avait alors confié son doux secret à son fiancé. Elle était enceinte, elle portait leur bébé !

A ces mots, Andrew avait été fou de joie. Ils avaient passé le repas à organiser leur mariage, à dresser la liste des invités et à chercher des noms pour l'enfant…

Puis ils avaient quitté le restaurant bras dessus, bras dessous en riant.

— C'est toi qui conduis, chéri, avait-elle dit en lui tendant les clés de sa voiture. Comme cela, je pourrai admirer ma jolie bague !

Elle était passée le prendre à son bureau pour aller au restaurant.

Comme souvent dans les songes, la scène s'interrompit brutalement. A présent, ils étaient dans l'habitacle, Andrew au volant. L'ambiance romantique qui avait enchanté la soirée avait disparu, laissant la place à un décor froid. Les couleurs étaient plus sombres, l'atmosphère plus tendue. Tout semblait plongé dans une austère réalité.

Même si elle dormait, Jewel savait ce qui allait arriver et elle lutta pour se réveiller, ne voulant pas revoir les terribles images de la tragédie. Mais son inconscient la retenait prisonnière et elle eut beau se débattre, la berline — un monstre jaune aux dents d'acier — surgit soudain, sortant de nulle part, et fonça sur eux à une vitesse folle.

— Non ! cria-t-elle.

Horrifiée, elle regarda ses dents d'acier dévorer leur voiture puis se saisir d'Andrew et le secouer comme une poupée de chiffon.

Le monstre envoya balader le jeune homme sur le bas-côté de la route puis il se tourna alors vers elle pour lui mordre le ventre, tuant son bébé et anéantissant tous ses rêves.

Ses hurlements la réveillèrent. En nage, elle se mit sur son séant, le cœur battant si fort qu'elle craignit de mourir. Secouée par de violents sanglots, elle ne parvenait plus qu'à grand-peine à respirer.

Elle enlaça son ventre comme pour le protéger, comme pour sauver l'enfant qu'elle avait porté. Elle savait pourtant que c'était inutile. Il était trop tard. Le monstre avait gagné. Il avait réussi à tout détruire, à tout lui prendre et à l'intérieur, il n'y avait plus rien qu'un grand vide.

Un long moment, elle resta allongée sur son lit en frissonnant, à pleurer en silence tandis que les images les plus violentes de son cauchemar tournaient inlassablement dans sa tête.

Pourquoi le chauffard au volant de cette berline ne s'était-il pas arrêté ? Pourquoi n'avait-il pas essayé de leur venir en aide ?

Si les secours avaient été prévenus tout de suite, Andrew aurait-il pu être sauvé ? Son bébé aurait-il survécu ?

Toutes ces questions la hantaient depuis des mois mais ne trouveraient jamais de réponses.

A la fin, n'ayant plus de larmes, elle alluma sa lampe

de chevet. Elle savait qu'elle ne recouvrerait pas le sommeil avant un long moment.

En reconnaissant le bruit caractéristique d'un froissement de papier, elle fronça les sourcils. Etonnée, elle regarda autour d'elle pour en chercher l'origine et elle aperçut sur sa couette quelque chose qui ressemblait à une feuille de journal.

Elle s'en empara et découvrit alors le gros titre de la Une :

« Un expert-comptable trouve la mort dans un tragique accident de la route ».

Accablée, elle le laissa tomber, comme s'il la brûlait. Il s'agissait de l'article paru dans la presse, des années plus tôt, au moment du drame.

Les battements de son cœur, qui s'étaient un peu calmés, devenaient à présent si douloureux qu'elle ne parvenait plus à respirer. Comment ce quotidien était-il arrivé sur son lit ?

Quelqu'un était entré dans sa chambre. Un individu s'était-il glissé furtivement chez elle pendant son sommeil ? Ou plus tôt dans la soirée, quand elle se trouvait avec Quinn dans la cuisine ?

L'intrus était-il encore dans la maison ?

Bondissant de sa couche, elle s'empara de la batte de baseball posée contre le mur dans un coin. Elle ne voulait pas inquiéter qui que ce soit d'autre dans le centre mais elle tenait à s'assurer que personne n'était là sans avoir une bonne raison d'y être.

La gorge serrée, elle commença par fouiller ses appartements. Elle examina l'intérieur du dressing-room, de la salle de bains puis sa chambre. Malgré sa peur, elle ouvrit les placards, regarda derrière les portes. Quand elle eut fini de vérifier que personne n'était caché dans l'aile où elle vivait, elle visita le reste de la maison.

Elle inspecta toutes les fenêtres, toutes les portes, mais elle ne vit rien d'anormal. Apparemment, aucun objet n'avait été déplacé. Tout était bien fermé et aucune des serrures n'avait été fracturée.

Finalement, elle retourna se coucher. Il était 1 heure du matin. Elle ne dormirait plus, maintenant, elle le savait. La batte à la main, en proie à un désespoir sans nom, elle attendit que le jour se lève.

— Rover, déclara Barry. C'est un bon nom pour un chien.

— Non, c'est nul, rétorqua Sam. Nous devrions l'appeler Champion ou Rex. Cela lui irait beaucoup mieux.

Ils étaient tous réunis dans la cuisine et le labrador courait d'un enfant à l'autre, battant la queue de joie. Il léchait tous les visages et Jewel se demandait qui de l'animal ou des petits était le plus heureux.

— Il ressemble à un bol de chocolat chaud, remarqua Kelsey. Alors que diriez-vous de Cacao ?

— Cacao, oui, cela sonne bien ! s'écria Carrie en claquant dans ses mains. Viens ici, Cacao !

Le chien bondit vers elle.

Les yeux cernés par le manque de sommeil et les traits tirés par l'angoisse qui l'avait saisie en découvrant le journal sur son lit, Jewel tenta pourtant de se montrer enthousiaste.

— Je partage ton avis, Carrie. Cacao est un nom formidable, acquiesça-t-elle. A présent, nous allons voir comment chacun de nous va s'occuper de lui.

Les gosses se battant presque pour avoir le privilège de nourrir leur nouveau compagnon, de lui donner à boire ou de le promener, l'organisation ne fut pas longue à mettre en place et bientôt, l'esprit de Jewel commença à vagabonder et elle repensa à ce qui s'était passé la veille.

Juste avant l'aube, une idée terrifiante l'avait traversée. Peut-être la présence du journal ne s'expliquait-elle pas par la visite d'un mystérieux inconnu dans la maison. Tout en haut de son placard, sur une étagère difficile d'accès dont elle se servait peu, se trouvait une boîte à souvenirs dans laquelle elle avait rangé des photos de sa famille et des objets de son passé.

Entre autres choses, elle y avait mis plusieurs exemplaires de l'article relatant l'accident dont Andrew et elle avaient été victimes. Même si elle n'aurait pas pu prouver que le journal qu'elle avait découvert sur son lit venait de là, elle en avait pourtant l'intime conviction.

Peut-être s'était-elle levée dans la nuit, en plein milieu de son cauchemar, et avait-elle été prendre un de ces quotidiens. Elle ignorait ce qui la ravageait le plus : la perspective qu'un intrus ait eu la possibilité de pénétrer dans la maison pendant son sommeil pour des raisons qu'elle ne comprenait pas. Ou l'éventualité qu'elle soit en train de perdre la raison. Si elle avait des crises de somnambulisme, si elle ne se souvenait pas de ses propres actes, elle était manifestement sur le point de sombrer dans la folie.

Sa mère avait-elle commencé à mal tourner de cette façon ? La démence débutait-elle ainsi ? Elle se rappelait avoir lu un jour un article de psychologie dans un magazine spécialisé relatant l'histoire d'une femme persuadée qu'elle était harcelée par un pervers. Elle avait reçu des courriers menaçants, des appels anonymes et on lui avait crevé les pneus de son véhicule. Les incidents se multipliant, sa famille avait finalement résolu de faire appel à un détective privé et la terrible vérité était alors apparue. Aucun détraqué n'était à l'origine de ces actes de malveillance. La malheureuse s'écrivait elle-même ces missives haineuses, avait imaginé ces coups de fil, avait elle-même abîmé sa voiture et elle faisait tout cela sans même en avoir conscience.

— Pouvons-nous le sortir maintenant ? demanda Barry, la tirant de ses pensées.

Non sans mal, Jewel s'efforça de revenir à la situation présente.

— Bien sûr, il a certainement besoin de se dégourdir les pattes et de s'aérer. Il y a une laisse pour son collier dans le garage. Sam, pourquoi n'irais-tu pas la chercher ? Puis vous le promènerez chacun votre tour dans le jardin.

Comme Sam se ruait dehors, Jewel se tourna vers Cheryl.

— J'ai quelque chose à faire en ville, aujourd'hui. Je vais peut-être être absente toute la journée.

— Pas de problème. Jeff et moi veillerons sur la troupe, ne vous inquiétez pas.

— N'oubliez pas que, à 14 heures, Mark Potter vient leur donner une leçon de dessin.

En effet, Jewell avait loué les services d'un artiste peintre, persuadée que l'art aiderait les enfants à exprimer leurs problèmes et leurs angoisses.

Sam revint avec la laisse et les gosses se précipitèrent dehors avec Cacao sous la surveillance de Jeff.

Jewel gagna sa chambre pour prendre son sac puis elle gagna sa voiture. En passant, elle sourit à la vue du chien bondissant aux côtés de Carrie qui riait aux éclats.

« Quinn a vraiment eu une excellente idée en leur offrant ce chien », pensa-t-elle.

Quinn. Tandis qu'elle roulait vers la ville, les traits du séduisant vétérinaire dansaient devant ses yeux.

A présent, elle connaissait la saveur de sa bouche, la douceur de ses cheveux et la puissance de ses épaules sous ses doigts. Mais elle ignorait d'où il venait, s'il avait des frères et sœurs, s'il aimait la cuisine mexicaine, quels livres il lisait, quels films il préférait et beaucoup d'autres choses encore.

Elle avait été complètement folle de l'embrasser et à la perspective de le revoir — fatalement, ils allaient se recroiser un jour ou l'autre, Esperanza n'était qu'un petit village —, elle ne savait pas si sa gorge se serrait de plaisir anticipé ou de gêne.

Tout en se garant devant la bibliothèque de la ville, elle tenta d'écarter ses souvenirs de lui de sa mémoire pour se concentrer sur ce qu'elle était venue faire.

A un moment, alors que l'aube se levait et que le manque de sommeil embuait son esprit, elle s'était demandé si, avec cette histoire de journal, son inconscient n'essayait pas de lui dire quelque chose d'important, quelque chose à propos de la tragédie qui lui avait pris tous ceux qu'elle aimait.

Alors que le jour se pointait à l'horizon, elle s'était rendu compte qu'elle avait ignoré beaucoup de choses à propos d'Andrew et de son travail. Par ailleurs, au fond d'elle-même, elle avait toujours été persuadée que la collision dont ils avaient été victimes n'avait pas été provoquée par un malheureux concours de circonstances. La berline jaune n'avait pas tenté de les éviter. Le conducteur n'avait pas essayé de piler ou de braquer son volant pour empêcher le drame.

Même si l'enquête policière avait conclu à un tragique accident causé par la brume qui avait rendu les routes très glissantes, Jewel n'avait jamais été totalement convaincue par ces conclusions.

Pour en apprendre davantage, elle aurait pu entreprendre des recherches sur l'ordinateur du ranch, mais pour une raison qu'elle ne parvenait pas à cerner, elle sentait qu'il était important de séparer cette histoire de sa vie actuelle. Pour préserver son équilibre, elle devait s'efforcer de compartimenter son passé et son présent. Aussi préférait-elle utiliser un des appareils de la bibliothèque.

En entrant dans celle-ci, elle fut étonnée de voir une adolescente de seize ans, Sara Engelheit, à l'accueil.

Quatre mois plus tôt, la jeune fille avait passé quelques temps au ranch Hopechest. Persécutée par son père qui tentait de faire passer sa mère pour folle et obtenir ainsi la garde de sa fille, elle avait fugué de chez elle. Au centre, elle avait rencontré l'amour et réussi à se libérer de l'oppression paternelle.

— Sara ! s'exclama-t-elle. J'ignorais que tu travaillais ici.

— J'ai commencé la semaine dernière. Il ne s'agit que d'un mi-temps mais ce job d'été me plaît beaucoup. Tout va bien, au ranch ?

— Oui, oui, comme d'habitude, nous sommes bien occupés, répondit Jewel en souriant. Je m'apprêtais à faire des recherches sur un des ordinateurs. A plus tard.

Comme elle s'approchait des appareils, une nouvelle vague d'angoisse la submergea en se rendant compte qu'elle allait replonger dans son passé, au moment où tout avait basculé, où les rêves qu'elle nourrissait pour l'avenir s'étaient mués en cauchemars.

Un long moment, elle resta assise sur une chaise, pétrifiée. Après tant de nuits sans sommeil, elle se sentait épuisée et elle lutta contre l'envie de se frotter les yeux. Ils étaient déjà si rouges que quelqu'un aurait pu la prendre pour un vampire.

Elle ne se souvenait pas avoir été un jour à ce point exténuée. Elle avait l'impression que toutes les insomnies cumulées depuis des mois avaient finalement réussi à l'abattre ce matin et elle comprit qu'elle aurait du mal à se concentrer.

Long et Casey Accounting avait été un cabinet d'expertise comptable florissant, travaillant pour plusieurs sociétés de Californie. Andrew possédait la majorité des parts et Gray Casey était alors son associé. A la mort d'Andrew, son frère cadet avait pris sa suite et au lieu de péricliter comme beaucoup l'avaient craint, l'entreprise avait ainsi eu la possibilité de continuer à développer ses activités et à prospérer.

D'abord, Jewel chercha tout ce qu'elle put trouver à propos de l'accident. Plusieurs articles relatant la tragédie avaient été publiés après le drame.

Elle essaya de garder ses distances, de ne pas se laisser submerger par l'émotion en lisant ces lignes, mais elle n'apprit rien de nouveau en parcourant les différents comptes-rendus.

Sans se décourager, elle introduisit sur le moteur de recherche les mots « Long et Casey Accounting », elle obtint plus de deux cents résultats. Elle passa la matinée puis l'après-midi à consulter chaque page, chaque site, ne sachant pas très bien ce qu'elle cherchait mais décidée à aller jusqu'au bout. Elle prit des notes de tout ce qui avait peut-être une signification.

Il était 16 heures quand Sarah s'approcha d'elle.

— Je m'en vais et je passais juste vous dire au revoir avant de partir.

Jewel se leva pour l'embrasser.

— Tu sais que tu peux revenir au ranch quand tu veux. Tu y seras toujours la bienvenue.

— Je sais, merci. Un de ces jours, après l'école, je viendrai vous rendre une petite visite.

— Cela me ferait plaisir.

Comme Sara se dirigeait vers la sortie, Jewel reprit sa lecture. Elle était si fatiguée que ses yeux la brûlaient.

Elle allait renoncer à poursuivre ses recherches lorsqu'elle tomba sur une chronique qui la pétrifia.

« Un brillant homme d'affaires inculpé pour fraude fiscale » annonçait la Une d'un journal local.

Rapidement, la jeune femme parcourut l'article, se demandant pourquoi un reportage sur James Corrs était apparu alors qu'elle cherchait des éléments sur la société d'Andrew.

« Quel lien y a-t-il entre les deux ? », s'interrogea-t-elle, intriguée.

Elle ne tarda pas à trouver la réponse. En haut de la deuxième page, elle apprit avec stupéfaction que c'était Andrew qui, à l'époque, avait découvert les malversations dont James Corrs s'était rendu coupable et qui l'avait dénoncé auprès de l'administration du Trésor américain.

Ces lignes avaient été publiées trois semaines avant la tragédie qui avait coûté la vie à son fiancé. Ce James Corrs avait-il décidé de se venger d'Andrew ? Avait-il ourdi un complot pour empêcher ce dernier de fournir des preuves au fisc ?

Cet homme avait certainement eu beaucoup à perdre dans cette histoire et en avait sans doute voulu à Andrew…

Seigneur ! Etait-il possible que l'accident n'en ait pas été un ? Qu'il se soit agi d'un meurtre ?

Comme une main ferme se posait sur son épaule, elle ne put réprimer un cri.

5

— Je suis désolé, je ne voulais pas te faire peur, dit Quinn.

A la hâte, Jewel ferma les sites qu'elle consultait pour retourner sur la page d'accueil. Il eut la nette impression qu'elle ne voulait pas lui montrer ce qu'elle faisait sur cet ordinateur.

— Pardonne-moi d'avoir crié, répondit-elle. J'étais tellement absorbée que je n'avais pas remarqué ta présence.

— Absorbée par quoi ? demanda-t-il avec légèreté.

Le visage de la jeune femme lui parut à la fois ravissant et épouvantable. Elle portait un jean et un corsage sans manches mais ce ne fut pas la manière dont elle était habillée qui retint son attention. Ce fut ses yeux. Ses yeux étaient rouges, comme injectés de sang. Sans parler de l'expression peinte sur ses traits. Elle semblait exténuée, vidée, au bout du rouleau, et la voir dans un tel état l'inquiéta.

— Un article de psychologie, rien de très palpitant, répondit-elle sans le regarder. Et toi, qu'es-tu venu faire ici ?

Il lui montra les trois livres qu'il tenait à la main. Il avait beaucoup de mal à ne pas penser aux baisers brûlants qu'ils avaient échangés la veille au soir et plus de difficulté encore à ne pas la prendre dans ses bras.

— Comme ces ouvrages n'étaient pas référencés à Esperanza, j'avais demandé aux responsables de la bibliothèque de San Antonio s'ils seraient d'accord pour me prêter leurs exemplaires. Très gentiment, ils ont accepté et je les ai reçus aujourd'hui même.

— Ils doivent avoir beaucoup d'importance pour toi si tu as entrepris toutes ces démarches auprès de San Antonio pour les obtenir.

Elle semblait nerveuse, à cran, et elle serrait contre elle un dossier auquel elle s'accrochait comme s'il s'agissait d'une bouée de sauvetage.

Il lui sourit.

— A leurs titres, tu vas tout de suite comprendre leur valeur inestimable pour moi : « Mémento Biologique du Vétérinaire : Répertoire de Biochimie, Endocrinologie et Hématologie Clinique », « Virologie clinique des Ruminants et des Equidés » et « Traité de médecine vétérinaire : les Dystocies de la Vache ». Je me suis dit que, si je me plongeais dedans en me mettant au lit, j'arriverais peut-être à régler définitivement mes problèmes d'insomnie.

Elle se mit à rire, mais même son rire semblait las et un peu forcé.

— J'ai essayé de lire avant de me coucher mais cela n'a pas marché, je n'ai pas réussi à dormir, répondit-elle. D'ailleurs, rien ne semble pouvoir venir à bout de mes difficultés à recouvrer le sommeil, ajouta-t-elle avec un soupir en posant sa chemise cartonnée sur le bureau.

— Oui mais tu n'as pas encore lu le traité vétérinaire sur les dystocies de la vache, il ne faut donc pas désespérer. La solution est peut-être toute simple et je la tiens entre mes mains. Puis-je t'offrir un verre ?

L'invitation franchit ses lèvres avant que son cerveau n'ait eu l'intention de la formuler.

Jewel semblait si malheureuse qu'il se sentait incapable de lui dire au revoir, de tourner les talons et de s'en aller en la laissant là.

A sa grande surprise, elle n'hésita qu'un instant avant de hocher la tête.

— En fait, oui, merci.

Elle éteignit l'ordinateur sur lequel elle avait travaillé et reprit son dossier.

— Où aimerais-tu aller ?

— Il y a un petit bar mexicain qui vient d'ouvrir à deux pas. « La Cantine de Joe ». Il a l'air sympa. Cela te dirait de l'essayer ?

Elle fronça les sourcils, ce qui accentua les plis sur son front.

— Pourquoi pas ? Mais je n'ai jamais entendu parler de cet endroit.

— Ils n'ont ouvert qu'il y a deux semaines. J'y suis allé il y a quelques jours. Leurs cocktails étaient formidables, à la fois originaux, bien dosés et frais. Quant à leur cuisine — car il est possible d'y prendre des repas, le soir — elle est succulente.

— Parfait, alors allons-y.

— Si tu veux, nous pouvons nous y rendre à pied, c'est vraiment à côté.

Quelques instants plus tard, ils se retrouvèrent sous le soleil estival. En passant, Quinn déposa ses livres dans son camion et Jewel laissa son dossier dans sa voiture, puis ils se dirigèrent vers le restaurant.

— Tout s'est bien passé, hier soir ? demanda-t-il. Comment s'est terminée l'affaire avec la jeune fille qui voulait s'enfuir ? As-tu réussi à la calmer et à la retenir ?

— Elle n'avait pas vraiment envie de s'en aller, répondit-elle. La pauvre petite était simplement terrifiée parce qu'elle se plaît beaucoup au ranch. Comme elle est persuadée qu'elle sera forcée par sa famille de le quitter un jour, elle préférait partir tout de suite, avant de s'attacher au lieu et aux gens. Elle a peur d'être heureuse parce qu'elle connait la souffrance de perdre le bonheur.

— Elle est bien jeune pour l'avoir déjà appris.

Jewel hocha la tête. Les rayons du soleil jouaient dans ses cheveux.

— C'est le problème de la plupart des enfants qui viennent au centre. Ils ont vécu à un âge trop tendre des traumatismes qu'aucun gosse ne devrait jamais connaître. Oh, à propos, ils ont trouvé un nom pour le chien ! Ils l'ont baptisé Cacao.

— Formidable. Ils sont donc heureux de l'arrivée de cet animal ?

Elle sourit.

— C'est un euphémisme ! Ils sont aux anges !

— J'en suis content. Je savais que Cacao serait bien chez vous.

Comme ils atteignaient le restaurant, une délicieuse odeur de piment, d'oignons et de tortillas emplit l'air. Quinn lui ouvrit la porte avant de la précéder à l'intérieur.

Sur la droite se trouvait la salle réservée aux dîneurs et, sur la gauche, plongé dans une lumière tamisée, un bar entouré de tables basses. Ils prirent place et consultèrent la carte des cocktails que leur tendit la serveuse. Tous les deux commandèrent des Margarita.

Jewel s'éclaircit la gorge.

— En général, je ne bois pas d'alcool avant le dîner, dit-elle comme s'il était important pour elle qu'il le sache. Et jusqu'à hier, je n'avais jamais embrassé un homme qui m'avait apporté un chien, ajouta-t-elle en rougissant.

Au souvenir de ce baiser, le sang de Quinn se mit à

brûler dans ses veines. La veille au soir, lorsqu'il avait quitté le ranch, il lui avait fallu un long moment et une douche froide pour se calmer. Il donnerait beaucoup pour avoir la possibilité de reprendre Jewel dans ses bras et pour l'embrasser de nouveau. Encore à présent, le simple fait de repenser à cette étreinte le plongeait dans un tourbillon d'émotions aussi intenses que délicieuses.

— Jewel, si tu as peur que je te prenne pour une femme légère à cause de ce qui s'est passé hier soir, cesse de t'inquiéter. Ni toi ni moi n'avions planifié ce qui est arrivé. Cela nous est tombé dessus comme la foudre et nous a dépassés. Mais je mentirais en prétendant que je n'aimerais pas que cela se reproduise.

La serveuse, qui leur apportait leurs boissons et un bol de chips, la dispensa de répondre.

Quand cette dernière s'éloigna, Jewel reprit :

— Hier soir, tu m'as dit que tu avais appris beaucoup de choses sur moi grâce à Clay mais moi, j'ignore pratiquement tout sur toi et j'aimerais en apprendre davantage.

— Je serais ravi de répondre à toutes les questions que tu te poses. Que veux-tu savoir ?

— Eh bien, de quel Etat es-tu originaire, par exemple ? As-tu encore de la famille ?

— La tribu Logan habite l'Oregon. Grâce à Dieu, mes parents sont toujours de ce monde. J'ai trois frères, deux sœurs et une ribambelle de neveux et de nièces. Comme tu vois, nous sommes nombreux.

— En effet. Etes-vous proches les uns des autres ?

Quinn s'empara d'une chips.

— Très proches. Il ne se passe pas un jour sans que je n'aie eu l'un ou l'autre au téléphone. Comme ils sont tous mariés et parents, ils ne comprennent pas bien que je vive seul depuis cinq ans.

— Et comment as-tu atterri à Esperanza ?

— J'ai suivi mes études à San Antonio et je suis alors tombé amoureux du Texas. Quand j'ai obtenu mon diplôme, j'ai cherché une petite ville ayant besoin d'un vétérinaire dans la région. Je tenais à travailler à la campagne. Esperanza correspondait en tous points à mes attentes. Le vétérinaire de l'époque, le Dr Eliot Patterson, souhaitait prendre sa retraite et m'a proposé de lui rendre visite. Au premier regard, j'ai été séduit par la ville et par ses habitants. Et toi ? Tes parents vivent-ils encore ?

Le regard de Jewel s'assombrit.

— L'histoire de ma famille est horrible, un vrai film d'épouvante, répondit-elle. Mon père, Ellis Mayfair, était vendeur de voitures d'occasion. A cause de son métier, il était amené à beaucoup voyager. Au cours d'un de ses déplacements professionnels, il a rencontré ma mère dans un bar et il est revenu la voir à deux reprises. A l'époque, elle habitait Sacramento. Lorsqu'elle est tombée enceinte — de moi —, mon père n'en a pas été très heureux, loin de là. Je suis née dans une chambre d'hôtel, Ellis servant de sage-femme. Après l'accouchement, il a décidé de son seul chef de me donner à un médecin pour que je sois adoptée de façon illégale. Lorsque ma mère a repris ses esprits et a compris ce qui s'était passé, elle l'a poignardé. Il a reçu plusieurs coups de couteau dans le ventre, il en est mort et elle a fini en prison.

— Seigneur, Jewel, quelle tragédie !

Songeant à la chance qu'il avait eue de grandir au sein d'une famille aimante et unie, il eut envie de prendre la jeune femme dans ses bras et de l'étreindre comme si cela pouvait suffire à modifier son histoire.

« Décidément, le destin s'est acharné sur elle », se

dit-il. Non seulement, elle avait perdu son fiancé et son bébé mais dès sa naissance, elle avait vécu d'horribles drames.

Jewel se hâta d'ajouter :

— Ne t'en fais pas pour moi, tout s'est bien terminé. Charlie et Ruth Baylor, qui ne pouvaient pas avoir d'enfants, m'ont adoptée et m'ont élevée dans une petite ville de l'Ohio. Ils furent merveilleux pour moi. J'ai été très heureuse avec eux.

Même si son sourire chaleureux en évoquant ses parents adoptifs semblait sincère, la tristesse qui avait assombri ses prunelles quand elle lui avait parlé de ses véritables géniteurs ne se dissipa pas.

Quinn avait l'intuition que l'histoire ne se limitait pas à la version abrégée et sans doute édulcorée qu'elle lui avait donnée, mais il préféra ne pas insister. S'il cherchait à lui tirer les vers du nez trop vite, il risquait de la voir se refermer comme une huître. Pourtant, il ne put s'empêcher de risquer une autre question.

— As-tu eu la possibilité de rencontrer ta mère ? Est-elle toujours incarcérée ?

Il vit les doigts de Jewel se figer sur son verre.

— Non. Nous avons fait connaissance à sa sortie de prison mais elle est morte peu de temps après.

— Je suis désolé.

De nouveau, il eut envie de la prendre dans ses bras et de la serrer contre lui jusqu'à ce qu'elle perde cette tristesse dans le regard. Au lieu de quoi, il comprit qu'un changement de sujet s'imposait.

— Et comment en es-tu arrivée à t'occuper du ranch Hopechest ?

Manifestement soulagée par le nouveau tour qu'avait pris la conversation, elle se détendit et avala une gorgée de Margarita.

— A l'origine, j'exerçais mon métier de façon modeste, en libéral. Après l'accident qui a coûté la vie à mon fiancé, j'ai traversé une période difficile, je n'allais pas très bien. Très vite, j'ai renoncé à exercer et je suis tombée dans une profonde dépression. Ma tante Meredith m'a alors proposé de passer quelque temps à Prosperino, dans le centre Hopechest de l'endroit, et lorsqu'elle a décidé d'ouvrir l'équivalent ici, au Texas, elle m'en a offert la direction. Bien entendu, j'ai sauté sur l'occasion.

— Cela doit être très satisfaisant de travailler avec des enfants.

— C'est vrai, mais je suis sûre que tu te dis la même chose à propos de ton métier.

Il hocha la tête.

— Soigner des animaux est passionnant mais parfois douloureux aussi.

— Exactement comme mon travail au ranch, remarqua-t-elle en souriant.

Un ange passa mais le silence entre eux n'avait rien de pesant et ne s'éternisa pas. Puis ils commencèrent à soupeser les chances qu'avait Joe Colton de devenir le futur président des Etats-Unis. Jewel lui confia qu'elle était très contente que Joe et Meredith se rendent au Texas et au centre Hopechest, en particulier. Au cours de leur conversation, il remarqua qu'elle se détendait et que les plis sur son front s'effaçaient petit à petit.

Quinn consulta sa montre.

— Il est 18 heures. Je ne sais pas ce que tu en penses mais je trouve que cela sent très bon dans ce restaurant et cela me donne faim. Que dirais-tu de passer dans la salle voisine et de dîner ici ? Je te promets que tu ne seras pas déçue, leur cuisine est délicieuse.

— Oui, j'en serais ravie.

Sa réponse, spontanée et chaleureuse, le surprit et lui fit plaisir. Il avait envie de la connaître davantage. En réalité, il voulait tout savoir sur elle. Cela faisait longtemps qu'une femme ne l'avait pas attiré à ce point.

Pendant les cinq dernières années, Quinn avait fait le deuil de son épouse. Il l'avait profondément aimée et sa mort l'avait plongé dans un immense chagrin. Mais maintenant, il reprenait goût à la vie. A présent, il se sentait revivre et il rêvait de partager son existence avec quelqu'un. A l'instant où il avait vu Jewel, il avait eu l'intuition qu'elle était celle qu'il attendait. Tout ce qu'il avait appris sur elle depuis lors et leur baiser n'avaient fait que lui confirmer cette impression.

Mais il n'était pas question que Jewel lui dissimule quoi que ce soit. Il devinait qu'elle avait des secrets. Il avait remarqué qu'elle s'était arrangée pour qu'il ne voie pas ce qu'elle faisait sur Internet à la bibliothèque et, par ailleurs, elle cherchait parfois à éviter son regard.

Quinn était un homme patient et il était résolu à découvrir tout ce que lui cachait Jewel Mayfair.

« Ce n'est qu'un dîner », se disait Jewel. Ils étaient simplement heureux de partager un repas en compagnie l'un de l'autre.

Pourtant, elle ne pouvait nier que la présence de Quinn la détendait, que la force tranquille qui émanait de lui l'apaisait et calmait son chaos intérieur.

Par-dessus les riches senteurs de la cuisine mexicaine, elle humait son eau de toilette, très attirante.

Il lui était impossible de ne pas songer aux baisers qu'ils avaient échangés, la veille au soir. Le simple fait de regarder sa bouche lui rappelait ce moment magique, la passion qui les avait embrasés, le plaisir qu'elle avait éprouvé à être dans ses bras, le désir qu'il avait su faire naître en elle. A ces souvenirs, elle ne put s'empêcher de rougir.

Comme la serveuse arrivait pour prendre leur commande, il se tourna vers Jewel.

— Une autre Margarita ? lui proposa-t-il.

— Non, merci. Je n'ai pas l'habitude de boire.

Ils demandèrent donc de l'eau pour accompagner leur repas.

— Je n'ai pas mangé d'enchilada depuis une éternité, dit-elle en dépliant sa serviette.

— J'adore les plats mexicains. Cela dit, j'aime aussi les spécialités chinoises et italiennes et, bien entendu, la cuisine américaine.

Elle éclata de rire.

— Apparemment, tu es, en tout cas, très gourmand.

— Je l'avoue.

Comme il passait la main dans ses cheveux pour rejeter une mèche en arrière, elle lui sourit.

— Depuis quelque temps, j'envisage d'adopter plusieurs animaux pour le ranch, des animaux dont les enfants pourraient s'occuper. Soigner un autre être est la meilleure des thérapies. Et les voir avec Cacao m'a donné envie de concrétiser rapidement ce projet.

— C'est une idée formidable. Les bêtes aiment de façon inconditionnelle. Elles se moquent de tes origines, de ton passé, de ton milieu. Quand tu seras totalement décidée, parle-m'en et je serai heureux de t'aider à choisir celles qu'il te faut.

— Merci, tes conseils me seraient en effet très utiles. Pour commencer, je pensais acquérir des agneaux et des oies.

Indéniablement, elle se sentait attirée par Quinn. Il émanait de lui une sensualité d'autant plus forte qu'il ne semblait pas en être conscient, songea Jewel.

Pendant le dîner, il lui raconta des anecdotes à propos d'animaux dont il s'était occupé ou de leurs maîtres, et elle ne cessa de rire.

Cela faisait longtemps qu'elle ne s'était pas amusée à ce point et elle avait fini par oublier comme il était bon de partager un délicieux repas avec un homme séduisant.

— Cacao est le premier animal que je possède, avoua-t-elle.

Il la dévisagea d'un air faussement horrifié.

— C'est terrible ! Tu n'avais même pas un petit chat quand tu étais enfant ? Ou un lapin ou une tortue ?

Elle secoua la tête.

— Rien, pas même un poisson rouge. Ruth, ma mère adoptive, était allergique aux animaux et lorsque j'ai pris mon indépendance, il ne me paraissait pas très important d'en avoir un dans mon studio.

— Contrairement à toi, j'ai eu des chiens toute ma vie. Pour le moment, j'ai un schnauzer géant, une femelle. Depuis quatre ans, Sabra a été la seule compagnie féminine de ma vie mais j'espère que cela va bientôt changer.

De nouveau, elle remarqua cette petite lueur chaude dans son regard, quelque chose qui lui disait qu'elle lui plaisait. Elle en éprouva une douce béatitude. Etait-elle prête à vivre une nouvelle relation amoureuse ?

En tout cas, cette éventualité lui faisait envie.

— Sabra est-elle du genre jaloux ? s'enquit-elle d'un ton léger.

— Non, je ne pense pas. Mais depuis que nous cohabitons, je n'ai pas eu de femme chez moi, alors je n'en sais rien.

Ses mots l'étonnèrent.

— J'aurais parié que toutes les célibataires d'Esperanza auraient fait la queue à ta porte.

Il sourit.

— Je dois avouer que, à mon arrivée dans la région, certaines de mes voisines m'ont gentiment apporté des plats pour me souhaiter la bienvenue. Je les ai trouvées très gentilles mais je ne souhaitais pas aller plus loin. A ce moment-là, je n'avais pas envie de nouer des liens. Mais ces derniers temps, j'ai évolué sur ce point.

Elle avait la nette impression qu'il lui faisait la cour.

Il se pencha vers elle.

— Je sais que je ne suis pas l'homme le plus sexy de la terre. J'ai quarante-quatre ans, je connais mes limites à propos de l'alcool. Même de loin dans le brouillard, les chances de me confondre avec Brad Pitt sont minimes. J'accorde beaucoup d'importance à l'amitié et je n'ai pas l'habitude d'embrasser les femmes le premier soir, même si je n'ai pas pu m'en empêcher, hier.

Sans l'ombre d'un doute, il la draguait et elle fondait totalement. Il ne semblait pas conscient que le portrait qu'il lui traçait de lui était très attirant.

Il lui semblait solide. Visiblement, c'était quelqu'un sur qui on pouvait compter — Jewel n'espérait rien d'autre d'un homme.

Quand la serveuse revint chercher leurs assiettes vides et leur demander s'ils souhaitaient un dessert, elle commença par refuser, mais Quinn insista pour qu'elle prenne un café ou au moins quelque chose de sucré pour finir agréablement son repas.

En riant, elle accepta de partager un dessert avec lui. Depuis longtemps, elle ne pensait plus aux circonstances de l'accident qui avait coûté la vie à Andrew. Etre en compagnie de Quinn lui donnait l'impression que tout allait bien. Ses ennuis lui semblaient loin. Elle se sentait insouciante, comme à quinze ans.

Ils prirent une glace à la vanille pour deux et tout un assortiment de mini pâtisseries que Quinn avait commandées en accompagnement.

La conversation restait légère et coulait de source. Ils discutèrent de leurs plats préférés, de films ou de livres qu'ils avaient aimés et de différentes personnes qu'ils connaissaient tous les deux.

Lorsqu'ils quittèrent enfin le restaurant, il était plus de 22 heures. Ils repartirent vers la bibliothèque pour récupérer leurs véhicules respectifs.

Devant sa voiture, elle se tourna vers lui avec un sourire reconnaissant.

— Merci beaucoup pour ce repas, Quinn. Ce fut un plaisir aussi délicieux qu'inattendu.

Il se rapprocha, envahissant son espace vital, mais elle n'en prit pas ombrage. Au contraire. Elle se souvenait de ce qu'elle avait éprouvé la veille au soir quand ses grands bras l'avaient enveloppée et serrée contre lui, quand sa bouche avait capturé la sienne.

Sans vouloir se l'avouer, elle mourait d'envie qu'il l'enlace de nouveau.

— J'aimerais recommencer, dit-il.

Un bref instant, elle crut qu'il faisait allusion à la possibilité de l'embrasser de nouveau mais elle comprit qu'il lui proposait de dîner une autre fois avec lui.

— Moi aussi.

Elle trouvait incroyablement apaisant d'être en sa compagnie. Mais la sérénité intérieure n'était pas le seul sentiment qu'il faisait naître en elle. Auprès de lui, elle éprouvait également une ribambelle d'autres émotions très fortes comme le désir. Cela faisait si longtemps qu'un homme ne l'avait pas touchée, troublée…

— Il y a autre chose que j'aimerais recommencer, dit-il en s'avançant vers elle et, cette fois, elle ne put se méprendre sur ce à quoi il faisait allusion.

Comme il prenait son visage entre ses mains et lui caressait les lèvres du pouce, il murmura.

— Cela t'ennuierait-il ?

Le cœur battant, elle secoua la tête.

— Oh non, pas du tout, balbutia-t-elle, brûlant d'un plaisir anticipé.

Se penchant en avant, il captura sa bouche. Il avait le goût de la vanille, du chocolat et d'une passion contagieuse.

Avant de perdre de nouveau la maîtrise de la situation, elle interrompit leur étreinte.

— Tu es un homme dangereux, Quinn.

Il recula et lui sourit.

— Si nous étions dans un autre endroit, j'aimerais l'être davantage encore. Tu me plais beaucoup, Jewel, ajouta-t-il en redevenant sérieux. Depuis la mort de mon épouse, tu es la seule femme que j'ai envie de connaître davantage et de revoir.

Il se balança d'un pied sur l'autre en attendant sa réponse, comme s'il était mal à l'aise ou comme s'il craignait un refus.

— Moi aussi, j'aimerais apprendre à mieux te connaître, répondit-elle. Ecoute, dimanche, je compte emmener les enfants faire une grande balade à cheval chez Clay. Nous pique-niquerons dans les bois. Comme l'école reprend le lendemain, je pense que ce serait une bonne façon de finir les vacances. Pourquoi ne pas te joindre à nous ?

Il n'y avait pas meilleure manière de juger de la personnalité d'un homme que de le voir au milieu d'enfants, se disait-elle.

— Je serais ravi de vous accompagner, répondit-il sans hésiter. D'ailleurs, je te propose d'apporter un pique-nique pour tout le monde, d'accord ?

A ces mots, elle se mit à rire.

— Tu perds l'esprit ! J'ai sept enfants au centre actuellement !

— Je prévois donc un déjeuner pour neuf. Donne-moi l'heure, je me charge du reste.

— Très bien, dit-elle, renonçant à le convaincre d'oublier une offre qui semblait venir du cœur. Que dirais-tu de nous retrouver chez Clay vers 11 heures ? Ainsi, nous pourrions préparer les poneys et monter deux bonnes heures avant de déjeuner.

Comme il hochait la tête, elle ouvrit sa portière et se glissa à l'intérieur de sa voiture.

— Bonne nuit, Quinn.

En quittant le parking, elle ne put s'empêcher de jeter un coup d'œil dans son rétroviseur pour le regarder une dernière fois.

Debout près de son camion, il la suivait des yeux tandis qu'elle s'éloignait et, de nouveau, Jewel sentit son cœur s'accélérer dans sa poitrine.

La nuit tombait et elle alluma ses phares en se demandant si, à présent, elle était prête à tourner la page, à oublier le passé et à avancer vers l'avenir.

A quoi bon continuer à remuer le couteau dans la plaie, à se remémorer sans cesse la tragédie qui lui avait pris son fiancé et leur bébé à venir ? Sa tristesse, son désespoir avaient été profonds, mais sans doute était-il temps pour elle de laisser les morts avec les morts et de rejoindre le monde des vivants auquel elle appartenait. Elle avait conscience d'être à un tournant de son existence. Depuis la veille, elle envisageait de vivre quelque chose avec un autre homme.

Elle serra ses mains sur le volant. Peut-être, pensa-t-elle. Peut-être était-ce le bon moment.

Quinn lui plaisait et plus elle passait du temps avec lui, plus elle l'appréciait. Il éveillait en elle un désir qui lui coupait le souffle.

En s'engageant dans la propriété, elle consulta sa montre. Ouf, se dit-elle. Elle arrivait à temps pour souhaiter bonne nuit aux enfants.

Curieux comme l'épuisement qui avait menacé de la submerger toute la journée avait totalement disparu en compagnie de Quinn.

Il lui donnait de l'énergie et, en même temps, il lui apportait une paix intérieure qu'elle n'avait pas éprouvée depuis très longtemps. C'était un mélange troublant.

Lorsqu'elle rentra dans la maison, Cheryl était dans la cuisine. Jewel alla faire son tour dans les dortoirs pour embrasser ses protégés puis elle rejoignit la jeune femme pour entendre le résumé de la journée.

— Mark a initié les enfants à la peinture à huile. Il leur avait apporté des maisonnettes en bois pour oiseaux à peindre. Les gosses se sont bien amusés et à présent, nous en avons sept à accrocher dans les arbres.

— Nous nous en occuperons ce week-end. Nous les installerons devant la cuisine pour qu'ils puissent les admirer en prenant leur repas.

— Ce serait une bonne idée. Par ailleurs, Barry a eu un petit passage à vide, cet après-midi. Sa maman l'a appelé et a commencé à lui parler de tout ce qui serait différent pour lui quand il reviendrait à la maison. Cette conversation l'a rendu anxieux puis franchement angoissé et l'a finalement mis en colère. Pour l'aider à se calmer, Jeff l'a emmené faire un tour.

Jewel nota intérieurement de prévoir une séance avec Barry le lendemain. Les deux femmes discutèrent encore un moment puis se souhaitèrent bonne nuit et se séparèrent.

Avant de rejoindre sa chambre, Jewel gagna son bureau et prit un moment pour compléter le dossier de Barry. Les coups de fil de sa mère le bouleversaient à chaque fois. Dix-huit mois plus tôt, le papa du petit garçon était mort et à peine quinze jours plus tard, sa mère s'était remariée. Aussitôt, Barry avait commencé à souffrir de crises de panique suivies d'explosions de rage. Sa maman ne semblait pas consciente qu'elle n'avait pas donné à son fils le temps de faire son deuil.

Avec un bâillement, elle referma le dossier et ses pensées revinrent aussitôt vers Quinn. Elle se demanda comment il s'était fait cette cicatrice sur la joue. En tout cas, loin de l'enlaidir, elle lui donnait un charme supplémentaire.

La jeune femme était curieuse de voir comment il se comporterait avec les enfants. S'il était facile de bavarder et de jouer avec des gosses bien élevés, ceux qui fréquentaient Hopechest ne l'étaient pas.

En s'étirant, elle rejoignit sa chambre et se glissa dans son lit. Peut-être allait-elle lire un peu. Il n'était pas tard et elle avait commencé un ouvrage de psychologie qui la passionnait.

Elle alluma sa lampe de chevet et ouvrit le livre. Elle tenta de se concentrer sur les propos de l'auteur mais son esprit ne cessait de revenir à Quinn et à la soirée qu'ils avaient passée ensemble.

Après la mort d'Andrew et de leur bébé, Jewel avait connu un grave passage à vide et elle avait même été tentée de mettre fin à ses jours. Plongée en pleine dépression, elle s'était crue incapable de surmonter son chagrin, de se remettre un jour de son deuil. Avec le temps, sa douleur s'était un peu calmée mais ce n'est que lorsque Quinn avait posé sur elle ses incroyables prunelles topaze qu'elle s'était sentie de nouveau pleinement en vie.

Avec lui, elle avait eu l'impression de renaître.

Même à présent, le simple fait de songer à lui la faisait sourire et son cœur battait plus fort. Refermant son livre, elle le posa sur sa table de chevet. Peut-être que, si elle s'endormait maintenant, Quinn viendrait dans ses rêves. Ce serait bien.

Eteignant la lumière, elle se blottit sous ses draps.

— Pas de cauchemars, cette nuit, s'ordonna-t-elle. Je vous en prie, Mon Dieu, pas de cauchemars.

Elle ferma les paupières et écouta les bruits habituels de la maison au repos, le ronronnement de l'air conditionné, le vent au-dehors. Ces bruits familiers, réconfortants, la berçaient, la plongeant dans un état agréable entre conscience et inconscience.

C'est alors qu'elle les entendit. Les pleurs d'un nouveau-né. Même si elle savait que c'était impossible, elle était certaine que c'était *son* bébé qui pleurait, qui l'appelait. Elle sentit son ventre se tordre de douleur et retint à grand-peine un hurlement.

Non, non, pas ce soir ! Il fallait que cela s'arrête ! Les cris semblaient venir de partout et lui perçaient les oreilles avec la cruauté d'une aiguille.

— Ce n'est pas possible, dit-elle à voix haute.

Mais les pleurs s'accentuaient et elle eut envie de sauter de son lit pour se mettre à la recherche du petit être qu'elle avait perdu, cet enfant qui l'appelait.

Ce n'était pas la première fois que cela se produisait. A plusieurs reprises, elle avait perçu ces cris et avait fouillé sa chambre pour tenter d'en discerner leur origine. Elle avait parcouru les bois en tous sens à la recherche de ce bébé mais elle n'avait rien trouvé.

Elle plaqua les mains contre ses oreilles pour ne plus entendre tandis que de profonds sanglots soulevaient sa poitrine.

Elle savait que ces appels étaient imaginaires, issus de son esprit malade, et pourtant, ils hurlaient dans ses tympans avec un réalisme insoutenable.

— Va-t'en, hurla-t-elle. Je t'en prie, tais-toi. Arrête de pleurer !

Ces cris parurent durer une éternité mais soudain, ils cessèrent, aussi brusquement qu'ils avaient commencé.

Des larmes jaillirent des profondeurs de son être et elle comprit qu'elle ne sanglotait pas uniquement sur l'enfant qu'elle avait perdu mais aussi parce qu'elle comprenait qu'il lui serait impossible de vivre quoi que ce soit avec Quinn Logan. Rien ne pourrait jamais se passer entre eux. Envisager une relation avec un homme, quel qu'il soit, lui était interdit.

Il n'y avait qu'une explication à ses insomnies, à ces pleurs de bébé qui venaient la tourmenter la nuit, à la voix d'Andrew qu'elle entendait lorsqu'elle se promenait dans la forêt.

Elle était en train de sombrer dans la folie.

Sa mère était morte dans un asile psychiatrique. A la fin, elle discernait si mal la frontière entre sa véritable vie et ses élucubrations mentales qu'elle était incapable de donner son nom.

Désespérée, Jewel comprit qu'elle avait toutes les chances de finir comme cette femme, de s'enfoncer dans des délires de plus en plus éloignés de la réalité et de se perdre à jamais dans les méandres de sa psyché.

Manifestement, le processus était enclenché.

6

Comme chaque matin, Jewel finissait d'arroser les fleurs de son jardin quand un camion inconnu s'arrêta devant la maison. Elle ne connaissait peut-être pas le véhicule mais elle reconnut immédiatement l'homme qui ouvrit la portière et sauta à terre.

— Ryder ! s'exclama-t-elle avec un sourire chaleureux. Quelle bonne surprise !

Il la rejoignit en deux enjambées.

— Salut, Jewel. J'espère qu'il n'est pas trop tôt pour te rendre visite.

— Bien sûr que non ! Au centre, les journées commencent aux aurores. Je t'offre un café ? Cheryl a confectionné des muffins dont tu me diras des nouvelles.

— Non, merci. Je viens de prendre mon petit déjeuner, répondit-il en passant la main dans ses cheveux bruns. En fait, j'ai un service à te demander. Comme tu le sais sans doute, Ana va bientôt enseigner dans une école bilingue. Elle commence dans quinze jours.

— Je l'ignorais mais je m'en réjouis pour elle. Devenir professeur est son rêve de toujours. Elle sera excellente dans sa partie, j'en suis certaine.

Il hocha la tête.

— Quant à moi, j'ai décidé de retourner en classe, poursuivit-il avec une lueur de joie dans les yeux. J'aimerais être le meilleur mari possible pour Ana, le meilleur père pour Maria et j'ai compris que, pour le devenir, je devais me former. Il ne sera peut-être pas simple au début de reprendre des études mais je crois vraiment que ma reconversion complète passe par là. C'est une étape indispensable.

Jewel posa la main sur son bras.

— C'est évident, Ryder. Tu as fait un choix courageux mais je suis certaine que tu t'engages sur la bonne voie. En tout cas, Clay doit être fier de toi.

— Il l'est mais moi, surtout, je le suis. Bref, je suis venu te trouver pour savoir s'il te serait possible de t'occuper de Maria pendant que je serai en classe. Bien sûr, comme elle est beaucoup plus jeune que tes autres protégés, tu engagerais à mes frais une aide à mi-temps pour te seconder avec elle. Mais ainsi, elle serait sous ta surveillance, près de toi. Pour être sincère, Ana et moi n'avons confiance qu'en toi pour veiller sur notre fille.

Au souvenir de l'adorable bébé de Ryder et d'Ana, le cœur de Jewel fondit.

— Bien sûr, répondit-elle avec chaleur. Vous pouvez compter sur moi, je serais ravie d'accueillir votre puce. Amène-la-moi quand tu veux, elle sera toujours la bienvenue. Par ailleurs, puisque tu es là, j'aimerais, à mon tour, te demander un service. J'ai envie de faire bâtir un petit enclos pour y loger des agneaux et des oies. Crois-tu que tu pourrais t'en charger ?

— Sans problème, j'en fais mon affaire. Comme je ne commencerai ma formation qu'au printemps prochain, j'aurai largement le temps de te construire ça.

Avec un sourire, elle l'en remercia et tous deux se mirent à discuter du projet. Elle lui montra l'emplacement près de la maison où elle souhaitait installer ses futurs pensionnaires et convint avec lui de couvrir en partie l'espace clôturé afin que les animaux qui y vivraient puissent se protéger de la pluie et du soleil. Enfin, elle assura à Ryder que Jeff lui donnerait un coup de main.

Il lui promit de revenir rapidement pour mener cette tâche à bien. Comme il remontait dans son camion pour s'en aller, elle le suivit des yeux en s'interrogeant sur l'origine de la métamorphose de Ryder.

Avait-il changé à ce point parce qu'il avait pris de la maturité ou parce qu'il avait rencontré la femme qu'il lui fallait ? Apparemment, l'amour d'Ana avait transformé l'ancien mauvais garçon en un homme formidable.

Quand il partit, Jewel pénétra à l'intérieur prendre ses clés de voiture et la liste des affaires scolaires dont les enfants auraient besoin pour leur rentrée.

— Je m'en vais ! dit-elle à Cheryl qui se trouvait dans la cuisine. Heureusement que j'ai la possibilité d'aller en ville aujourd'hui, ce qui m'évitera de me rendre au supermarché demain. Je déteste courir les magasins le samedi. Il y a tellement de monde dans les rayons et aux caisses qu'il faut deux fois plus de temps qu'en semaine pour accomplir cette corvée.

— Par contre, Jeff et moi avons prévu de faire des courses demain, toute la journée. Il y aura sans doute foule, c'est vrai, mais j'aimerais mettre le cap sur San Antonio pour y acheter une paire de chaussures. A Esperanza, on ne trouve que des bottes de cow-boy ou des tennis.

Jewel sourit.

— Demandez-lui de vous inviter à déjeuner. Il y a plein de bons petits restaurants là-bas.

— J'y comptais…

Quelques instants plus tard, Jewel monta dans sa voiture. Depuis qu'elle s'était levée ce matin, elle s'était promis d'appeler Quinn pour annuler leurs projets pour dimanche.

Après l'horrible épisode qui l'avait empêchée de dormir, la nuit précédente, elle estimait injuste de lui donner de faux espoirs, de lui laisser croire qu'ils pourraient nouer une relation valable et envisager un avenir commun.

Il lui avait montré qu'elle l'intéressait et, dans d'autres circonstances, elle aurait accepté avec joie d'aller plus loin avec lui. Il lui plaisait beaucoup. Elle aimait sa solidité, sa nature à la fois douce et forte. Par ailleurs, si elle voulait être sincère avec elle-même, elle devait reconnaître que ses larges épaules et la lueur qui brillait dans ses yeux quand il la dévisageait ne la laissaient pas non plus indifférente.

Mais comment aurait-elle pu suivre son cœur avec la conscience tranquille alors que les images d'un mort la hantaient et qu'elle entendait son bébé l'appeler de sous sa tombe, la nuit ?

Elle n'avait pas le droit d'imposer à Quinn la charge d'une femme en train de sombrer dans la folie.

Mieux valait l'appeler, arrêter ce qui aurait éventuellement pu se passer entre eux avant de faire souffrir un homme qui ne le méritait pas. Le problème était qu'elle ne savait pas très bien comment l'informer de son revirement et revenir sur son invitation en faisant preuve d'un minimum d'élégance. Il n'était pas question d'annuler la sortie, cela ne serait pas juste vis-à-vis des enfants. Mais alors, quel prétexte allait-elle utiliser ?

Avec un soupir, elle se gara devant le supermarché. La rentrée étant toute proche, il y avait foule et il lui fallut une bonne heure pour parcourir les rayons et trouver ce dont ses protégés avaient besoin pour bien commencer leur année scolaire.

Elle chargeait ses achats dans le coffre de sa voiture lorsqu'elle vit Quinn se diriger vers elle. Même si elle avait décidé de rompre tout lien avec lui, son cœur s'accéléra en le reconnaissant.

— Laisse-moi t'aider, dit-il en lui prenant son chargement des mains.

— Il s'agit de fournitures scolaires. Je n'en reviens pas des exigences des professeurs, de nos jours.

Il rangea soigneusement les sacs à l'arrière du véhicule de la jeune femme. Puis il se tourna vers elle en souriant, les yeux brillants.

— Je sors justement de la brasserie de Sue à qui j'ai demandé de préparer un pique-nique pour neuf personnes pour dimanche. A ce que j'ai compris, elle a prévu un menu traditionnel pour ce genre de repas champêtre avec du poulet rôti, une salade de pommes de terre et une tarte aux pommes pour le dessert…

Maintenant, elle ne pouvait plus annuler son invitation, songea Jewel. Quinn s'était donné tant de mal !

— Tu n'aurais pas dû ! protesta-t-elle, gênée.

— Pourquoi ? Cela ne m'ennuie pas, bien au contraire. En réalité, j'ai hâte d'y être et, tu sais, je ne connais pas un enfant qui n'aime pas le poulet rôti.

Il consulta soudain sa montre.

— Excuse-moi, je suis malheureusement pressé et obligé de te laisser. J'ai rendez-vous avec un cheval. A très bientôt, Jewel.

La manière dont il prononça son prénom lui donna l'impression d'une caresse.

Avec un hochement de tête, elle le regarda regagner à grandes enjambées son camion. Elle s'y était mal prise et il lui avait été impossible de remettre en question sa venue pour leur sortie de dimanche, se reprocha-t-elle.

Elle décida de faire une halte chez Sue pour prendre un café et un petit pain au lait à la cannelle, spécialité de l'établissement dont elle raffolait.

Tout en marchant, elle se rendit compte qu'une partie d'elle-même n'avait pas eu envie d'annuler et, au contraire, se réjouissait d'avance de cette journée en compagnie de Quinn.

Les enfants seraient avec eux et ils ne pourraient donc pas s'embrasser, se toucher. Elle se donnait ainsi la possibilité de passer du temps avec lui sans s'engager plus avant. Par la suite, elle veillerait à ce qu'ils ne se retrouvent plus jamais en tête à tête, tous les deux.

En se rendant compte qu'elle prenait la décision d'être seule, une insondable tristesse la traversa. Mais avait-elle vraiment le choix ?

Désormais, elle allait se vouer à son travail, consacrer sa vie à aider et à aimer les progénitures des autres. Cela lui suffirait, il le fallait, mais se résigner à la solitude était difficile.

Quinn Logan avait beaucoup souffert à la mort de sa femme. Jewel se refusait de lui infliger une douleur supplémentaire en le fréquentant régulièrement, en devenant plus intime avec lui, en l'autorisant à s'intéresser à elle, à l'aimer, alors qu'elle savait comment se terminerait toute l'histoire.

Tôt ou tard, elle allait sombrer dans la folie.

Les hallucinations sonores dont elle était victime n'étaient peut-être qu'une manifestation de son chagrin, pas d'un désordre psychique plus grave. Pour le moment, elles ne venaient la tourmenter que la nuit, au moment où elle s'endormait. Elle espérait que ces phénomènes s'arrêteraient mais elle craignait ce que l'avenir lui réservait.

Comme elle poussait la porte de la brasserie, faisant retentir la cloche qui y était accrochée, la jeune femme repéra tout de suite le shérif Jericho Yates et son épouse

Olivia, assis à l'une des tables. Ils lui adressèrent un signe amical et l'invitèrent à les rejoindre.

Olivia était arrivée en ville quelques mois plus tôt, poursuivie par des bandits qui lui avaient tiré dessus avant de s'enfuir. Amnésique, elle était alors incapable de se rappeler son identité ou son passé. Jericho l'avait prise en charge. Il l'avait hébergée chez lui dans le chalet qu'il avait construit dans les bois et peu à peu, l'amour était né entre eux.

L'enquête avait révélé qu'Olivia avait longtemps travaillé pour le gouverneur du Texas, Allan Daniels, le rival de Joe Colton pour les primaires des présidentielles. Par hasard, Olivia avait découvert qu'il trempait dans des affaires louches et s'était rendu coupable de corruption. Mesurant le risque qu'elle représentait — si elle le dénonçait, non seulement il perdait toutes ses chances d'accéder à la présidence du pays mais il se retrouverait derrière les barreaux —, Daniels avait engagé des tueurs à gage pour la liquider. Quand la mémoire d'Olivia lui était finalement revenue, Allan Daniels avait de nouveau tenté de la réduire définitivement au silence. Heureusement, Jericho lui avait sauvé la vie et, depuis lors, tous deux étaient inséparables.

Ils s'étaient mariés le mois précédent.

— Tout se passe bien au centre Hopechest ? s'enquit Jericho tandis que Jewel prenait un siège.

— Très bien. Et de votre côté ? J'ai entendu dire qu'Olivia redécorait le chalet.

Avec une mimique comique, Jericho fit mine de lever les yeux au ciel.

— Elle a mis de la dentelle partout et fait perdre à l'endroit son côté rustique.

Olivia lui envoya une petite bourrade en riant.

— Ne l'écoutez pas, Jewel. Il aime les changements que j'ai apportés.

Jericho l'enlaça.

— C'est vrai. Maintenant, cette maison est devenue un véritable foyer, je m'y sens chez moi.

— Et savez-vous si vous attendez un garçon ou une fille ? s'enquit Jewel en montrant le gros ventre d'Olivia.

— D'après le docteur, ce serait une fille, répondit la jeune femme.

Elle sourit à Jericho avant de reporter son attention sur Jewel.

— Et si c'est bien le cas, mon mari a déjà décidé de tout mettre en œuvre par la suite pour que nous ayons aussi un petit garçon.

— C'est formidable. J'en suis très heureuse pour vous deux.

Tout en dégustant son petit pain à la cannelle et en sirotant son café, Jewel observa le jeune couple. Il était évident qu'ils étaient fous amoureux l'un de l'autre et la manière dont ils se dévoraient des yeux réchauffait le cœur. Leur bonheur évident faisait plaisir à Jewel mais la blessait aussi, en soulignant sa propre solitude.

Midi sonnait quand elle rentra au ranch et elle se rappela qu'elle avait prévu un entretien thérapeutique avec Barry, cet après-midi.

A la vue de la petite troupe en train de jouer joyeusement avec Cacao dans la cour, elle sourit.

Jeff les surveillait et s'approcha de Jewel dès qu'elle sortit de sa voiture.

— Nous nous sommes dit qu'un peu d'exercice ferait du bien à cet animal, dit-il en lui prenant ses sacs.

— Je me demande qui des enfants ou de Cacao se dépense le plus, répondit-elle en riant.

— En tout cas, si ce labrador est très intelligent, il

ne sera jamais un chien de garde, dit-il. Il aime trop les gens. Quand l'adjoint au shérif Rawlins s'est arrêté, Cacao lui a fait fête et n'a cessé de lui lécher le visage.

Jewel éclata de rire.

— Ce n'est pas grave, il n'a jamais été destiné à garder la maison. Adam a-t-il dit ce qu'il voulait ?

— J'ai l'impression qu'il s'agissait d'une visite de courtoisie. Laissez ces sacs, je vais les porter à l'intérieur, ajouta-t-il.

Il se dirigea vers la maison tandis que Jewel allait rejoindre ses protégés et Cacao.

Jouer avec eux lui fit du bien. Les rires fusaient dans l'air et en regardant leurs petites frimousses souriantes, elle se rappela qu'ils étaient sa vie. Les entourer d'amour et d'affection lui était essentiel. Elle n'avait pas envie de ce que Jericho et Olivia avaient trouvé, elle n'avait pas besoin d'autre chose que des siens et de cette famille hétéroclite qu'elle avait composée avec ces enfants en souffrance.

Si elle le répétait suffisamment de fois, peut-être finirait-elle par le croire…

Le dimanche suivant, Quinn arriva tôt chez Clay. L'impatience avec laquelle il avait attendu cette journée aurait dû l'inquiéter. Au lieu de quoi, il était rempli de joie anticipée. Pour la première fois depuis des années, il avait envie d'avancer, de donner un nouveau sens à sa vie, de tomber amoureux et de concrétiser les rêves qu'il n'avait pas pu vivre avec Sarah.

Et il voulait le faire avec Jewel. Elle l'attirait et l'intriguait en même temps. Lorsqu'il était près d'elle, il sentait que quelque chose de fort allait se produire. Il entrevoyait l'avenir qu'il pourrait avoir avec elle. Ils seraient heureux ensemble, il en était sûr.

Les plats qu'il avait été prendre chez Sue étaient bien empaquetés dans deux grandes glacières et il avait demandé à Carlos, un des hommes de Clay, de les leur apporter dans les pâturages, à un endroit précis sur lequel ils s'étaient mis d'accord, à 13 heures.

Quinn était dans les écuries, en train de seller Noches, son étalon noir, lorsque Clay entra.

— J'ai entendu dire par les potins du village que Jewel et toi aviez dîné ensemble dans un restaurant mexicain, l'autre soir.

Quinn se mit à rire.

— J'aurais cru que tu avais mieux à faire que d'écouter les ragots du coin, mais en tout cas, c'est exact.

— Tu ne trouveras jamais une femme comme Jewel, poursuivit Clay. C'est une fille formidable. Au cours de sa vie, elle a connu des tragédies, le destin a vraiment paru s'acharner sur elle. Mais elle s'en est sortie. Elle est courageuse et, à présent, elle mérite d'être heureuse.

Il y avait un avertissement dans le ton de Clay, comme s'il voulait conseiller à son ami de ne pas jouer avec Jewel, de ne pas lui faire de mal.

Quinn lui envoya une bourrade dans le dos.

— Tu me connais assez pour savoir que je ne ferai rien qui puisse la blesser. Ce n'est vraiment pas mon style.

— Je le sais mais je m'inquiète pour elle, répondit Clay avec un soupir. Elle est fragile. Apparemment, vous avez organisé une sortie équestre avec la jeune troupe aujourd'hui.

— Cela devrait être sympathique, acquiesça Quinn en finissant de seller sa monture.

— As-tu donné à Carlos les consignes pour vous apporter le déjeuner ?

— Oui, merci.

Le bruit du minicar de Hopechest interrompit leur conversation.

Quand Quinn sortit de l'écurie, il faillit avoir une attaque en voyant apparaître Jewel. Sous les rayons de soleil, elle était ravissante. Ses yeux pétillaient et ses traits semblaient détendus. Il ne l'avait jamais vue ainsi. Un jean étroit mettait en valeur ses longues jambes fuselées et son T-shirt rose faisait ressortir la couleur chocolat de ses yeux.

Pendant un quart d'heure, Quinn tenta de mémoriser les prénoms des enfants qui lui furent présentés. Puis il leur fallut plus de temps encore pour seller les chevaux et les sortir de l'écurie.

Ils suivirent un sentier qui traversait les pâtures. Les gosses trottaient en tête tandis que Quinn et Jewel fermaient la marche.

— Tu es très en beauté aujourd'hui, dit-il.

— Merci, je me sens en forme. Cette journée devrait être un grand moment. Les enfants reprennent l'école demain, je tenais à marquer le coup avant la rentrée. Je voudrais qu'ils profitent bien de cette sortie.

Il espérait que la perspective de passer du temps avec lui la réjouissait aussi mais il ne posa pas la question, craignant d'être intrusif. Il avait l'intuition qu'il devait prendre le temps de mener l'affaire, ne pas la brusquer. Jewel lui faisait penser à un animal blessé qu'il lui fallait apprivoiser avant de se risquer à l'approcher.

Or apprivoiser un animal était sa spécialité.

Pendant la balade, il leur fut impossible d'avoir une véritable conversation. Les gosses s'interpelaient, éclataient de rire, les chevaux hennissaient, leurs sabots martelaient le sol. Autour d'eux, les oiseaux chantaient dans les arbres et, au loin, des vaches meuglaient par intervalles. Ce joyeux tintamarre leur interdisait d'échanger plus de trois mots d'affilée.

Quinn avait toujours plaisir à monter Noches, un cheval de caractère sans être trop ombrageux. Et, bien sûr, la présence de Jewel chevauchant à son côté suffisait à son bonheur.

Elle semblait parfaitement à l'aise sur une selle. Elle lui décocha un sourire resplendissant avant de mettre sa jument au trot.

Quinn éperonna Noches pour la suivre. L'étalon avait envie de galoper mais Quinn le retint, ne voulant pas prendre la tête de la petite troupe.

Le sentier traversait ensuite les bois, longeant une petite crique et une rivière asséchée, avant de déboucher sur la pâture. Une fois parvenu sur ce grand espace, Quinn permit enfin à Noches de s'élancer en avant. Au triple galop, il dépassa le groupe, le vent fouettant son visage. Le cheval lui obéissait au doigt et à l'œil. En haut d'une colline, il s'arrêta pour attendre les enfants.

— Jolie course, docteur Logan, remarqua Jewel.

— Je voulais surtout t'impressionner, je crois.

Elle éclata de rire.

— Je le suis, tu as réussi !

— Moi aussi, je suis très impressionnée, renchérit Carrie qui arrivait à leur hauteur. J'aimerais un jour arriver à aller aussi vite que vous, mais avec ce vieux poney qui avance à la vitesse d'une tortue, ce n'est pas évident, ajouta-t-elle avec un gros soupir.

Jewel sourit à la fillette.

— Quand tu auras un peu plus d'expérience équestre, nous te donnerons une autre monture.

Ils poursuivirent leur promenade jusqu'au moment où ils parvinrent à un bouquet d'arbres où Carlos les attendait au volant de son tracteur. A l'arrière, dans une petite carriole, étaient alignées les glacières. Carlos posa son chargement à terre et promit de revenir plus tard.

Ils laissèrent les chevaux paître dans la prairie et Quinn étala de grandes nappes sur l'herbe.

Le pique-nique fut très joyeux. Les enfants discutaient avec animation. Manifestement, ils adoraient Jewel. De son côté, la jeune femme restait détendue. Elle riait souvent et son rire enchantait Quinn.

Après le repas, Quinn sortit plusieurs Frisbee qu'il distribua à la ronde après avoir montré aux uns et aux autres comment s'en servir. Assise à l'ombre d'un érable, Jewel leur prodiguait force conseils et encouragements.

Une fois que les gamins comprirent le principe du jeu et parvinrent à peu près à se les lancer et à les rattraper, Quinn rejoignit Jewel.

— Tu es la plus jolie supporter de joueurs de Frisbee que j'ai jamais vue, dit-il.

— En as-tu vu beaucoup au cours de ta vie ?

— Des centaines, peut-être des milliers, répliqua-t-il. Je sillonne régulièrement le pays à la recherche de supporters de joueurs de Frisbee.

— Tu racontes des craques, comme diraient les enfants !

Avec un éclat de rire, il jeta un coup d'œil vers ces derniers.

— Ils forment une petite bande sympa, dit-il.

Elle sourit.

— Ils savent que c'est toi qui nous as donné Cacao alors ils t'adorent. Mais je te garantis qu'ils ne sont pas toujours aussi charmants.

— Kelsey n'a pas l'air de s'amuser autant que les autres.

Les sourcils froncés, Jewel se tourna vers l'adolescente qui se tenait à l'écart de ses camarades, les mains dans les poches.

— Depuis quatre ans, elle a été ballottée entre plusieurs membres de sa famille. Elle a peur de s'autoriser à être heureuse ici et de devoir partir un jour. Elle refuse le bonheur par crainte de le perdre.

— J'étais dans cet état d'esprit à la mort de Sarah.

Jewel le considéra avec curiosité.

— Tu sais, Quinn, tu es beaucoup plus ouvert et attentif aux autres que je ne le pensais. Clay m'avait dit que tu étais du genre ténébreux.

Il sourit.

— En temps normal, je me comporte un peu comme un ours mais je me soigne.

Reportant son attention sur les enfants, il continua :

— Quand Sarah a rendu son âme à Dieu, j'ai pensé à tout ce que je ne lui avais pas dit, à tout ce que je n'avais pas fait, à tout ce que je n'avais pas pu vivre avec elle. Et j'ai décidé de ne plus jamais rien taire de ce qui est important. Pour ne pas avoir de regrets…

Leur conversation fut interrompue par Lindy qui vint s'asseoir près d'eux, le visage rouge d'excitation.

— Je me repose un peu, expliqua-t-elle. Je suis épuisée mais je me disais que peut-être un autre morceau de poulet me redonnerait un peu d'énergie.

Quinn lui sourit.

— Il y a quelque chose de meilleur encore que le poulet rôti pour reprendre des forces, dit-il en sortant le panier contenant les tartes aux pommes.

Les yeux de Lindy s'écarquillèrent de surprise avant de s'éclairer. La fillette se tourna vers l'endroit où ses camarades continuaient à jouer.

— Venez vite par ici, vous autres ! Il y a du dessert ! cria-t-elle.

Lorsqu'ils regagnèrent l'écurie, il était près de 17 heures.

— Ils vont bien dormir, ce soir, dit Jewel en se laissant glisser de son cheval.

— Il n'y a rien de mieux que le plein air et le soleil pour garantir une bonne nuit de sommeil, acquiesça Quinn.

Il n'avait pas envie que la journée se termine. Même s'il avait beaucoup apprécié cette balade équestre et s'était bien amusé avec la petite troupe, il regrettait de n'avoir pas pu discuter en tête à tête avec Jewel. Il ne l'avait pas beaucoup vue, finalement.

Il conduisit Noches dans son box puis revint vers celui où Jewel brossait sa jument.

— J'ai une idée, dit-il. Pourquoi ne reconduirais-tu pas les enfants au centre, et ne reviendrais-tu pas ensuite pour galoper avec moi ?

Quand elle leva les yeux vers lui, il y vit luire son indécision.

— Allez, Jewel, la pressa-t-il. Il n'y a rien de plus romantique qu'une balade équestre au clair de lune. Retrouvons-nous vers 19 h 30. Je te promets que tu ne le regretteras pas, ajouta-t-il.

Avec un sourire, elle hocha la tête.

— D'accord, la façon dont tu en parles me donne envie de le faire.

— Génial ! A tout à l'heure alors.

Quelques instants plus tard, Jewel s'en alla avec les enfants tandis que Quinn retournait chez lui pour s'assurer que ses propres pensionnaires se portaient bien.

Il vivait dans un ranch immense au sud d'Esperanza. Une aile du bâtiment principal abritait sa clinique vétérinaire et il passait là le plus clair de son temps. Mis à part son bureau, il avait une pièce d'examen où il opérait également, le cas échéant, et une autre où il gardait les animaux en convalescence.

Il s'assura que chacun avait à manger et à boire, que tout le monde avait l'air heureux de son sort, puis il décida de prendre une douche avant de retourner retrouver Jewel.

Comme il enfilait un jean propre et un T-shirt, il tenta de ne pas penser à ce qu'il aimerait vraiment faire avec la jeune femme. Il avait envie de chevaucher avec elle avant de s'allonger sur l'herbe et de lui faire l'amour sous le soleil couchant.

Elle l'avait décontenancé, aujourd'hui. Il avait l'impression de ne plus la comprendre. Il avait senti qu'elle prenait ses distances. Elle avait été plus fermée qu'à l'accoutumée, comme si elle avait soudain peur d'aller trop loin avec lui.

Il ne voulait pas risquer de tout faire rater en la poussant trop vite dans ses derniers retranchements et pourtant, quelque part, il devinait qu'il fallait l'encourager à reprendre goût à la vie. Il avait tellement envie de l'étreindre, d'aimer de nouveau mais, plus que tout, il avait envie de découvrir l'origine de la tristesse qui assombrissait ses beaux yeux, une tristesse qui l'inquiétait et le troublait parce qu'il ne la comprenait pas.

7

Jewel n'avait pas eu l'intention d'accepter la balade nocturne à cheval avec Quinn. Elle savait qu'elle lui plaisait mais il ne lui semblait pas juste de lui faire croire qu'ils avaient une possibilité de vivre une histoire d'amour.

Pourtant, elle se sentait si seule et elle appréciait tellement sa compagnie qu'elle avait été incapable de refuser. Elle ne pouvait nier le plaisir qu'elle éprouvait à passer du temps avec lui. Peut-être pourraient-ils devenir amis.

Elle prit une douche chaude en essayant d'imaginer une amitié avec Quinn. Cela ne marcherait jamais. Les amis n'avaient pas envie de s'embrasser à pleine bouche et maintenant qu'elle avait goûté la saveur des baisers de Quinn, qu'elle connaissait la chaleur de ses bras, elle ne pourrait jamais se contenter d'une simple amitié avec lui. Et lui non plus, elle en était certaine.

— Tu réfléchis trop, se reprocha-t-elle en sortant de sa salle de bains.

C'était le problème des psychologues, ils ne pouvaient s'empêcher de tout analyser.

Elle enfila un jean propre et un petit corsage de coton. En ce début septembre, même lorsque le soleil disparaissait à l'horizon et que la nuit tombait, il faisait encore chaud dehors. C'était l'été indien.

Elle s'apprêtait à sortir de la maison pour regagner sa voiture quand l'adjoint au shérif Rawlins surgit au volant de son véhicule de patrouille. Comme d'habitude, il était parfaitement peigné en s'extrayant de l'habitacle et son uniforme était impeccable.

Elle s'approcha de lui pour le saluer.

— Bonsoir, Adam.

— Bonsoir, Jewel ! Cela fait un moment que je ne vous avais pas vue, ajouta-t-il en la dévisageant avec attention.

— J'ai été très occupée. Comme vous le savez, l'école reprend demain.

— Vous travaillez trop, vous avez besoin de vous détendre et de sortir un peu, répondit-il en souriant. Que diriez-vous d'aller voir un film avec moi ou de manger un morceau quelque part, un de ces soirs ?

— C'est très gentil de votre part d'y penser, Adam. Mais ce n'est pas le moment pour moi. Peut-être plus tard, lorsque tout le monde aura trouvé son rythme de croisière…

Ce n'était pas la première fois qu'il l'invitait à dîner. Elle avait toujours refusé, ce qui ne semblait ni le vexer, ni le décourager.

Peut-être avait-elle tort de repousser ses avances. Peut-être devrait-elle accepter. Il ne représentait aucun danger pour elle car elle n'éprouvait aucune émotion en sa présence. Contrairement à ce que Quinn provoquait en elle. La simple vue de ce dernier suffisait à la mettre en transe.

— Vous devriez songer un peu à vous, Jewel, reprit Adam d'un air soucieux. Ce que vous faites avec ces gosses est formidable, mais n'oubliez pas que vous êtes une jeune femme dans la force de l'âge et que vous avez, vous aussi, des choses à vivre. Ne vous sacrifiez pas si vous ne voulez pas passer à côté de votre vie.

— Merci, Adam, mais ne vous inquiétez pas pour moi, je ne mène pas une existence de nonne non plus. D'ailleurs, vous voyez, je m'apprêtais justement à sortir.

Elle préférait ne pas lui dire qu'elle allait retrouver un autre homme, aussi ne lui donna-t-elle pas d'autres explications.

— Alors laissez-moi au moins vous accompagner jusqu'à votre voiture.

Hochant la tête, elle se dirigea vers le garage tandis qu'Adam continuait.

— A Esperanza, tout le monde ne parle que de l'arrivée imminente des Colton. Ce n'est pas tous les jours qu'une petite ville comme la nôtre reçoit l'homme qui va sans doute devenir le futur président des Etats-Unis et sa femme.

— J'ai hâte de les voir ! s'exclama-t-elle en souriant à cette perspective. Je compte organiser un barbecue en leur honneur.

La pensée d'accueillir Meredith et Joe au centre Hopechest la remplissait de joie.

— Je suis sûr que ce sera formidable. Jericho et tous les adjoints du comté veilleront certainement sur sa sécurité. Colton a bien sûr ses propres gardes du corps, mais il ne refusera certainement pas des protections supplémentaires.

— Mais ce jour-là, vous serez d'abord et surtout mes invités, répliqua-t-elle en actionnant la télécommande qui permettait l'ouverture du garage. J'ai envie de convier tous les membres de ma famille et tous mes amis à cette petite fête.

— Merci de me compter parmi eux, cela me touche

beaucoup. Bien, je vais vous laisser, à présent, et il ne me reste qu'à vous souhaiter une bonne soirée.

— Merci pour tout, Adam.

Il leva un sourcil étonné.

— Pourquoi me remerciez-vous ?

— Parce que vous vous souciez en permanence de moi. Je sens que vous veillez sur moi. C'est très gentil de votre part.

A ces mots, il lui sourit avec chaleur.

— Je m'intéresse à vous, je vous aime beaucoup, Jewel, et voilà pourquoi je me soucie de vous.

Puis tournant les talons, il remonta dans sa voiture.

Jewel s'installa au volant et sortit son véhicule du garage tandis qu'Adam s'engouffrait dans la sienne.

« C'est vraiment un chic type, pensa-t-elle en démarrant. Il est très gentil ».

Elle se demanda quel âge il avait. Une quarantaine d'années, sans doute.

C'est drôle, songea-t-elle, elle ne l'avait jamais entendu parler de sa famille ni de ses origines. Peut-être était-il seul au monde.

Dès qu'elle gagna la nationale, elle oublia Adam pour ne plus penser qu'à Quinn. Le soleil descendait lentement à l'horizon. Dans une demi-heure, il aurait disparu derrière les collines.

Lorsqu'elle se gara devant les écuries de Clay, Quinn était déjà là, tenant son étalon par une longe, et il avait sellé la jument qu'elle avait montée dans la journée.

A la vue de cet homme si grand, si fort, si séduisant, Jewel sentit son cœur s'accélérer dans sa poitrine. Le sourire de Quinn la faisait fondre. Il lui donnait l'impression d'être la personne la plus importante au monde pour lui.

Comme elle sortait de sa voiture pour s'approcher de lui, une vague de joie la souleva.

— Bonsoir, Jewel, dit-il.

— Bonsoir. Apparemment, tu as tout préparé, il n'y a plus qu'à partir.

— J'ai même apporté une bouteille de vin avec des verres pour que nous puissions trinquer à la tombée de la nuit.

— Du vin et un coucher de soleil… Il n'y a pas de meilleure façon de finir cette magnifique journée.

Et bien sûr, la présence d'un bel homme ne retirait rien au tableau. Au contraire.

Elle se réjouit d'être venue. Comme elle se hissait en selle, elle s'ordonna d'arrêter de penser, d'analyser ou de tout décortiquer pour tenter d'interpréter. Pour une fois, elle avait envie de profiter simplement de la beauté de la nuit et de la compagnie de Quinn.

Au petit trot, ils empruntèrent le sentier qu'ils avaient pris plus tôt, avec la jeune troupe. Pendant un moment, ils ne parlèrent pas. Mais ce silence n'avait rien de pesant et ni l'un ni l'autre n'éprouvaient le besoin de le briser.

Les oiseaux voletaient d'arbre en arbre, leur chant mélancolique semblant saluer le crépuscule, et une petite brise rafraîchissait agréablement l'atmosphère.

— Je me suis bien amusé avec les enfants, cet après-midi, dit finalement Quinn.

— Ils t'ont trouvé formidable, répondit Jewel.

Le voir au milieu des gosses l'avait impressionnée. Il s'était montré respectueux et gentil avec eux. Il les avait écoutés avec patience, les avait traités comme des individus à part entière et, d'instinct, elle avait compris qu'il ne le faisait pas uniquement pour se faire bien voir d'elle.

Mais Quinn poursuivait.

— Kelsey m'a semblé un peu réservée. Elle est restée dans son coin tout l'après-midi.

Jewel hocha la tête.

— Elle a peur d'être heureuse. J'essaie de lui apprendre que le bonheur n'est pas un état permanent et qu'il faut profiter de tous les moments heureux qui se présentent, même s'ils sont destinés à être éphémères.

— C'est terrible qu'une fille si jeune connaisse ce genre de peur.

— Tu aimes les enfants.

C'était une affirmation, plus qu'une question.

Il hocha la tête.

— Oui, j'ai toujours rêvé d'avoir une grande famille, d'être le père d'une ribambelle de gosses. Malheureusement, la vie en a décidé autrement.

— Il n'est pas trop tard, protesta-t-elle. Ce n'est pas comme si tu avais passé l'âge. Tu n'es pas encore un grand vieillard.

Il se mit à rire et passa la main dans ses cheveux.

— C'est vrai mais parfois je me sens vieux, malgré tout.

Elle éclata de rire.

— Dans ce cas, tu me trouves vieille.

Pendant un moment, ils discutèrent des enfants tout en trottant.

— Carrie m'a confié qu'elle adorait Cacao mais qu'elle préférait les chatons, dit-il. Et Barry aimerait avoir un lézard. Je crois que j'ai lancé quelque chose avec ce chien.

De nouveau, Jewel se mit à rire.

— J'espère que, dans un premier temps, ils vont se satisfaire des agneaux et des oies que je compte acheter dès que je saurai où les loger. Ryder va me bâtir un enclos.

— A ce propos, sais-tu qui est le père de Clay et de Ryder ? Et quel est le problème entre eux ? J'ai toujours eu le sentiment que les relations que les deux frères entretenaient avec lui n'étaient pas simples.

— Ryder, Clay et Georgie sont les enfants illégitimes d'Oncle Graham. Il les a eus avec une femme qui n'était pas Cynthia, son épouse, mais Mary Lynn Grady. Il n'était pas heureux en ménage mais Cynthia étant très riche, il ne l'a jamais quittée. Je pense qu'il a été réellement amoureux de Mary Lynn avec qui il a eu une liaison pendant des années, jusqu'à la mort de celle-ci. Mais comme il voulait l'amour et l'argent, il a rendu deux femmes malheureuses… Et voilà pourquoi les rapports entre ses trois enfants illégitimes et lui sont un peu compliqués. Ryder, en particulier, ne lui a jamais pardonné d'avoir abandonné leur mère.

— Il faut être fou pour préférer l'argent à l'amour.

— A cause de toutes ces histoires, Oncle Graham est brouillé avec la famille depuis longtemps, poursuivit-elle. A ce que j'ai entendu dire, Oncle Joe a essayé de se rapprocher de lui et de lui offrir plusieurs chances de se racheter, de se comporter convenablement, mais son frère a continué à faire les mauvais choix. C'est triste qu'ils aient coupé les ponts. En tout cas, je suis sûre que tu regrettes d'avoir posé la question, non ? ajouta-t-elle en souriant.

— Pas du tout. Pour être honnête, je trouve la famille Colton fascinante. Par comparaison, la mienne paraît très ordinaire, presque rasoir.

— Je suis certaine que les Colton auraient souvent préféré être des gens un peu plus ordinaires, ce qui leur aurait épargné beaucoup d'ennuis.

Ils galopèrent jusqu'à l'endroit où ils avaient déjeuné à midi avec les enfants et mirent alors pied à terre.

Quinn sortit une couverture qu'il étendit sur l'herbe puis brandit sa bouteille de vin.

— Après l'effort, le réconfort !

Tandis que le soleil disparaissait lentement à l'horizon, ils s'assirent côte à côte, admirant le ciel qui s'embrasait, se transformant en une palette déclinant toutes les nuances du rose et du rouge.

Quinn lui tendit un verre.

— Je trinque à la santé d'une très jolie femme et d'un magnifique coucher de soleil, dit-il en levant le sien.

De la part d'un autre, le toast aurait pu paraître un peu surfait mais la lueur qui brillait dans ses yeux confirma à Jewel qu'il parlait avec son cœur.

Elle s'allongea sur la couverture, se soulevant à demi sur son avant-bras.

— Tu devrais te trouver une charmante petite femme, Quinn.

Tout en s'installant près d'elle, il leva un sourcil étonné.

— Mais je l'ai trouvée !

Elle secoua la tête.

— Tu as besoin de quelqu'un qui ne traîne pas trop de casseroles à sa suite. Et malheureusement, j'en ai beaucoup derrière moi.

— Cela ne me fait pas peur de prendre le lot. Tu ne l'as peut-être pas remarqué mais j'ai de larges épaules.

— Je l'avais remarqué, répliqua-t-elle.

— Alors pourquoi ne pas me faire confiance ?

Il la dévisageait avec intensité.

Détournant la tête, elle avala une gorgée de vin et regarda le soleil à l'horizon.

— Ce n'est pas si simple, répondit-elle doucement.

Il couvrit sa main de la sienne.

— N'aie pas peur, Jewel. Tu peux me confier ce qui ne va pas. Tout, n'importe quoi, n'importe quand.

Le contact de sa peau était très agréable et elle préféra rompre le charme.

— Tu ne sais rien sur moi, tu ne te doutes pas d'où je viens.

— Alors dis-le-moi. Mais sois sûre d'une chose, Jewel. Rien de ce que tu pourras me dire ne changera quoi que ce soit à mon opinion sur toi.

La certitude qui teintait sa voix lui réchauffa le cœur.

— Savais-tu que ma mère et Meredith Colton étaient jumelles ?

— Non, je n'en avais jamais entendu parler.

Il ne montra aucune surprise face à cet apparent changement de sujet.

— Lorsque ma mère est sortie de prison pour avoir tué mon père, elle s'est attaquée à sa sœur. Meredith souffrait alors d'amnésie et ma mère en a profité pour intervertir leurs identités. Pendant près de dix ans, elle a fait croire qu'elle était Meredith. Se faire passer pour sa jumelle lui a donné la possibilité de faire des ravages dans la vie de Joe.

— C'est horrible, mais quel rapport avec toi, Jewel ? Cette histoire ne te concerne en rien.

La voix de Quinn était aussi douce que la brise nocturne qui caressait sa peau. Il se rapprocha d'elle, si près qu'elle pouvait sentir les fragrances de son eau de toilette, la chaleur de son corps…

— Ta mère était visiblement une femme à l'esprit dérangé mais je t'ai vue avec les gosses. Je connais ta générosité, ton amour de la vie et si tu pensais que, en me parlant d'elle, tu allais me faire fuir, tu t'es lourdement trompée.

Il posa son verre de côté.

Cet homme la tuait avec son regard brillant et sa générosité sans bornes, songea Jewel. Elle avait envie de lui dire qu'elle entendait des voix la nuit, que le fantôme de son bébé la détruisait de l'intérieur. Elle voulait le prévenir qu'elle était sans doute aussi détraquée que sa mère ne l'avait été. Mais il effleura ses lèvres du bout de ses doigts et elle en resta muette.

— Tu me plais, Jewel, et la seule chose qui m'arrêterait serait que tu me dises que ce n'est pas réciproque.

Avec une lenteur délibérée, il lui prit son verre des mains et le posa plus loin.

Elle devinait qu'il allait l'embrasser, et même si elle se répétait qu'il ne le fallait pas, elle en avait tellement envie qu'elle se laissa faire.

Il la prit dans ses bras. Douces et chaudes, ses lèvres lui murmurèrent des mots tendres avant de capturer les siennes et malgré ses résolutions, Jewel sentit son cœur tressaillir d'allégresse.

Avait-elle tort de désirer cet homme alors qu'elle savait qu'elle ne le devrait pas, qu'elle ne pourrait jamais nouer une relation durable avec lui ?

Même si elle commettait une erreur, à cet instant précis, elle s'en moquait. Elle mourait d'envie de se blottir contre lui, de l'embrasser à en perdre la raison.

Ouvrant la bouche, elle répondit avec fougue à son baiser et leurs langues entamèrent une danse sensuelle.

Les mains de Quinn allaient et venaient dans son dos tandis qu'elle se pressait contre lui. Elle avait si faim de ses caresses, elle rêvait de se fondre en lui.

Autour d'eux, les ombres s'allongeaient mais, emportés par la passion, ils ne prêtaient aucune attention à la nuit qui tombait, aux souffles de leurs chevaux ou au martèlement de leurs sabots. Ils n'entendaient que les battements précipités de leurs propres cœurs.

Jewel avait envie de davantage. Le désir dont elle

était la proie était si intense qu'elle ne pouvait penser à rien d'autre qu'à eux deux faisant l'amour.

D'une main fébrile, elle défit les boutons de sa chemise. Elle avait faim de sa peau nue et le petit soupir qu'il poussa la galvanisa.

Sans cesser de l'embrasser, elle parvint à déboutonner entièrement sa chemise dont elle écarta alors les pans. Avec un gémissement de plaisir, elle l'étreignit avec force. Il était brûlant et elle sentit ses muscles jouer sous ses doigts.

A son tour, il glissa les mains sous son corsage, déclenchant en elle un indicible désir. Sa bouche abandonna la sienne pour se promener sur ses joues, son cou, avant de s'aventurer sur sa gorge et derrière ses oreilles.

Elle était perdue, elle s'abandonnait à ses caresses, aux sensations délicieuses qu'il faisait naître en elle. Elle avait envie de rester avec lui dans ce champ pour l'éternité, avec sa bouche collée à la sienne, ses mains qui réchauffaient toutes les zones froides dissimulées dans les recoins de son cœur et avec la nuit autour d'eux qui les enveloppait de son aile protectrice.

Emportée par le plaisir, elle avait l'impression d'être dans un autre espace, hors du temps.

Elle oubliait tout, jusqu'à son nom, mais brusquement, Quinn la lâcha, l'écarta et se redressa.

Avec un profond soupir, il passa la main dans ses cheveux.

— Pas comme ça, Jewel, dit-il. J'ai tellement envie de toi que cela me fait mal... mais pas comme ça. Pas dans un champ. Je n'ai pas envie de te faire l'amour à la sauvette mais dans un lit, de me blottir avec toi sous les draps, pour te donner tout le plaisir du monde jusqu'à l'aube.

— Alors rentrons au ranch et passe la nuit avec moi, répondit-elle.

Ses propres paroles la sidérèrent mais elle ne regretta pas de les avoir prononcées.

Une nuit, juste une nuit. Elle ne passerait qu'une nuit avec lui, se promit-elle. Pour une nuit, elle oublierait tout bon sens, toute raison. Pour une nuit, elle n'entendrait plus les cris de son bébé mort ni Andrew l'appeler.

Il posa ses mains sur ses joues.

— Tu en es sûre ?

— Je n'ai jamais été plus sûre de quelque chose de toute ma vie.

Avec la souplesse d'un félin, il se leva et lui tendit la main. Il l'étreignit alors avec force avant de murmurer à son oreille.

— Je te désire depuis que j'ai posé les yeux sur toi.

— Moi aussi, lui avoua-t-elle.

Sans ajouter un mot, il ramassa la bouteille et les verres et replia la couverture.

Comme ils galopaient vers les écuries, elle pensait qu'une petite voix allait sans doute commencer à la sermonner, que sa conscience ne tarderait pas à lui reprocher de faire ce qu'elle s'apprêtait à faire, de s'offrir à un homme qu'elle ne connaissait presque pas et pour une seule fois. Mais bizarrement, elle se sentait profondément en paix à l'idée de passer la nuit dans les bras de Quinn.

Au-dessus de leurs têtes, les étoiles scintillaient dans le ciel, la lune était pleine. Les chevaux piaffaient dans l'obscurité, heureux de rejoindre leur écurie. Peut-être sentaient-ils la fièvre dont leurs cavaliers étaient la proie.

Il ne leur fallut que quelques instants pour desseller leurs montures et les brosser. Puis Jewel s'installa au volant de sa voiture et démarra. Quinn la suivit dans son camion.

Elle ne pourrait pas dire qu'elle avait agi sur une impulsion, pensa-t-elle en regagnant le centre Hopechest. Tandis qu'ils rentraient à cheval à l'écurie ou maintenant, dans sa voiture, elle aurait eu dix fois l'occasion de changer d'avis, mais elle n'en avait pas envie.

Elle ne s'engageait pas avec lui pour la vie, elle ne lui avait rien promis. Deux adultes consentants désiraient passer la nuit ensemble, cela ne signifiait rien d'autre qu'un grand moment de plaisir.

Lorsqu'elle arriva au ranch, elle mit sa voiture au garage pendant que Quinn se garait sur le bas-côté de la route.

Comme il se rapprochait d'elle, elle sentit un désir impérieux brûler ses veines. Elle ne se souvenait pas avoir éprouvé une telle faim pour Andrew. Faire l'amour avec lui avait toujours été tendre, mais elle n'avait pas ressenti cette ivresse que Quinn suscitait en elle. Avec lui, elle oubliait ses principes, ses craintes, ses inhibitions. Elle se sentait pleine de désirs, de joie de vivre.

Quand il la rejoignit sous le porche, il semblait hésiter encore.

— Je ne te le redemanderai plus par la suite, Jewel, alors es-tu sûre de vouloir aller plus loin ? Il est encore temps de me renvoyer dans mes foyers. Et je dois te prévenir que je ne suis pas du genre à coucher avec une femme et à me sauver ensuite comme un voleur.

Comme seule réponse, elle lui ouvrit la porte et l'entraîna à l'intérieur. La maison était silencieuse et elle le précéda jusqu'à ses appartements.

Lorsqu'elle avait quitté sa chambre, elle n'imaginait pas qu'elle y reviendrait plusieurs heures plus tard avec Quinn, et encore moins pour y faire l'amour avec lui.

Même si la pièce était grande, il semblait la remplir par sa seule présence. Les yeux rivés aux siens, il déboutonna sa chemise et la fit glisser à terre. Les muscles de son torse brillaient au clair de lune. Puis il s'assit sur le bord du lit pour retirer ses bottes.

La gorge sèche, Jewel le regarda défaire son jean. Comme il ôtait son pantalon, ne gardant que son caleçon, elle sentit ses jambes faiblir et piqua un fard.

Il s'approcha d'elle d'un mouvement félin pour déboutonner son corsage. Puis lentement, il le lui ôta. Capturant sa bouche, il se mit alors à lui toucher la poitrine.

D'une main fébrile, elle défit son jean. Elle mourait d'envie d'être nue contre lui, de sentir sa peau brûlante contre la sienne.

Comme s'il le devinait, Quinn interrompit leur baiser pour achever de la déshabiller avant de l'allonger sur le lit.

Il posa son portefeuille sur la table de chevet et la rejoignit sous les draps pour la reprendre dans ses bras.

Sans cesser de l'embrasser, il lui retira son soutien-gorge, le jeta à terre avant de lui effleurer les seins avec une lenteur délibérée. Elle gémit de plaisir sous ses délicieux assauts.

— Tu es très belle, murmura-t-il. Tu ne peux pas savoir à quel point j'ai envie de toi.

— J'imagine que c'est autant que moi, répliqua-t-elle.

Il prit un de ses mamelons dans sa bouche, qu'il mordilla avec douceur pour l'exciter davantage. Une vague de sensations fabuleuses la souleva et, emportée par le plaisir, elle s'accrocha à ses cheveux.

Il ne leur fallut pas longtemps pour se retrouver entièrement nus et pour que leurs caresses deviennent de plus en plus intimes, de plus en plus torrides. Elle adorait la douceur de son torse velu, l'odeur de sa peau — un mélange de savon, de soleil et d'eau de toilette.

Quinn semblait vouloir prendre tout son temps. De ses mains, de sa bouche, il explora avec gourmandise tous les recoins de son corps.

Refusant de rester passive, Jewel découvrit qu'il haletait lorsqu'elle s'aventurait vers son bas-ventre. Sciemment, elle se rapprocha de son sexe mais sans aller jusqu'au bout, pour faire durer le plaisir.

Pendant des heures, ils se dévorèrent, se savourèrent, se dégustèrent, comme deux personnes qui ont été privées de plaisir sensuel pendant trop longtemps. Les doigts de Quinn finirent pourtant par trouver son centre, par glisser dans sa chaleur intime et elle s'arqua pour aller à sa rencontre.

Comme il lui écartait les jambes, cherchant sa voie, elle s'accrocha à lui. Tous ses muscles se raidirent et des vagues de jouissance la soulevèrent, la laissant pantelante dans ses bras.

Lorsqu'elle l'attira à lui, il s'empara de son portefeuille sur la table de nuit.

Il y prit un préservatif. Après s'être protégé, il s'allongea sur elle. Les yeux brillants comme ceux d'un animal sauvage, il la dévisagea longuement avant d'aller plus loin.

A cet instant, elle se sentit aimée, plus chérie qu'elle ne l'avait été par quiconque au cours de sa vie. Dans le regard mordoré de Quinn brillait tout l'amour du monde en même temps qu'un indicible désir.

Comme il la pénétrait, elle ferma les paupières pour mieux le sentir et pour s'abandonner davantage encore au plaisir. Et ce fut magique. Il se mit à aller et venir entre ses cuisses sans cesser de l'embrasser, avec une tendresse qui lui coupa le souffle.

Elle noua ses jambes autour de ses reins, gémissant, le suppliant d'accélérer le mouvement.

Comme il obtempérait, elle s'envola en criant. Mais de nouveau, il interrompit son va-et-vient avant de le reprendre pour la rendre folle de désir et accentuer sa jouissance. Très vite, elle perdit toute notion rationnelle. Elle ne savait plus où elle était, qui elle était. Quinn et le plaisir qu'il lui donnait prenaient toute la place.

Ensemble, ils touchèrent le ciel. Quinn allait de plus en plus vite. Soudain, il hurla son nom avant de s'abattre sur elle, foudroyé.

Un long moment, il resta allongé sur elle, immobile. Puis il se redressa sur les avant-bras pour la contempler, le front en sueur.

Posant les mains de part et d'autre de son visage, il lui sourit et l'embrassa.

— Mon amour…

Il la dévorait des yeux, comme si elle était la huitième merveille du monde. Finalement, après un long moment, il posa un petit baiser sur son nez.

— Je reviens tout de suite, ne bouge pas.

Et il roula hors du lit pour aller dans la salle de bains.

Alanguie de plaisir, Jewel se sentait faible. Elle était si bien qu'elle n'avait plus la force de bouger.

Lorsque Quinn revint dans la chambre, elle alluma la lampe de chevet. Au lieu de se rhabiller pour s'en aller comme elle l'avait craint, il se glissa de nouveau sous les draps et la reprit dans ses bras.

Elle se blottit contre lui avec un soupir de bonheur.

Du bout des doigts, elle caressa la cicatrice qui ornait sa joue.

— Comment t'es-tu fait cela ? demanda-t-elle.

Il sourit.

— Elle s'appelait Molly, c'était une jument qui s'était

déboîté la patte. Quand j'ai remis l'os en place, elle a eu mal et m'a envoyé un coup de sabot.

Horrifiée, elle écarquilla les yeux.

— Je ne me rendais pas compte de la dangerosité de ton métier !

— J'étais jeune, à l'époque, je ne faisais pas attention. C'était ma faute. Cela ne m'arriverait plus, à présent.

— Je suis contente que tu sois resté au lieu de repartir après m'avoir fait l'amour, reprit-elle en se calant au creux de son épaule.

Il lui caressa les cheveux avec une infinie tendresse.

— La douceur qui suit l'amour donne plus d'intensité au plaisir sexuel lui-même.

Avec un soupir, elle se rendit compte qu'elle se sentait si bien qu'elle avait envie de dormir.

Pourtant, elle éprouva le besoin de lui avouer sa faiblesse.

— Quinn ? Je voulais te dire… Parfois, la nuit, je fais des cauchemars.

Elle préférait le prévenir au cas où elle dormirait mal à cause de ses mauvais rêves.

Il promena lentement sa main dans son dos.

— Cette nuit, tu n'en auras pas, Jewel.

Il l'affirma avec une telle confiance qu'elle le crut. Ils se mirent en cuillère, lui derrière elle, un bras l'enlaçant comme pour la protéger. Se sentant en sécurité comme cela ne lui était jamais arrivé, Jewel s'assoupit.

Et elle dormit comme un bébé… ou plutôt comme une femme comblée.

8

Les rayons du soleil perçant les rideaux réveillèrent Jewel au tout début de la matinée. La première pensée à la traverser fut que, cette nuit, elle n'avait pas fait de cauchemar. Aucun cri de nouveau-né n'était venu perturber son sommeil. Pour la première fois depuis la mort d'Andrew et du bébé qu'elle avait porté, elle avait bien dormi.

Elle songea alors à Quinn. Comme elle se tournait vers le côté, elle se rendit compte qu'elle était seule. Il avait dû se lever aux aurores et quitter la maison en catimini. Elle lui en fut reconnaissante. Ainsi, elle n'aurait pas à expliquer aux enfants pourquoi le séduisant vétérinaire prenait leur petit déjeuner avec eux, ni à subir les sourires entendus de Jeff et de Cheryl.

Avec un petit soupir de bien-être, elle roula sur le dos pour regarder le plafond, la tête remplie d'images de la nuit qu'elle venait de vivre avec lui. Le simple souvenir de leurs étreintes la bouleversait et la faisait frissonner.

Quinn avait été un merveilleux amant, à la fois doux et fort, tendre et viril, et elle se rendit compte avec inquiétude qu'elle adorerait renouveler l'expérience.

Mais elle ne le pouvait pas. Déjà, elle n'avait pas été juste en lui permettant de faire l'amour avec elle. Elle savait pourtant qu'il n'était pas un séducteur, qu'il ne prenait pas les relations amoureuses avec légèreté. A présent, elle se rendait compte qu'elle avait eu tort de s'abandonner à ses caresses. A cause de cette nuit, les choses allaient devenir plus difficiles.

Il voudrait certainement la revoir, aller plus loin encore.

Mais il lui était impossible de se lancer dans une véritable histoire d'amour avec Quinn, de nouer des liens étroits avec lui en sachant qu'elle n'aurait jamais la possibilité de s'engager pleinement. Ce ne serait pas honnête vis-à-vis de lui, ni d'elle-même d'ailleurs.

Il était temps de prendre ses distances, se dit-elle en se levant pour aller faire sa toilette. Même si, dans ses bras, elle avait dormi comme un loir et qu'aucun rêve n'était venu perturber son sommeil, cela ne voulait pas dire qu'elle n'était plus hantée par Andrew ni par l'enfant qu'elle avait perdu.

Si son ancien fiancé ne lui avait parlé que dans ses rêves ou si son bébé n'avait pleuré que lorsqu'elle était assoupie, elle aurait peut-être pu relativiser le problème. Mais elle se souvenait avoir passé des nuits entières à les entendre alors qu'elle était totalement éveillée.

C'était là sa véritable hantise. Elle se remémora sa dernière visite à sa mère à l'hôpital psychiatrique, peu de temps avant sa mort. Perdue dans son monde, Patsy psalmodiait des paroles incohérentes, marmonnait dans sa barbe ou riait à contretemps. Visiblement, elle percevait des voix d'absents et répondait à des questions que personne ne lui avait posées. Elle semblait en grande conversation avec des personnes que nul ne voyait.

Tout en s'habillant, Jewel reconnut les intonations joyeuses des enfants qui se préparaient à prendre leur petit déjeuner. Ils lui semblaient plus bruyants que d'habitude. Sans doute l'approche de la rentrée les excitait-elle.

Au départ, Jewel avait hésité à faire la classe dans le

centre, à jouer les institutrices au moins pour les plus jeunes de ses protégés. Mais finalement, elle y avait renoncé en prenant conscience que se mêler aux enfants du village était préférable pour ses petits pensionnaires. Elle ne devait pas les isoler du reste du monde ni les faire se sentir différents des autres. De plus, elle voulait que les habitants d'Esperanza, qui avaient fortement critiqué la venue d'enfants dits « à problèmes » dans leur ville, se rendent compte que ces gosses ne représentaient en rien une menace.

Une heure plus tard, elle accompagna la petite troupe sur la route devant le ranch Hopechest, où ils attendirent le passage du car de ramassage scolaire. Il était tôt mais le soleil était déjà chaud. Ce matin, à la radio, les météorologues avaient annoncé des températures au-dessus des normales saisonnières pour les deux semaines à venir. Septembre promettait d'être caniculaire.

Barry se tourna vers Jewel.

— Et le bus nous ramènera après l'école, c'est bien ça ? demanda-t-il.

Il posait la question pour la quatrième fois.

Avec un sourire, Jewel lui assura :

— Le chauffeur vous déposera ici même.

— J'espère que ma maîtresse sera gentille et m'aimera bien ! s'exclama Lindy.

— Ne t'inquiète pas, répondit Kelsey en lui posant une main sur l'épaule. Tout le monde t'aime beaucoup. Pourquoi ferait-elle exception ?

Le cœur de Jewel fondit en entendant l'adolescente tenter de rassurer sa jeune compagne. Depuis son arrivée, c'était la première fois qu'elle montrait qu'elle s'intéressait aux autres, qu'elle cherchait à nouer des liens. C'était important.

Enfin, le car apparut au bout de la route dans un nuage de poussière. Il n'était que 8 heures du matin mais déjà Jewel était en nage et elle avait envie de prendre une autre douche fraîche.

Elle regarda les enfants s'engouffrer dans le véhicule avant de lui faire de grands signes derrière les vitres. Quand le bus s'éloigna, elle retourna vers la maison. Elle entrait dans la cuisine quand Ryder arriva.

Maria n'était pas avec lui. Il lui expliqua qu'Ana s'en occupait cette semaine. Contrairement à l'école communale d'Esperanza, l'établissement où elle enseignait, situé à San Antonio, n'ouvrirait ses portes que dans huit jours.

Jewel hocha la tête.

— La journée va être chaude, dit-elle.

— Et à ce que j'ai compris, cela va durer pendant une bonne dizaine de jours. J'ai apporté le matériel pour construire l'enclos que tu m'as demandé.

— Formidable, mais n'hésite pas à venir régulièrement à l'intérieur pour boire. Fais comme chez toi et sers-toi de boissons fraîches aussi souvent que nécessaire.

Il lui sourit.

— Ne t'inquiète pas, je ne me laisserai pas dépérir.

— Je ne te mets aucune pression mais ce serait bien que les travaux soient terminés quand Joe et Meredith seront au Texas.

— Leur visite est prévue pour dans deux semaines, c'est bien cela ? Rassure-toi, ce sera fini bien avant leur arrivée. Si Jeff me donne un coup de main comme promis, j'espère que tout sera terminé après-demain. Cela te laissera huit jours pour acheter les animaux, les installer, etc.

— Ce sera parfait, merci.

Il la laissa vaquer à ses occupations pour se diriger vers l'emplacement où il allait bâtir l'enclos.

Rentrant dans la cuisine, Jewel prit un café avec Cheryl.

— Si cela vous va, lui dit cette dernière, tout en s'installant à la grande table de chêne pour siroter sa tasse, Jeff et moi aimerions organiser la sortie avec les enfants, dont je vous avais parlé, soit samedi prochain soit le suivant.

— Le suivant serait idéal pour moi, répondit Jewel d'un air pensif. Pendant que vous serez partis, j'en profiterai pour ranger la maison à fond et préparer le barbecue pour Joe et Meredith.

— Alors c'est décidé, je vais prévenir Jeff.

A ce moment-là, le téléphone retentit, les faisant toutes les deux sursauter. Cheryl prit l'appel et tendit bientôt l'appareil à Jewel.

— C'est pour vous. Quinn Logan.

Voyant Jewel hésiter, elle couvrit l'écouteur de la main.

— Vous préférez ne pas répondre ? chuchota-t-elle.

— Euh… Pas maintenant, en tout cas. Dites-lui que je le rappellerai.

Le cœur serré, elle entendit Cheryl transmettre le message. Elle aurait adoré entendre la voix de Quinn, ce matin, lui raconter qu'elle avait dormi comme un bébé dans ses bras, que c'était la première fois depuis son arrivée à Esperanza. Mais pourquoi le lui dire alors qu'elle ne voulait pas poursuivre leur relation ?

— Tout va bien ? s'enquit sa compagne qui tenait toujours le récepteur.

— Oui, oui, mais je ne suis pas d'humeur à bavarder au téléphone, ce matin. Il y a des jours comme ça… Je vais plutôt retourner dans mon bureau pour m'occuper de ma paperasserie, répondit-elle, éprouvant le besoin d'échapper au regard perçant de Cheryl.

Cette dernière semblait sceptique.

Une fois dans ses appartements, Jewell prit sa tête entre les mains et s'interdit de penser à Quinn.

Les recherches qu'elle avait entreprises à la bibliothèque sur l'accident qui avait à jamais changé sa vie semblaient remonter à une éternité. Elle se rendit compte qu'elle n'avait encore rien fait des renseignements qu'elle avait collectés ce jour-là.

Qu'était-il arrivé à James Corrs quand Andrew l'avait dénoncé pour fraude fiscale ? Depuis que Quinn l'avait interrompue, elle n'avait pas été plus loin.

Les enfants étant en classe, elle ne craignait plus d'être dérangée. Aussi alluma-t-elle son ordinateur et reprit-elle ses investigations. Il ne lui fallut pas longtemps pour découvrir ce qu'elle cherchait. James Corrs avait fini en prison, où il purgeait une peine de quinze ans. Cela faisait beaucoup de temps à passer derrière des barreaux, se dit-elle.

Avant d'atterrir dans un pénitencier, s'était-il vengé contre Andrew en emboutissant sa voiture ? Elle avait envie d'appeler la police de Californie pour leur demander de rouvrir le dossier. Elle était certaine que James Corrs était l'homme qui avait provoqué la collision avant de prendre la fuite.

Mais elle savait ce que lui diraient les policiers qu'elle aurait au bout du fil. Pour eux, il ne s'agissait que d'un tragique accident. A présent, ils travaillaient sur d'autres affaires et ils n'avaient pas de temps à perdre pour mener une nouvelle enquête sur un chauffard dont le délit avait été commis deux ans plus tôt.

Malgré la chaleur extérieure, elle sentit le froid s'emparer d'elle. Elle se remémora le moment où, après cet horrible cauchemar, elle avait découvert le journal relatant le drame, près d'elle, sur le lit.

Il était complètement fou d'imaginer que quelqu'un soit entré par effraction dans la maison dans le seul but de déposer ce quotidien à côté d'elle. Sans doute avait-elle été le prendre dans sa boîte à souvenirs pendant son sommeil, lors d'une crise de somnambulisme.

Et cette version — beaucoup plus plausible — était, elle, réellement celle de la folie.

La nuit précédente, Quinn avait écarté d'elle les fantômes du passé. Pour la première fois depuis très longtemps, aucun cauchemar n'était venu la tourmenter et elle n'avait pas entendu de voix.

De nouveau, elle dut lutter contre l'envie de prendre son téléphone et de rappeler Quinn. Au lieu de quoi, pour ne pas céder à la tentation, elle décida d'aller rendre visite à Tamara. Quelques semaines auparavant, Clay et Tamara s'étaient volatilisés pendant deux jours pour se marier en cachette. Jewel tenait à ce que Tamara lui raconte en détail toute l'histoire et, depuis qu'elle avait appris la nouvelle, elle n'avait pas encore eu l'occasion de la voir en tête à tête.

Peut-être désirait-elle également voir son amie parce qu'elle savait que Tamara n'avait jamais porté Quinn dans son cœur. En lui parlant de lui, elle espérait parvenir à anéantir les sentiments qu'elle éprouvait pour lui et à oublier la folie qui l'avait poussée dans ses bras.

Elle prit sa voiture pour se rendre au ranch voisin, heureuse de se rafraîchir un peu dans l'habitacle grâce à l'air conditionné. Mais quand elle sortit du véhicule, elle eut aussitôt l'impression de plonger dans une fournaise.

Tamara l'accueillit avec un grand sourire.

— Jewel ! Quelle bonne surprise ! Entre !

— Merci, je passais juste en coup de vent. Je ne te dérange pas ?

Tamara l'invita à la suivre jusqu'à la cuisine.

— Au contraire, je m'apprêtais à me préparer un verre de thé glacé.

— Formidable. Il fait une chaleur !

— Et à en croire les bulletins météo, la canicule va s'accentuer. Alors ? Que deviens-tu ? J'imagine que, avec la rentrée des classes, tu es tranquille et même un peu désœuvrée.

Jewel sourit.

— Cela va me faire bizarre d'être seule au ranch à longueur de journées.

— J'ai entendu dire que tu avais un nouveau pensionnaire, reprit Tamara en lui tendant un verre.

A ces mots, Jewel fronça les sourcils.

— Un nouveau pensionnaire ?

— Un chien.

— Ah, Cacao ! s'exclama-t-elle en riant. Quinn nous l'a offert.

Sans le savoir, Tamara lui tendait une perche pour aborder la question qui l'intéressait.

— A ce propos, j'ai toujours eu l'impression que tu ne l'aimais pas beaucoup, notre vétérinaire.

Tamara secoua la tête.

— Je dois avouer que lorsqu'il a pris la décision d'abattre l'étalon de Clay, je lui en ai beaucoup voulu. Mais, je le reconnais aujourd'hui, cette rancœur était gratuite et infondée. Clay en était malade et j'ai tenu Quinn pour responsable de ce malheur. Mais depuis lors, j'ai réfléchi et j'ai changé d'avis. Il avait raison de lui conseiller de sacrifier cet animal. D'ailleurs, Clay passe son temps à me répéter que Quinn est un type formidable et je partage son avis.

Elle leva soudain un sourcil.

— Mais pourquoi m'interroges-tu à son sujet ? Adam Rawlins aurait-il des soucis à se faire ? Y aurait-il un rival dans ton cœur ? L'adjoint du shérif n'a jamais caché qu'il t'appréciait beaucoup…

— Malheureusement, ses sentiments ne sont pas réciproques et pour tout te dire, non, je ne m'intéresse pas davantage à Quinn.

Le mensonge laissa un goût métallique dans la bouche de Jewel mais elle poursuivit.

— Je crois que je suis mieux seule.

— L'être humain n'est pas fait pour la solitude, répliqua Tamara. Nous sommes faits pour aimer et être aimés. Crois-moi, Jewel, j'ai essayé de vivre seule et j'ai vite compris que ce n'était pas tenable. Si notre séduisant vétérinaire t'attire, je n'ai qu'un mot à te dire : fonce.

Les trois jours suivants, Jewel repensa aux paroles de Tamara. Quinn rappela plusieurs fois mais si Cheryl n'était pas là pour prendre le message, Jewel branchait le répondeur.

Elle savait qu'elle ne faisait que retarder l'échéance et que, tôt ou tard, elle se retrouverait face à Quinn avec qui elle devrait s'expliquer. Mais la faiblesse qu'elle éprouvait vis-à-vis de lui l'inquiétait. Pour son salut comme pour le sien, il lui fallait se montrer forte. Elle devait rester loin de lui.

Voilà quatre jours que Quinn n'avait aucune nouvelle de Jewel et il n'avait pas l'intention de laisser s'écouler vingt-quatre heures supplémentaires sans lui parler.

Manifestement, elle ne voulait pas prendre ses appels. Aussi, au lieu d'essayer de la recontacter en vain par téléphone pour la énième fois, décida-t-il de lui interdire toute possibilité de lui échapper. A 8 heures du matin, il se gara au bord de la route, non loin de l'endroit où le car de ramassage scolaire viendrait prendre les enfants pour les conduire à Esperanza.

Il sortit de son camion, le contourna pour s'y adosser afin d'être plus à l'aise pour attendre. Il ne comprenait pas bien ce qui se passait avec la jeune femme. A l'aube, lorsqu'il avait quitté sa chambre après lui avoir fait l'amour toute la nuit, il avait cru qu'ils étaient en train de construire quelque chose ensemble, une relation valable, magique.

Il n'avait pourtant pas inventé la manière dont elle avait répondu à ses baisers, à ses étreintes, pas seulement au lit mais aussi au cours de leur balade à cheval, quand ils s'étaient confiés l'un à l'autre.

Quelque chose s'était passé, lui avait fait peur, et il était décidé à creuser la question. Depuis la mort de son épouse, Jewel était la première femme à avoir retenu son intérêt et il n'en voulait pas d'autre.

Le soleil brûlait déjà ses épaules tandis qu'il patientait. Peut-être avait-il été trop vite. Ils étaient devenus trop rapidement amants. Peut-être aurait-il dû lui faire plus longtemps la cour. Mais il éprouvait pour elle une folle passion, une passion qui l'avait emporté et qu'il ne pouvait nier.

En voyant la porte du ranch s'ouvrir et les gosses s'en échapper, il se redressa. Jewel les suivait avec Cacao en laisse et il repéra le moment exact où elle remarqua sa présence. Elle se raidit et ralentit son pas, comme si elle craignait d'avancer. La douleur qui se peignit sur son visage le bouleversa.

Le chien, par contre, bondit de joie dès qu'il le reconnut et tira sur sa laisse.

Cherchant l'origine de l'agitation de l'animal, Lindy le découvrit à son tour.

— Docteur Quinn ! s'exclama-t-elle avec un grand sourire. Etes-vous venu nous regarder monter dans le car ?

Sam lui envoya une bourrade.

— Mais non, idiote ! Il est là pour Mlle Jewel.

— J'avais envie de vous dire bonjour à tous, répondit Quinn.

— Tu vois, il est aussi venu pour nous ! s'écria Lindy, triomphante.

Quinn sourit à Jewel.

— Tu es difficile à joindre depuis quelques jours…

« Reste sur un mode léger », s'ordonna-t-il.

Comme il s'accroupissait pour flatter le chien qui lui fit fête, la jeune femme répondit sans le regarder.

— J'ai été débordée avec la rentrée des classes.

— Au point de ne pas trouver le temps de passer un coup de fil ?

Une note de scepticisme teintait sa voix.

Avant qu'elle ne puisse répondre, le car apparut. Ce n'est que lorsque les enfants eurent pris place à l'intérieur qu'il poursuivit.

— Ai-je été trop vite ?

Elle se tourna enfin vers lui.

— Non, cela n'a rien à voir avec toi. Le problème vient exclusivement de moi. J'ai compris que je n'étais pas prête à vivre une relation amoureuse, quelle qu'elle soit.

— Tu semblais pourtant tout à fait partante avant que nous ne couchions ensemble.

Elle rougit et détourna la tête, fixant la maison comme si elle voulait courir s'y réfugier.

— C'est cette nuit-là que j'ai compris que je n'étais pas mûre pour cela, pour toi…

— Et quand le seras-tu ? Parce que je t'attendrai,

Jewel. Demande autour de toi. Les gens te diront que je suis très patient, surtout lorsqu'il s'agit de quelque chose… ou de quelqu'un… d'important pour moi.

De nouveau, elle leva les yeux vers lui et, dans les profondeurs de ses prunelles chocolat, il vit briller un désir, un appel, et il eut la certitude qu'elle valait le coup de se battre pour elle. Il lui fallait simplement cerner contre quoi il devait lutter.

— Si nous avons été trop vite, nous pouvons ralentir le mouvement, reprit-il. Je pourrais t'inviter à dîner, par exemple. Nous pourrions aller au cinéma ensemble et je m'engage à ne pas te toucher, à ne pas t'embrasser, à moins que tu m'en donnes l'autorisation expresse.

Un petit cri — moitié rire, moitié sanglot — s'échappa des lèvres de la jeune femme.

— Oh, Quinn, tu rends ma tâche si difficile ! Je le savais et c'est pour cela que je préférais ne pas te parler. Je me doutais que tu n'accepterais pas ce que je t'explique sans discuter.

— J'accepte les choses quand elles ont un sens mais jusqu'ici, tu ne m'as rien dit qui en ait un à mes yeux, répondit-il en posant une main sur son épaule. L'autre nuit a été magique et m'a confirmé dans l'idée que tu es celle que j'attendais. Je pensais, j'espérais, que je pourrais être aussi l'homme que tu attendais.

Elle recula, comme si son contact était trop douloureux. Il eut alors confirmation de son intuition. Elle le fuyait, non parce qu'elle ne l'aimait pas, mais pour une autre raison.

— Explique-moi, Jewel. Dis-moi ce qui ne va pas. Je voudrais comprendre.

A la mort de Sarah, il avait cru qu'il ne retomberait plus jamais amoureux. Il avait été persuadé que toutes ses chances de trouver le bonheur étaient parties avec son épouse.

Mais après avoir fait la connaissance de Jewel, après avoir fait l'amour avec elle, il savait qu'une nouvelle chance d'être heureux se présentait à lui et il n'allait certainement pas la laisser lui échapper.

Elle redressa les épaules mais n'osa pas le regarder.

— Tu es quelqu'un de bien, Quinn. J'ai passé une nuit formidable avec toi mais je ne peux pas envisager de nouer une véritable relation avec un homme. Je suis désolée si tu te sens dupé mais je n'ai rien d'autre à dire.

Et sans attendre sa réponse, elle tourna les talons pour se diriger vers la maison, Cacao sur les talons.

Quinn la regarda s'éloigner, le cœur lourd et l'estomac noué.

Il ne pouvait croire qu'elle avait seulement voulu profiter d'un bon moment et qu'elle se rendait compte après coup qu'elle ne l'aimait pas. Lorsqu'il l'avait caressée, trois jours plus tôt, il avait vu briller le désir dans ses yeux. Et c'était encore le cas aujourd'hui, il en avait l'intime certitude.

Jewel Mayfair avait des secrets. Il l'avait compris quand il avait fait sa connaissance et il était décidé à les percer à jour, à deviner ce qu'elle cachait.

9

La nuit était tombée depuis longtemps mais la chaleur, elle, n'avait pas baissé d'un degré.

Depuis des heures, Jewel se tournait et se retournait dans son lit, incapable de trouver le sommeil. Elle avait finalement renoncé à y parvenir et décidé d'aller se promener dans les bois.

Cette fois, ce n'était pas des cris de bébé ou des fantômes qui l'empêchaient de dormir mais plutôt ses réflexions à propos de Quinn.

Le revoir ce matin avait été beaucoup plus difficile qu'elle ne l'aurait imaginé. Lui dire qu'elle ne souhaitait pas nouer une relation amoureuse avec lui s'était révélé une véritable torture. En réalité, elle n'avait eu qu'une envie : se précipiter dans ses bras, écouter sa voix chaude et rassurante lui dire qu'ils allaient avoir un avenir merveilleux ensemble.

Mais tant qu'elle s'interrogerait sur sa propre santé mentale, elle s'interdirait d'aimer un homme. Elle ne voulait imposer à quiconque les derniers mois que sa mère avait vécus, ni l'enfer qu'elle-même avait connu avec elle.

Il lui avait fallu des années pour entrer en contact avec Patsy, et même si les Baylor l'avaient élevée comme si elle avait été leur enfant, Jewel avait toujours eu besoin de quelque chose qu'ils n'avaient pas pu lui offrir. L'amour de sa véritable mère. Malheureusement, elle ne l'avait jamais obtenu. Patsy avait été incapable de donner quoi que ce soit à une fille qu'elle ne reconnaissait pas. Elle avait totalement oublié qu'elle l'avait mise au monde.

Auprès de Patsy, Jewel avait enduré les souffrances des familles des malades d'Alzheimer et la jeune femme se refusait d'infliger ce cauchemar quotidien à quelqu'un qu'elle aimait.

La forêt bruissait autour d'elle mais soudain, elle entendit quelque chose remuer dans les broussailles. Affolée, elle sentit son cœur s'accélérer brutalement dans sa poitrine. Il lui fallut un petit moment pour recouvrer ses esprits et se rendre compte qu'elle avait seulement tiré un lièvre ou un renard de son sommeil. Le pauvre avait dû avoir très peur. Lui, au moins, avait la chance de pouvoir dormir, pensa-t-elle avec envie.

Même si elle n'était vêtue que de sa chemise de nuit et d'une robe de chambre légère, la chaleur ambiante était oppressante. Jewel avait l'impression de se mouvoir sous une chape de plomb. Depuis plusieurs jours, la canicule provoquait des coupures de courant dans la région, à cause des surcharges électriques. Et dans les journaux, les prévisions météo n'étaient pas optimistes.

Soudain, le craquement d'une branche derrière elle la fit se figer sur place. Il ne ressemblait pas au bruit que peut faire un petit animal en se déplaçant mais plutôt à celui d'une grosse bête qui marche sur un morceau de bois mort. Ces pas se rapprochaient et semblaient s'accélérer, comme si on la pourchassait.

Elle songea à toutes ces fois où elle avait eu l'impression d'être espionnée et sa gorge se serra. Submergée par une vague de frayeur, elle sentit une poussée d'adrénaline la traverser. Le doute n'était plus permis.

Il y avait quelqu'un dans ce bois, quelqu'un qui en avait après elle.

Comme son poursuivant paraissait gagner encore du terrain, elle bondit en avant et prit ses jambes à son cou, le cœur battant. Tout en détalant, elle jeta un coup d'œil par-dessus son épaule. Elle ne vit personne mais crut discerner une ombre qui se déplaçait derrière elle, un mouvement entre les arbres.

Qui était à ses trousses ? s'interrogea-t-elle avec angoisse. Le fait que cette personne n'ait pas prononcé un mot et la suive en silence la terrifiait plus que tout.

Elle s'élança dans l'obscurité, tentant de retourner au plus vite au ranch.

Elle avait peur de s'écarter par inadvertance du chemin plongé dans le noir. Si elle heurtait un tronc d'arbre ou trébuchait sur une racine, elle s'étalerait de tout son long sur le sol et qui que soit le type derrière elle, il n'aurait plus aucune difficulté à l'attraper.

S'interdisant de laisser de telles pensées accentuer sa peur, elle se focalisa sur son but. Si elle parvenait à garder ce rythme assez longtemps, elle n'allait plus tarder à atteindre le ranch de Clay. Chez lui, elle serait en sécurité. Mais les bruits de pas se rapprochaient et elle devinait que son poursuivant était sur ses talons.

Des larmes montèrent à ses yeux, brouillant davantage encore sa vue. Dans la pénombre, elle ne vit pas une grosse branche en travers du sentier et tomba en avant. Dans sa chute, elle se cogna violemment le genou contre une pierre. Une vive douleur la traversa tandis qu'un cri s'échappait de ses lèvres.

Allongée par terre, elle n'osait plus bouger.

Elle entendit alors au-dessus d'elle une voix qu'elle reconnut aussitôt.

— Jewel ?

En voyant Quinn apparaître dans son champ de vision, elle explosa en sanglots, tant elle était soulagée. Sa haute silhouette mince et musclée se détachant dans le noir lui parut une île au milieu d'une mer infestée de requins.

Sans hésiter, elle se jeta à son cou.

— Quelqu'un me poursuit.

Malgré la chaleur de la nuit, elle claquait des dents.

Il l'étreignit avec force.

— Tout va bien, tu ne risques plus rien maintenant.

Elle enfouit son visage dans sa chemise et après un moment, elle ne perçut plus rien que le battement rassurant de son cœur. Entre ses bras forts, elle se sentait en sécurité.

Levant les yeux vers lui, elle se rendit compte qu'il observait les bois alentour, scrutant l'obscurité. Elle perçut la tension de son corps viril, la tension d'un homme prêt à se battre contre quel danger que ce soit pour la protéger. Cela la réconforta davantage encore.

— Je ne vois rien et je n'entends rien non plus, dit-il finalement. Quel que soit celui qui était à tes trousses, il est parti. Viens, je vais te reconduire chez toi, ajouta-t-il lorsqu'elle s'écarta finalement de lui.

Il la prit par la taille comme pour la garder près de lui et ils commencèrent à gravir le sentier vers le ranch. Soulagée de sentir sa présence, son contact, la chaleur de sa main dans la sienne, Jewel recouvrait peu à peu ses esprits.

Après un moment, Quinn demanda :

— Pourquoi n'as-tu pas emmené Cacao ?

— J'avais peur qu'il aboie après des lapins et réveille les enfants.

Au fur et à mesure qu'elle marchait au côté de Quinn, son cœur reprenait un rythme normal.

Ils ouvrirent la barrière et entrèrent dans le jardin, derrière la maison. Comme ils approchaient de la piscine, Jewel se tourna vers lui.

— Quinn, je n'ai rien inventé. Il y avait vraiment quelqu'un qui me poursuivait, dit-elle.

Sous le clair de lune, le regard de Quinn exprima la surprise.

— Je n'en ai jamais douté, Jewel, lui assura-t-il. Asseyons-nous un instant, ajouta-t-il en lui désignant des fauteuils autour du bassin. Pour que tu puisses te calmer avant d'aller te coucher.

La jeune femme accepta avec reconnaissance. La perspective de bavarder tranquillement un moment avec lui semblait mille fois plus agréable que de monter se coucher et de se retrouver seule dans sa chambre avec ses sombres pensées pour unique compagnie. Elle se laissa choir sur une chaise et Quinn prit place à côté d'elle, si proche qu'elle pouvait humer les effluves de son eau de toilette.

— Tu vas mieux ? demanda-t-il après un moment de silence.

— Je me suis sentie mieux dès que je t'ai vu apparaître sur le sentier, avoua-t-elle.

Se penchant vers elle, il prit ses mains dans les siennes.

— J'ai l'impression qu'il y a des choses que tu ne me dis pas, Jewel, et j'aimerais que tu comprennes que tu peux me faire confiance. Je ne vais pas renoncer à toi. Rien de ce que tu m'as raconté l'autre jour ne me fait douter que nous sommes faits l'un pour l'autre. J'ai envie de partager le reste de mon existence avec toi.

A ces mots, elle sentit son cœur se déchirer.

— Savais-tu que j'avais perdu un bébé ?

La question franchit ses lèvres avant qu'elle n'ait pu la retenir.

Il poussa un soupir et l'étreignit plus fort.

— Non, je l'ignorais.

— C'est arrivé au cours de l'accident qui a tué Andrew. J'étais enceinte de quatre mois lorsque nous sommes sortis du restaurant, ce soir-là. Quand cette voiture a foncé sur nous, le choc a été si violent qu'il m'a provoqué une fausse couche. Lorsque j'ai repris conscience, le lendemain matin, Andrew et mon bébé étaient morts.

— Je suis désolé, Jewel. Je suis vraiment désolé pour toi.

Curieusement, la tristesse qui teintait la voix de Quinn soulagea en partie la sienne.

« Parle-lui des pleurs de nouveau-né que tu entends la nuit », lui souffla une petite voix. « Dis-lui que tu entends Andrew t'appeler dans les bois ».

Mais elle n'osa pas. Elle s'en sentait incapable. Que se passerait-il s'il le répétait à quelqu'un et que le bruit courait dans le village que Jewel Mayfair était déséquilibrée, qu'elle était harcelée par des fantômes ? Non, ce n'était pas possible. Elle perdrait son poste au ranch, les enfants dont elle s'occupait lui seraient retirés et être privée de son métier la plongerait dans un désespoir sans fond.

— Jewel, je n'imaginais pas les terribles épreuves par lesquelles tu es passée et tu pleureras toujours ceux que tu as perdus. Mais n'y a-t-il pas aussi dans ton cœur une petite place pour moi ?

Ravagée, elle sentit la chaleur dont il irradiait et vit tout l'amour qui brillait dans son regard.

Mais Quinn poursuivait :

— Tu es trop jeune pour laisser le chagrin dominer ton existence. Ces deuils ont été très douloureux mais ils appartiennent au passé. Tu as d'autres amours à vivre, d'autres bébés à qui donner le jour. Ta vie ne doit pas s'arrêter là, Jewel. Peut-être as-tu les mêmes craintes que Kelsey. Peut-être refuses-tu d'être heureuse parce que tu as peur que ce bonheur te soit une nouvelle fois ravi.

Elle fronça les sourcils.

— Que veux-tu dire ?

— Tu n'oses pas te laisser aller à vivre les joies qui se présentent à toi parce que tu sais qu'elles sont parfois éphémères. Tu as dit à cette jeune fille qu'il fallait profiter des bons moments que la vie nous offrait parce que, ensuite, nous en gardions le souvenir et que cela, personne ne pouvait nous le retirer. Peut-être devrais-tu prendre ce conseil pour toi. Laisse les morts avec les morts et toi, accorde-toi le droit de vivre, malgré ce qui s'est passé. Garde une place pour un nouveau bonheur, un nouvel amour…

Etait-il possible que les voix qui la hantaient la nuit viennent d'un désir inconscient de retenir Andrew et son passé dans sa vie actuelle ? De s'interdire de tourner la page et de passer à autre chose ? Etait-il concevable qu'en acceptant l'amour de Quinn, en le laissant entrer dans son cœur, elle parvienne enfin à faire cesser les cris d'outre-tombe ? Réussirait-elle ainsi à réduire au silence les appels nocturnes de son ex-fiancé ?

Pour la première fois depuis son arrivée à Esperanza, Jewel sentit son cœur se dilater d'espoir. Elle voulait saisir la main que Quinn lui tendait. Elle avait envie qu'il fasse partie de sa vie.

Mais il poursuivait :

— Nous prendrons tout le temps dont tu as besoin, Jewel. Je sais que tu as beaucoup de choses en tête actuellement avec Joe et Meredith qui arrivent le week-end prochain, et je me rends compte que ton travail occupe une grande partie de tes journées. Je le comprends bien et je serais heureux de me contenter de ce que tu voudras bien me donner. Mais ne m'envoie pas promener, je t'en prie.

— Je n'ai aucune intention de t'envoyer promener, répondit-elle avec douceur — et cette fois, ce fut elle qui serra plus fort sa main. Mais sans doute as-tu raison. J'avais peut-être peur de laisser tomber tout ce qui me retient encore à mon passé. Mes souvenirs me rassurent peut-être, quelque part. En prendre conscience va me faire évoluer.

— Je sais parfaitement ce que tu ressens, crois-moi. Après la mort de Sarah, j'ai été d'une infinie tristesse pendant très longtemps. Un jour, je me suis aperçu que je craignais que, sans ce chagrin, il ne me reste plus rien, que je ne sois plus rien. Pendant des années, j'avais été pour tout le monde « celui qui a perdu sa femme ». Et puis, un beau jour, j'ai ouvert les yeux. Le soleil brillait, les oiseaux chantaient et j'ai décidé que je n'étais pas qu'un homme en deuil. J'avais de nouveau envie de vivre.

— As-tu déjà pensé à devenir psychologue ? demanda-t-elle d'un ton légèrement moqueur.

Il se mit à rire de ce rire grave qui la réchauffait.

— J'ai assez à faire avec les problèmes des animaux. Je ne me vois pas résoudre ceux des humains. J'en serais incapable et je préfère te laisser ce travail. Bon, ajouta-t-il en la lâchant. Et si tu essayais de dormir, à présent ?

Avec un hochement de tête, elle se leva. Comme toujours, elle trouvait en Quinn un roc, une source de calme qui lui faisait un bien fou. Il l'accompagna jusqu'à la porte de derrière. Là, il la prit dans ses bras.

— Si je t'appelle demain, accepteras-tu de me répondre ou de me rappeler si tu n'es pas là ?

— Certainement.

Ce qu'il lui avait dit à propos de sa similitude de comportement avec celui de Kelsey n'était pas dénué de fondement, elle en prenait conscience. Or, elle avait envie d'être heureuse, d'être avec lui et de voir où cela les mènerait. En tout cas, elle avait la ferme intention de leur donner une chance.

— Et si je t'invitais à déjeuner un jour de cette semaine ? poursuivit-il.

— Je pense que cela devrait pouvoir s'arranger.

Les yeux brillants, il déposa un baiser sur son front.

— Tant mieux. Alors il ne me reste plus qu'à te souhaiter une bonne nuit.

— Bonne nuit, Quinn.

Elle le regarda s'éloigner vers la barrière et disparaître, happé par la nuit.

En rentrant chez elle, elle espérait n'avoir pas commis une erreur. Peut-être que les esprits qui la hantaient depuis son arrivée au Texas étaient effectivement la preuve que son inconscient refusait d'oublier le passé. Peut-être que maintenant qu'elle avait décidé d'aller de l'avant, de laisser Andrew et le bébé qu'elle avait perdu derrière elle, les voix allaient cesser.

Ce n'est qu'une fois dans son lit qu'elle se rendit compte qu'une question importante n'avait pas trouvé de réponse : Qui lui avait couru après dans les bois ?

Le lendemain, Jewel alla retrouver Ryder qui s'activait dans le jardin.

— Je vois avec satisfaction que les travaux avancent, déclara-t-elle.

L'enclos était pratiquement terminé et les enfants avaient passé l'essentiel du petit déjeuner à discuter des animaux qu'ils aimeraient y élever.

Barry aurait rêvé d'un hippopotame, Lindy d'un

bébé éléphanteau. Il avait fallu un moment pour les ramener à la réalité.

Ryder passa un mouchoir sur son visage en sueur.

— Normalement, nous aurons fini demain ou au pire, après-demain.

— Formidable. Je dois me rendre en ville, as-tu besoin de quelque chose ?

— Non, merci, tout va bien, répondit-il en prenant son marteau. Avec cette chaleur, les gosses ont eu une bonne idée en décidant de jouer dans la piscine.

Jeff et Cheryl les avaient emmenés se rafraîchir. De là où se tenaient Jewel et Ryder, on entendait des bruits d'eau et des éclats de rire.

— N'hésite pas à les rejoindre, dit Jewel. Je pense qu'ils y passeront l'après-midi. Pendant ce temps, je vais aller discuter avec Ellie de ma garden-party de dimanche prochain.

— Amuse-toi bien.

Quelques instants plus tard, la jeune femme se retrouva sur la route, à réfléchir à tout ce qu'elle devrait voir avec Ellie. Plusieurs semaines auparavant, lorsqu'elle avait appris que Joe et Meredith avaient l'intention de s'arrêter à Esperanza pour finir leur tournée électorale au Texas, elle avait demandé à Ellie de lui louer une tente, des chaises et des tables afin de pouvoir organiser un barbecue géant en leur honneur. Aujourd'hui, elle voulait arrêter le menu.

A la pensée de revoir Joe et Meredith sous peu, son cœur se remplit de joie. Quand Jewel avait appris la vérité sur sa mère biologique et compris que celle-ci était internée dans un hôpital psychiatrique, elle était allée lui rendre visite pour faire sa connaissance. Patsy lui avait alors parlé de ses deux autres enfants, Joe Jr et Teddy. Patsy n'avait jamais su l'identité du père de son premier fils et prétendait que celui de Teddy était un membre de la famille de Joe.

Jewel ignorait si elle devait la croire et elle s'était demandé si elle serait bien reçue dans le clan Colton après tout le mal que sa mère y avait fait. Mais Joe et Meredith l'avaient accueillie à bras ouverts et la traitaient à présent comme leur propre fille. Maintenant que Patsy et ses parents adoptifs étaient morts, Joe et Meredith étaient devenus pour elle sa famille, une famille aimante.

Le soutien sans faille de Meredith avait permis à Jewel de surmonter sa dépression après l'accident qui avait coûté la vie à son fiancé et à leur bébé. Par la suite, c'était encore Meredith qui lui avait donné la possibilité de prendre un nouveau départ en lui confiant la direction du centre Hopechest à Esperanza.

Jewel avait hâte de les revoir et elle tenait à ce que tout soit parfait pour ce grand jour. Elle voulait prouver à sa tante Meredith qu'elle avait eu raison de lui offrir la direction de Hopechest.

La boutique d'Ellie se trouvait sur la rue principale, en plein centre d'Esperanza. Après s'être garée, Jewel se hâta dans cette direction. La chaleur était caniculaire et marcher sous ce soleil de plomb n'était vraiment pas une sinécure.

Très originale, la devanture du magasin était composée de plantes grimpantes au milieu desquelles trônait une fontaine à champagne à louer.

— Ellie ? cria Jewel en entrant.

— J'arrive ! Je suis dans l'arrière-boutique. Installez-vous en m'attendant.

Sans se faire prier, Jewel prit un des fauteuils disposés devant une grande table de travail et elle promena les yeux autour d'elle. Le magasin était un bric-à-brac d'objets hétéroclites, tous destinés plus ou moins directement à faire la fête, et la jeune femme ne se lassait pas de le regarder.

Quand Ellie apparut enfin, ses cheveux bouclés paraissaient plus hirsutes qu'à l'ordinaire et ses joues plus roses que d'habitude.

— Je suis désolée, je réunissais du matériel dont j'aurai besoin demain pour un mariage. Ces temps-ci, Cupidon travaille bien dans la région. Les gens convolent en justes noces les uns après les autres. Je ne vais pas m'en plaindre mais je n'arrête pas.

Avec un sourire, elle se laissa tomber sur une chaise devant son bureau.

— Mais parlons plutôt de votre barbecue… Si j'ai bien compris, vous recevez le ban et l'arrière-ban, dimanche prochain.

Pendant l'heure suivante, elles discutèrent du menu et vérifièrent plusieurs fois la longue liste de tout ce dont Ellie et son équipe devraient se charger ce jour-là.

— Récapitulons, déclara finalement Ellie. Vos invités arriveront vers 17 heures. Mon personnel aura pris possession des lieux dès 10 heures du matin pour tout préparer.

Lorsque Jewel put enfin quitter la boutique d'Ellie, l'après-midi était déjà bien entamé. La chaleur extérieure contrastait péniblement avec la douce fraîcheur qui régnait dans le magasin. En regagnant sa voiture, Jewel était en nage. Peut-être allait-elle rejoindre les enfants dans la piscine en arrivant au ranch, se dit-elle. Avec ces températures extrêmes, c'était le seul endroit où finir la journée.

Comme elle prenait place dans son véhicule, elle eut de nouveau la désagréable impression que quelqu'un l'observait.

Les sourcils froncés, elle promena les yeux autour d'elle, cherchant l'origine de cet étrange pressentiment.

Si plusieurs piétons allaient et venaient sur le trottoir, personne ne lui prêtait attention. Les gens se pressaient, vivaient leurs vies.

Repoussant ses craintes, elle démarra, soulagée de constater, une fois sur la route, que personne ne la suivait.

Une heure plus tard, elle enfila son maillot une pièce pour piquer une tête dans la piscine. Depuis la fin de la matinée, les enfants y disputaient une partie de volley aquatique. Assis à l'ombre d'un parasol, Jeff et Cheryl leur donnaient moult encouragements et directives.

Mais peu avant le dîner, Jewel s'interrogea soudain sur Jeff Cookson. C'était un homme calme et posé, gentil avec les enfants, mais pour une raison qu'elle ne comprenait pas, il semblait toujours mal à l'aise en sa présence. Au départ, elle avait interprété cette gêne comme de la timidité. Mais s'agissait-il d'autre chose ?

Etait-ce lui qui l'avait pourchassée dans les bois, la veille au soir ?

Avant d'engager le couple, qui venait de San Antonio où ils avaient travaillé dans une maison de redressement, Jewel avait évidemment pris ses renseignements et vérifié leurs références. Tout lui avait paru parfait. Leurs précédents employeurs n'avaient eu qu'à se louer d'eux deux.

Après un instant de réflexion, Jewel se rendit compte qu'imaginer Jeff la poursuivant dans le bois était absurde. Mais la question qui la hantait depuis le matin restait entière et revint la torturer.

Si ce n'était pas Jeff, *qui* lui avait couru après dans cette forêt, la veille au soir ?

Après le dîner, les enfants eurent droit à une séance de thérapie de groupe dans la salle de séjour sous la direction de Jewel. Elle leur parla des émotions positives et négatives et de la meilleure manière de les exprimer. Puis elle leur permit de regarder un film à la télévision pour se détendre avant de monter se coucher.

Dans la maison enfin silencieuse, Jewel se coucha en chien de fusil dans son lit avec un roman. Elle lisait depuis quelques instants quand le téléphone sonna.

— As-tu passé une bonne journée ? s'enquit Quinn au bout du fil.

Le simple fait d'entendre sa voix amena un sourire sur les lèvres de la jeune femme.

— Excellente. J'ai mis au point les détails pour le barbecue de dimanche avec Ellie et j'ai passé le reste de l'après-midi à me baigner dans la piscine avec les enfants. Avec cette chaleur, j'ai apprécié ! Et toi, qu'as-tu fait ?

— J'ai opéré un chien qui souffrait de calculs rénaux, pansé un cheval qui s'était fait mordre par un congénère et le reste du temps, je me suis plongé dans les ouvrages que j'ai pris l'autre jour à la bibliothèque. Bref, le train-train habituel d'un vétérinaire de campagne, mais le simple fait de pouvoir te parler le rend plus ensoleillé.

— Je ressens la même chose. Discuter au téléphone avec toi me fait très plaisir.

— Tu t'apprêtais à te mettre au lit ?

— En fait, j'y suis déjà. Je lisais un peu avant d'éteindre. La maison est calme et j'espère pouvoir dormir.

— Parfait, alors je vais te laisser. Mais je ne voulais pas que la journée finisse sans t'avoir parlé. Peux-tu venir déjeuner avec moi un jour de cette semaine ?

— Jeudi peut-être mais je te le confirmerai lundi.

Avec tous ces préparatifs pour l'arrivée de Joe et de Meredith, elle n'était pas certaine d'être disponible.

— D'accord. J'ai hâte de me retrouver en tête à tête avec toi. Bonne nuit, Jewel. Fais de beaux rêves.

En raccrochant, une douce chaleur enveloppait encore la jeune femme. Si elle se laissait aller, elle pourrait bien tomber amoureuse de Quinn Logan. Elle l'était déjà à moitié. Mais elle n'était pas certaine d'en avoir le droit…

En bâillant, elle éteignit sa lampe de chevet et se prépara pour la nuit. Alors qu'elle fermait les paupières, sa tête était remplie d'images de Quinn. Elle revoyait ses yeux ambrés, ses cheveux blonds, son sourire chaleureux. Et comme elle se sentait bien dans ses bras !

Il émanait de lui une force tranquille. Il donnait l'impression de pouvoir gérer tous les problèmes qui se présentaient dans la vie. Il avait surmonté la mort de sa femme, affronté avec dignité les attaques visant sa réputation professionnelle. C'était un type bien.

Elle s'endormit en se remémorant la chaleur de ses lèvres sur les siennes.

Quelques heures plus tard, un bruit la tira brusquement du sommeil. Elle se mit sur son séant, se demandant ce qui l'avait réveillée. Un bref coup d'œil à son réveil lui apprit qu'il était 2 heures du matin.

Son cœur battait la chamade et elle ne comprit pas pourquoi. Avait-elle fait un rêve, un cauchemar dont elle ne se souvenait pas mais qui l'avait perturbée ?

Un verre d'eau froide parviendrait peut-être à la calmer, se dit-elle en attrapant sa robe de chambre. Elle n'avait pas besoin d'allumer la lumière pour trouver son chemin jusqu'à la cuisine. Des veilleuses éclairaient les couloirs, au cas où un des enfants se serait levé dans la nuit.

Elle s'apprêtait à traverser le salon quand elle perçut des bruits de pas.

La gorge serrée, elle se pétrifia. Il ne s'agissait certainement pas d'un des jeunes pensionnaires du centre, ni de Jeff ou de Cheryl. Ces pas étaient trop lourds. D'ailleurs, à cette heure indue, personne ne se serait promené dans le ranch.

Elle retourna à la hâte dans sa chambre et s'empara de sa batte de baseball, qu'elle avait posée près de son lit. La présence des enfants lui interdisait de garder une arme mais à cet instant, elle le regretta. Elle aurait vraiment préféré pouvoir se défendre avec autre chose qu'un bout de bois…

S'il y avait un intrus chez elle, elle tenait d'abord à protéger les petits sous sa responsabilité. Serrant la batte à deux mains, elle avança dans le salon. Elle faillit hurler en se rendant compte que la porte d'entrée était ouverte.

Quelqu'un était dans la maison !

Quelqu'un qui n'avait rien à y faire !

L'esprit en déroute, elle réfléchit à toute allure en scrutant la pièce à la recherche d'un danger.

Lorsque, avec les Colton, elle avait ouvert le ranch, elle avait semé le trouble dans la région. Certains habitants d'Esperanza avaient protesté avec véhémence, furieux que leur ville accueille des enfants « à problèmes ». Quelqu'un avait-il décidé de les pousser à partir en employant la manière forte ?

Comme elle se dirigeait vers la cuisine et la salle à manger, son cœur battait si fort dans sa poitrine qu'elle craignait qu'il n'explose. Elle gardait la batte en main, prête à frapper si nécessaire. A présent, ses yeux s'étaient habitués à l'obscurité.

Ne voyant personne, elle se demanda si l'intrus

n'était pas reparti. Elle ne comprenait pas du tout ce que quelqu'un aurait pu vouloir chercher dans la maison mais elle fut soulagée de se dire que la personne en question s'en était allée. Avec un soupir, elle se détendit un peu.

Mais elle se pétrifia soudain en distinguant l'ombre d'un homme dans la cuisine. Elle dut faire du bruit car il se retourna.

— Qui êtes-vous ? Que voulez-vous ? balbutia-t-elle.

Sans répondre, il se jeta sur elle.

10

Tout parut se dérouler au ralenti. La pièce étant plongée dans l'obscurité, Jewel ne voyait rien mais elle entendit les bruits de pas de son agresseur claquer sur le sol et elle comprit qu'il se ruait sur elle. Serrant plus fort sa batte de baseball, elle la brandit.

Et frappa.

Elle le manqua et trébucha en arrière.

« Tu n'as le droit qu'à trois coups », se dit-elle, se remémorant une règle connue dans les arts martiaux. « Si tu n'as pas réussi à abattre ton adversaire en trois coups, tu as perdu le combat ».

A l'idée de penser à ce genre de bêtises à un moment pareil, elle se sentit au bord de l'hystérie et lutta contre un rire nerveux.

Mais comme l'intrus se jetait de nouveau sur elle pour tenter de la prendre à la gorge, elle n'eut très vite plus du tout envie de s'esclaffer.

Le cœur battant, elle esquiva et réussit à lui échapper. Une poussée d'adrénaline la traversa. Elle essaya de discerner les traits de son agresseur, cherchant désespérément quelque chose de familier, un détail qui lui permettrait de l'identifier, mais il portait une cagoule et elle ne parvint même pas à repérer la couleur de ses yeux.

En tout cas, elle n'avait pas besoin de savoir qui il était

pour comprendre qu'il était dangereux. Elle devinait dans ce grand corps d'homme une volonté de nuire. Ce type était animé par une indicible haine.

Un désir de hurler la traversa tant elle avait peur mais elle se mordit les lèvres pour le réprimer, pour se maîtriser. Elle ne voulait surtout pas réveiller la maisonnée et voir un des enfants sortir de sa chambre.

Son assaillant grognait comme un animal sauvage échappé d'une cage après des mois de captivité. Ce bruit de gorge était tellement horrible qu'elle sentit ses poils se hérisser sur sa nuque et ses cheveux se dresser sur la tête. Une terreur qu'elle n'avait jamais connue s'empara d'elle.

Comme il se précipitait de nouveau sur elle, elle frappa encore avec force et cette fois, sa batte le toucha. Elle l'atteignit, à la cuisse sans doute.

L'homme poussa un cri de douleur, suivi d'un juron, et il la repoussa avec tant de violence qu'elle s'écroula sur le sol. Puis il se rua vers la porte.

Le cœur battant à se rompre, Jewel se mit sur son séant.

Etait-il encore là ? se demanda-t-elle.

Ou dehors ? Attendant qu'elle sorte ?

La gorge serrée, elle se rapprocha à pas de loup de la porte. Lorsqu'elle parvint à sa hauteur, elle la referma d'un coup sec et tira le verrou. Puis elle s'effondra contre le mur en sanglotant.

Qui était ce type ? Et que voulait-il ? Elle devait faire quelque chose, appeler quelqu'un. Mais qui ? Le shérif Yates, bien sûr ! Il lui fallait parler de cette agression.

En pleurant, elle commença par allumer les lumières dans le salon. Elle tremblait de tous ses membres en s'approchant du téléphone posé sur une table basse.

Elle était si nerveuse qu'elle dut s'y reprendre à deux

fois avant de parvenir à composer le numéro et réussir à entrer en contact avec les secours. Elle tomba sur un policier de garde et lui expliqua qu'elle avait besoin d'aide, qu'un inconnu s'était introduit chez elle. L'homme lui promit d'envoyer quelqu'un au plus vite.

— Quand vous viendrez, éteignez les gyrophares et les sirènes, surtout, dit-elle. Il y a des enfants chez moi. Je ne veux pas qu'ils aient peur et se demandent ce qui se passe.

Son interlocuteur le lui promit.

Après avoir raccroché, elle s'adossa sur le canapé, serrant toujours la batte de baseball contre elle. Que se serait-il passé si elle n'avait pas eu cette arme à portée de la main ? Elle préférait ne pas y penser.

L'homme qui était entré chez elle était-il le même que celui qui l'avait poursuivie dans les bois ? Etait-ce lui qui l'observait en permanence depuis des mois sans se montrer ?

Elle se remémora ses grognements d'ours. Ce type lui avait paru enragé, comme s'il voulait non seulement la tuer mais aussi la déchiqueter, la mettre en pièces, lui faire mal. Il semblait empli d'une haine incommensurable.

Avec un frisson, elle se leva. Les jambes tremblantes, elle se dirigea vers la fenêtre pour guetter l'arrivée de Jericho Yates ou d'Adam. L'intrus était-il toujours dans les parages ? Caché dans le noir ? Attendant l'occasion de revenir ? De nouveau, elle s'approcha de la porte d'entrée pour s'assurer qu'elle était bien fermée.

Comment son agresseur était-il entré ? Avait-elle oublié de tirer le verrou en allant se coucher, la veille au soir ? Elle fronça les sourcils, incapable de se rappeler si elle l'avait fait ou pas. Elle le pensait mais n'aurait pu l'affirmer de façon certaine.

Elle s'étonna vaguement que personne n'ait rien

entendu dans la maison mais elle se rendit compte que l'assaut avait été relativement silencieux. Mis à part les questions qu'elle lui avait lancées au départ et les grognements de son assaillant, il n'y avait pas eu beaucoup de bruit.

In petto, elle fit une petite prière d'action de grâce pour remercier le Ciel qu'aucun des enfants ne se soit réveillé. Il aurait pu être physiquement blessé s'il avait surgi au milieu de la scène et surtout, il était vital pour eux de se croire en sécurité sur tous les plans au centre.

Elle eut l'impression qu'une éternité s'écoula avant de voir apparaître des phares sur la route. Lorsque le véhicule s'approcha, elle reconnut une voiture de patrouille.

Quand celle-ci se gara devant la maison, elle aperçut Adam au volant. Comme il ouvrait la portière et sortait de l'habitacle, elle déverrouilla la porte pour venir à sa rencontre.

— Ça va ? s'enquit-il d'un air soucieux. Je suis venu le plus vite possible mais…

Submergée par trop d'émotions pour être capable de parler, elle se contenta de hocher la tête. Des larmes brûlaient ses yeux, sa gorge était serrée. Maintenant que la police était là, qu'elle se sentait en sécurité, elle se rendit compte qu'elle n'était pas loin de s'effondrer.

Adam lui prit le bras.

— L'intrus est-il encore là ?

— Non, répondit-elle finalement. Non, il est parti. Je l'ai vu sortir par la porte d'entrée.

— Retournez à l'intérieur et enfermez-vous à clé. Je vais faire un tour dans le coin et je reviendrai vous voir dans un petit moment.

Obtempérant, elle rentra et retira le verrou. A présent,

les battements de son cœur redevenaient normaux et les tremblements qui secouaient son corps se calmaient.

Par la fenêtre, elle observa Adam qui balayait la cour du faisceau lumineux de sa lampe torche. Comme il disparaissait pour se rendre derrière la maison, elle poussa un gros soupir, tentant de maîtriser ses émotions.

Même si cela la rassurait de savoir Adam chez elle, elle était certaine qu'il ne retrouverait pas son agresseur. Ce dernier devait être loin maintenant. Ce sale type avait déguerpi depuis longtemps et — du moins l'espérait-elle — avec une jambe cassée ou une cheville tordue.

Elle aurait aimé prendre son téléphone et appeler Quinn. Le simple fait d'entendre le son de sa voix lui ferait du bien, la réconforterait, elle le savait. Mais elle refusait de le réveiller au cœur de la nuit. Elle s'en voulait d'être aussi faible, d'avoir tant besoin de lui.

— Jewel ?

Elle sursauta en voyant apparaître Cheryl, les cheveux en bataille, serrant les pans de sa robe de chambre contre elle.

La jeune femme s'approcha, les yeux emplis d'inquiétude.

— Que se passe-t-il ?

— Vous m'avez fait une de ces peurs ! cria Jewel.

— Désolée, ce n'était pas mon intention. Mais qu'y a-t-il ? répéta-t-elle. Dites-moi !

Elle fixait la batte de baseball que Jewel n'avait toujours pas lâchée.

— Quelqu'un est entré dans la maison. Un homme. Il m'a attaquée mais je l'ai frappé et il s'est enfui. A présent, l'adjoint Rawlins est là et jette un œil dans le coin.

— Seigneur ! Etes-vous sûre que ça va ? Savez-vous qui il était et ce qu'il voulait ?

— Je n'en ai pas la moindre idée.

— Par où est-il entré ?

— Par la porte. Je n'arrive pas à me rappeler si je l'avais ou non fermée avant de monter me coucher. Et surtout si j'avais bien tiré le verrou.

Quelqu'un tambourina alors à la porte et Jewel alla ouvrir à Adam.

— Malheureusement, je n'ai rien trouvé, leur apprit-il.

— Allons dans la cuisine, décida Jewel en posant enfin la batte contre le mur. Je préfère ne pas risquer de réveiller les enfants.

A sa suite, ils se rendirent dans la pièce voisine.

— Voilà d'où je l'ai vu surgir, dit Jewel. J'ai entendu des bruits de pas, même si je ne suis pas sûre que cela soit ce qui m'a réveillée. J'ai pris la batte et je l'ai aperçu.

— Vous auriez dû nous appeler ! Jeff vous aurait défendue.

— Où est-il, Jeff, d'ailleurs ? s'enquit Adam.

Cheryl leur décocha alors une expression un peu gênée.

— Il dort. Mais si vous aviez hurlé, il se serait réveillé, c'est sûr.

— Il n'était pas question pour moi de crier, répliqua-t-elle. Je ne voulais surtout pas qu'un des enfants m'entende et ne descende.

— L'avez-vous reconnu ? Vous a-t-il dit quelque chose ? reprit Adam.

— Non, rien. Il portait une cagoule. Je ne l'ai pas reconnu et il n'a pas prononcé un mot.

— Son poids ? Sa taille ? Pouvez-vous me donner une idée de sa silhouette ? ajouta l'adjoint en sortant un calepin de sa poche.

Jewel tenta de lui décrire son assaillant du mieux

possible mais elle n'avait pas beaucoup d'éléments à lui rapporter. Avec un soupir, Adam referma son bloc-notes et fit un tour complet de la maison mais il ne pouvait pas faire grand-chose.

— A mon avis, vous avez interrompu un cambrioleur en plein travail, dit-il.

Jewel hocha la tête.

— C'est probable. Il ne m'aurait sans doute pas attaquée si je n'avais pas surgi pour me mettre en travers de son chemin.

En tout cas, elle avait envie de le croire. C'était la seule hypothèse à avoir un sens acceptable à ses yeux.

Il était près de 3 heures du matin quand elle raccompagna Adam à sa voiture.

— J'aimerais vous assurer que nous rattraperons ce type mais vu la description plus que succincte que vous m'avez fournie de lui, j'en doute, dit-il. Je demanderai bien sûr aux hôpitaux du coin de me prévenir s'ils reçoivent la visite d'un blessé mais à mon avis, le type ne sera pas bête au point de consulter un médecin, sauf si vous l'avez sérieusement touché, ce qui m'étonnerait.

Avec un soupir, Jewel resserra la ceinture de sa robe de chambre.

— J'espère en tout cas que je lui ai fait passer l'envie de revenir, répondit-elle en plaquant ses bras contre elle pour lutter contre un frisson intérieur.

— Jewel, si cela peut vous rassurer, je veux bien passer la nuit ici.

S'avançant, il la prit par les épaules.

— Vous savez très bien que rien ne me ferait plus plaisir que de rester ici avec vous et les enfants, ajouta-t-il. De vivre en permanence au ranch.

Elle se rendit compte qu'elle devait se montrer sincère avec lui. Depuis qu'il était arrivé à Esperanza, il lui avait fait comprendre qu'elle lui plaisait. Il était temps de lui avouer la vérité.

— Adam, vous êtes un homme formidable. Je suis certaine qu'un jour vous ferez un merveilleux mari pour une femme mais ce ne sera pas pour moi. Je vous aime beaucoup et j'espère que nous resterons toujours amis mais je ne suis pas amoureuse de vous. Je regrette.

A ces mots, il la lâcha et recula. Une profonde déception assombrissait ses traits.

— Vous n'avez pas besoin de vous excuser, Jewel. Personne n'est maître de ses sentiments. Je mentirais en prétendant que je m'en moque mais je ne suis pas vraiment étonné. Si vous aviez éprouvé quelque chose pour moi, vous auriez accepté depuis longtemps de sortir avec moi, ajouta-t-il avec un sourire forcé.

Il enfonça les mains dans ses poches.

— Je vous rappellerai d'ici à un jour ou deux pour vous dire où en est l'enquête, mais encore une fois, je ne me fais guère d'illusions. Prenez soin de vous, Jewel. Et si un jour vous changez d'avis, n'hésitez pas à venir me trouver.

Du seuil de sa porte, elle le regarda regagner sa voiture et s'en aller. Elle devinait qu'il passerait moins souvent maintenant qu'il savait qu'il n'avait plus rien à espérer.

Lorsqu'elle revint dans la cuisine, Cheryl avait préparé du thé.

— Venez vous asseoir. A mon avis, vous ne vous rendormirez pas alors…

Elle leur remplit deux tasses.

Jewel s'installa pesamment. Maintenant que tout était fini et qu'Adam était reparti, elle subissait le contrecoup des événements. Elle sentait la migraine envahir son crâne et tout son corps était endolori. Lorsqu'elle était tombée, elle s'était fait un large hématome à la cuisse.

— Merci, dit-elle d'un ton las.

— Etes-vous sûre que ça va ? s'enquit Cheryl en la dévisageant d'un regard inquiet.

— Ça va, oui. J'ai simplement mal à la tête.

Elle avala une gorgée de thé, espérant que le breuvage brûlant la soulagerait un peu. Puis posant sa tasse, elle se mit à se masser les tempes.

— Mais j'aimerais savoir ce que voulait ce type, pourquoi il est entré.

— Peut-être s'agissait-il d'un adolescent du village qui comptait trouver de la drogue, suggéra Cheryl.

— Peut-être, mais en ce cas, il était très grand et très fort. Je voudrais surtout que cette histoire ne remette pas en cause le succès du barbecue que je compte organiser dimanche prochain, dit Jewel d'un air ennuyé.

— Ne vous inquiétez pas, tout sera parfait pour la visite de Joe et Meredith, assura Cheryl.

— Que Dieu vous entende.

Jewel but une autre gorgée de thé, savourant la chaleur qu'elle lui procurait. Depuis qu'elle avait ouvert les yeux et compris que quelque chose ne tournait pas rond dans la maison, elle ne cessait de frissonner.

— Y a-t-il autre chose que je puisse faire pour vous ? s'enquit Cheryl.

— Non, retournez vous coucher, répondit Jewel avec un faible sourire.

— En êtes-vous sûre ? Cela ne m'ennuie pas de rester bavarder avec vous, vous savez.

— Non, non. C'est inutile, tout va bien. Je finis mon thé et vais regagner mon lit, moi aussi. Attendez, en fait, si, il y a quelque chose que vous pourriez faire pour moi. Accepteriez-vous de m'attendre un instant, pendant que je vais chercher Cacao ? Je pense qu'il est temps que notre ami quitte le garage et vienne vivre dans la maison.

Comme elle se levait pour aller poser sa tasse dans l'évier, Cheryl hocha la tête.

— Cela me semble une bonne idée, répondit-elle. Cela dit, je suis sûre que ce chien ne mordrait personne — il ferait plus probablement fête à un cambrioleur, persuadé d'avoir affaire à un nouvel ami —, mais si quelqu'un entrait dans la nuit, il aboierait sans doute.

Prudente, Jewel fit un détour par le salon pour prendre sa batte de baseball puis Cheryl la suivit jusqu'à la porte. Avant de s'aventurer au-dehors, Jewel alluma la lampe extérieure et observa les alentours. Comme elle sortait dans la nuit, elle ne put empêcher son cœur de battre d'appréhension.

L'homme qui l'avait attaquée était-il encore dans les parages ? S'était-il caché pendant qu'Adam inspectait les environs en attendant son départ ? Le trajet entre la maison et le garage lui parut très long.

— Si vous voyez quoi que ce soit de bizarre ou d'inquiétant, criez ! lui lança Cheryl.

— Ne vous inquiétez pas. Je hurlerai alors si fort que cela réveillera toute la ville.

La batte dans une main, la laisse dans l'autre, Jewel se dirigea avec prudence vers l'endroit où dormait le chien.

La nuit était silencieuse. Aux aguets, la jeune femme tentait de repérer le moindre bruit inhabituel mais elle eut beau tendre l'oreille, elle n'entendit rien de particulier et elle parvint à la porte du garage sans incident.

Il ne lui fallut qu'un instant pour attacher l'animal et l'entraîner vers la cuisine où Cheryl les attendait toujours. Cacao dansait sur place, manifestement ravi d'avoir été dérangé dans son sommeil. Il ne cessait de lui lécher le visage et il bondit de joie en comprenant qu'il allait venir s'installer dans la maison.

— Merci, Cheryl, dit Jewel, une fois qu'elles rentrèrent à l'intérieur et eurent soigneusement verrouillé la porte. A demain.

Jewel fut reconnaissante à Cacao de ne pas aboyer. Quand elle le détacha, il courut dans le salon, reniflant tous les coins en battant frénétiquement la queue tant il était excité et heureux de ce changement imprévu.

De nouveau, elle posa la batte contre le mur puis retira sa robe de chambre. Elle était certaine qu'elle ne retrouverait pas le sommeil mais à défaut de pouvoir dormir, son corps endolori avait besoin de s'allonger et de se reposer.

Lorsqu'elle se mit au lit, Cacao sauta à côté d'elle et se roula en boule à ses pieds, comme s'il l'avait fait toute sa vie.

— Ne commence pas à te faire des illusions, le prévint-elle. Dès demain, tu retourneras dans ton panier.

Avec un regard d'adoration, il poussa ce qui ne pouvait être qualifié autrement que comme un soupir heureux. En riant, Jewel tendit la main pour le caresser.

Comme elle continuait à flatter le chien, elle sentit ses tensions s'apaiser.

Elle resongea aux événements de la nuit. Il s'agissait certainement d'une tentative avortée de cambriolage. Il le fallait.

Même si elle s'était sentie visée par l'agression, surtout quand l'intrus avait cherché à la prendre par la gorge en grognant, en réalité, il ne lui en voulait sans doute pas personnellement et il ne l'avait probablement attaquée que pour se défendre. Elle l'avait surpris alors qu'il ne s'y attendait pas et comme un animal pris au piège, il avait essayé de lui échapper.

Elle n'avait pas d'ennemis à Esperanza. Elle n'y habitait d'ailleurs que depuis six mois. Au départ, certains habitants avaient été inquiets d'apprendre que des adolescents perturbés allaient vivre au sein de leur petite communauté, mais comme aucun incident n'avait été à déplorer depuis l'ouverture du centre, les critiques avaient vite tourné court.

Même si elle ne pensait pas recouvrer le sommeil, elle dut s'endormir parce que plusieurs heures plus tard, Cacao la réveilla en lui léchant le visage.

Consultant sa montre, elle se rendit compte qu'il était près de 7 heures et donc grand temps de démarrer une nouvelle journée.

— Oui, oui, je me lève, dit-elle au chien.

L'animal bondit sur le sol et commença à courir en cercle dans la pièce fermée.

— Je me dépêche !

A la hâte, elle enfila sa robe de chambre. Manifestement, il avait besoin de satisfaire un besoin naturel et elle ne voulait pas qu'il salisse la maison. Elle se doucherait et s'habillerait donc plus tard.

Lorsqu'elle ouvrit sa porte, une chaude odeur de café et de bacon frit vint lui chatouiller les narines. Cacao s'arrêta un instant, momentanément distrait par ces délicieuses fragrances.

En riant, elle l'entraîna.

— Allez, viens, lui dit-elle.

Elle poussa le verrou et laissa le labrador s'élancer dans le jardin. Il disparut dans un bosquet puis revint en courant.

— Tu es un bon chien, lui dit-elle. A présent, je vais t'attacher dans le garage.

Elle devinait que le laisser dans la maison distrairait les enfants qui se levaient pour aller à l'école. Il essaierait sans doute de jouer avec eux alors qu'ils devaient absolument se préparer pour la journée.

Une fois qu'ils auraient grimpé dans le bus de ramassage scolaire, elle permettrait à Cacao de revenir. Après les événements de la nuit, elle préférait qu'il vive désormais à l'intérieur.

En attendant, elle retourna dans ses appartements pour se doucher et s'habiller. Quand elle regagna la cuisine, ses jeunes protégés finissaient de se restaurer avant de prendre leurs cartables pour se rendre à l'arrêt du car. Comme tous les matins, une chaude animation régnait autour de la table.

Lorsque les enfants furent partis, Jewel se confectionna un nouveau café. Jeff s'installa en face d'elle tandis que Cheryl finissait d'essuyer la vaisselle.

— Cheryl m'a raconté ce qui s'était passé dans la nuit, dit-il. Je n'arrive pas à croire que vous vous soyez battue seule contre un intrus !

— A la lumière du jour, j'ai moi-même du mal à m'en convaincre, reconnut Jewel.

Un grand froid s'empara d'elle tandis qu'elle se remémorait les événements terrifiants de la nuit.

— La seule chose positive est que j'ai réussi à le frapper et à lui faire mal, ajouta-t-elle.

— Peut-être, mais à quoi vous sert-il d'avoir un homme dans cette maison si vous ne l'appelez pas quand vous avez besoin d'aide ? protesta Jeff.

Cheryl se retourna pour adresser un clin d'œil à Jewel en riant.

— Jeff aimerait jouer les héros et vous lui avez volé la vedette en réussissant toute seule à jeter le cambrioleur dehors.

— Ne vous en faites pas, la prochaine fois, j'irai vous chercher. Grâce à Dieu, tout est bien qui finit bien.

— L'adjoint Rawlins va peut-être réussir à retrouver ce type, dit Cheryl.

— A mon avis, il s'agissait d'un adolescent qui cherchait de la drogue.

— C'est ce que je pense aussi. Il a sans doute cru qu'il y avait des psychotropes quelque part dans le centre.

— Sur un autre sujet, êtes-vous toujours d'accord pour que nous emmenions les enfants en sortie samedi ? reprit Jeff. Je suis sûr que la visite de la réserve indienne les intéressera beaucoup.

— Absolument, cela me va parfaitement. Pendant que vous serez tous partis, j'en profiterai pour nettoyer la maison de fond en comble afin qu'elle soit impeccable pour le barbecue de dimanche. A présent, ajouta-t-elle en se levant, je vais chercher Cacao. Je préfère qu'il vive avec nous dorénavant. A partir de maintenant, il dormira dans la cuisine.

— Avez-vous besoin d'aide ? s'enquit Jeff.

— Non, merci. Je peux m'en charger toute seule, répondit-elle.

— Alors je vais travailler sur l'enclos avant qu'il ne fasse trop chaud, dit-il en repoussant à son tour sa chaise. Et si ma petite femme m'aime vraiment, elle m'apportera un rafraîchissement dans une heure ou deux.

Cheryl lui sourit et Jewel se sentit un peu de trop. Elle enviait l'amour qui irradiait entre eux.

Comme elle sortait de la cuisine, un profond désir l'envahit. Elle songeait à Quinn. Elle se trouvait égoïste de continuer à le voir sans lui dire qu'elle entendait des voix la nuit, en lui cachant que des cris de bébé la hantaient et qu'elle se demandait si elle n'était pas en train de sombrer dans la folie.

Mais elle était incapable de ne pas savourer les moments de bonheur que Quinn lui apportait. Tout ce qu'elle avait conseillé à Kelsey n'aurait aucun sens si elle n'adoptait pas cette philosophie pour elle-même. Il lui fallait profiter de ces instants heureux sans chercher à les retenir, sans vouloir qu'ils durent toujours. *Carpe diem*, se rappela-t-elle.

Ouvrant la porte du garage, elle entra à l'intérieur. Elle s'attendait à ce que, comme à son habitude, Cacao bondisse de joie pour l'accueillir en battant frénétiquement de la queue, mais il ne vint pas vers elle.

Stupéfaite, elle le découvrit couché sur le sol, inerte, la gueule reposant dans une mare de vomi. En la voyant apparaître, il tenta de se lever mais n'y parvint pas. Ses pattes ne le portaient plus et il retomba mollement par terre.

— Mon Dieu ! s'écria-t-elle. Jeff ! Venez vite ! Cacao a un problème !

Le cœur serré, elle s'agenouilla près du chien. Des larmes brûlèrent aussitôt ses paupières.

— Tout va bien, mon bébé. Tout ira bien. Je vais vite téléphoner à Quinn.

Comme Jeff entrait, elle se redressa.

— Il allait bien ce matin, dit-elle.

— Mais là, il ne va pas du tout, répondit-il.

— Mettons-le dans la voiture pour l'emmener chez le vétérinaire.

Ils se servirent d'une couverture pour envelopper l'animal et le porter dans le véhicule.

— Voulez-vous que je vous accompagne ? proposa Jeff comme elle démarrait.

— Non, non, restez là. Je vous tiendrai au courant de ce qui se passe.

Sans perdre de temps à s'expliquer davantage, elle démarra et rejoignit la route nationale pour prendre la direction de la clinique vétérinaire de Quinn.

Tout en conduisant, elle ne cessait de parler à Cacao, sans savoir si c'était elle ou lui qu'elle cherchait à rassurer.

— Quinn s'occupera de toi et te sauvera. Tout ira bien, tu verras.

Elle s'était profondément attachée au chien et elle savait qu'il comptait déjà plus que tout pour les enfants. Il fallait qu'il se remette, qu'il guérisse. Il le fallait absolument ! Pressée d'arriver à destination, elle accéléra et en apercevant le repaire de Quinn, elle ne put réprimer un soupir de soulagement.

La maison de Quinn, un ranch d'un style rustique, se trouvait un peu à l'écart de la route. Elle se gara devant et courut vers le cabinet installé dans l'aile gauche du bâtiment.

Hank Webster, un fermier du coin, en sortait justement quand elle bondit de sa voiture.

— S'il vous plaît, pourriez-vous me donner un coup de main ? J'ai un gros chien malade et je n'arriverais pas seule à le porter…

Avec l'aide de Hank, ils réussirent à amener Cacao à l'intérieur où l'assistante de Quinn, Brenda Lopez, les invita à entrer en urgence.

Quand Cacao fut sur la table d'examen, Jewel remercia Hank qui s'en alla. Soudain, elle fronça les sourcils en sentant l'odeur d'ail qui émanait de l'haleine du labrador.

Les larmes aux yeux, elle l'embrassa.

— Tout va bien, mon beau.

Le gémissement pathétique qu'il poussa alors lui brisa le cœur. Qu'avait-il ? Que lui était-il arrivé ? Deux heures plus tôt, il allait très bien et…

Comme la porte s'ouvrait, elle leva la tête. Quinn entra et elle s'aperçut tout à coup qu'il boitait légèrement. Il lui adressa un bref sourire.

— Que s'est-il passé ? s'enquit-il en s'approchant de l'animal.

Un frisson la parcourut, un frisson qui n'avait rien à voir avec Cacao.

— Je… ne sais pas. Qu'as-tu à la jambe ?

— Molly, la jument qui m'avait mordu le visage autrefois, m'avait aussi frappé le genou. Quelquefois, cela tire un peu…

Il se pencha vers Cacao avant de se tourner vers Jewel.

— As-tu remarqué cette odeur d'ail ? Il a été empoisonné à l'arsenic. Je vais lui faire un lavage d'estomac. Pourquoi n'irais-tu pas attendre à côté ?

Il la poussa dehors avant d'appeler son assistante pour qu'elle lui donne un coup de main.

Dans un état second, Jewel se laissa tomber sur une chaise. Pendant un moment, elle oublia ses inquiétudes à propos de Cacao.

La nuit précédente, elle avait frappé l'intrus avec sa batte de baseball et aujourd'hui, elle voyait Quinn boiter. Un frisson la parcourut. Etait-ce Quinn qui s'était introduit chez elle, la veille au soir ?

Elle voulait à tout prix se persuader qu'il ne s'agissait que d'une coïncidence mais en se rendant compte que c'était peut-être le genou de Quinn qu'elle avait atteint et que c'était peut-être lui qui avait tenté de l'étrangler, elle eut brusquement envie de hurler…

11

Une heure plus tard, lorsque Jewel rentra chez elle, elle était au bord des larmes et de telles nausées lui soulevaient l'estomac qu'elle craignait de se trouver mal.

Cacao avait été empoisonné à l'arsenic et Quinn s'était mystérieusement mis à boiter. D'un seul coup, toute la confiance qu'elle avait en le séduisant vétérinaire vacillait. Anéantie, elle était accablée de tristesse. Sa réaction lui prouvait à quel point il comptait pour elle.

Elle était déjà à moitié amoureuse de lui et elle devinait qu'il ne lui aurait pas fallu grand-chose de plus pour l'être totalement, pour l'aimer à la folie, corps et âme. Mais penser qu'il était sans doute l'intrus qui avait voulu l'attaquer quelques nuits plus tôt la glaçait.

« Non, non, ce n'est pas possible », lui soufflait une petite voix, refusant d'y croire.

Pourtant, la jeune femme devait se rendre à l'évidence. De sa batte de baseball, elle avait frappé le soi-disant cambrioleur qui était entré chez elle et, à présent, comme par hasard, Quinn traînait la jambe… comme s'il avait reçu un coup qui l'empêchait de marcher normalement.

Il avait sauvé Cacao mais il avait préféré garder le labrador en observation quelques jours pour s'assurer que le poison n'avait laissé aucun effet secondaire. Ils avaient décidé que l'animal resterait chez lui jusqu'au barbecue.

En tout cas, elle méritait un oscar pour sa performance d'actrice avec Quinn. Même lorsque, après avoir fait un lavage d'estomac au chien, il lui avait demandé quand ils pourraient déjeuner ensemble, elle avait réussi à se maîtriser et à ne rien lui révéler de ses appréhensions. Son visage n'arborait aucun signe de nervosité et pas un instant, Quinn ne s'était douté de ses soupçons. Elle lui avait répondu que, jusqu'à la visite de Joe et de Meredith Colton, elle serait débordée et ne pourrait pas se libérer. Elle avait trop à faire.

Apparemment, il avait accepté ces explications sans se poser de questions.

Heureusement, comme il avait rendez-vous avec un chat malade, il n'avait pu la retenir et l'avait laissée partir, se contentant de l'enlacer brièvement en lui promettant de la rappeler plus tard. Elle n'avait pas été assez rapide pour parvenir à l'en empêcher.

Les mains serrées sur le volant, elle repensa au moment où elle avait vu surgir l'intrus dans la cuisine. Lui avait-il semblé aussi grand que Quinn ? L'homme qui l'avait attaquée avait-il la même carrure que lui ? Le visage de Quinn avait peut-être été celui qui se dissimulait sous cette cagoule…

Lorsqu'elle arriva chez elle, elle n'avait trouvé aucune réponse à ses interrogations et le profond malaise dans lequel elle était plongée depuis qu'elle avait remarqué que Quinn boitait ne faisait que s'intensifier.

Dès qu'elle sortit de sa voiture, Jeff se précipita vers elle.

— J'ai découvert dans un coin du garage un morceau de viande, dit-il. A mon avis, il avait été laissé là pour le chien.

Elle hocha la tête.

— Quinn pense qu'il a été empoisonné à l'arsenic, ce serait donc logique.

— Comment va Cacao ?

— Beaucoup mieux. Il reste en observation pour quelques jours mais il est tiré d'affaire. Ne m'en voulez pas mais à présent, je vais monter dans ma chambre faire un brin de toilette.

Elle avait envie de prendre une douche et de se changer.

Lorsqu'elle se glissa sous le jet d'eau chaude, elle se rendit compte que des larmes brûlaient ses yeux.

Au départ, elle pensa que Cacao était la cause de sa tristesse mais très vite, elle comprit qu'elle pleurait sur ce qui aurait pu être entre Quinn et elle.

Il n'y aurait pas de retour possible. Désormais, elle se demanderait toujours s'il était l'homme qui était entré chez elle, qui avait semblé animé d'une indicible haine à son égard, qui s'était jeté sur elle, les mains en avant, qui avait tenté de l'étrangler…

Quinn, qui consacrait sa vie à la santé et au bien-être des animaux, aurait-il été capable d'empoisonner un chien ? Pourquoi aurait-il voulu pénétrer la nuit dans le centre Hopechest ? Qu'est-ce qui l'aurait poussé à faire une chose pareille ? Elle avait beau tourner et retourner ces questions dans sa tête, elle ne trouvait aucune réponse satisfaisante.

Mais elle ne parvenait pas à oublier l'image de Quinn en train de boiter. Cette claudication avait anéanti tous ses espoirs. Il n'était plus possible d'envisager un avenir commun avec lui.

Elle refusait d'aimer un homme en qui elle n'aurait pas toute confiance. Les jambes faibles, elle s'adossa au mur carrelé et versa toutes les larmes de son corps. Elle pleurait le bonheur qu'elle avait perdu avec la mort d'Andrew et de leur bébé, elle pleurait sur celui qu'elle aurait pu vivre auprès de Quinn. Finalement, elle se rendit compte qu'elle pleurait parce qu'elle ne comprenait pas pourquoi le destin paraissait s'acharner ainsi sur elle. Depuis le jour de sa naissance, les malheurs s'abattaient sans arrêt. N'avait-elle pas été enlevée à sa mère par son propre père pour être vendue illégalement à des parents adoptifs ?

Jewel eut l'impression de traverser la semaine comme dans un brouillard. Elle s'occupa des enfants, mena des séances thérapeutiques, retourna voir Ellie pour mettre au point les derniers préparatifs du barbecue.

Quinn l'appela chaque jour pour lui donner des nouvelles de Cacao. Le chien se rétablissait bien. Le lavage d'estomac avait été pratiqué à temps. Jewel s'efforça de lui répondre, de discuter avec lui comme si de rien n'était. Mais en réalité, elle savait que tout était fini entre eux. Quinn n'aurait plus jamais la moindre place dans son cœur. Elle ne pouvait plus l'aimer maintenant alors qu'elle n'avait plus confiance en lui. A présent, il lui faisait peur.

Le samedi suivant, peu après 9 heures du matin, Jeff et Cheryl firent monter les protégés de la jeune femme dans le minicar pour leur grande sortie.

— Obéissez bien à Cheryl et à Jeff, recommanda-t-elle aux enfants en les aidant à prendre place. Je veux qu'à votre retour, ils me disent que vous avez été sages comme des images.

— Comptez sur nous, mademoiselle Jewel ! promit Barry.

Il était tôt mais le soleil brillait déjà dans un ciel sans

nuage et la journée promettait d'être chaude, comme celles qui s'étaient succédé depuis trois jours.

— Donnez-leur souvent à boire ! dit-elle à Cheryl lorsque tout le monde fut prêt à partir.

— Vous êtes une vraie mère poule, Jewel. Ne vous inquiétez pas, nous vous rendrons vos poussins sains et saufs !

Jewel se força à sourire.

— Et appelez-moi s'il y a le moindre problème.

Lorsque Jeff démarra, elle leur adressa de grands signes et continua à le faire lorsque le véhicule s'éloigna dans un nuage de poussière.

Mais dès que le minicar eut disparu à l'horizon, son sourire s'évanouit. Grâce à cette sortie, elle n'aurait pas besoin de faire semblant toute la journée, d'afficher une joie qu'elle n'éprouvait pas. Elle n'aurait pas à faire croire que tout allait pour le mieux dans le meilleur des mondes.

Tôt ou tard, il lui faudrait parler à Quinn, lui faire comprendre que tout était fini entre eux, qu'il ne devait plus nourrir d'espoir à son égard. Si elle ne l'avait pas encore fait, c'était seulement parce que le barbecue était proche. Elle ne voulait pas que la moindre tension risque de remettre en cause la réussite de cette journée.

Une fois cette réception terminée, quand Joe et Meredith auraient quitté la ville, elle expliquerait à Quinn qu'il devait chercher une autre partenaire.

A tort ou à raison, elle n'avait fait part à personne de ses soupçons. A un moment, elle avait hésité à appeler Adam pour lui raconter que Quinn boitait et qu'elle trouvait ça louche. Mais quelque chose l'avait retenue de le dénoncer. Malgré tout, il était possible que le vétérinaire lui ait dit la vérité, qu'il ait réellement été blessé au genou des années auparavant, lors de l'accident avec cette jument.

Quinn avait déjà connu les affres de la calomnie. Beaucoup de gens à Esperanza l'avaient dénigré, avaient porté contre lui de graves accusations mensongères qui avaient failli le détruire. Elle ne voulait pas être à l'origine d'une autre vague de médisances. Même si elle avait du mal à le croire, elle n'avait pas vraiment de preuves. Peut-être s'agissait-il effectivement d'une coïncidence.

Un simple boitement avait tout détruit.

Comme elle se tenait sous les rayons brûlants du soleil, un frisson lui parcourut soudain l'échine et elle s'aperçut qu'elle avait la chair de poule.

Elle avait cette réaction chaque fois qu'elle pensait que quelqu'un l'observait à son insu, l'espionnait. Les sourcils froncés, elle regarda autour d'elle, scrutant les alentours, les bois, les collines, la maison…

Rien.

« Idiote », se dit-elle.

Pourtant son malaise était toujours là. Si elle restait dehors ainsi, elle allait finir par être transformée en glaçon tant elle tremblait de froid.

Elle voulait profiter de cette journée de liberté pour faire mille et une choses dans la maison. Rester pétrifiée au milieu de la cour ne faisait pas partie de ses priorités.

« Secoue-toi », s'ordonna-t-elle.

Avec un soupir, elle entra à l'intérieur, veillant à s'enfermer à clé.

Même si les enfants étaient chargés de nettoyer eux-mêmes leurs chambres, Jewel avait envie de faire le ménage à fond dans les dortoirs. Elle savait que des gens accompagneraient Joe et Meredith, des gens qui n'étaient encore jamais venus au ranch et qui regarderaient tout de près. Elle tenait à ce que tout soit parfait.

Elle passa l'aspirateur, nettoya les vitres, essuya les meubles avant de récurer les salles de bains.

Ces travaux ménagers l'empêchaient de broyer du noir et elle s'en félicita. Elle en avait assez d'analyser, de réfléchir comme elle ne cessait de le faire depuis le début de la semaine. A présent, elle ne voulait plus penser qu'à la venue de Joe et de Meredith, le lendemain.

Non seulement, elle avait décidé de réunir la famille et les amis, mais ce grand jour serait également l'occasion de fêter les futurs succès électoraux de Joe. Les sondages et tous les experts politiques le désignaient comme le prochain président des Etats-Unis.

A midi, Jewel s'octroya une petite pause. Elle se prépara une salade qu'elle dégusta avec un reste de poulet froid dans la cuisine.

Une fois assise à la grande table de chêne, elle mesura à quel point la maison était silencieuse quand les enfants n'étaient pas là. Bizarrement, elle ne se sentait pas au calme, elle n'avait pas l'impression de profiter d'un moment de tranquillité.

Ce silence lui semblait oppressant, inquiétant.

Et comme toujours lorsqu'elle était seule et qu'elle n'avait rien de particulier à quoi penser, elle songea à Quinn. Mais cette fois-ci, ces spéculations étaient sombres.

Depuis plusieurs mois, elle avait eu à maintes reprises la sensation d'être observée. Etait-il possible que Quinn ait joué les voyeurs depuis si longtemps ? Avait-il donc commencé avant qu'ils ne deviennent amants ?

Etait-il vraiment tombé sur elle par hasard lors de leur première rencontre nocturne dans les bois ? Ou était-il là depuis le départ à l'épier, à la suivre ? Cela n'aurait pas été difficile pour lui. Il savait qu'elle sortait souvent se promener la nuit, qu'elle souffrait d'insomnies…

Un rire teinté d'amertume s'échappa de ses lèvres. Depuis qu'elle le connaissait, elle avait peur de s'engager avec lui parce qu'elle craignait de devenir folle. Mais finalement, n'était-ce pas lui qui se révélait le plus mentalement dérangé des deux ?

Quinn n'était sans doute qu'un obsédé sexuel qui l'avait repérée depuis des mois et qui la poursuivait la nuit dans la forêt tout en lui faisant la cour pendant la journée.

Fallait-il qu'il soit profondément malade pour mener ce double jeu !

Etait-il possible qu'il ait empoisonné Cacao pour avoir la possibilité de sauver ensuite le chien et passer ainsi pour un héros ?

La question la hantait.

La jeune femme finissait de déjeuner et nettoyait sa vaisselle dans l'évier quand la sonnette de l'entrée retentit. Heureuse d'avoir enfin un peu de vie autour d'elle, elle se dépêcha d'aller ouvrir.

En découvrant Georgie sur le seuil de sa porte, elle fut ravie de cette visite impromptue.

Elle lui sourit avec chaleur.

— Quelle bonne surprise ! Entre !

— Nick et Emmie sont partis pour la journée. Depuis longtemps, Nick avait promis à la petite de l'inviter à déjeuner « en amoureux ». Comme il sera en ville avec elle, il en profitera pour lui acheter ensuite un jean ou deux pour l'école. Toute seule chez moi, je n'avais rien à faire, j'avais l'impression de tourner en rond alors j'ai décidé de passer voir si tu avais besoin d'un coup de main pour ton barbecue de demain.

— Viens prendre un verre de thé glacé avec moi.

Tu es gentille de proposer de m'aider mais je maîtrise à peu près la situation. Ellie et son équipe arriveront tôt avec les tentes, les tables, les chaises pour tout mettre en place dès le matin. J'espère que cette journée sera un succès.

Comme Georgie s'installait à table, Jewel leur versa du thé glacé.

— Alors, l'école plaît-elle à Emmie ?

— Beaucoup !

Jewel sourit.

— A en juger à l'expression mi-figue, mi-raisin de sa mère, j'imagine que ce n'est pas facile… Non ?

Incapable de le nier, Georgie éclata de rire.

— Elle s'est déjà liée d'amitié avec plusieurs de ses camarades et elle m'a assuré qu'il n'y avait pas un seul cow-boy dans sa petite bande. Par ailleurs, elle adore sa maîtresse et se réveille aux aurores tous les matins pour être sûre de ne pas arriver en retard en classe.

— Et même si tu as envie qu'elle se fasse des amis et qu'elle apprécie l'école, quelque part, cela te brise le cœur qu'elle élargisse son horizon et n'ait plus autant besoin de toi…

Avec un soupir, Georgie hocha la tête.

— Exactement.

Jewel se mit à rire.

— Ne t'inquiète pas. A ses yeux, tu es toujours la personne la plus importante au monde et tu le resteras jusqu'à ce qu'elle entre dans l'adolescence. A ce moment-là, elle te considérera comme la femme la plus bête qu'elle connaisse et se demandera comment tu as pu survivre si longtemps sans sa sagesse et sa science infuse. Elle essaiera alors de t'apprendre les choses de la vie et crois-moi, cela t'agacera beaucoup !

Georgie rejeta ses longs cheveux roux en arrière en s'esclaffant.

— Merci, j'avais besoin d'entendre cela.

— Et comment va Nick ?

— Il s'ennuie. Il a envoyé sa candidature à Jericho Yates parce qu'il aimerait décrocher un poste d'adjoint au shérif mais jusqu'ici cela n'a rien donné. Il lui a été facile de quitter les services secrets mais maintenant, il cherche une activité qui lui conviendrait. Par nature, c'est un homme qui aime protéger et servir. Pas un cow-boy.

— Je trouve très romantique de sa part d'avoir renoncé à son métier pour venir vivre avec toi.

— A propos de romance, j'ai entendu dire par les potins du coin que Quinn et toi sortiez ensemble…

Le simple fait d'entendre son nom serra le cœur de Jewel.

— Non, non, nous sommes juste amis, répliqua-t-elle.

— Comme c'est dommage ! Vous auriez fait un très beau couple.

Jewel sirota un moment son verre de thé glacé avant de répondre.

— Je n'ai pas du tout envie de vivre une histoire amoureuse actuellement.

— Tu as bien tort…

Jewel se força à rire.

— Pourquoi les femmes qui viennent de rencontrer l'amour sont-elles toutes persuadées que les autres devraient suivre leur exemple ?

— Parce que aimer quelqu'un te rend meilleure, parce que nous sommes faites pour aimer et être aimées, parce que notre présence sur Terre n'a aucun sens si nous n'aimons pas. Aimer un homme et monter à cheval, voilà ma définition du bonheur, ajouta-t-elle avec un grand sourire.

Cette fois, le rire de Jewel était sincère. Puis toutes deux discutèrent du clan Colton et de tous ceux qui viendraient au barbecue le lendemain.

— Oncle Graham nous fera-t-il l'honneur de sa présence ? s'enquit Jewel.

Georgie haussa les épaules.

— Avec papa, on ne sait jamais à quoi s'attendre. Il est capable du pire comme du meilleur. Je crois qu'il est vraiment en train de prendre sa vie en main mais je me demande s'il n'est pas trop tard. En tout cas, ce serait sympa qu'Oncle Joe et lui se retrouvent et renouent les liens du passé. Ryder et Clay y sont bien parvenus. Cela dit, il ne faut peut-être pas espérer l'impossible…

Les deux femmes bavardèrent encore un bon moment puis Georgie se leva.

— Si tu es sûre que je ne peux t'être utile en rien, je vais rentrer.

— Prie pour que les températures ne soient pas aussi caniculaires demain, dit Jewel en ramenant Georgie à la porte.

— Cela devient insupportable, c'est vrai. J'ai entendu dire que des habitants d'une autre région du Texas ont été privés d'électricité pendant plusieurs heures parce que les transformateurs étaient en surcharge. Heureusement, maintenant, le courant a été rétabli.

— Pour ma part, je ne me vois pas passer deux heures sans air conditionné lorsqu'il fait chaud comme actuellement, soupira Jewel. Merci d'être venue, Georgie. Cela m'a vraiment fait plaisir.

— Merci à toi d'avoir organisé ce barbecue pour demain. Cela va être formidable de tous nous retrouver. Cela fait si longtemps que la famille n'a pas été réunie au grand complet. J'ai vraiment hâte d'y être.

Quelques instants plus tard, Jewel la regarda s'éloigner. La visite de Georgie lui avait fait du bien mais il était temps de se remettre au travail.

L'après-midi passa vite et vers 17 heures, elle commença à attendre le retour des enfants. Ils seraient certainement heureux de lui raconter leur périple mais elle espérait qu'ils seraient fatigués et voudraient se coucher tôt. Demain, la journée serait épuisante pour eux tous.

Vers six heures, ne les voyant toujours pas arriver, elle décida de grignoter quelque chose. Jeff et Cheryl avaient sans doute emmené la petite troupe dîner quelque part sur la route.

Tout en se confectionnant un repas composé d'une salade et d'un peu de jambon, elle repensa à la conversation qu'elle avait eue avec Georgie.

A un moment, elle était tombée amoureuse de Quinn, elle avait senti qu'il faisait battre son cœur plus vite et réchauffait son âme meurtrie. Elle rêvait alors de ne plus jamais quitter ses bras. Par la suite, elle avait connu un moment douloureux lorsqu'elle avait envisagé de passer son existence avec lui, de l'aimer pour la vie, et quand elle avait craint que ce soit impossible parce qu'elle risquait de sombrer dans la folie.

De nouveau, le silence l'entourait, oppressant. Elle avait hâte que les enfants reviennent et remplissent la maison de leurs rires, de leurs voix.

Elle avait raison de préférer en rester là, se répétait-elle en songeant à Quinn. Cela valait mieux pour elle comme pour lui. Même si ce n'était pas lui qui était entré en catimini l'autre nuit dans le ranch, même s'il boitait à cause d'une vieille blessure, et non des coups de batte qu'elle avait donnés à son agresseur, elle n'avait pas envie de lier son destin à celui de quelqu'un d'autre.

Tant que des cauchemars viendraient la hanter, tant qu'elle entendrait Andrew l'appeler la nuit ou des cris de bébé sortir d'outre-tombe, elle ne laisserait aucun homme l'approcher. Ce ne serait pas juste vis-à-vis de lui.

Mais si un jour elle devait se marier, elle espérait que ce serait avec quelqu'un comme Quinn Logan. Il avait su rire avec les enfants l'autre jour, pendant le pique-nique, il lui avait fait l'amour avec une tendresse et une passion rares, il lui avait fait croire aux contes de fées. Il lui donnait envie de rêver.

Demain, il serait présent à la réception. Elle l'avait invité au barbecue. D'ailleurs, elle avait convié la quasi-totalité du village. Elle le verrait et discuterait avec lui. Mais tout en bavardant de tout et de rien, elle se demanderait s'il était un psychopathe ou l'homme qu'elle devait s'efforcer de retenir.

Vers 19 heures, elle ne pensait plus à Quinn. Postée devant la fenêtre, elle surveillait la route avec une inquiétude croissante. Pourquoi n'étaient-ils pas encore rentrés ? Ils auraient dû être là depuis longtemps maintenant. Elle avait tenté de joindre Cheryl et Jeff sur leur téléphone portable mais elle était tombée chaque fois sur le répondeur.

« Ce n'est pas normal », se dit-elle, l'estomac noué.

Ouvrant la porte d'entrée, elle sortit sous le porche. La chaleur était étouffante. Pourtant, le soleil commençait à décroître à l'horizon. Mais les températures n'avaient pas baissé d'un iota. Pas un souffle de vent ne venait rafraîchir l'atmosphère. Même les insectes devaient se calfeutrer dans les recoins, ils étaient muets.

« Où sont Jeff, Cheryl et les enfants ? s'interrogeait-elle avec angoisse. Ils avaient dit qu'ils seraient rentrés pour le dîner. Qu'avait-il pu leur arriver et pourquoi Cheryl ne répondait-elle pas au téléphone ? ».

Très vite, elle eut de nouveau l'impression désagréable

d'être observée. Elle retourna dans la maison. Malgré la canicule ambiante, elle frissonnait.

Y avait-il quelqu'un dans les parages ?

A l'épier ?

Quelqu'un qui savait qu'elle était seule ?

« Arrête », s'ordonna-t-elle. Ce genre de pensées ne faisait que l'affoler inutilement.

La sonnerie du téléphone la fit soudain sursauter et elle se précipita dans le salon pour prendre l'appel. C'était Jeff.

— Nous sommes tombés en panne. L'alternateur, sans doute. Mais ne vous inquiétez pas. Nous allons trouver un motel pour la nuit et le mécanicien du coin m'a promis qu'il aurait fini de réparer demain matin et que nous pourrions reprendre la route vers 10 heures.

A ces mots, Jewel poussa un soupir de soulagement.

— Et qu'est-il arrivé au téléphone portable de Cheryl ? J'ai essayé dix fois de vous joindre. Avez-vous oublié le chargeur ?

— Non mais il est hors d'usage. Laissez-moi vous expliquer. Avant l'arrivée de la dépanneuse, nous avons été bloqués un long moment sur le bas-côté de la route. Il faisait chaud et Barry devenait de plus en plus nerveux. Il a fait une petite crise de nerfs et a cassé l'appareil. Mais ce n'est pas très grave. J'ai une assurance pour le téléphone et le petit a fini par se calmer. Tout baigne.

— Je me suis fait un sang d'encre.

— Je suis désolé mais nous n'avions aucun moyen de vous appeler jusqu'à maintenant.

— Et vous êtes sûr que les enfants vont bien ?

Jeff se mit à rire.

— Pour eux, c'est l'aventure. En plus, à l'hôtel, comme il n'y avait pas assez de place, nous partagerons tous la même chambre avec des matelas par terre. Cela va être la fête. Ils sont excités comme des puces. Demain, nous leur donnerons un solide petit déjeuner avant de partir et ils auront le temps d'être fin prêts pour le barbecue.

— Gardez les factures, je vous rembourserai les frais.

— Je ne m'inquiète pas pour cela. A demain et ne vous en faites pas.

En raccrochant, Jewel poussa un soupir de soulagement. Même si elle savait pouvoir compter sur Jeff et Cheryl, elle était contente d'avoir appris que tout allait bien et que tout le monde reviendrait sain et sauf le lendemain matin.

Maintenant, il ne lui restait plus qu'à se faire une raison. Elle allait passer la nuit toute seule au ranch. En général, être en sa propre compagnie ne l'ennuyait pas mais elle avait été sur les nerfs toute la journée et elle aurait vraiment préféré que toute sa petite famille soit avec elle, ce soir.

Epuisée par ses heures de travail, elle prit une douche avant de se mettre en chemise de nuit et en robe de chambre. Elle s'installa sur le canapé du salon avec un roman. Comme la nuit tombait, elle alluma une lampe pour donner un peu de lumière.

Elle commença à lire mais le silence lui pesait, aussi alluma-t-elle la télévision. Sur une des chaînes câblées était programmé un vieux film qu'elle avait déjà vu à plusieurs reprises. Elle n'avait pas très envie de le regarder une énième fois. Mais le bruit de fond la rassurait tandis qu'elle reprenait sa lecture.

Soudain, la lumière et le poste s'éteignirent. La panne de courant fut si brutale que la jeune femme sursauta. Le cœur battant, elle resta un long moment immobile dans la pièce plongée dans l'obscurité.

La chaleur, pensa-t-elle en se levant. Georgie en avait justement parlé dans l'après-midi. A cause de la canicule, les gens poussaient leur système d'air conditionné à fond, ce qui provoquait des surcharges et donc des coupures d'électricité.

Elle débrancha le téléviseur, ne voulant pas qu'il se rallume tout seul lorsque le courant serait rétabli au milieu de la nuit et la réveille. Son livre à la main, elle regagna sa chambre.

Dans la pénombre, elle se rendit dans la salle de bains où elle avait rangé un stock de bougies sur une étagère. Elle en récupéra à tâtons une dizaine et les posa sur sa table de chevet près de son lit. Elle les alluma et se coucha pour continuer à lire.

La lumière prodiguée par les petites flammes était insuffisante et très vite, l'attention de Jewel se détourna des pages imprimées pour revenir vers le passé.

Depuis toujours, un profond sentiment de solitude habitait son cœur. Il y était présent bien avant qu'elle ne perde Andrew et son bébé, même si ce double deuil avait aggravé ses blessures.

Elle en avait pris conscience à l'époque où elle cherchait à tout prix à entrer en contact avec sa mère. Lorsque ses parents adoptifs lui avaient révélé la vérité sur Patsy — peu après son vingtième anniversaire —, elle aurait tout fait pour être capable d'aider cette femme qui lui avait donné la vie, pour renouer les liens qui existaient certainement entre elles.

Ce désir avait été le moteur de son existence. Il l'avait poussée à se consacrer à la psychologie, à s'orienter dans cette voie professionnelle. Le fait qu'elle soit devenue thérapeute trop tard pour avoir la possibilité de sauver Patsy de la folie avait aggravé la conviction qui la torturait depuis toujours de ne pas avoir sa place en ce bas-monde.

Pendant un temps, Quinn avait comblé le manque

dont elle avait souffert sa vie durant. Malheureusement, quand elle l'avait vu boiter, elle avait aussitôt perdu la confiance qu'elle avait en lui et elle était retombée dans les affres du sentiment d'abandon avec lequel elle avait grandi.

Fermant les paupières, elle tenta de faire apparaître une image d'Andrew, surprise de constater que le seul homme à occuper son cœur, à présent, était Quinn.

Quinn avec ses yeux topaze.

Quizz avec ses beaux cheveux et l'habitude qu'il avait de rejeter une mèche en arrière d'un geste de la main.

Avec un soupir, elle secoua la tête. Elle ne voulait plus penser à lui. Elle ne devait pas regretter ce qui n'aurait jamais dû être.

Elle préférait se remémorer le moment de pur bonheur au restaurant avec Andrew quand il lui avait glissé la bague au doigt et qu'elle avait senti l'enfant qu'elle portait bouger dans son ventre.

Des larmes brûlèrent ses paupières.

Dieu, qu'elle aurait aimé devenir mère ! Elle avait envie de sentir l'odeur d'un bébé, d'entendre ces gazouillements et d'embrasser son petit ventre en changeant ses couches. Elle en rêvait plus que n'importe quoi d'autre dans la vie.

Même si elle aimait les enfants qui lui étaient confiés au centre, elle ne perdait jamais de vue qu'elle devait les soigner puis les renvoyer à leurs véritables parents.

Ouvrant les yeux, elle souffla les bougies, sachant qu'elle ne parviendrait plus à lire une ligne ce soir. Heureusement, dans quelques heures, l'électricité serait rétablie. Elle sentait que la fraîcheur procurée toute la journée par l'air conditionné n'était déjà plus qu'un souvenir et que la chaleur revenait en force.

Peut-être devrait-elle ouvrir les fenêtres, mais elle craignait d'être envahie de moustiques.

Comme elle se levait pour les entrebâiller, elle les entendit.

Les pleurs d'un nouveau-né…

12

Quelque chose avait changé.

Quinn sella Noches mais tout en parlant avec douceur à l'étalon noir, il ne pensait qu'à Jewel.

Quelque chose dans leurs relations avait changé pendant la semaine et il ne parvenait pas à deviner quoi.

Bien sûr, la jeune femme était très occupée à préparer la visite de Joe et de Meredith Colton, à veiller à ce que le barbecue soit parfait, mais il sentait qu'il y avait autre chose.

Elle prenait ses distances vis-à-vis de lui, il en était certain.

Chaque fois qu'elle le voyait, elle se montrait aimable mais elle s'exprimait d'un ton froid et son regard le fuyait. Ce changement lui brisait le cœur. Et l'inquiétait.

Au départ, il avait pensé s'arrêter au centre Hopechest en allant chez Clay pour rendre une visite impromptue à Jewel. Mais lorsqu'il avait longé le ranch de la jeune femme, il avait vu de la route que la maison était plongée dans le noir. Tout le monde était sans doute couché. Il ne voulait surtout pas la déranger si elle avait besoin de dormir et s'était déjà mise au lit.

La lune était presque pleine et lui avait donné envie d'une promenade à cheval. L'astre distillait assez de lumière pour chevaucher en toute sécurité.

Comme depuis plusieurs jours, Quinn se faisait du

souci à propos de Jewel et s'inquiétait de l'avenir de leurs relations, il dormait mal et il ne pensait pas que son sommeil serait meilleur cette nuit.

Une balade en forêt lui ferait donc du bien.

Noches quitta l'écurie avec un hennissement de joie, comme s'il avait hâte de galoper. Manifestement, la chaleur ambiante ne le dérangeait pas. Quinn tenait les rênes d'une main lâche pour permettre à l'animal de gravir le sentier d'un bon pas. Autour de lui, la campagne était plongée dans l'obscurité mais le clair de lune donnait au paysage un côté presque féerique.

Malgré l'heure tardive, il faisait si chaud que Quinn avait l'impression de se mouvoir sous une épaisse couverture. Il n'était pourtant vêtu que d'un jean et d'un T-shirt. Mais indifférent à la canicule, Noches piaffait d'impatience en trottant sur le chemin.

Quinn adorait ces promenades nocturnes qui le détendaient et lui permettaient de réfléchir en paix. Après la mort de sa femme et durant cette période si difficile où il avait eu le sentiment que la ville entière le regardait d'un sale œil, chevaucher dans la nuit, se retrouver en communion avec la nature, lui avait évité de sombrer dans la folie ou la dépression.

Sur le dos de son étalon, il avait l'impression que toutes les difficultés accumulées au cours de sa journée s'évanouissaient, que toutes ses déceptions, présentes ou passées, étaient envolées, et il ne ressentait plus que le plaisir de ne faire qu'un avec sa monture.

Mais ce soir, tout était différent. La magie n'opérait plus. Il pensait à Jewel, au refroidissement de leurs relations, et il en éprouvait une tristesse qui l'empêchait de profiter du moment présent et de trouver l'apaisement que lui procuraient en général ces balades.

Il avait cru avoir réussi à toucher la jeune femme, à

l'émouvoir, à abattre les barrières, les défenses qu'elle avait bâties autour de son cœur après la mort d'Andrew, à lui donner envie de tourner la page, d'oublier le tragique accident qui avait emporté son fiancé et son bébé. Il s'était persuadé que Jewel lui faisait confiance et qu'elle envisageait un avenir avec lui…

A présent, il n'était plus sûr de rien.

Mais Jewel ignorait qu'il n'était pas homme à renoncer facilement. Il avait besoin d'elle à ses côtés. Il voulait qu'elle partage sa vie. Et il était bien décidé à tout faire pour qu'elle lui revienne et comprenne qu'ils étaient faits l'un pour l'autre.

— Non !

Les cris du bébé semblaient devenir de plus en plus forts et de plus en plus désespérés mais cette fois, Jewel refusa de les entendre.

Secouant la tête, elle plaqua les mains contre ses oreilles. Ces pleurs la rendaient malade. Ils lui fendaient le cœur et lui donnaient à la fois envie de hurler et de courir se cacher dans un placard où personne ne la retrouverait jamais.

Seul le clair de lune rompait l'obscurité qui régnait dans la pièce, mais l'astre brillait si fort qu'elle voyait distinctement son lit, ses draps et même le livre qu'elle avait laissé sur sa table de chevet.

Elle était réveillée.

Elle n'inventait pas ces cris, elle ne les rêvait pas.

Soit ils étaient réels, soit elle était folle à lier. Baissant les bras, elle pencha la tête pour mieux écouter. Pour la première fois, elle se focalisait sur ce qui l'angoissait depuis des mois au lieu de tenter d'y échapper.

Combien de nuits durant s'était-elle roulée en boule dans son lit en priant pour que ces hurlements déchirants s'arrêtent ? Elle avait toujours cru qu'il s'agissait des appels d'outre-tombe de son bébé mort qui la hantaient pendant son sommeil.

Mais si ce n'était pas le cas ?

Et si elle n'avait rien inventé ? Et si ces sanglots étaient réels ?

L'esprit en ébullition, elle repensa aux trafiquants d'enfants qui avaient sévi dans la région pendant des mois. Quelques semaines plus tôt, Ryder avait infiltré le réseau et était parvenu à le démanteler. Etait-il possible que ces cris de bébé ne soient pas le fruit de son imagination ?

Le cœur battant la chamade, elle se posta à la fenêtre pour scruter la nuit avec attention. Les fois précédentes, les pleurs avaient brutalement cessé comme ils avaient démarré. Elle resta pétrifiée, espérant qu'ils allaient s'interrompre de la même façon. Mais ils continuaient, continuaient…

Il lui fallait découvrir la vérité, elle devait absolument trouver l'origine de ces hurlements. Pour la première fois, elle envisageait l'éventualité qu'ils ne viennent pas de son cerveau malade. Peut-être n'était-elle pas folle. Le bébé qu'elle entendait était peut-être un vrai bébé. En tout cas, cette hypothèse ne lui semblait plus dénuée de tout fondement.

S'écartant de la croisée, elle enfila ses chaussons et s'empara de sa batte de baseball avant de gagner à grands pas la porte d'entrée.

Une fois dehors, elle longea la piscine. Sans s'y arrêter, elle se dirigea vers le bois. Parvenue à la barrière, elle s'arrêta pour tendre l'oreille.

Elle n'entendait plus rien. La chaleur l'enveloppait, suffocante, et la nuit était plongée dans un silence total, oppressant. Tous les animaux, tous les insectes paraissaient retenir leur souffle. Mais qu'attendaient-ils ?

Brutalement, ses poils se hérissèrent sur sa nuque et ses cheveux se dressèrent sur sa tête tandis qu'un frisson lui parcourait l'échine. Sans avoir besoin de regarder ses bras, elle sut qu'elle avait la chair de poule. Elle sentait quelque chose. Quelqu'un l'espionnait.

— Jewel…

La voix lui parvint comme un murmure brûlant.

Des gouttes de sueur perlèrent à son front et elle serra plus fort sa batte. Andrew. Cette voix ressemblait à s'y méprendre à celle d'Andrew. Mais était-ce réellement la sienne ? s'interrogea-t-elle. Son esprit semblait plus aiguisé que ces dernières semaines.

Cela ne pouvait être lui. Il était mort. Mais cette voix était réelle, elle le sentait de toutes les fibres de son être. Elle entendait bien quelqu'un prononcer son nom mais il ne s'agissait pas d'Andrew.

Quelqu'un cherchait à lui faire peur, à la rendre folle, quelqu'un essayait de lui faire croire que feu son fiancé l'appelait la nuit. Elle ne parvenait pas à comprendre pourquoi un inconnu s'amusait à ce petit jeu malsain et encore moins qui était derrière cette mascarade. Mais elle était déterminée à le découvrir.

— Jewel, viens ! Viens près de moi.

Lente et hypnotique, la voix mystérieuse reprenait sa litanie mais cette fois, la jeune femme s'interdit de se laisser dominer par la peur.

Au moment où elle ouvrit la barrière pour se diriger vers les bois, la lune disparut derrière les nuages. Elle emprunta le sentier qui menait vers le ranch voisin, le Bar None.

— Où êtes-vous ? murmurait-elle en s'enfonçant dans la forêt.

Elle sentait qu'elle n'était pas seule. Son instinct lui soufflait que quelqu'un se trouvait dans les parages.

Elle cheminait depuis un petit moment lorsqu'elle aperçut une silhouette devant elle. Le cœur battant, elle bondit de côté pour se cacher dans la futaie, derrière un arbre.

A l'abri derrière le tronc de l'érable, elle regarda avec attention l'ombre qui se profilait sous ses yeux terrifiés. La lune avait réapparu et brillait de nouveau.

Elle reconnut cette haute stature, ces cheveux épais...

Quinn.

Accablée, elle eut envie de tomber à genoux et de fondre en larmes. Elle comprit alors qu'une partie d'elle-même avait espéré envers et contre tout bon sens qu'il était l'homme qu'il prétendait être, qu'il n'avait rien à voir avec l'individu qui était entré par effraction chez elle et avait tenté de l'étrangler. La douleur qu'elle éprouvait en mesurant à quel point elle s'était trompée sur son compte était insupportable.

Lorsqu'elle sentit quelqu'un l'attraper par l'épaule, elle faillit pousser un hurlement mais une main se plaqua aussitôt sur sa bouche pour la réduire au silence.

Comme elle se retournait à moitié, elle découvrit Adam. Un doigt sur les lèvres, il lui fit signe de se taire.

— Suivez-moi, lui ordonna-t-il.

S'emparant de sa batte de baseball, il la posa contre un arbre.

— Vous n'en avez plus besoin, dit-il. Vous êtes en sécurité avec moi, ajouta-t-il en la prenant par la main.

Elle avait envie de lui demander ce qu'il fabriquait dans ce bois à cette heure-ci, mais elle ne parla pas avant qu'ils se soient éloignés. A présent, Quinn n'aurait pu les entendre.

— Que faites-vous ici, Adam ? murmura-t-elle alors.

Il la lâcha mais continua à marcher.

— Depuis le cambriolage dont vous avez été victime, je surveille votre ranch de près, répondit-il. A plusieurs reprises, j'ai aperçu Logan, le vétérinaire, rôder par ici et je l'ai entendu vous appeler par votre nom. Je me doutais qu'il avait quelque chose derrière la tête, des intentions pas très nettes. Maintenant, venez avec moi, j'aimerais vous montrer quelque chose.

— Et quoi donc ? s'enquit-elle, les larmes aux yeux.

Et dire qu'elle avait fait confiance à Quinn ! Qu'elle avait été amoureuse de lui ! Qu'elle s'était imaginée unir son destin au sien ! Quelle idiote ! se réprimanda-t-elle.

Il secoua la tête.

— Vous devez le voir pour le croire.

Le cœur serré, mi par appréhension, mi par déception, elle suivit Adam, se demandant où diable il pouvait bien l'emmener. Apparemment, ils étaient sur les terres du Bar None mais ils se dirigeaient vers un endroit de la propriété où elle ne s'était jamais rendue auparavant.

Ils arrivèrent enfin dans une clairière où se tenait une vieille grange à moitié en ruine. Avec le temps et les intempéries, les planches vermoulues étaient devenues grises. Certaines semblaient tenir en équilibre précaire.

— Entrez, lui dit Adam.

La porte s'ouvrit avec un craquement sinistre. Une petite lampe était accrochée à une poutre du plafond, distillant un peu de lumière.

A l'intérieur, au centre de la remise, se trouvait un grand poteau planté dans le sol. Des fagots de petits bois et des branchages étaient amassés au pied de ce mât de cocagne incongru.

— Qu'est-ce que cela signifie ? demanda-t-elle. Où sommes-nous ?

Elle se retourna vers Adam. Sous cette lumière

tamisée, les traits de l'adjoint étaient contractés et devenaient presque inquiétants. Les jeux d'ombres lui donnaient un aspect diabolique.

Soudain, il sortit son arme de service et sourit, les yeux brillant d'une lueur anormale.

— Cela signifie qu'il est temps pour vous de payer pour les crimes de votre mère…

Quinn avait décidé de se rendre chez Jewel pour essayer de lui parler. Depuis une semaine, il sentait qu'elle prenait ses distances avec lui. Il ne comprenait pas pourquoi elle faisait soudain preuve d'une telle froideur à son égard et il avait envie d'en discuter avec elle avant le barbecue. Il lui fallait être sûr que tout allait bien ou, en tout cas, irait bien, entre eux.

Mais à quelques mètres de chez elle, il hésita. Et si elle était profondément endormie ? Connaissant ses problèmes d'insomnie, il n'avait aucune envie de la réveiller au cas où elle aurait enfin trouvé le sommeil. Une longue journée l'attendait demain, elle avait besoin de se reposer, de prendre des forces pour accueillir ses invités dans de bonnes conditions.

Se demandant quelle conduite adopter, il s'arrêta sur le sentier. Un cri, manifestement poussé par une femme et bref comme s'il avait été vite interrompu, déchira soudain la nuit. Tous les sens en alerte, Quinn se pétrifia. Il ne connaissait qu'une femme à se promener dans ces bois la nuit, et cette femme était Jewel.

Le cœur battant, il s'élança sur le chemin, vers le centre Hopechest, regardant à droite et à gauche, essayant de scruter l'obscurité. Il avait peur de ce qu'il pouvait apercevoir comme de ce qu'il pouvait ne pas voir.

Il atteignit la barrière qui délimitait la propriété. Elle était béante et il se précipita vers le ranch. Sans s'y arrêter, il passa devant la piscine. Parvenu devant la maison, il constata qu'elle aussi était grande ouverte.

Il courut vers la chambre de Jewel mais d'instinct, il savait qu'il ne la trouverait pas paisiblement endormie dans son lit, pas avec la porte de la maison grande ouverte.

Pourtant, il ne ralentit pas son pas avant d'être arrivé devant ses appartements. Comme il fallait s'y attendre, le lit était vide.

— Jewel ? appela-t-il doucement, ne voulant pas réveiller la maisonnée. Jewel ? Es-tu là ?

Il sentait son parfum flotter dans l'air. Il appuya sur l'interrupteur près de la porte mais rien ne se produisit. Que se passait-il ? Il essaya d'allumer une autre lampe mais n'obtint aucun résultat non plus. Pourtant, il savait que le ranch de Clay n'était pas privé de courant et il était certain que les deux maisons dépendaient du même générateur. Alors pourquoi l'électricité de Jewel était-elle coupée ?

Cette énigme ajoutée au cri qu'il avait entendu dans la nuit déclencha une alarme dans sa tête.

— Jewel ! hurla-t-il une dernière fois.

Tous ses instincts lui soufflaient qu'elle n'était plus là. Mais surtout, il avait l'intuition terrifiante que quelque chose… ou plutôt quelqu'un… la faisait crier.

— Adam ? De quoi parlez-vous ?

Perplexe, Jewel le dévisagea avant de fixer l'arme qu'il brandissait sous son nez. Elle tentait en vain de comprendre ce qui se passait.

Cherchait-il à se venger parce qu'elle n'avait pas voulu sortir avec lui ?

— Je suis désolée si je vous ai blessé en refusant d'aller plus loin avec vous, Adam.

Il était adjoint au shérif, l'adjoint Adam Rawlins. Il était censé la protéger. Dans ces conditions, pourquoi la menaçait-il de son revolver ?

Lorsqu'il se mit à rire, la cruauté qui teintait sa voix la fit frissonner de terreur.

— Ne soyez pas idiote, Jewel. Pensez-vous vraiment que je vous en veux parce que vous avez refusé d'aller au cinéma ou au restaurant avec moi ?

Son rire disparut et il arbora l'expression d'une froide détermination.

— Tournez-vous, ordonna-t-il.

— Adam, je vous en prie. Expliquez-moi ce qui se passe. Pourquoi m'attachez-vous ? Pourquoi m'en voulez-vous ? Vous avez fait allusion à ma mère, non ? Comment la connaissez-vous ?

Il l'obligea à se retourner et, inquiète de sa réaction si elle n'obtempérait pas, elle obéit. D'un geste vif, il lui ligota les mains dans le dos puis la fit pivoter pour lui faire face. Ses yeux brillaient d'une rage froide.

— Pourquoi ? Parce que les Colton ont tout détruit dans ma vie.

Avec brutalité, il la poussa vers le poteau.

— Vous entendiez des bébés pleurer dans le noir, Jewel ? Ou Andrew vous appeler d'outre-tombe ?

Quand il éclata d'un rire sadique, elle se glaça de peur.

— Que savez-vous d'Andrew ? Et de mon bébé ?

Mon Dieu ! Ce n'était pas possible ! Comment avait-elle pu se retrouver dans une situation pareille ? Son cœur battait si fort qu'elle craignait qu'il n'explose dans sa poitrine.

Il sourit.

— Je sais exactement à quoi ressemblait Andrew. C'est moi qui ai embouti votre voiture cette nuit-là sur la route. J'ai gardé en mémoire son expression de surprise horrifiée au moment de l'accident. Je l'ai vu mourir. Mais c'était vous qui étiez censée être au volant, ajouta-t-il avec colère. C'est vous qui deviez mourir ce soir-là.

La gorge serrée, elle comprit que ce type était responsable de la mort d'Andrew et de celle de son bébé.

Elle lutta contre les liens qui la retenaient prisonnière, tentant de se libérer. Elle avait envie de le tuer pour ce qu'il avait fait, pour le mal qu'il avait fait à elle, à Andrew et à leur enfant.

Mais il la tenait à sa merci. Avec brusquerie, il la traîna vers le poteau et l'y attacha.

Il avait l'intention de la brûler vive. En prendre conscience provoqua en Jewel une nouvelle vague de terreur.

Comprenant qu'elle était perdue, elle tenta en vain de l'attendrir.

— Adam, je vous en prie, ne faites pas cela ! Pour l'amour de Dieu, je ne comprends pas. Expliquez-moi pourquoi vous m'en voulez à ce point !

Avec l'énergie du désespoir, elle lui envoya un coup de pied, essayant d'atteindre son visage. En même temps, elle se mit à hurler.

Mais ignorant ses coups, il sortit un mouchoir de sa poche qu'il lui enfonça dans la bouche.

Les veines de son cou étaient gonflées tant il était furieux.

— Fermez-la, cria-t-il.

Comme il essayait de lui attraper les jambes, elle se débattit mais il réussit à la neutraliser et à les attacher. Après l'avoir ligotée sur le poteau, il recula, les poings sur les hanches, et lui lança en ricanant :

— Je ne me suis pas présenté correctement. En réalité, je ne m'appelle pas Adam Rawlins mais Adam

Mayfair. Ellis Mayfair était mon père. Je suis heureux de faire officiellement votre connaissance, petite sœur, et laissez-moi vous dire qu'une réunion familiale vous attend en enfer.

13

Quinn repartit en courant sur le sentier forestier où il avait laissé Noches, se félicitant du clair de lune qui donnait une réelle luminosité aux alentours. Le hurlement qu'il avait cru entendre comme la porte arrière de la maison grande ouverte lui prouvaient qu'un drame était en train de se produire.

Il n'y avait pas un instant à perdre.

En arrivant près de son cheval, il fouilla dans le sac accroché à la selle et en sortit son téléphone portable. Il ne savait pas ce qu'il était advenu de Jewel, il n'avait aucune preuve qu'un malheur ait eu lieu, mais tous ses instincts lui soufflaient qu'elle était en danger. La gorge nouée, il était certain qu'elle avait des ennuis.

Pour rejoindre sa monture, il avait suivi le chemin que la jeune femme avait l'habitude d'emprunter la nuit lorsqu'elle ne parvenait pas à trouver le sommeil. Mais Jewel n'était nulle part en vue. Il l'avait appelée à plusieurs reprises mais sans obtenir la moindre réponse. Si elle avait été dans les parages, elle l'aurait dit. Si elle avait été faire un tour, elle lui aurait signalé sa présence… à moins qu'elle en ait été empêchée.

Il ne pouvait oublier ce hurlement. Si ce n'était pas Jewel qui l'avait poussé, alors qui ? Et où diable était-elle passée ?

D'une main fébrile, il composa le numéro de Jericho

Yates, au poste du shérif. Peut-être déclenchait-il une alarme pour rien mais il préférait passer plus tard pour un imbécile plutôt que rester les bras ballants et le regretter par la suite.

Yates répondit à la seconde sonnerie.

— Jericho, c'est Quinn Logan à l'appareil. Ecoutez, je m'inquiète peut-être pour trois fois rien mais je viens de me rendre chez Jewel. La porte à l'arrière de sa maison était grande ouverte, la barrière aussi, celle qui mène dans le bois, mais Jewel elle-même est introuvable. Par ailleurs, le ranch est plongé dans le noir, l'électricité n'y fonctionne plus, alors que dans les propriétés alentour, le courant n'a pas été coupé. Enfin, il y a quelques instants, j'ai entendu un hurlement en provenance de la forêt. Je ne pourrais affirmer qu'il a été poussé par Jewel mais en tout cas, il s'agissait d'une voix de femme.

— Oh ! là, là ! pas si vite ! s'exclama Jericho.

Avec une profonde inspiration, Quinn recommença ses explications, plus lentement cette fois. Pourtant, chaque seconde qui passait rendait la situation plus critique pour Jewel, il le sentait, et cette perte de temps le mettait à l'agonie.

Par chance, Jericho prit aussitôt la mesure de la gravité de la situation.

— J'arrive tout de suite pour voir ce que je peux faire, répondit-il. En attendant, si vous tombez sur elle et si vous vous rendez compte que tout va bien, rappelez-moi sur mon téléphone portable.

Il en donna le numéro à Quinn qui le mémorisa rapidement.

Après avoir coupé la communication, Quinn retourna auprès de Noches et se hissa avec souplesse en selle. Il avait bien l'intention de sillonner la propriété jusqu'à ce qu'il la retrouve. Jewel avait besoin de lui.

Et lui avait besoin d'elle. Il lui avait fallu cinq longues années pour dénicher la femme avec laquelle il avait envie de passer le reste de sa vie et à présent, il savait avec certitude que ce serait Jewel et personne d'autre.

Mais elle avait des ennuis. Il le sentait dans son cœur, au plus profond de son être. Elle était en danger et s'il ne la retrouvait pas très vite, il allait perdre celle qu'il aimait pour la deuxième fois de sa vie.

Le Bar None s'étendait sur plusieurs centaines d'hectares. Mais Quinn était déterminé à ne pas s'arrêter avant d'avoir fouillé le moindre recoin, inspecté chaque lopin de terre, regardé derrière chaque arbre.

D'un coup de talon, il lança Noches au galop.

Quinn.

Inlassablement, Jewel se répétait son nom. Elle avait été persuadée que c'était lui qui la tourmentait depuis des mois, que c'était lui qui était entré par effraction dans le ranch, l'autre soir, et qui avait tenté de la tuer. Elle ne lui avait pas fait confiance, elle avait eu peur de lui faire confiance.

Or c'était lui et lui seul qu'elle aurait dû écouter, qu'elle aurait dû croire.

Et maintenant, elle mesurait l'étendue de son erreur de jugement et la gravité des conséquences.

En ricanant, Adam lui avait raconté comment il s'était introduit chez elle. Depuis son arrivée à Esperanza, il la harcelait toutes les nuits avec des enregistrements de pleurs de bébé ou en l'appelant dans le noir quand elle sortait dans les bois.

C'était Adam et non Quinn qui l'avait persécutée.

A présent, elle n'aurait plus jamais la possibilité

d'aimer Quinn comme elle avait envie de l'aimer. Par sa faute, elle avait tout gâché. Elle avait refusé l'amour qu'il lui offrait. Quelle idiote ! Pourquoi n'avait-elle pas écouté son cœur ?

Et maintenant, il était trop tard.

Quinn avait eu raison. Elle avait réagi comme Kelsey, elle avait eu peur du bonheur, peur de profiter de quelque chose qui lui serait peut-être repris par la suite, auquel il lui faudrait peut-être renoncer un jour. Cette peur l'avait empêchée de voir la vérité en face. Quinn était l'homme qu'il lui fallait, l'homme de sa vie. Il incarnait en tout point celui qu'elle attendait depuis toujours.

Et maintenant, il était trop tard, se répéta-t-elle.

Mais Adam poursuivait d'un ton haineux :

— Votre mère m'a volé mon père. Et comme si cela ne suffisait pas, Joe Colton a réussi à détruire tout, absolument tout, ce qui avait de l'importance à mes yeux. Mais il me le paiera. Ce salopard paiera pour ses crimes. L'heure du châtiment est proche.

Jewel le dévisagea avec perplexité. Elle ne comprenait pas de quoi parlait Adam. Le constater ne fit qu'accroître la fureur de l'adjoint au shérif.

— J'avais une belle vie à Reno. Je travaillais comme garde du corps et un soir, j'ai tiré d'un mauvais pas ma patronne, la propriétaire du casino, qui s'était fait attaquer par des malfrats. Lola m'en fut si reconnaissante qu'elle m'a pris sous son aile. Grâce à elle, j'ai mené grand train pendant des années. Malheureusement, le journal de Joe Colton, le *Registrer*, a alors publié un reportage révélant qu'elle avait détourné des fonds. Elle a été poursuivie pour escroquerie et moi, je me suis retrouvé à la rue.

Tout en lui racontant son histoire, Adam faisait les cent pas devant elle et Jewel tentait désespérément de profiter de son inattention pour dénouer les liens qui la retenaient prisonnière du poteau mais en vain.

— Puis j'ai rencontré Rebecca, poursuivit-il. Ce n'était qu'une serveuse de bar mais elle m'aimait. Vous avez certainement entendu parler de cette affaire, non ? Je l'ai installée dans la maison de Georgie pendant que cette dernière était sur les routes à concourir pour ses rodéos. Grâce à une perruque et à un peu de culot, elle a réussi à se faire passer pour la rouquine pendant des semaines. Nous lui avons tout pris, tout ce que possédait Georgie, à commencer par ses économies, et nous nous sommes servis de son ordinateur pour lancer une campagne contre Joe Colton via Internet. Mais ce dernier a demandé à un des agents chargés de sa sécurité, Nick Sheffield, de régler le problème, et finalement, Rebecca a été tuée. Tout… Joe Colton et votre mère m'ont tout pris. Ils ont tout détruit dans ma vie.

Des larmes coulaient sur les joues de Jewel mais elle s'efforça de se maîtriser. Elle avait peur de la réaction d'Adam et elle craignait de mourir étouffée par le mouchoir qu'il lui avait enfoncé dans la bouche.

Elle ne comprenait pas la moitié de ce qu'il lui racontait mais elle savait qu'elle n'était en rien responsable des malheurs qui s'étaient abattus sur la vie de cet homme. La haine qu'il éprouvait pour elle avait manifestement empiré avec les années. Il nourrissait vis-à-vis de toute la famille Colton un ressentiment aussi profond qu'irrationnel qui le consumait de l'intérieur.

En le voyant sortir une boîte d'allumettes de sa poche, les yeux de Jewel s'écarquillèrent de terreur.

« Non ! », hurla-t-elle dans sa tête. « Non ! ».

Elle ne voulait pas être brûlée vive. La seule idée de mourir immolée par le feu l'horrifiait.

Il sortit une allumette, la craqua, et il se mit à rire

en la voyant essayer de se libérer de ses liens avec l'énergie du désespoir.

Il souffla sur la petite flamme avant d'en craquer une autre. Manifestement, il prenait un plaisir sadique à ce petit jeu.

— Ce soir, vous paierez pour les fautes dont votre mère s'est rendue coupable mais j'ai également une petite surprise pour Joe Colton. Il n'arrivera jamais à la Maison Blanche… parce qu'il ne sera plus de ce monde. J'ai été ravi de faire votre connaissance, petite sœur, mais il est temps de se dire adieu à présent.

D'un geste de la main, il lui envoya un baiser moqueur.

De nouveau, il frotta une allumette mais cette fois il la lança sur les brindilles et sur les fagots entassés à ses pieds. Pendant un moment, rien ne se produisit puis une petite fumée commença à s'élever dans l'air.

— Rendez-vous en enfer, sœurette, répéta Adam.

Et tournant les talons, il sortit de la grange.

Un millier de pensées traversèrent le cerveau de Jewel. Elle n'avait jamais perdu l'esprit. Adam avait été derrière les voix qui l'appelaient la nuit comme derrière ces cris de bébé qui lui brisaient le cœur. Elle n'était pas folle comme sa mère. Adam avait joué avec elle.

En repensant à toutes ces nuits où elle s'était crue détraquée parce qu'elle entendait Andrew murmurer son nom ou son enfant pleurer d'outre-tombe, elle eut envie de hurler. Tous ces doutes, toutes ces inquiétudes… Toutes ces angoisses à cause de la cruauté d'un homme aveuglé par la haine.

La fumée qui se dégageait du petit bois amassé à ses pieds s'épaississait. La porte de la grange ouverte laissait entrer une légère brise qui attisait le feu et tout à coup, les branchages qu'Adam avait posés par-dessus les brindilles s'embrasèrent à leur tour.

Une terreur qu'elle n'avait jamais connue s'empara de Jewel. Elle allait mourir ici, dans des conditions affreuses. La chaleur des flammes commençait à picoter ses pieds, la fumée à lui brûler les yeux. Elle toussa et essaya de recracher le mouchoir qu'Adam lui avait enfoncé dans la bouche.

Non seulement sa fin était proche mais Adam avait également l'intention de tuer Joe. Elle ignorait ce qu'il avait en tête mais, d'une manière ou d'une autre, il s'arrangerait pour que Joe ne reparte pas vivant d'Esperanza et elle ne pouvait rien faire pour empêcher ce fou de mettre ses plans à exécution.

Quinn. Il lui avait dit qu'elle pouvait s'appuyer sur lui mais elle ne l'avait pas cru et maintenant, elle allait mourir parce qu'elle avait accordé sa confiance à l'homme qu'il ne fallait pas.

Elle emporterait dans l'au-delà ce regret, ce remords, cette certitude qu'il aurait pu être sa moitié, son prince charmant et que, ensemble, ils auraient été heureux la vie entière. Mais par peur, par aveuglement ou par bêtise, elle était passée à côté du bonheur.

Une nouvelle quinte de toux la secoua, la laissant sans force. Sa poitrine la brûlait et sa gorge irritée devenait de plus en plus douloureuse. Pantelante, elle tentait toujours de se libérer de ses liens mais Adam savait faire des nœuds et il s'était arrangé pour qu'elle ne puisse échapper à cette mort affreuse.

Fermant les paupières, elle espéra que la fumée l'asphyxierait avant qu'elle ne sente la brûlure des flammes. Peu à peu, la résignation s'emparait d'elle. Tout en regardant les volutes bleues remplir la vieille remise, elle se mit à prier.

Mais soudain, elle entendit au-dehors un martèlement de sabots et le hennissement d'un cheval. Les yeux écarquillés de stupeur, elle vit Quinn, monté sur Noches, entrer en trombe dans la grange.

Les naseaux frémissants, le regard terrifié par la proximité du feu, l'animal se dressa sur ses pattes arrière.

Comme l'étalon retombait sur le sol, Quinn bondit à terre. Sa monture en profita pour s'enfuir du bâtiment en proie aux flammes.

A la vue de Quinn, Jewel explosa en sanglots. Il s'élança vers elle et parvint à défaire ses liens. Puis, après l'avoir libérée, il la prit dans ses bras et sortit en courant. Les fragrances de la nuit chaude parurent merveilleusement douces à la jeune femme après l'odeur âcre de la grange enfumée.

Lorsqu'ils se furent assez éloignés du danger, Quinn l'allongea par terre et caressa son visage entre ses mains.

— Ça va, ma chérie ? Comment te sens-tu ?

Il lui retira ses pantoufles pour inspecter ses pieds et s'assurer qu'ils n'avaient pas été brûlés.

— Ça va, répondit-elle avant qu'une quinte de toux ne la terrasse. Adam, l'adjoint au shérif, Adam Rawlins, a essayé de me tuer. Mais Rawlins n'est pas son vrai nom, il vivait ici sous une identité d'emprunt. En réalité, il s'appelle Adam Mayfair. Avant de tenter de me brûler vive, il m'a raconté qu'il était mon demi-frère. Il compte aussi descendre Joe demain quand les Colton viendront à Esperanza mais je ne sais pas comment.

Elle s'efforçait de parler le plus vite possible et bientôt, une nouvelle quinte la plia en deux.

— Il faut l'arrêter, reprit-elle quand elle parvint enfin à recouvrer son souffle. Nous ne pouvons pas le laisser assassiner Joe !

Quinn la prit contre lui et la serra avec force.

— Ne t'inquiète pas, tout va bien et bientôt, il n'aura plus l'occasion de faire du mal à qui que ce soit.

Comme elle levait les yeux vers lui, il poursuivit.

— Ce type ne m'a jamais inspiré confiance. Je l'ai vu s'enfuir de la grange alors qu'il venait sans doute d'y mettre le feu. Son comportement m'a semblé louche et je lui ai sauté dessus. Je l'ai attaché à un arbre pour l'empêcher de prendre la poudre d'escampette.

Tout à coup, dans un immense craquement, la grange s'écroula et ils se retournèrent en même temps pour regarder ce triste spectacle.

— Il faudrait appeler quelqu'un, murmura Jewel.

— Jericho ne devrait plus tarder et je lui ai déjà demandé de prévenir les pompiers.

Il l'aida à se mettre sur pieds avant de la reprendre dans ses bras.

— Seigneur, Jewel ! J'ai eu si peur de te perdre !

— Quinn, je me suis comportée comme la dernière des idiotes.

Elle lui raconta l'effraction dont elle avait été victime quelques jours plus tôt et la façon dont elle s'était défendue contre l'intrus avec une batte de baseball. Puis elle lui expliqua qu'en le voyant boiter le lendemain dans sa clinique, le doute s'était insinué dans son esprit avant de se muer en certitude. Elle lui narra également comment, depuis des mois, Adam s'employait à lui faire croire qu'elle sombrait dans la folie en se faisant passer pour Andrew dans les bois la nuit ou en lui donnant à écouter des cris de bébé enregistrés.

Enfin, elle lui dit que les enfants du centre étaient exceptionnellement en sortie et avaient été retenus loin du ranch par une panne de car. Comme elle entendait un nouveau-né pleurer non loin de la maison, elle était sortie comprendre de quoi il s'agissait et elle était tombée sur Adam qui l'attendait.

Lorsqu'elle eut terminé son récit, ils virent arriver Jericho avec le camion des pompiers.

Les heures suivantes passèrent très vite. Jericho enregistra leurs dépositions tandis que les pompiers tentaient de circonscrire l'incendie. Quand ils y parvinrent, l'étable n'était plus qu'un tas de cendres.

A l'aube, Clay les rejoignit et il prétendit pour plaisanter qu'Adam lui avait épargné du travail en mettant le feu à cette grange en ruines dont il comptait de toute façon se débarrasser.

Adam Mayfair fut mis en examen et en prison par Jericho. Il refusa de parler à qui que ce soit mais ses yeux lançaient des éclairs de haine. Vu les charges qui pesaient contre lui, il serait incarcéré pour longtemps.

Le soleil se levait à l'horizon lorsque Quinn et Jewel quittèrent enfin les lieux et reprirent le chemin du centre Hopechest. Epuisés par les événements, ils ne parlèrent pas sur le chemin du retour mais Quinn lui tenait la main.

Leurs doigts enlacés suffisaient au bonheur de Jewel. Elle n'avait pas besoin de mots pour savoir ce qu'il avait dans le cœur. Elle l'avait vu dans ses yeux chaque fois qu'il les avait posés sur elle durant toute cette nuit. Elle l'avait senti lorsqu'elle s'était blottie contre lui pour s'imprégner de sa force.

Il l'aimait.

Son amour la comblait, la réchauffait plus que les températures caniculaires ne l'auraient pu.

Et elle n'avait pas à sonder profondément son propre cœur pour comprendre qu'elle-même était folle amoureuse de lui. Lorsqu'ils atteignirent le centre Hopechest et entrèrent dans la maison, il se tourna vers elle.

— La journée qui t'attend va être dure pour toi, dit-il.

Elle hocha la tête.

— A la première heure, je vais téléphoner à un électricien. Adam a dû couper des fils électriques ou quelque chose, hier soir, pour s'assurer qu'il n'y aurait pas de courant et que le ranch serait plongé dans le noir.

Avec tendresse, il lui caressa la joue.

— Quand je pense que j'ai failli te perdre — Adam n'a pas été loin de parvenir à ses fins —, j'en tremble encore.

Elle couvrit sa main de la sienne.

— Je suis désolée, Quinn. J'aurais dû savoir que je pouvais te faire confiance. Mon cœur me l'avait dit mais je refusais de l'écouter. Le pire de toute cette histoire est que j'avais la certitude d'être en train de sombrer dans la démence, de devenir folle, de finir comme ma mère, enfermée dans un établissement psychiatrique. Je ne voulais pas envisager un avenir avec toi dans ces conditions.

Il l'étreignit étroitement contre lui, si fort qu'elle perçut les battements réguliers de son cœur d'homme dans sa poitrine.

— Même en sachant que tout est possible entre nous dans un avenir proche, j'ai bien l'intention de prendre désormais mon temps avec toi. J'ai envie de cultiver tous les moments de bonheur que nous pouvons trouver ensemble, de construire des souvenirs afin de m'en nourrir dans les temps difficiles si nous en traversons. Je t'aime, Jewel, déclara-t-il, le regard brûlant. Tu es celle que j'attendais, celle avec qui je voudrais passer le restant de mes jours.

Elle s'était dit qu'elle n'avait pas besoin de mots mais ceux qu'il prononça lui allèrent droit au cœur, lui apportant une profonde allégresse.

— Je t'aime, moi aussi, Quinn.

Il se pencha vers elle et captura sa bouche pour

un baiser qui donna plus de poids encore aux paroles qu'il venait de prononcer, un baiser teinté de toute la passion dont il était la proie. Et elle l'étreignit avec la même fougue pour lui dire tout l'amour qu'elle éprouvait pour lui.

Après un long et délicieux moment, il la laissa aller à contrecœur.

— Je peux t'aider en quoi que ce soit aujourd'hui ?

— Non, tout est organisé.

— Très bien, alors je vais rentrer chez moi et te laisser prendre un peu de repos.

Elle n'avait pas envie qu'il s'en aille. Elle avait l'impression d'avoir attendu une éternité pour renaître à la vie. Maintenant qu'elle sentait son amour pour elle et qu'elle-même se consumait d'une passion brûlante pour lui, elle voulait commencer tout de suite à se fabriquer des souvenirs.

— Tu sais, les enfants ne reviendront pas avant 10 ou 11 heures du matin avec Cheryl et Jeff, dit-elle. Peut-être que tu pourrais entrer et m'aider à… on verra à quoi.

Il lui décocha un sourire sexy qui la fit fondre.

— Enfin ! Je craignais que tu ne me le demandes jamais !

Épilogue

Meredith Colton s'installa sur une des chaises longues disposées près de la maison. Une grande tente à rayures blanches et vertes avait été montée dans le jardin pour accueillir les invités et les protéger des rayons brûlants du soleil. Elle était bondée. Les gens se bousculaient au buffet, s'interpelaient joyeusement et discutaient avec animation.

Tout ce beau monde fatiguait un peu Meredith et elle se félicita que personne ne semble s'intéresser à elle pour le moment, ce qui lui donnait la possibilité de souffler, de s'asseoir et de regarder autour d'elle.

Depuis des mois, depuis que Joe avait décidé de se lancer dans la course à la présidence, elle n'avait pas eu beaucoup de temps pour elle mais cela n'avait pas d'importance. De tout son être, elle l'encourageait à atteindre son rêve. Il ne s'agissait pas d'une ambition personnelle. Joe avait un projet, une vision d'avenir pour le pays, l'envie d'ouvrir une nouvelle ère de prospérité. Les Etats-Unis avaient besoin d'un homme comme lui.

Elle promena les yeux dans la foule, cherchant son mari. Elle le repéra au milieu d'un groupe et de loin, elle admira son beau visage qui s'animait en parlant.

Qu'il est beau ! songea-t-elle en souriant.

Il émanait de lui un indéniable charisme. Même

après toutes ces années, le simple fait de le regarder accélérait les battements de son cœur.

Bientôt, il deviendrait président. Elle en était persuadée et d'ailleurs, la plupart des observateurs politiques du pays partageaient cette certitude. A moins d'une improbable catastrophe, il prêterait serment en janvier prochain et deviendrait le nouveau président des Etats-Unis.

Un frisson lui parcourut l'échine en songeant à la tragédie à laquelle ils avaient échappé de justesse. Jewel leur avait raconté les derniers événements de la nuit. Adam Mayfair avait essayé de la tuer et avait compté abattre Joe au cours du barbecue.

Les pensées de Meredith dévièrent sur sa sœur. Patsy avait consacré une grande partie de sa vie à essayer de lui nuire et, manifestement, la haine qu'elle avait nourrie contre elle toute son existence ressortait à présent, au travers de son fils. Mais désormais, Adam était en prison et Meredith espérait que le règne de terreur instauré par sa jumelle avait définitivement pris fin.

Comme toujours lorsque Meredith songeait à sa sœur, une ribambelle d'émotions contradictoires s'empara d'elle. Elle se sentait mal à l'idée que, malgré ses multiples efforts pour se rapprocher d'elle, chaque fois qu'elle lui avait tendu la main, Patsy avait tenté de la mordre au lieu de la saisir.

Quelqu'un effleura son épaule et comme elle levait la tête, elle découvrit Georgie.

— Avez-vous envie de quelque chose ? Quelque chose à manger ou à boire ?

Avec un sourire, Meredith chassa de sa mémoire les souvenirs de sa sœur qu'elle n'avait jamais véritablement connue.

— Non, merci. Je me sens parfaitement bien.

— Quant à moi, je suis mieux que bien, s'exclama

Georgie, les yeux brillants. Nick vient de s'entretenir avec Jericho Yates. Depuis l'arrestation d'Adam, le shérif se retrouve avec une place d'adjoint vacante et il lui a proposé de l'occuper. Nick va donc bientôt faire partie des forces de l'ordre à Esperanza.

— C'est merveilleux. Je suis contente pour vous deux ! s'exclama Meredith.

— Oh, oh, je vois qu'Emmie est en train de faire une bêtise ! Pardonnez-moi de vous laisser.

Comme elle se hâtait vers sa fille, Meredith rit de bon cœur. La petite Emmie les avait charmés en leur racontant ses débuts à l'école et des histoires sur ses amies ou sa maîtresse.

Les jeunes protégés de Jewel étaient également charmants. Toute la journée, ils avaient donné un coup de main, proposé des petits-fours ou des boissons aux uns et aux autres et se montraient attentifs à leurs hôtes.

Une douce chaleur s'empara de Meredith, la chaleur que lui procurait la conscience de savoir sa famille heureuse. Clay avait trouvé le bonheur avec Tamara, et Ryder était devenu un type bien depuis qu'il avait fait la connaissance d'Ana.

Un grand sourire aux lèvres, Jewel s'approcha de Meredith pour lui offrir un verre de thé glacé.

— Tenez, cela vous fera du bien.

— Merci, chérie. Viens t'asseoir un instant à côté de moi, ajouta-t-elle en tapotant la chaise à son côté. J'ai envie de bavarder avec toi.

Jewel s'installa près d'elle et Meredith lui prit les mains.

— Je remarque que le séduisant vétérinaire d'Esperanza est incapable de détacher ses yeux de toi…

A ces mots, les joues de Jewel s'empourprèrent et une lueur brilla dans ses prunelles, si intensément que

Meredith en ressentit la force dans son propre cœur. Elle connaissait ce regard, c'était celui que lui renvoyait son miroir quand elle songeait à Joe.

— Il est merveilleux, n'est-ce pas ? s'exclama Jewel.

— Il te rend heureuse.

C'était une affirmation, pas une question. Si cela avait été une question, elle aurait pu lire la réponse sur le visage de Jewel qui irradiait littéralement de bonheur. Meredith lui sourit.

— J'en suis très contente pour toi, chérie.

Des années durant, elle s'était inquiétée pour Jewel, qui avait vécu une tragédie lorsqu'elle avait perdu Andrew et son bébé.

En l'envoyant à Esperanza, elle avait espéré que les blessures de la jeune femme se cicatriseraient et, apparemment, cela avait été le cas. Les ombres qui avaient longtemps assombri les yeux de Jewel s'étaient dissipées et à présent, ses traits épanouis et heureux étaient ceux d'une femme amoureuse.

Elles bavardèrent un moment puis Jewel la laissa pour s'entretenir avec d'autres invités. Meredith sourit en voyant Quinn enlacer la jeune femme avec tendresse et l'embrasser.

Tous deux allaient être heureux ensemble et Meredith se félicita que Jewel ait finalement rencontré l'amour d'un homme bien.

De nouveau, Meredith promena les yeux autour d'elle. De loin, elle repéra Graham qui se tenait seul devant l'ouverture de la tente, une coupe à la main. Il était adossé à l'un des piliers de la construction, comme s'il était mal à l'aise et ne se sentait pas à sa place. Avec les années, ses cheveux blonds étaient devenus totalement gris.

Meredith connaissait son beau-frère qui vivait dans une

immense demeure à Prosperino et elle avait l'intuition que cette maison vide faisait écho au vide de sa vie.

Pendant des années, Graham avait fait des choix qui l'avaient éloigné de son frère, sans parler de ses enfants. Meredith avait entendu dire qu'il avait dernièrement contacté Ryder, Clay et Georgie pour leur demander pardon d'avoir été un père si peu à la hauteur, si peu présent, pendant leur enfance et leur adolescence. Manifestement, il tentait de se réconcilier avec eux.

De nouveau, Meredith regarda le groupe au milieu duquel se trouvait son mari et elle vit le moment précis où il remarqua la présence de Graham. Il se raidit et pendant un moment, les deux hommes se dévisagèrent d'un bout à l'autre de la tente.

« Rapproche-toi de lui, Joe ».

Des yeux, elle poussait mentalement son époux à aller vers son frère. Elle savait qu'ils s'aimaient et qu'au fond, ils souffraient l'un et l'autre de cette rupture.

« Rapproche-toi de lui ».

Le passé était loin, il fallait le dépasser et se tourner vers l'avenir. Quand Joe avança vers Graham, elle se rendit compte qu'elle retenait son souffle et elle laissa alors échapper un soupir.

Les deux hommes parlèrent l'un avec l'autre mais quand Joe tendit enfin la main à Graham et que ce dernier la prit avec un sourire, Meredith sentit une vague de soulagement la submerger. Ce n'était peut-être qu'une poignée de main mais c'était un début.

Meredith savait que Joe et elle s'embarqueraient bientôt dans la plus grande aventure de leurs vies. Joe allait devenir sous peu le prochain président des Etats-Unis et elle serait alors la Première dame du pays.

Leurs rêves pourraient se concrétiser, pas seulement

ceux qu'ils nourrissaient pour eux deux, mais surtout ceux qu'ils avaient pour le pays.

Dans les années à venir, ils connaîtraient sans doute des succès et des échecs, des rires et des larmes, mais elle ne s'en inquiétait pas. Les Colton étaient des battants et quel que soit le destin que le Ciel leur réservait, ils triompheraient de toutes les difficultés, de tous les obstacles, de toutes les épreuves.

Ce soir, leurs familles et leurs amis étaient réunis pour un grand moment de bonheur qui gonflait son cœur de joie.

L'amour qui l'unissait à Joe n'aurait pas de fin et réchaufferait leur entourage leur vie durant.

JUSTINE DAVIS

Un privé trop désirable

Traduction française de
CHRISTINE MAZAUD

BLACK ROSE

HARLEQUIN

Titre original :
OUT OF THE DARK

Ce roman a déjà été publié en 2011.

© 1995, Janice Davis Smith.
© 2011, 2020, HarperCollins France pour la traduction française.

1

— Génial ! marmonna Tory Flynn en regardant l'homme à la carrure d'athlète serrant dans ses bras une femme qui semblait aux anges.

Exactement ce qu'il lui fallait ! Un homme incapable de se tenir tranquille, même dans un bureau. Un homme tellement occupé à jouer les Casanova qu'il ne remarquait même pas la présence d'une cliente potentielle sur le pas de sa porte.

A dire vrai, la femme paraissait davantage heureuse qu'excitée par ses manifestations de tendresse.

Diable ! Quel homme, pourtant ! Très grand, brun, et chaussé de bottes en peau de serpent… Elle en connaissait plus d'une qui aurait apprécié d'être ainsi enlacée !

Mais certainement pas elle. Ce n'était pas le genre de Tory Flynn. Quoi qu'il en soit, elle avait besoin de Cole Bannister.

Après avoir vérifié qu'elle avait toujours dans la poche de sa veste la lettre de Hobie et le morceau de papier sur lequel elle avait griffonné l'adresse de Sanders Protection, elle s'adossa au chambranle de la porte. Il ne lui restait qu'à attendre qu'il ait fini de flirter.

Il allait se trouver plutôt bête quand il l'apercevrait là ! Il ne la connaissait ni d'Eve ni d'Adam, et…

Tout à coup, il tourna la tête et braqua sur elle des yeux aussi bleus que ceux d'un husky.

« Impossible que ce soit un ami d'oncle Hobie », songea-t-elle.

Dire qu'elle avait fait toute cette route depuis Los Angeles pour ça !

Le bellâtre finit par lâcher la femme après lui avoir planté un baiser sonore sur le front.

Sur le front ? Tory fronça les sourcils. Ce n'était pas vraiment romantique. Non qu'elle soit experte en la matière, loin de là. Elle avait compris depuis longtemps que les grandes démonstrations amoureuses ne valaient pas un clou, mais quand même.

— Ça alors ! C'est vraiment une super nouvelle, Kyra !

Quelle voix ! Rauque et grave, terriblement sensuelle. De quoi faire frissonner une armée de pom-pom girls... et même elle !

Au fait, il avait dit « Kyra » ? Joli prénom. Trop joli pour cette fille pas vraiment canon.

Curieux attelage, se dit Tory en leur jetant discrètement un coup d'œil. Elle aurait plutôt vu un beau gosse comme lui avec une nymphette ou un top model californien comme on en voit dans les magazines *people*. N'empêche, elle semblait heureuse. Ses grands yeux gris-bleu pétillaient de bonheur. Un bonheur aussi éclatant avait quelque chose d'insolent. Tory, pour sa part, n'avait pas matière à se réjouir. Comme toujours, elle se sentait vide. Inutile.

— C'est pour quand ? demanda-t-il. Tu sais déjà ce que c'est ? Tu es sûre ? Qu'est-ce que...

— Pas si vite, Cole ! Je te réponds dans le désordre. Je vais très bien. On a décidé qu'on ne voulait pas savoir, et c'est pour février.

Il fit à la nommée Kyra un grand sourire. Sincère,

cela se voyait, mais un peu crispé tout de même. Il est comme moi, se dit Tory. Pas vraiment heureux. Peut-être vide, lui aussi ?

— Ça alors ! répéta-t-il. Un bébé !

Ennuyée à l'idée qu'il puisse penser qu'elle écoutait aux portes, Tory recula dans le couloir. Il avait le droit de faire des câlins à sa femme, après tout, surtout si elle lui annonçait qu'elle était enceinte.

Si elle avait pu s'en aller discrètement, Tory se serait éclipsée tout de suite.

— Qu'en pense Cash ? demanda Bannister.

— Comment te dire ? Il est partagé. D'un côté ravi, de l'autre terrifié.

— Vous l'avez déjà annoncé à tout le monde ?

— Pas encore.

— Tu ne pourras pas le cacher bien longtemps ! s'exclama-t-il en riant.

La pointe d'accent texan — toute la langueur du Sud — ajoutait encore à la sensualité de sa voix. Même si Tory n'y était pas sensible.

— Le premier bébé Riordan ! Ça va faire les gros titres !

Riordan. Tory cligna des yeux. C'était Kyra Riordan ! Elle avait beau ne pas prêter attention aux potins, elle avait entendu parler de la romance entre Cash Riordan et sa garde du corps. Le conte de fées avait défrayé la chronique. Mais elle ne s'était pas rendu compte que c'était dans l'agence où elle se trouvait précisément en ce moment que cette Kyra travaillait.

— Oh !

Kyra venait de remarquer sa présence.

— Pardon, j'ignorais que Cole avait rendez-vous avec une cliente.

— Je l'ignorais aussi, répondit l'intéressé.

Oh ! là là ! Cette voix ! Cette voix traînante ! Ce n'était pas juste d'avoir une voix pareille, aussi ravageuse que le physique !

— Excusez-nous, reprit Kyra en rougissant.

Tory s'aperçut qu'elle s'était méprise. Elle était vraiment très belle.

— Je… j'étais venue annoncer une nouvelle à Cole, s'excusa-t-elle.

— Je ne l'ai pas fait exprès, mais je crois avoir entendu, répondit Tory. Félicitations !

Curieusement, ses félicitations étaient sincères. Il était difficile de ne pas partager le bonheur de cette femme qui rayonnait de joie.

— Je vous promets de ne pas courir le raconter à toute la presse à sensation.

Un nuage passa dans les yeux de la future maman.

— Je vous le promets, répéta Tory. Ne vous inquiétez pas.

Elle avait touché un point sensible, de toute évidence.

— Je vous laisse, dit Kyra. A plus tard, Cole.

En la regardant partir, Tory regretta de l'avoir jugée trop vite. Cette femme était belle, sympathique, et, finalement, elle s'en serait bien fait une amie. Pour l'heure, mis à part ses chevaux et Hobie, elle n'avait personne à qui parler.

Les chevaux, se rappela-t-elle. C'était à cause d'eux qu'elle était là, pas pour béer d'admiration devant le séduisant Cole Bannister. Au fait…

Elle se tourna vers lui. Il l'observait avec une curiosité teintée de… Peut-être d'intérêt ? En tout cas, sa taille et sa carrure avaient de quoi intimider. Heureusement pour elle, Tory n'était pas du genre à se laisser impressionner. Si un bon vieil étalon rétif de seize ans et demi n'y arrivait pas, ce n'était sûrement pas cet homme qui y parviendrait.

— Vous vouliez me voir ? demanda-t-il après une seconde d'hésitation.

— Oui… Enfin… Je voulais voir Cole Bannister.

— Puisque vous avez écouté notre conversation, vous devez savoir que c'est moi.

Tory releva le menton. Apparemment, le numéro de charme était à l'usage exclusif de la grande brune. Aucune importance, mais elle n'avait pas l'intention de se laisser prendre de haut.

— Contrairement à ce que vous dites, je n'écoutais pas. J'étais là et j'attendais ; vous n'aviez qu'à regarder. La standardiste a dû m'annoncer.

Il se passa la main dans les cheveux, des cheveux noirs et drus, et soupira.

— Je vous fais mes excuses, mademoiselle… Flynn, c'est bien ça ? J'ai été grossier, j'en conviens ; d'habitude, je ne passe pas mes humeurs sur les spectateurs innocents.

Désarmant. Elle hocha la tête sans répondre. Il avait l'air trop triste, subitement. Non. Pas triste. Résigné, plutôt.

Il doit être amoureux de Kyra Riordan, supposa-t-elle, prise de pitié. Ou il l'a été.

C'était désolant. Ce garçon avait tout, le physique, le charme, un sourire si lumineux qu'il aurait éclairé Los Angeles la nuit comme en plein jour, et il semblait malheureux comme les pierres.

— Prenez un siège, proposa-t-il.

En s'asseyant, elle entendit la lettre qu'elle avait dans la poche se froisser, et hésita à la lui donner.

— Merci.

Enfoncé dans un profond fauteuil de cuir, l'homme

semblait déplacé dans ce décor high-tech avec ordinateurs, photocopieuse, scanner, imprimante… Tout l'e-matériel nécessaire à la tenue des promesses tacites faites sur la plaque de cuivre vissée à l'entrée de l'immeuble, et qui annonçait tout simplement *Recherches*.

Mais peut-être avait-elle tort. Peut-être était-elle victime d'idées toutes faites. Peut-être était-il dans son élément.

Pourtant, elle le voyait mieux tel que Hobie le lui avait décrit. En champion de rodéos, ce qu'il avait d'ailleurs été, assez obstiné — têtu, disait Hobie — pour monter des taureaux alors qu'il était beaucoup trop grand pour eux.

— Que puis-je pour vous, mademoiselle Flynn ?

Troublée par sa voix, elle oublia la lettre et répondit :

— Mes chevaux meurent les uns après les autres.

Il haussa les sourcils.

— Pardon ?

Submergée par les images érotiques que lui inspiraient ses grandes et belles mains posées à plat sur le bureau, elle ferma les yeux pour les chasser.

C'était ce ranch ! se dit-elle. Elle y était trop confinée. Il fallait qu'elle sorte davantage, qu'elle voie du monde !

— Je dresse des chevaux, monsieur Bannister. Des chevaux d'élevage. Des chevaux de course, des chevaux de rodéo. Avec mon oncle. Nous avons un petit ranch sur les contreforts des montagnes, près de Summer Springs, pas loin de Santa Monica. Cela fait le troisième cheval qui meurt en deux mois. Dans notre métier, la réputation fait tout. Si ça continue, la nôtre sera bientôt totalement ruinée.

Il se pencha sur le bureau, une grosse ride lui barrant le front.

— Ils meurent de quoi ?

— Deux sont morts de coliques.

Sentant qu'elle s'emportait comme chaque fois qu'elle parlait des phénomènes étranges qui avaient tué ses bêtes, elle serra les poings pour garder son calme.

— Il paraît que leur nourriture était contaminée ! Mais c'est impossible.

— Qui dit cela ? La police ?

— Non, surtout pas. On essaie de la tenir à l'écart pour éviter que tout le pays ne soit au courant. Il y a déjà des bruits qui courent, on ne voudrait pas faire les gros titres des journaux.

— Ce sont des bêtes de prix ?

— Oui, pour deux d'entre elles. Le troisième cheval valait moins cher, mais assez tout de même pour être assuré.

Elle vit qu'il réfléchissait.

— Les assurances ont dépêché des enquêteurs ?

— Oui, chaque compagnie nous a envoyé un expert. Ils sont venus au ranch avec des pinces à épiler. Je veux dire… ils ont passé les locaux au peigne fin.

— J'imagine. Les trois chevaux appartenaient au même propriétaire ?

— Non. Trois propriétaires différents, trois assurances différentes. Des autopsies ont été ordonnées. Les deux premiers — ils appartenaient à John Lennox et Harry Crain — seraient donc morts de coliques. On a retrouvé de la nourriture avariée dans l'estomac du premier. S'il a absorbé quelque chose de mauvais, ça ne vient pas de chez nous. Chaque brin de foin, chaque graine qu'ils avalent sont contrôlés par mon oncle ou par moi. Et on ne plaisante pas.

— Le deuxième est également mort empoisonné ?

— Oui. Ils n'ont rien trouvé d'anormal dans son estomac, mais les symptômes étaient les mêmes.

— Et le troisième ?

Troy serra les dents. La rage la reprenait chaque fois qu'elle pensait à cette histoire.

Elle plongea les poings dans ses poches et sentit les papiers sous ses doigts.

Zut ! La lettre de Hobie, se dit-elle.

— Le troisième, il a fallu l'euthanasier. C'était la semaine dernière.

Elle soupira puis se reprit. Il fallait qu'elle garde son calme si elle voulait convaincre cet homme de les aider, son oncle et elle.

— En fait, il s'est cassé une jambe. Elle était très esquintée. C'était un hongre. Son propriétaire a estimé que ça ne valait pas le coup de le soigner ; ça aurait coûté beaucoup trop cher.

— Comment est-ce arrivé ?

— L'expert de la troisième compagnie d'assurances a conclu qu'il avait glissé dans une mare qui s'était formée à la suite de la rupture de la conduite d'eau qui irriguait le grand pré.

— Et votre version ?

Persuadée qu'il la narguait, elle se raidit et l'observa, les yeux plissés.

— Cette canalisation était quasiment neuve. Elle datait d'il y a moins d'un an.

— Alors ? Qu'en pensez-vous ? Que quelqu'un lui a fracturé la jambe et a ensuite endommagé la canalisation pour faire croire que…

— Il n'y avait pas de trace de boue sur ce cheval, sauf sur ses sabots.

— Et qu'a dit l'expert ?

Cet homme était indéchiffrable. Croyait-il son histoire ou se moquait-il d'elle sous son air sévère ? Peu importait. Elle continua ; elle avait besoin de lui.

— L'expert a conclu qu'il avait glissé et heurté la glissière.

— Apparemment, vous n'y croyez pas.

— Ce cheval avait horreur de l'eau. Il était incapable de traverser le moindre ruisseau. Il y en a un qui coule au nord de la propriété, et personne n'a jamais pu l'en faire approcher. A mon avis, il ne se serait jamais aventuré près de la flaque. Et il l'aurait encore moins traversée, surtout à toute allure. Car pour glisser il aurait fallu qu'il aille vite.

— Vous le leur avez expliqué ? Ils vous ont crue ?

Elle haussa les épaules.

— Ce sont des experts en assurances, pas des experts en chevaux, je vous le garantis !

— Ceci explique cela, laissa-t-il tomber.

Apparemment non, il ne se moquait pas d'elle. En tout cas, il n'y avait rien de sarcastique dans sa voix. Elle se sentait quand même nerveuse.

— Bien, dit-elle. Je suis venue vous trouver parce qu'on a besoin d'aide. Il faudrait que quelqu'un vienne au ranch voir ce qui se passe. C'est bien ce que vous faites ?

Il se laissa aller en arrière dans son grand fauteuil de cuir. Il affichait toujours la même expression sévère avec, peut-être, une pointe de tristesse en plus.

— Non.

— Comment ça, non ?

— Ce n'est pas du tout mon métier.

Machinalement, Tory regarda autour d'elle.

— Ce que je fais, mademoiselle Flynn, c'est de la recherche, comme c'est indiqué dehors, sur ma plaque. Je ne vais plus dans les ranchs. Jamais.

Le ton était catégorique. Il avait peut-être été la star des rodéos, mais c'était autrefois ; il ne mettait plus les pieds à la campagne aujourd'hui, et il tenait à ce que ça se sache !

Si elle voulait de l'aide, elle allait devoir s'adresser ailleurs.

— Navré, poursuivit-il, mais Sheila a fait une erreur. Elle n'aurait pas dû vous adresser à moi.

— Mais elle ne m'a pas…

Tory s'arrêta. A quoi bon lui dire qu'elle l'avait demandé directement ? De toute manière cet homme, bien qu'ami de Hobie, ne lui inspirait pas confiance. Il était trop beau et elle se méfiait des Adonis.

— Elle ne vous a pas quoi ?

— Euh… Elle ne savait pas ce que je voulais. J'ai demandé à vous voir sans préciser l'objet de ma visite. Bon, bon, ajouta-t-elle aussitôt, je vais chercher ailleurs.

Elle crut un instant qu'il allait lui poser une question, mais il se contenta de hausser les épaules.

— Je vais quand même essayer de voir si quelqu'un serait disponible, dit-il finalement.

L'oncle Hobie avait dû se tromper en lui disant que Bannister était l'un des meilleurs détectives à la ronde. Il ne l'était plus, semblait-il. Pauvre Hobie ! Il n'avait pas dû avoir de nouvelles de son ami depuis longtemps. Ou si, peut-être, mais alors l'ex-dresseur de chevaux avait oublié de préciser qu'il était un rond-de-cuir, maintenant, et qu'il n'exerçait plus que de son bureau.

Pourquoi avait-il changé de métier ? Il avait montré une certaine agressivité en parlant des ranchs où il ne mettait plus les pieds.

— Quelqu'un qui connaît les chevaux, dit-elle.

Il haussa les sourcils.

— Ça risque d'être compliqué. On n'a pas beaucoup de demandes de cet ordre ici, à Los Angeles. Je veux dire en centre-ville. Kyra a bien travaillé pour une écurie de course il y a environ deux ans, mais à part ça… Je vais voir.

Ce ne serait pas mal, se dit Tory. Une femme, cela lui ferait quelqu'un avec qui bavarder. Elle avait tellement besoin de parler ! Peu importait avec qui. Ce n'était pas qu'elle n'aime pas Hobie, mais ils avaient tant à faire au ranch, avec juste deux vachers quelques heures par semaine pour les aider, qu'elle se sentait complètement coupée du monde. Si l'idée d'une femme lui plaisait bien, ce qui lui plaisait plus encore, c'était de ne pas avoir à collaborer avec ce tombeur.

— Mademoiselle Flynn ?

— Euh… oui, bégaya-t-elle, revenant à la réalité. Au fait, combien prend-elle ?

— Notre tarif. Trois cents dollars par jour plus les frais. Mais maintenant qu'elle est enceinte…

Trois cents dollars par jour ! S'il lui avait dit trois cents millions, ça ne lui aurait pas paru plus extravagant.

Ne sachant si elle devait rire ou pleurer, Tory se tut. De toute manière, c'était largement au-dessus de leurs moyens. Ils avaient loué de nouvelles terres l'an passé pour y faire paître leurs propres bêtes qu'ils dressaient pour les rodéos. L'opération leur coûtait tellement qu'ils arrivaient à peine à boucler les fins de mois. L'investissement paierait sûrement un jour, c'était le but, mais pas dans l'immédiat.

Elle se leva et Bannister l'imita. Le fit-il parce qu'il était bien élevé ou pour abréger le rendez-vous, elle n'aurait su le dire.

Lorsqu'elle lissa sa veste, elle sentit dans sa poche la lettre qu'elle avait complètement oubliée. Dire que ce voyage qui lui avait demandé un gros effort n'avait servi à rien !

Elle s'apprêtait à sortir quand Bannister lui demanda d'une voix rauque qui la fit frémir :

— Si Sheila ignorait ce que vous vouliez, pourquoi vous a-t-elle adressée à moi ?

— Je… je lui avais dit que je voulais vous voir.

Il haussa de nouveau les sourcils, pas vraiment surpris, l'air plutôt confirmé dans ses doutes.

— Je… J'avais entendu parler de vous, ajouta-t-elle. Vous concouriez dans des rodéos, non ?

Sur ces mots, elle se retourna pour partir. Un drôle de bruit, comme un soupir l'arrêta net.

— Comment va Hobie ?

Stupéfaite, elle pivota sur ses bottes. Bannister la regardait, avec une expression nettement plus aimable que tout à l'heure.

— J'ai tout de suite pensé à lui quand j'ai entendu votre nom, dit-il. Et quand j'ai vu vos yeux, j'ai su que vous étiez Victoria.

Tory se laissa tomber sur la première chaise qui se présentait. Ses yeux l'avaient trahie. Ses yeux bleus tirant sur le vert, la seule chose qu'elle aimait chez elle, dont elle était fière, même, parce qu'ils étaient identiques à ceux de son oncle adoré.

Bannister la regardait toujours.

« Il attend que je parle », se dit-elle.

Mais elle ne trouva rien à dire.

Estimant qu'elle n'avait plus de raison de ne pas lui donner la lettre de Hobie, elle caressa l'enveloppe dans sa poche. Pourtant, elle hésitait encore.

— Vous alliez partir sans me le dire. Pourquoi ? Pourquoi, mademoiselle Flynn ? Vous êtes la nièce de Hobie. C'est sûrement lui qui vous a envoyée, il a dû vous parler de moi.

« Il avait oublié de vous décrire, faillit-elle lui

répondre. Il ne m'avait pas dit que vous étiez un de ces maudits Texans indécents de beauté et de charme… Comme mon père. »

Elle frissonna mais attribua son frisson à la température ambiante. Il ne fit pas un pas, ne bougea pas un cil. Bien qu'il soit resté derrière son grand bureau, elle se sentit subitement oppressée, ce qui l'agaça.

Enervée, elle jeta le papier sur lequel était griffonnée l'adresse de Sanders Protection dans la corbeille déjà pleine.

— Pourquoi partiez-vous sans rien me dire ? répéta-t-il pour la troisième fois.

— Parce que je n'ai pas confiance en vous.

Les mots à peine lâchés, Tory les regretta, mais c'était trop tard. Embarrassée, elle baissa les yeux. Qu'allait-elle raconter s'il lui demandait de s'expliquer ? Que pouvait-elle dire ? Qu'il ne lui inspirait pas confiance parce qu'il était trop beau et qu'elle se méfiait des beaux gosses ?

Il se balança dans son fauteuil.

— Vous êtes une sage.

Elle releva les yeux, le dévisagea. Il ne plaisantait pas. En tout cas, il n'en avait pas l'air.

— Je ne voulais pas…

Il l'interrompit.

— Je suis une source de problèmes, Victoria Flynn. Je ne saurais trop vous conseiller de continuer à vous méfier de moi. Vous vous en féliciterez, croyez-moi.

2

— Mon vrai nom est Victoria, mais je veux qu'on m'appelle Tory, dit-elle brusquement d'un ton radouci.

En se faisant appeler Tory, elle espérait couper court avec son passé et avec l'homme qui l'appelait toujours par son vrai prénom.

— Tory… Pourquoi pas ? C'est joli.

A la fois déconcertée et encouragée par sa soudaine amabilité, elle insista.

— On a vraiment besoin d'aide, monsieur Bannister.

Peut-être serait-il plus enclin à l'aider, maintenant qu'il savait qui elle était ?

— Mon oncle Hobie affirme que vous êtes le détective le plus compétent qui soit. Il ne…

— C'est non.

Le ton était sans appel et le masque de nouveau impénétrable. Pourquoi s'était-elle mis en tête qu'il avait l'air sombre et malheureux ? Les beaux ténébreux de son espèce n'étaient pas connus pour leur capacité à éprouver des sentiments très consistants. Son père en était le plus pur exemple. Grâce à lui elle avait appris, en payant la leçon au prix fort, que plus on est charmant avec les étrangers, moins on l'est avec ses proches.

— Je suis navré, mademoiselle Flynn, reprit-il. Je me rends compte que Hobie ne sait pas que j'ai changé de métier. Je ne peux pas vous être utile. En revanche, quelqu'un comme…

— Non, c'est inutile, l'interrompit-elle. Nous allons réfléchir à autre chose.

Il lui parut soudain vraiment malheureux.

— Ce serait idiot d'avoir fait toute cette route pour rien.

— Il n'y a pas de problème, le coupa-t-elle.

Elle chercha très vite quelque chose à ajouter. Impossible de lui avouer qu'ils s'étaient dit qu'il les aiderait sans contrepartie financière, au nom de son amitié pour Hobie ou par reconnaissance envers lui. C'était ce que son oncle s'était imaginé…

« — Cole n'avait pas vraiment de famille, lui avait raconté Hobie. Alors, je l'ai plus ou moins adopté quand il était gamin. Donne-lui ça à lire et il viendra. Il sait ce que c'est qu'un ami dans le besoin. »

Hobie se trompait. Les gens changent, et il n'avait pas vu son ami depuis longtemps. Il suffisait de regarder une fois Cole Bannister pour comprendre qu'il n'avait que faire des gens dans la peine. De toute sa vie, elle n'avait jamais croisé d'homme aussi froid. Hormis son père. Mais alors que son père n'arrêtait jamais de faire son numéro de charme, excepté avec sa famille, Bannister ne l'exerçait qu'avec parcimonie. Difficile de choisir entre les deux.

— Ecoutez, je vais essayer de vous trouver quelqu'un. Quant au tarif, on vous fera les conditions qu'on applique aux entreprises.

— Ce sera encore trop, marmonna-t-elle.

Il plissa les yeux et regarda la lettre qu'elle froissait dans sa main.

— Et si vous arrêtiez de maltraiter cette enveloppe ?

Elle ne vous a rien fait. Donnez-la-moi plutôt. Je suppose qu'elle vient de Hobie ?

— Comment le savez-vous ?

— Il suffit de voir comment vous la tenez ! Comme une patate chaude qui vous brûlerait les doigts.

Gênée, Tory rougit.

— Je connais Hobie, vous savez. Il ne vous aurait pas dépêchée ici sans munitions !

Bannister devait en effet bien connaître son oncle, pour parler de lui de cette façon, pensa-t-elle.

Elle lissa l'enveloppe qu'elle avait froissée et la tendit à l'homme qui semblait la narguer. Elle crut d'abord qu'il n'allait pas la prendre. Finalement il la prit, regarda ce qui était écrit dessus, mais ne l'ouvrit pas.

— Pourquoi n'est-il pas venu lui-même ?

— Il a été souffrant.

Cette nouvelle sembla le toucher, ce qui soulagea Tory. Il était peut-être moins insensible qu'il en avait l'air.

— Mais il va se rétablir, ajouta-t-elle. Il a attrapé une sale grippe il y a six mois, et il s'en remet mal.

Les traits de Bannister se détendirent. Il regarda de nouveau l'enveloppe, sans pour autant l'ouvrir.

— Vous voulez que je vous laisse la lire tranquille ? proposa-t-elle pointant le menton vers la missive.

— Vous savez ce qu'il y a dedans ?

Elle secoua la tête.

— Non. L'oncle Hobie m'a juste dit de vous la donner.

Il retourna l'enveloppe et examina le rabat.

— Je n'ai pas l'habitude d'ouvrir le courrier qu'on me confie, monsieur Bannister ! s'exclama-t-elle, offensée.

— Pardon ! Il ne faut pas vous vexer. C'est un réflexe, chez moi.

Il commença à décacheter la lettre. Il avait de belles

mains, soignées, mais on devinait qu'elles avaient manié la corde et le lasso.

— Je regrette de ne pas pouvoir vous être utile, mademoiselle Flynn, mais je ne fais plus ça.

Curieusement, il semblait triste. Sa voix était sourde. Il toussota.

— Je vais quand même voir ce que je peux faire.

Tory reprit espoir. L'idée qu'on laisse tomber son oncle lui était insupportable. Il avait essuyé tellement de déceptions dans la vie…

— Je vais essayer de vous trouver quelqu'un. Quant au prix, j'en fais mon affaire. Je paierai.

— Il n'en est pas question. On se débrouillera autrement. Hobie ne voudrait pas.

— Je sais, marmonna-t-il.

— Désolée de vous avoir dérangé, dit-elle en se levant, et merci de m'avoir reçue.

Elle lui serra la main et se dirigea vers la porte. Alors qu'elle en franchissait le seuil, elle entendit un bruit de papier que l'on froisse. Il avait dû jeter la lettre sans même la lire. Comment allait-elle dire à son oncle que son ami n'était plus celui qu'il croyait ?

Les pieds croisés sur la cantine qui lui servait de table basse, Cole réfléchissait. Ce n'étaient pas ses cauchemars habituels qui le hantaient, ce soir. Point de fantômes, de sang, de cris. Juste le souvenir des yeux bleu-vert de Hobie et des mauvaises plaisanteries qu'ils lui inspiraient quand lui et ses copains étaient jeunes et concouraient dans les rodéos.

« Hé ! Hobie, avec tes yeux de gonzesse, tu ferais mieux de… » « Si on avait les fesses comme t'as les yeux, on… »

Tory Flynn avait les yeux de son oncle, mais ils

n'avaient rien de choquant chez elle. Au contraire. Elle était ravissante. Un petit nez retroussé, un menton volontaire, des lèvres pleines et douces, un profil parfait. De qui tenait-elle ses cheveux blonds ? Il n'avait jamais rencontré le frère de Hobie qui, lui, était noir corbeau.

C'était surtout son regard qui était saisissant.

Côté vêtements, elle n'avait pas fait beaucoup de frais. Mais peut-être n'avait-elle rien d'autre à se mettre que ce jean propre mais fatigué et cette chemise à carreaux blanc et turquoise qui faisait ressortir le bleu de ses yeux ?

Il regarda en l'air. Financièrement, elle devait être ric-rac. Elle le lui avait plus ou moins laissé entendre, d'ailleurs.

N'empêche que, bien qu'habillée modestement, elle était jolie. Désirable, même.

Il décroisa les jambes.

« Pas touche, Bannister. C'est la nièce de Hobie », se dit-il.

Rien que pour cette raison, il devait la laisser tranquille. Elle n'était pas une jument primée que l'on tâte avant de l'acheter, ni une fille de bar à qui l'on offre un verre avant de la mettre dans son lit. Il n'avait pas le droit de la traiter comme cela.

Et il savait pourquoi.

Sans compter qu'elle avait l'air las, physiquement et moralement. Les cernes sous les yeux, l'expression amère, ne trompaient pas. La nuit écourtée par le voyage n'expliquait pas tout. Elle devait être stressée depuis un certain temps déjà. Il connaissait ces signes pour les avoir vus sur lui, dans son miroir.

Cela le confortait dans l'idée qu'il faisait bien de se cantonner à son métier de gratte-papier. Ce serait une erreur de faire une exception, même pour Hobie. Son histoire avait tout pour se terminer en nouveau désastre. Un désastre à la Bannister. Une femme, un homme très aimé et, si elle disait vrai, quelqu'un qui leur voulait du mal. Tous les ingrédients étaient réunis pour que, avec son don inné pour les catastrophes, l'affaire se solde par un drame.

Un bruit de tissu que l'on griffe lui fit tourner la tête vers une forme grise qui avançait à pas de loup vers lui, sur le canapé.

Il y avait lui, aussi. S'il s'en allait, qui s'occuperait de Rocky ?

Il faillit s'esclaffer.

« Tu aurais mieux fait de réfléchir avant de t'encombrer de ce chat galeux aux oreilles en loque », se dit-il.

Encore que, comme excuse, c'était parfait !

Le chat, d'un joli gris clair, s'installa sur le coussin voisin comme si s'aventurer plus près risquait d'entamer son féroce besoin d'indépendance.

Cole l'avait trouvé sur le pas de sa porte, une nuit. Malgré sa triste situation, il semblait l'attendre avec un air de condescendance royale. Emu par l'état de l'animal, plaies sanguinolentes, touffes de poils arrachées, oreille déchiquetée, il l'avait laissé tranquille au lieu de le chasser comme il l'aurait fait en temps normal. Pendant deux semaines, l'animal avait erré autour de la maison, sans jamais mendier, sans jamais entrer. Il était là, c'est tout.

Un jour, Cole avait cédé à une pulsion qu'il regrettait amèrement depuis. A l'occasion d'une halte dans une supérette pour acheter un journal et boire un café, il s'était laissé tenter par une boîte de Cat o'Cat. De retour chez lui, il avait eu le droit à trois « miaou » qui sonnaient comme des félicitations un tantinet hautaines.

Il se pencha vers la lampe pour allumer.

— Ecoute, mon petit vieux, tu t'es débrouillé sans moi jusqu'à présent, tu vas continuer.

Loin de se laisser impressionner, le chat battit une fois des paupières.

— Ah, je ne te fais pas peur ? Eh bien, va donc chercher d'autres boots en serpent à boulotter !

C'était un comble d'être obligé de se déchausser avant d'entrer parce qu'une bête qui n'était même pas à lui dévorait ses chaussures.

Indifférent au reproche, le chat bâilla insolemment.

— Je te l'ai déjà dit, je n'aime pas les chats. Je me demande bien pourquoi tu as élu domicile ici. Tu ne pouvais pas aller chez Mme Waldon, non ? Au moins tu aurais eu de la compagnie.

Cole sourit. L'idée de voir son chat miteux frayer avec le très distingué siamois de sa propriétaire était plutôt drôle.

Son sourire s'évanouit cependant aussi vite qu'il était né. Ces yeux bleus qui le fixaient sans vergogne avaient quelque chose d'agaçant. De plus, ils lui rappelaient d'autres yeux bleus, tirant sur le vert ceux-là, bordés de longs cils noirs fournis et recourbés.

Et voilà, il était de retour à la case départ, se débattant toujours avec le problème qui lui valait cette nuit blanche.

— Bon Dieu !

Le chat, choqué, releva la tête et regarda son maître d'un air de profond mépris avant de reprendre sa position, roulé en boule sur son coussin.

— Y a pas à dire, grommela Cole, je déteste les chats !

Si ce n'est que celui-ci le distrayait quelque peu d'un problème insoluble.

C'était pourtant simple : il ne faisait plus ce métier-là. Point.

En fait, ce n'était pas si simple… Tout devenait

compliqué quand il était question de dettes aussi énormes que la vie et la mort.

« Fais les comptes, songea-t-il. Trois morts parce qu'il t'a fallu trop de temps pour piger ce qui se passait. Trois fantômes qui te hanteront jusqu'à la fin de tes jours. Compare-les à ce que tu dois à Hobie Flynn, à la promesse que tu lui as faite un jour de le payer en retour. »

La meilleure façon de rembourser ce qu'il devait à Hobie consistait à ne pas reparaître dans sa vie, c'était tout. Il fallait donc lui envoyer quelqu'un d'autre sans tenir compte des protestations de sa nièce, et oublier la facture. Il n'avait pas dépensé grand-chose, ces cinq dernières années, il pouvait le faire. Mais qui lui adresser ? Kyra était la seule à connaître les chevaux, mais même si les Flynn acceptaient qu'elle s'occupe de leur affaire, il ne le lui demanderait pas car elle venait d'apprendre qu'elle était enceinte.

« Réfléchis à quelqu'un d'autre, se dit-il. Il suffira de lui expliquer le caractère particulier de la situation. Tu as une dette envers une personne qui te demande un service, une dette énorme, mais tu ne veux pas la rembourser toi-même. »

Aucune idée ne lui venait. Il soupira. C'était insoluble, décidément. Et puisque c'était insoluble, il n'avait qu'à s'en tenir à ce qu'il avait décidé au début, dire non.

Dans l'immédiat, il allait se faire un café. Non, plutôt s'allonger sur le canapé. Mais cela supposait qu'il dérange Rocky qui n'allait pas apprécier. Il regarda sa montre : quatre heures passées. De toute façon, ce n'était pas une heure pour songer à dormir.

Il bâilla, s'étira énergiquement et, ce faisant, se dit qu'il risquait gros à déranger un chat habitué aux bagarres de rue, un animal plus prompt à répondre à un mouvement brusque par des coups de griffes que par un « miaou » civilisé.

Un froissement de papier arrêta son geste. C'est vrai, il avait oublié. Il plongea la main dans sa poche de poitrine et en sortit la lettre de Hobie et le deuxième bout de papier qu'il avait récupéré dans la corbeille alors que l'homme de ménage s'apprêtait à la vider.

Assis les yeux dans le vide, il ne bougea plus.

Debout devant le miroir de sa chambre de motel, Tory bâilla. Elle aurait dû rentrer chez elle hier soir au lieu d'attendre ce matin, puisqu'elle n'avait plus rien à faire ici. D'autant que, après ce rendez-vous manqué avec Bannister, elle n'avait pas dormi.

Elle finit de tresser ses cheveux et lança sa natte par-dessus son épaule.

Oui, elle aurait mieux fait de repartir aussitôt. Evidemment, l'aller et retour dans la journée, cela représentait beaucoup de miles. Elle ne serait pas arrivée avant minuit, mais elle aurait économisé le prix d'une chambre, ce qui lui aurait permis d'acheter un nouveau chapeau à Hobie. Dieu ce qu'elle avait pu avoir peur, cet hiver, quand il était tombé malade !

Si elle était rentrée dans la foulée, elle aurait tout de suite pu dire à l'oncle Hobie que son cher ami le laissait tomber. Ce serait chose faite…

Elle observa son reflet en soupirant et alla dans la salle de bains laver le mascara qui avait coulé sous son œil droit. Elle ne se maquillait pour ainsi dire jamais quand elle était à la ferme. Les chevaux se fichaient bien de la voir pimpante ou pas.

Bon sang ! Ces cernes sous les yeux ! Elle dormait toujours mal quand elle était loin de chez elle, et la déception de la veille n'avait pas arrangé les choses.

Mais cernes ou pas, quelle importance ? Avec sa bouche trop grande et son nez à piquer des gaufrettes, elle était moche, de toute façon.

Elle revint vers son lit, plia son chemisier, le seul un peu habillé qu'elle avait — sa garde-robe se composant essentiellement de vêtements de travail et de quelques bricoles de sa vie passée —, et le rangea dans sa sacoche de selle. Cette sacoche, cadeau de Hobie à l'issue d'un rodéo, était ce qu'elle avait de plus proche d'un sac. Elle lui était très utile et elle l'aimait d'autant plus qu'elle la tenait de son oncle. Elle rangea ensuite ses affaires de toilette dans la deuxième partie de la sacoche, la balança par-dessus son épaule et sortit en direction de son gros break blanc stationné devant le motel.

Elle posa sa sacoche sur le siège du passager, fit le tour de la voiture et s'étirait une dernière fois quand elle perçut un mouvement derrière elle. Tendue, elle se retourna vivement. Dans les grandes villes, tout pouvait arriver.

Dans le cas présent, c'était… Cole Bannister.

Il arborait une tête impossible, comme s'il n'avait pas dormi beaucoup plus qu'elle.

— Qu'est-ce que… vous faites là ? bégaya-t-elle.

— Je vous cherchais.

Sa voix trahissait sa lassitude, ce qui était normal, avec quelque chose en plus, quelque chose d'aussi sensuel qu'un homme nu dans des draps froissés avec, à côté de lui, une femme repue de plaisir.

Honteuse de nourrir des pensées aussi dévergondées, Tory l'agressa.

— Eh bien, vous m'avez trouvée !

Le ton était si peu aimable qu'elle envisagea de s'excuser. Au lieu de le faire, elle continua sur le même ton.

— Et d'abord, comment m'avez-vous trouvée ?

— Vous aviez jeté un papier dans ma corbeille.

Un papier à l'en-tête du motel, sur lequel elle avait noté l'adresse de Sanders Protection. Bien sûr, elle s'en souvenait.

— Et, à l'accueil, ils vous ont donné mon numéro de chambre ? Ça ne se fait pas !

Il haussa les épaules et, d'un mouvement du menton, indiqua son gros break blanc.

— Vous n'étiez pas vraiment difficile à localiser !

Le logo du ranch ornait les deux portes de son 4x4 ! Vexée de sa bêtise, elle esquissa un sourire.

— Je comprends pourquoi vous êtes détective !

Bannister se crispa.

— Pourquoi *j'étais*, mademoiselle Flynn. Mais c'est vieux, ça. Rouillé. Je n'exerce plus cette activité depuis longtemps.

— Vous l'avez déjà dit, monsieur Bannister. C'est bon, j'ai compris.

Elle posa un pied sur le marchepied.

— Oui, mais Hobie ne comprendra pas.

En équilibre sur un pied, Tory regarda par-dessus son épaule. Elle était fatiguée et n'avait qu'une envie, rentrer chez elle. Toutefois, elle n'avait pas la force de mentir.

— Non, dit-elle, il ne comprendra pas.

C'était vrai, Hobie ne comprendrait pas qu'on laisse tomber un ami. Lui ne le ferait pas, parce qu'il n'était pas comme ça. Il lui avait souvent dit : « Les chevaux, c'est tout ce qu'on a dans la vie, avec les amis. La famille, tu ne la choisis pas alors que les amis, tu les as parce qu'ils le veulent bien. »

Elle s'installa au volant et, du haut de son siège, le toisa. C'était satisfaisant, parfois, de dominer. Tout à coup, elle se rendit compte qu'elle avait la poitrine au niveau de ses yeux et que ce n'était pas son visage qu'il regardait… Gênée, elle se détourna légèrement. Aussitôt il baissa les yeux et fit mine d'examiner le logo sur la portière.

— Je dois tout à Hobie, vous le savez ?

— Ah non, je l'ignorais.

Il caressa le logo.

— Le Flying Clown Ranch…

— Oui. Eh bien, quoi ?

Hobie lui avait expliqué qu'il avait baptisé ainsi le ranch parce qu'il avait passé le plus clair de son temps à faire le clown dans l'arène, au péril de sa vie souvent, pour distraire l'attention des taureaux quand un cow-boy était en difficulté pendant un rodéo. Apparemment, Cole Bannister avait été un de ces cow-boys en difficulté.

Il se raidit.

— Je suis complètement rouillé, répéta-t-il. Et je ne pratique plus. C'est normal de vous avertir.

— Monsieur Bannister…

Il continua sans l'écouter.

— Je ne suis plus celui que j'étais, celui dont Hobie se souvient. J'ai perdu… le mordant, l'énergie, la foi. Mais je n'ai pas le choix. J'ai une dette envers Hobie, et je n'aurai pas assez de ma vie pour le payer en retour. Si vous voulez que j'essaie, j'accepte. Mais je ne vous aurai pas pris en traître, vous êtes prévenus.

— Hobie n'en demande pas plus, dit-elle d'une voix douce.

Puis elle conclut d'un ton cassant :

— De toute manière, nous n'avons pas le choix nous non plus.

3

Rocky miaula de colère quand la camionnette cahota une nouvelle fois dans le nid-de-poule.

— La ferme ! lança Cole. Tu as voulu venir, tant pis pour toi ! Rouspète encore, et je te jette par la fenêtre ! T'auras qu'à t'arranger avec ton pote Bobby.

Bannister frappa le volant du plat de la main. Comment avait-il fait son compte pour se laisser embobiner par Bobby Waldon ? Le neveu de sa propriétaire, qui passait l'été chez sa tante, avait pointé le nez ce matin pendant qu'il chargeait son pick-up et essayait désespérément d'en faire descendre le chat.

— Tu pars ? avait demandé le gamin. Combien de temps ?

— J'sais pas, avait répondu Cole en chassant une nouvelle fois le chat du siège passager pour le remplacer par une glacière pleine de sodas.

La climatisation fonctionnait mal et il n'avait jamais pris la peine de la réparer. Cela faisait des années qu'il roulait dans cette camionnette parce que c'était ce qu'il avait trouvé de plus confortable pour caser ses longues jambes et son imposante carcasse. De plus, elle consommait peu, ce qui, vu ses maigres gages de saisonnier à l'époque où il allait de ranch en ranch pour prêter ses bras, lui convenait bien. C'était comme cela qu'il avait travaillé au Flying Clown Ranch.

— Je peux nourrir ton chat pendant que tu ne seras pas là.

Cole s'était redressé si brusquement que sa tête avait heurté le toit du pick-up.

— Ce n'est pas *mon* chat !

— Si, c'est ton chat. Il t'a choisi, non ?

Cole avait foudroyé Bobby du regard tout en se frottant le crâne.

— Tante Margie dit que c'est les chats qui choisissent leur maître.

— Tu veux dire qu'ils choisissent celui qui aura l'honneur de les nourrir, avait rétorqué Cole.

Entre-temps, Rocky avait regrimpé à bord pour s'installer sur le couvercle de la glacière d'où il dominait la situation.

— Bon sang ! Je croyais que les chats n'aimaient pas les voitures ! avait grondé Cole en essayant de nouveau de le faire descendre.

— T'as plus qu'à l'emmener avec toi, avait déclaré le gamin. Après tout, il a le droit de faire de l'auto, si ça lui plaît.

Implacable logique d'un enfant de douze ans ! avait ragé intérieurement Cole.

— C'est non !

Il avait pris l'animal à bras-le-corps, l'avait posé par terre et, cette fois, avait refermé la portière.

Bobby avait plissé le nez.

— Alors, tu veux que je lui donne ses croquettes ?

Cole allait répondre que l'animal s'était débrouillé sans croquettes jusqu'à ce qu'il commette l'erreur de lui apporter une boîte de Cat O'Cat et qu'il n'avait qu'à continuer comme avant quand, en voyant la tête de l'enfant, il avait eu honte de lui.

— Je crois qu'il a décidé d'aller avec toi, avait remarqué Bobby.

Cole s'était retourné. Le chat avait repris place sur le couvercle de la glacière et, les moustaches conquérantes, entendait bien ne pas en être chassé.

— Il est entré par la fenêtre, avait expliqué Bobby. « Les chats sont comme ça, tante Margie le dit. Ils choisissent leur maître », avait dit Bobby.

Tante Margie avait raison, pensa Cole en soupirant.

Il roulait depuis un bon moment déjà, par une chaleur à ne pas mettre un chameau dehors, avec une climatisation qui ne fonctionnait pas et un chat de gouttière lépreux qui avait fait l'erreur d'adopter un homme qui détestait les chats, perché sur la glacière à la place du passager.

Tout cela parce qu'il avait fait preuve de faiblesse devant l'insistance d'un gamin !

Depuis le début, il savait que ce voyage était une bêtise et tout, depuis le départ, le confortait dans cette idée.

Quand enfin il aperçut au loin le Flying Clown Ranch, il s'arrêta, surpris.

Au cours des deux jours précédant son départ, il avait réactivé ce qu'il lui restait de réseau dans le monde des rodéos. Les quelques contacts qu'il avait encore dans cet univers-là l'avaient mis en relation avec d'autres personnes plus particulièrement spécialisées dans le *cutting*[1], le *roping*[2], bref dans tout ce que l'Ouest américain comptait de plus à la pointe en matière de dressage du cheval. Ces activités étaient en plein boom. L'intérêt subit de célébrités fortunées pour le *cutting*, entre autres, avait

1. *Cutting* : Epreuve de tri du bétail où le cheval est jugé sur son comportement face au bétail.

2. *Ropping* : Epreuve qui consiste à attraper une tête de bétail au lasso. (N.d.T.)

attiré de l'argent — beaucoup d'argent — dans cette discipline. Il y a peu, un ancien dresseur lui avait dit, sarcastique, qu'il y avait actuellement plus de *people* et d'hommes d'affaires de Hollywood aux démonstrations de *cutting* qu'aux premières sur Sunset Boulevard. Cela allait devenir, avait assuré le vétéran un peu amer, une activité réservée aux riches et aux puissants, à l'instar des courses de chevaux. « Arène synonyme de champ de courses », avait-il ajouté.

Si tout le monde lui avait parlé avec une certaine estime du Flying Clown Ranch et des Flynn, sans faire allusion à leurs ennuis, personne n'avait évoqué les hectares de pâturages qui s'étendaient à perte de vue devant lui. Vu l'effroi de Tory quand il avait annoncé trois cents dollars d'honoraires plus les frais, il s'était imaginé une ferme plus modeste. Le ranch des Flynn n'était pas gigantesque, mais il donnait une impression de prospérité.

Il rejeta sur sa nuque son vieux chapeau de cow-boy qu'un séjour au fin fond d'un placard avait aplati, et contempla les bâtiments.

On aurait dit qu'ils venaient d'être repeints. Même la clôture de bois du chemin menant à l'habitation était d'un blanc immaculé. En Californie, le soleil ne faisait pourtant pas de cadeau à la peinture, qui fanait très vite sous l'ardeur de ses rayons. Les écuries semblaient en excellent état d'entretien, tout comme la maison de maître. C'était une construction basse, une sorte de longère, qui s'abritait sous un bouquet d'eucalyptus totalement déplacés près d'un fouillis de petits chênes.

La jeep que conduisait Tory était plutôt neuve elle aussi, se rappela-t-il. A la réflexion, tout était cohérent. Ce n'était pas en jouant les miséreux qu'ils auraient des chances d'attirer les gens riches capables de payer des chevaux des sommes astronomiques, à sept chiffres parfois. Hobie Flynn était assez malin pour le savoir. Quant à la modestie relative des lieux, elle conférait à la propriété un air de confidentialité qui pouvait plaire à quelques snobs fiers de se considérer comme les *happy fews* dignes de fréquenter ce ranch très sélect. Hobie Flynn était suffisamment finaud pour capitaliser là-dessus aussi.

En repensant à son vieil ami, Cole sourit.

« T'es un bon, Hobie. T'es allé jusqu'au bout de ce que tu voulais. Tu pensais à l'avenir quand nous, pauvres écervelés, ne pensions qu'au prix à payer pour participer au prochain rodéo. Et nous ne voyions pas que la menace planait. Que le désastre était annoncé. Que la mort, déjà, rôdait… »

Songeur, il mit son clignotant en essayant de refouler la tristesse qui l'assaillait et remonta le chemin menant à la maison. Au loin, sur le replat et au pied des collines, il apercevait les bêtes qui paissaient. Dans le paddock, près des écuries, il y avait deux chevaux aux muscles saillants, un alezan, grand et élancé, et un autre, attelé. Ces deux-là devaient être à prendre avec des pincettes !

Comme il touchait au but, il inspira plusieurs fois à fond. La campagne sentait bon. Il aimait ce mélange de parfums : l'air pur et la luzerne fraîchement coupée, l'odeur doucâtre du foin, celle de la terre brûlée par le soleil et celle, vivante et chaude, des chevaux. Certaines personnes, préférant sans doute les gaz d'échappement des voitures et la fumée des usines, les trouvaient agressives. Pour Cole, ici c'était chez lui.

Arrivé devant la maison, il s'arrêta. Il n'y avait personne en vue, mais il était en avance sur l'horaire. Juché sur la glacière, impérial, Rocky inspectait les lieux en humant les odeurs d'un air de connaisseur. Son nez rose frémissait à chaque mini-inspiration.

— Quand il n'y aura plus de croquettes, tu te débrouilleras, le prévint Cole. Il est temps de vivre comme un chat, mon vieux. Il y a sûrement plein de souris dans le coin. Je l'espère pour toi, en tout cas.

Rocky émit un drôle de son que Cole ne chercha pas à interpréter. Peut-être valait-il mieux.

Il ouvrit sa portière et entendit du côté des écuries un bruit de porte qui coulisse. C'était Tory qui sortait en démêlant des brides. Elle portait un T-shirt sans manches rouge vif rentré dans un jean noir défraîchi et des jambières en daim. Il n'en avait plus vu depuis longtemps, et cela lui parut tout à coup particulièrement sexy. Il est vrai qu'elle avait de très longues jambes et que cet accessoire les mettait en valeur. Lorsqu'il était plus jeune et qu'il toréait régulièrement, il en voyait tous les jours et l'idée que cela pourrait être excitant ne l'avait jamais effleuré. Mais aujourd'hui, sur elle…

Comme si elle avait senti son regard, elle leva la tête et lui fit un signe de la main. Après avoir accroché les brides à la poignée de la porte, elle vint vers lui.

Cole ne l'avait jamais vue en plein soleil, seulement dans son bureau et au petit matin. Ses cheveux, qu'il avait alors vus blonds, étaient en fait striés de mèches allant du blond scandinave au roux vénitien en passant par le champagne et le châtain clair. Quand il était jeune, il avait eu une petite jument de ces couleurs-là. C'était la bête la plus gentille qu'il ait jamais eue. Elle était morte bêtement en sautant un ru pour lui. Il s'était maudit, l'avait pleurée comme on pleure un être cher, allongé près d'elle qui gisait au sol, brisée. Quatorze ans de fidélité aveugle, de confiance totale, balayés d'un coup à cause de sa bêtise et de son manque de jugeote.

C'était la première fois que quelqu'un payait à cause de lui ; ce ne serait pas la dernière.

Ce rappel douloureux en tête, il regarda Tory approcher d'une démarche si féminine, malgré les jambières, qu'il sentit son corps réagir.

Non, non et non, se répéta-t-il. C'est la nièce de Hobie.

De toute manière, elle était trop jeune pour un type comme lui. Quel que soit son âge.

Arrivée devant lui, elle s'arrêta. Au lieu de lui dire bonjour, il s'entendit demander :

— Quel âge avez-vous ?

Elle le dévisagea, surprise.

— Pardon ?

Il jura dans sa barbe.

— Rien… Je me demandais quel âge a Hobie.

— Ah ! Il a eu cinquante-quatre ans cette année.

Cinquante-quatre. Cela faisait donc déjà quatorze ans que Hobie avait cessé de jouer le clown dans les arènes ? Interrompant son tournoi, Cole était allé le voir à Pendleton, dans l'Oregon, parce que c'était sa dernière année dans l'arène.

« C'est un jeu de jeunes », avait dit Hobie. A quarante ans son corps n'était plus assez souple pour continuer. Il avait encaissé trop de coups, souffert de trop de fractures et de mauvais chocs. Une fois même, Cole le savait bien que Hobie ne le lui ait jamais avoué, il s'était fait piétiner, quasiment à mort.

Quatorze années… Cette fois-là, cette dernière fois, Hobie avait dit qu'il voulait être de retour au Texas pour les treize ans de Victoria — il l'appelait ainsi à l'époque. Elle en avait donc vingt-sept. Il lui aurait donné moins, car il flottait autour d'elle un petit air d'innocence. N'empêche… Elle était isolée dans cette ferme depuis ses vingt-deux ans, lui avait un jour écrit Hobie, et…

— Un problème, monsieur Bannister ?

— Je… Non…

— Je vois que vous nous avez trouvés. Vous n'avez pas eu trop de mal ?

— Non, vos indications étaient parfaites.

Elle hésita, puis se lança.

— Je suis heureuse que vous ayez changé d'avis.

— Vous avez tort de vous réjouir.

Elle écarquilla les yeux mais se ressaisit très vite.

— Peut-être. Mais je me réjouis tout de même de n'avoir pas à dire à oncle Hobie que vous avez refusé.

— Il… Il ne le sait pas, alors ?

— Non. Je ne vois pas pourquoi je lui aurais…

— … ôté ses illusions ?

Le ton était mordant, sarcastique comme lorsqu'il l'avait reçue dans son bureau de L.A.

— Exactement. Ecoutez, monsieur Bannister…

— Vous pouvez m'appeler Cole et me tutoyer, vous savez. Et avec votre permission, je vais en faire autant. Après tout, Hobie est mon ami et vous êtes sa nièce. A partir de maintenant, je suis un saisonnier venu vous donner un coup de main à la ferme. Autant vous y habituer tout de suite pour ne pas risquer de vous couper.

— Vous avez… pardon, *tu* as raison, Cole.

Elle faillit ajouter quelque chose mais, finalement, se tut.

De longues secondes s'écoulèrent.

— Hobie a demandé à vous… à te voir dès votre… ton arrivée, reprit-elle enfin. Il se repose parce qu'il est encore faible. Il en fait beaucoup trop. On a pourtant deux jeunes qui viennent aider l'après-midi, mais ce n'est pas assez en été.

— Il n'a jamais su se ménager. C'est une tête de mule.

— Amusant ! s'exclama-t-elle, en le regardant à travers

ses cils, dorés comme ses cheveux. Il dit la même chose de vous... De toi. A propos d'un taureau... De Stomper.

Agacé, Cole se passa la main dans les cheveux.

— Si je comprends bien, il raconte ma vie à tout le monde !

— Tu l'as monté combien de fois ?

— Cinq.

Il n'avait rien oublié de l'aventure. Chaque ruade, chaque refus. Autant de chocs à se briser les dents, le cou.

— En fin de compte, c'est lui qui m'a appris que j'étais beaucoup trop grand pour monter des taureaux, ce que tout le monde savait déjà. Au fait, avant que vous... que tu ne me le demandes, ajouta-t-il narquois, le score a été de trois à deux. Pas en ma faveur.

Elle lui sourit, un sourire éclatant qui lui rappela Hobie mais n'expliquait pas son émotion.

Les coins de ses lèvres se retroussèrent.

— En tout et pour tout, je me suis fait cinq fractures, dont quatre avec Stomper. Sans compter les trois fois où il m'a flanqué par terre, celles où je me suis froissé des muscles, déchiré des tendons. Ces bobos-là, je ne les compte même plus ! Au bout d'un moment, quand même, j'ai commencé à mal le prendre.

— C'est pour ça que la dernière fois que tu...

D'un geste il lui coupa la parole. Comprenant qu'il valait mieux ne pas insister, Tory lui indiqua la maison.

— Hobie est... Oh ! Bonjour, toi. D'où viens-tu comme ça ?

Lassé d'attendre que Cole le présente, Rocky avait décidé de s'en charger lui-même en se frottant contre ses jambières en daim dont il semblait apprécier le velouté.

— En fait, il est venu avec moi.

— Ah ? C'est ton chat ? demanda-t-elle, surprise de le voir en cette compagnie.

— Sûrement pas ! Mais il ne me lâche pas. Je l'ai en remorque à longueur de journée.

Tory regarda Cole, puis le chat, et de nouveau Cole.

— Si cela pose un problème…, dit-il.

— Pas du tout. C'est… étrange, c'est tout. Dis-moi plutôt, cette… remorque a un nom ?

— Oui, Rocky. C'est un petit voisin qui l'a baptisé comme ça à cause du film.

— J'ai l'impression que ce n'est pas exactement un chat de salon, avec ses oreilles en lambeaux ! Eh bien, salut, Rocky. Et bienvenue au Flying Clown Ranch. Si tu veux bien te donner la peine d'entrer.

Le chat pencha la tête sur le côté et poussa un miaulement de satisfaction.

— Il est marrant, remarqua Tory en riant. On n'a jamais eu de chat ici, mais je pense qu'il va vite nous mettre au pas.

Sans demander son reste, le matou fila vers l'écurie.

— Je suis content qu'il t'amuse, répondit Cole en essayant de prendre un air dégagé.

En fait, il se sentait crispé, en butte à des sentiments qui le mettaient mal à l'aise.

— Cela fait un moment qu'on n'a pas ri, ici, expliqua Tory. Ça fait du bien.

Elle monta les marches du perron et poussa la porte de la maison.

Quand Hobie vit Cole entrer, son visage s'illumina tellement que Tory, émue, se détourna pour essuyer une larme.

— Bigre ! T'es toujours plus fort qu'un quarteron, mon gaillard !

Tory fut surprise de voir Cole rougir.

— Et toi, tu as toujours la langue bien pendue ! répliqua-t-il.

— Plus que tu ne crois, mon garçon, répondit Hobie. Mais dis-moi, t'as pas rigolé tous les jours, on dirait ?

Cole se raidit.

— Qu'est-ce qui te fait dire ça ?

— Y a qu'à voir tes yeux, l'ami. Il ne reste pas grand-chose du godelureau vaniteux qui ne pensait qu'à la gloriole.

Cette fois, Cole sourit, mais d'un sourire retenu.

— Non, plus rien. Et depuis longtemps.

— Cinq ans. Ça fait cinq ans, depuis ta dernière lettre.

Il y eut un silence. Tory sentit la tension monter entre les deux hommes. Détestant ces situations, elle rompit le silence.

— Bien, je vais vous laisser rattraper le temps perdu, dit-elle. Je pense que vous avez beaucoup de choses à vous dire. Je vous ferai visiter le ranch ensuite, monsieur Ban…

Elle se reprit.

— Je te ferai faire le tour du ranch ensuite, Cole.

— Non, je le ferai, intervint Hobie. Je ne suis pas fatigué à ce point. On parlera en même temps.

Cole acquiesça d'un hochement de tête et la tension retomba aussi vite qu'elle était montée.

— Comme tu voudras, répondit Tory.

Il était temps qu'elle s'en aille. La présence de Bannister la troublait trop. Etait-ce sa dégaine ? Sa décontraction ? Sa tenue — jean délavé, boots pointus à gros talons, chemise western avec boutons-pressions en nacre et l'incontournable Stetson que le temps avait patiné ? Difficile à dire. Toujours est-il qu'après vingt minutes avec lui, elle avait déjà besoin de changer d'air.

Elle quitta donc la pièce et alla dans la cuisine,

laissant les deux hommes parler tranquillement. En dépit de leur âge, vingt ans les séparaient, ils avaient de nombreux points communs et des tas de choses à se raconter. Peut-être Hobie trouvait-il en Cole Bannister, qu'il avait plus ou moins adopté, le fils qu'il n'avait jamais eu ? Comme il voyait en elle sa fille ? Dès qu'il l'avait accueillie après sa fugue de chez son père qui lui proposait une vie qui lui faisait peur et menaçait de la noyer dans sa douceur trompeuse, il s'était montré très paternel. Pour avoir grandi à l'ombre d'un grand frère trop charmeur et trop séduisant, Hobie comprenait pourquoi elle avait fui une vie qui paraissait pourtant idéale aux yeux de tous.

« Que vais-je leur préparer à dîner ? » se demanda-t-elle. En temps ordinaire, jusqu'à ce que Hobie tombe malade, ils se partageaient la corvée des repas. Chacun son tour était la règle. Chez son père, il y avait une cuisinière. Du temps de sa mère. Tory sentit sa gorge se serrer. Elle se rappelait sa mère veillant attentivement à ce qui se faisait en cuisine. C'était un des souvenirs qu'elle gardait d'elle, souvenir douloureux qui l'emplissait de mélancolie et de regrets.

Elle entendit la jeep du ranch démarrer et vit par la fenêtre Cole monter à bord. Hobie allait lui faire faire le tour du propriétaire, comme il l'avait annoncé.

Punaise ! Comment pouvait-on rassasier un homme aussi grand que Bannister ? Ce n'était pas un terrien, c'était un extraterrestre géant. Il devait falloir au moins un quart de bœuf et trois miches de pain pour nourrir un phénomène pareil !

Des spaghettis ! se dit-elle. Une énorme platée de spaghettis avec une casserole de sauce. C'était simple, et c'était ce qu'elle réussissait le mieux. Pour commencer, du pain aillé arrosé d'huile d'olive, histoire de le remplir.

Du bourratif, voilà ce qu'il fallait pour un ex-champion de rodéos de près d'un mètre quatre-vingt-dix.

Sa décision prise, elle sortit les ingrédients du placard — comme cela ce serait fait quand elle reviendrait — et partit vers l'écurie. Elle n'oublierait jamais la bienveillance de John Lennox. Quand son cheval avait été pris de coliques et était mort, il ne lui avait rien reproché. Il s'agissait pourtant une bête de concours de grande valeur qui avait déjà remporté de nombreux prix. Bien qu'il n'ait plus qu'un cheval de trois ans inexpérimenté, il ne lui en avait pas voulu.

Peu après, quand Firefly, le deuxième cheval, était mort, John avait été très affecté, ce qui avait d'autant plus étonné Tory que cet animal ne lui appartenait pas.

Il s'était montré d'un réel soutien, n'hésitant pas à leur rendre visite au ranch chaque fois qu'il venait à Santa Barbara pour une réunion avec les dirigeants de la petite société qu'il avait acquise l'année précédente. Puis, un jour, il lui avait avoué que c'était pour elle qu'il se faisait du souci ; cela l'avait embarrassée. Il détestait la voir malheureuse, lui avait-il dit. Et plus elle l'était, plus il se montrait prévenant, presque tendre. Cette attitude, au lieu de soulager la peine de Tory, ne faisait que la gêner davantage, sans qu'elle sache vraiment pourquoi.

Quoi qu'il en soit, elle se sentait une dette envers lui, même si ce flirt à peine déguisé la déstabilisait. Elle savait pourtant que ce n'était qu'un petit jeu sans conséquence, et qu'il s'amusait. Un homme de son envergure financière n'avait pas de temps à perdre avec une petite éleveuse de chevaux. Surtout une fille comme elle qui ne payait pas de mine et aurait fait tache dans les cercles qu'il fréquentait.

— Bonjour, Mac, lança-t-elle en arrivant près du box du poulain.

Une tête aux yeux vifs, oreilles dressées, apparut au-dessus de la porte. Tory caressa l'encolure lisse de la bête.

— Comment vas-tu, mon beau ? dit-elle en continuant de lisser sa belle robe rousse. Envie de jouer, je vois.

Mac hennit et agita la tête. Tory adorait les chevaux qui avaient de la personnalité, et Mac n'en manquait pas.

Encore une caresse et elle prit les brides accrochées à côté du box, ouvrit la porte et entra.

Quand il vit les brides, Mac baissa la tête. John Lennox avait acheté ce poulain sur sa recommandation. Bien que John's Prize, son autre cheval, ait remporté plusieurs prix dans les concours de *cutting*, ce qui lui avait valu d'être estimé et assuré pour une somme ahurissante, elle ne l'avait pas aimé autant qu'elle aimait Mac.

Selon elle, il manquait à John's Prize ce petit quelque chose d'indéfinissable qui faisait la différence. Cela ne l'avait pas empêchée de pleurer beaucoup quand cette belle bête vraiment impressionnante était morte.

Son cœur se serra à la pensée de Firefly, jolie pouliche qui faisait de son mieux mais ne brillait pas par un talent extraordinaire. Elle était morte seule, dans d'affreuses souffrances, en l'absence de Tory qui ne s'en remettait pas. Et puis Arthur, un animal adorable, clownesque, que l'eau terrorisait…

Elle essuya les larmes qui s'étaient mises à couler sur ses joues. Il fallait qu'elle cesse de penser à toutes ces morts. Cela ne ramènerait pas les bêtes et lui faisait trop mal.

Maintenant que Cole Bannister était là, on pouvait espérer que la situation allait s'améliorer. Il y avait juste une ombre, c'est qu'elle n'arrêtait pas de revoir le regard qu'il lui avait lancé quand il l'avait mise en garde contre lui.

4

A aucun moment pendant la séance de dressage de l'après-midi, Tory ne changea d'opinion sur le dernier cheval de John. En plus d'une vraie bonne volonté, le poulain manifestait beaucoup d'allant et de cœur. Il était étonnamment intelligent, cela se sentait. Quand il aurait atteint sa taille adulte et serait en pleine possession de ses moyens, musculaires entre autres, il serait exceptionnel. D'ici à deux ans, celui qui oserait le défier aurait fort à faire. Elle attendait ce moment avec impatience.

Même quand le chat de Cole, qui s'évertuait à dire que Rocky ne lui appartenait pas, était sorti de l'écurie telle une flèche, le poulain avait à peine bronché. Il avait henni, c'était bien le moins, et, quand elle lui avait tapoté l'encolure, il s'était immédiatement calmé.

L'entraînement terminé, elle l'avait étrillé et il l'avait fait rire en essayant d'attraper l'eau du tuyau avec les dents. Elle s'était dit alors qu'elle avait une chance insensée de pouvoir vivre — même chichement — en s'occupant de chevaux, activité qu'elle adorait, avec des animaux qu'elle adorait.

Elle savait aussi que sa chance ne durerait peut-être pas éternellement.

Mac hennit de nouveau et Tory releva la tête. Cole et Hobie venaient vers elle. Son oncle paraissait frêle près de Bannister le géant. A l'époque où il était en forme, Hobie pouvait en remontrer en vitesse et en force à certains hommes beaucoup plus grands que lui, mais aujourd'hui…

Rocky, qui les suivait comme un fidèle toutou, fila brusquement droit devant lui, effrayant de nouveau Mac.

— Bonjour, ma douce, dit Hobie en approchant.

Le cheval s'ébroua, éclaboussant le T-shirt déjà mouillé qu'elle portait, mais un peu de fraîcheur ne faisait pas de mal.

— Bonjour, répondit-elle.

Intriguée par le regard bizarre de Cole, elle alla couper l'eau. C'est alors qu'elle se rendit compte qu'elle était trempée et que, sous l'effet de l'eau froide, ses seins pointaient sous son T-shirt. C'était donc ça ! Malgré elle, elle rougit.

— C'est celui dont je t'ai parlé, dit Hobie. Il n'a que trois ans, mais il galope comme une gazelle. Il n'a pas fini de nous surprendre, c'est moi qui te le dis.

Se sentant un peu moins rouge, Tory regarda son oncle.

— Il est déjà bon, corrigea-t-elle. Encore un peu de temps, et il sera génial.

Le sourire de Hobie s'épanouit sous sa moustache broussailleuse.

— Faut lui pardonner, Cole. Elle est folle d'amour pour ce jeunot depuis qu'il est là.

— C'est vrai, admit Tory. Je l'adore.

— Tu tombes amoureuse si facilement ? demanda Cole en la dévisageant.

Persuadée qu'il y avait un sous-entendu dans sa question, elle le dévisagea à son tour, mais son expression était impénétrable. Elle avait dû se tromper ; il n'y avait pas d'ambiguïté dans sa question. Il fallait qu'elle se calme.

Elle inspira et, le plus naturellement du monde, lui répondit.

— Seulement de chevaux comme celui-ci.

Elle caressa le col du poulain et, à l'aide d'un couteau de chaleur, évacua l'eau de son pelage. Sentant alors le regard de Cole posé sur elle, Tory, généralement peu bavarde, se crut obligée de parler.

— Quand on nous amène un cheval, on voit très vite ce qu'il va donner. Il y a les chevaux qui dansent, de vrais athlètes ceux-là, ils ont un sens de l'équilibre et une rapidité à se relever exceptionnels, ils sont excellents au *cutting* ; d'autres, d'instinct, sont faits pour rassembler les troupeaux. C'est très étonnant.

Cole approuva de la tête.

— Pour moi rien ne vaut les chevaux de *cutting*, reprit-elle. Ils sont magnifiques à regarder évoluer et, avec eux, rester en selle est quasiment impossible. Le mot « danseur » est bien trouvé pour les décrire.

De nouveau, elle rougit.

— Excuse-moi, je ne voulais pas faire un cours sur les chevaux, d'autant que tu les connais sûrement mieux que moi.

Surpris de sa réaction, il la rassura.

— Ne t'excuse pas. Cela fait longtemps que je n'ai pas approché un cheval. Et encore plus longtemps que je n'en ai pas monté.

— On va réparer ça tout de suite, intervint Hobie. Prends donc mon vieux canasson, et fais-le travailler un peu.

— Celui que j'ai vu en arrivant, dans le pré près de l'écurie ?

— Ouais. Ce vieux paresseux devient gros et gras à force de ne rien faire. Depuis que j'ai eu ma foutue *neumonie*…

Hobie avalait les syllabes, surtout quand il fallait faire un effort pour les prononcer.

— Gros et gras, c'est sûr, j'ai remarqué ! acquiesça Cole. Tu ne voudrais pas me jouer un tour, par hasard ? Il a été grassement nourri, il est bien reposé. Tu n'aimerais pas le voir jeter à terre le premier imbécile qui acceptera de le monter ? Je te vois venir !

Hobie se mit à rire.

— Moi ? s'offusqua-t-il. Jamais je ne ferais une méchanceté parelle !

— Vraiment ?

Cole lui fit un clin d'œil.

— Va donc dire ça à Charlie Horn !

— C'est pas ma faute si le cheval a eu envie de faire des cabrioles ! Cet idiot aurait dû savoir qu'on vérifie toujours son harnachement avant de monter une bête qu'on ne connaît pas.

— Je parie qu'il n'oublie plus de le faire, s'esclaffa Cole.

Tory l'observa. Jamais encore elle ne l'avait vu rire de si bon cœur. Cela faisait plaisir à entendre.

Elle non plus ne riait pas souvent. Depuis que les ennuis avaient commencé, elle n'avait même plus ri du tout. Peut-être, comme elle, Cole n'avait-il pas eu souvent l'occasion de rire, se dit-elle.

— C'est bon, dit Hobie en terminant sa demi-baguette de pain aillé. Ça fait un bail que je n'avais rien mangé d'aussi goûteux. Et puis cette huile d'olive…

— Je sais, répondit Tory de sa jolie voix flûtée en regardant son oncle.

Cole sentit sa poitrine se serrer mais s'efforça de ne pas y prêter attention. Ah ! ces mauvais souvenirs qui venaient le hanter…

Ils avaient une chose de bon, malgré tout. Ils l'empêchaient de ne penser qu'à Tory, à ses yeux doux, à ses lèvres qui se retroussaient quand elle souriait, à ses seins qu'il avait devinés sous son T-shirt mouillé… A tout ce qui, en ce moment même, l'excitait.

Cela faisait longtemps qu'aucune femme ne lui avait fait un tel effet. Peut-être même aucune. Il y avait bien eu Kyra, mais il n'avait rien éprouvé d'aussi érotique avec elle.

Préférant penser à autre chose, il se tourna vers Hobie. Il avait beaucoup maigri. Il avait toujours été maigre. Maigre et nerveux, deux qualités qui avaient fait de lui un dresseur de taureaux imbattable, mais aujourd'hui sa maigreur confinait à la maladie. D'ailleurs, à la fin du tour qu'il lui avait fait faire, il était fatigué. Il avait eu beau essayer de le cacher en plaisantant, cela se voyait et ça n'avait pas non plus échappé à Tory.

Elle s'était dépêchée de finir de toiletter le cheval puis les avait vite fait entrer s'asseoir. Cole avait prétexté avoir ses bagages à défaire pour s'éclipser et, quand il était revenu dans le salon, Hobie s'était endormi dans son fauteuil à bascule. Voyant cela, il avait discrètement battu en retraite et en avait profité pour fouiner un peu partout, mais seul, avant de passer à table. Il s'était également assuré que Rocky ne faisait pas de bêtises dans la ferme.

— Ça y est, dit Tory, ton chat a adopté la maison.

Elle but un peu du vin que Hobie avait ouvert « pour fêter l'arrivée de Cole », avait-il dit en levant son verre.

— Ce n'est pas mon ch…

— … chat, finit-elle en riant. C'est ce que *tu* dis. Lui, il voit les choses autrement. Il n'est peut-être pas à toi, mais vu les souris qu'il dépose à tes pieds, considère qu'il estime que tu es son maître.

— Maudite bête ! marmonna Cole.

La première fois que Rocky avait apporté son obole aux pieds de Cole, il était tellement content de lui qu'il en avait oublié de griffer ses boots en serpent. La deuxième fois, c'était juste avant de dîner, et le « cadeau » du matou l'avait agacé. C'était Tory qui avait remarqué la souris qu'il apportait en la mâchouillant et qui avait expliqué à Cole que c'était une marque d'estime du félin. Une offrande, en somme. Cole n'avait pas été impressionné.

— Il faudra que vous me dressiez la liste de tous vos clients actuels et passés, dit-il brusquement.

Hobie opina, mais Tory fit la moue.

— Je sais qu'ils n'aimeraient pas…

Elle laissa sa phrase en suspens et regarda son verre vide.

— Tu m'as fait venir pourquoi, alors ? demanda Cole, agacé.

Son agacement dut s'entendre et il le regretta. Il savait d'expérience que les clients n'aimaient pas qu'on leur dise qu'un ami les a trahis. Généralement, il parvenait à leur faire entendre raison après leur avoir expliqué que tout le monde n'était pas toujours franc du collier.

Faire admettre à Tory qu'elle devait se méfier de personnes considérées comme des amis n'allait pas être facile. Il s'adressa donc à Hobie. Lui, il comprendrait.

— Il faudra que tu me donnes un maximum d'infos. Sur leur métier, leurs hobbies, leurs sources de revenus, leur lieu de résidence, leurs noms de famille, évidemment, les banques qui gèrent leurs comptes…

— Mais nous ne savons rien ! protesta Tory d'un ton pincé. Lorsqu'ils s'inscrivent, nous ne leur demandons pas tous ces renseignements,

— C'est un tort, répliqua Cole, cassant. Vous devriez.

Elle le défia du regard.

— Ce sont des clients, il ne faudrait pas l'oublier !

Aucun doute, elle ressemblait à son oncle. Elle avait son caractère bien trempé et n'avait pas froid aux yeux. A l'inverse des femmes avec lesquelles il était sorti, et qu'il impressionnait, elle n'était pas du tout intimidée.

— C'est exact, concéda-t-il.

Elle parut surprise. S'attendait-elle à ce qu'il la contredise ?

— Vous me direz ce que vous savez. On trouvera des renseignements dans vos dossiers. Le nom des banques sur les chèques, par exemple…

— Tu as une idée derrière la tête ? Tu penses que quelqu'un essaie d'extorquer de l'argent à son assurance ?

— La fraude à l'assurance est un vrai fléau. Quand trois chevaux de valeur meurent en l'espace de quelques semaines, c'est la première chose à laquelle on pense. Avez-vous des copies des comptes rendus d'autopsie ? J'aimerais les lire.

Hobie acquiesça tandis que Tory secouait lentement la tête.

— Je ne peux pas le croire, soupira-t-elle. Nos clients sont fous de leurs chevaux, aucun ne ferait une chose pareille…

Elle secoua la tête de plus belle.

— … tuer ses chevaux pour de l'argent…

— Tu ne peux pas imaginer une chose pareille parce que tu n'es pas comme ça, Tory. Mais tout le monde ne raisonne pas comme toi. Tout le monde n'a pas ton honnêteté.

Elle regarda son oncle puis Cole, qui resta impassible. Se sentant soudain très seule, elle se leva.

— Puisque c'est comme ça… puisque je suis une espèce de gourde naïve, eh bien je vous laisse élaborer votre plan de bataille tout seuls. Personnellement, je me retire.

— Tory, la rappela doucement Hobie. Ne te fâche pas, voyons.

— Et puisque c'est moi qui ai fait la cuisine, vous n'aurez qu'à débarrasser, poursuivit-elle en jetant sa serviette sur la table.

Sur ces mots, elle pivota sur ses talons et fila vers la porte.

— Elle n'est pas dans son assiette, dit Hobie en soupirant. Elle ne supporte pas de voir les animaux souffrir. Alors les voir mourir… Ça l'a retournée. Surtout Arthur. C'était son chéri. Il faut reconnaître que c'était un pitre. Au départ, on ne pensait pas en tirer grand-chose et puis elle s'est attachée à lui, l'a beaucoup fait travailler et il a fini par se révéler. C'était le meilleur cheval de rodéo que j'aie jamais monté.

Cole, qui avait regardé Tory partir, ramena les yeux sur Hobie.

— Lequel était-ce ?

— Celui qu'il a fallu abattre parce qu'il s'était fracturé une jambe.

— Celui qui avait la phobie de l'eau ?

Cole regarda de nouveau dehors. Après son accès de colère, Tory devait s'être calmée car elle était arrêtée et caressait Rocky, qui se laissait faire en se tortillant contre ses jambes. Puis, brusquement, il bondit et fila vers l'écurie.

— Tory prenait toujours sa défense, reprit Hobie. Elle disait qu'elle était sûre qu'on en ferait quelque chose, qu'il suffisait de le dresser correctement. Je me rappelle, elle répétait tout le temps : « Il a sûrement un talent caché, c'est à nous de le découvrir. » Et elle avait raison. Elle est tenace, la gamine. Moi, j'aurais laissé tomber depuis longtemps.

Cole opina, mais son esprit était ailleurs. Une fois de plus, il regarda dehors et vit Tory entrer dans l'écurie. Sans doute trouvait-elle une forme de consolation auprès des chevaux.

Désolé de lui avoir fait de la peine, il soupira. Il n'avait fait que son devoir en la mettant en face des réalités. Trop souvent, dans des affaires comme celle-ci, le coupable était quelqu'un de la famille ou un proche. C'était navrant mais c'était ainsi, que cela lui plaise ou pas.

— Heureusement qu'il n'est rien arrivé à Mac, poursuivit Hobie. Je ne sais pas si elle l'aurait supporté.

Le vieux cow-boy avait les yeux posés sur lui avec une expression indéchiffrable. Gêné, Cole chercha quelque chose à dire pour meubler le silence.

— Combien de chevaux as-tu ?

— Cinq, plus Buck. Pour l'instant. Mais notre mésaventure est en train de faire le tour du pays, et je m'étonne que les propriétaires n'aient pas repris leurs bêtes. Il y en a un qui en a parlé mais, pour l'heure, il n'a pas bougé. Tory n'est pas au courant.

— Tu la protèges ?

— Faut bien. Qui le ferait, sans ça ?

Il fit une moue de dégoût.

— On ne peut pas en prendre plus. A cause de ma maladie, on a réduit le nombre de pensionnaires. C'était Tory qui faisait tout, et elle n'en pouvait plus.

— Ça se voit ; elle a l'air éreinté.

— Elle ne sait pas se ménager. Si je la laissais faire, elle mourrait d'épuisement. Elle aime ce ranch autant que moi.

— Elle t'aime beaucoup, c'est évident.

Hobie changea d'expression mais ne fit pas de commentaire.

— Il a fallu que je tombe malade juste après avoir acheté les prés que je t'ai montrés, dit-il après un moment de silence. Ça, plus le sale coup qui nous arrive…

Le regard de Hobie, ces yeux verts si semblables à ceux de Tory, s'assombrit.

— Bon Dieu, je peux dire que je suis content que tu sois là ! J'avais dit à Tory : « S'il y a quelqu'un qui peut nous sortir de là, c'est Bannister. »

Cole faillit se lever pour partir. Il ne se sentait pas à la hauteur de la tâche. Il avait été fou de venir. Il le savait, et il était venu quand même. Il était encore temps de s'en aller. A cet instant, il regarda Hobie et l'image de son visage terreux, le jour où il avait failli mourir, lui revint à la mémoire. Il ferma les yeux. Ce jour-là, dans l'arène, Hobie s'était interposé entre lui, qui était terrifié, et le taureau qui avait décidé de le tuer. La bête, enragée, avait alors encorné Hobie qui s'était littéralement vidé de son sang. C'était un miracle qu'il ait survécu à l'hémorragie interne qui, normalement, aurait dû l'emporter.

Au prix d'un effort, il rouvrit les yeux. Il n'avait pas le droit de s'en aller, pas le droit de le laisser tomber. Toutefois, il ne promettait rien.

— Peut-être, marmonna-t-il.

Voyant Hobie plisser le front, il poursuivit :

— Tu as une idée de ce qui se passe ?

Hobie se cala dans son siège et caressa sa moustache, geste que Cole lui avait toujours connu.

— Le problème, c'est que j'en ai trop.

— Mais encore ?

— C'est peut-être un maniaque. Il y en a plein en liberté. Ou quelqu'un qui se venge ou…

— Qui se venge ? De quoi donc ?

Qu'avait pu faire la gentille Tory pour que quelqu'un veuille se venger sur les chevaux qu'elle aimait tant ?

— Pas de Tory, bien sûr. De moi.

— De toi ? C'est impossible. Tu as sauvé plus de vies qu'un médecin. Y compris la mienne. Qui pourrait t'en vouloir ?

— Je n'ai pas sauvé tout le monde. Il y a des fois où je n'ai pas été assez rapide, d'autres fois où c'est le taureau qui a refusé de changer de cible.

— Je ne vois pas comment on pourrait te le reprocher.

— Ce n'est pas ce que pense George Wheeler.

— George… Tu veux dire le fils de Marvin ?

Hobie opina. Cole se souvenait ; il était là. C'était il y a quinze ans, au concours de Pendleton. Il avait fini sa démonstration, non sans mal, mais il avait tenu sur son taureau jusqu'à ce que la cloche sonne. Il était descendu et s'époussetait quand Marvin Wheeler s'était élancé à son tour dans l'arène. Il n'avait pas vu, mais il avait entendu le cri étranglé de l'assistance suivi d'un silence angoissant annonciateur d'un drame. Le cow-boy avait roulé à terre et s'était fait piétiner, éventrer, massacrer à coups de sabots et de cornes par un brahma pervers. Il était mort là, sous les yeux horrifiés de la foule et de son fils de dix ans.

— Personne n'aurait rien pu contre ce taureau, il était devenu fou. D'ailleurs, on l'a retiré des circuits après l'accident. Il ne voulait pas désarçonner le cavalier. Il voulait tuer.

Hobie haussa les épaules.

— George ne voit pas ça comme ça.

— C'était un gosse, à l'époque.

— Oui. Mais il a vingt-cinq ans, maintenant, et il s'en souvient comme si c'était hier. Je l'ai vu au marché aux bestiaux, il y a deux ans. Il m'a cogné. J'ai cru qu'il m'avait cassé la mâchoire. Si deux gars ne l'avaient pas arrêté, il me…

— C'est du délire ! s'exclama Cole, surpris.

— Il y a aussi Bart Brock.

— Bart Brock ? C'est sa main qui s'est prise dans la corde. Tu n'y es vraiment pour rien.

— Peut-être bien ! N'empêche que quand tu vois la vie depuis un fauteuil roulant, la logique… Il me téléphone de temps en temps juste pour me rappeler qu'il me considère comme responsable du décès de son père puisque je n'ai pas su détourner l'attention du taureau le temps que son père saute par-dessus le bardage.

Cole secoua encore la tête.

— Ils sont cinglés ou quoi ? Tu as pris des risques chaque fois que tu es entré dans l'arène, on le sait tous. Je n'admets pas que l'on vienne te faire des reproches.

Hobie le regarda, un peu amusé.

— Tu me fais penser à une personne qui était là il y a un instant !

Cole fit d'abord mine de ne pas comprendre, puis il sourit.

— Sacré Hobie, va ! Tu as toujours eu le chic pour truquer la vérité jusqu'à ce qu'on voie les choses comme toi.

— Non, je dis ce qui saute aux yeux, répliqua Hobie en haussant les épaules.

— Tu veux dire qu'on est tous aveugles quand ça nous arrange ?

— Quelque chose comme ça.

Cole poussa un long soupir. Il tourna les yeux vers la porte avant de les reporter sur Hobie.

— Je pense que je vais devoir présenter mes excuses à quelqu'un.

— Comme tu voudras, mon garçon. Je te dis quand même une chose : elle pardonne facilement sauf si tu touches un point sensible, comme blesser quelqu'un qu'elle aime.

Ne sachant que répondre, Cole se leva, prit son chapeau qu'il avait accroché à la patère à côté de deux casquettes de base-ball, du vieux Stetson de Hobie et d'un chapeau de paille qui semblait n'avoir jamais été porté.

Dehors, le jour baissait. Tandis que Cole se dirigeait vers l'écurie, les propos de Hobie lui trottaient dans la tête. « Elle pardonne facilement, sauf si tu touches un point sensible, comme blesser quelqu'un qu'elle aime », avait-il dit.

Si elle avait su à quel point le souvenir de ce qui s'était déroulé dans l'arène lui pesait, jamais elle ne lui aurait demandé de l'aider. Parce que chaque fois qu'une femme lui avait demandé d'aider un homme qu'elle aimait et qui avait des ennuis, ça s'était mal terminé pour lui.

5

Au moment où il entrait dans la sellerie, Cole subit une attaque aérienne. Croisant les bras au-dessus de sa tête pour se protéger, il jura. C'était le chat. Perché sur une étagère, Rocky venait de se jeter sur lui et ne gardait son équilibre que parce qu'il avait planté ses griffes dans ses épaules.

— Bon Dieu de chat ! s'exclama-t-il.

Les griffes s'enfoncèrent plus profondément encore. Dans une minute il saignerait, c'était sûr. Le chat se mit à grogner. Au même moment, Cole crut entendre des pas à l'extérieur. Des pas légers, rapides. Ce ne pouvait être que Tory. Elle entra, regarda la scène, et un sourire releva le coin de ses lèvres.

— Je suis désolée, dit-elle, faussement gênée.

— Pardon ?

— Je sais que tu es là pour nous aider. Je n'aurais pas dû réagir comme ça.

Ah ? Elle s'excusait pour tout à l'heure.

— Je… euh… je suis désolé moi aussi, répondit-il en grimaçant alors que Rocky continuait de lui labourer les chairs. Je n'aurais pas dû te parler sur ce ton. Je sais que c'est difficile d'admettre que quelqu'un que l'on connaît est aussi…

— Méchant ? suggéra-t-elle. Vicieux ? Pervers ?

— Le tout !

Elle se tourna vers le mur où étaient accrochées les selles et il comprit qu'elle voulait dissimuler son émotion.

— Personne n'a le droit de faire ça à une créature innocente.

Elle avait la voix tellement étranglée qu'elle était à peine audible.

— Non. Personne.

— Je ne permettrai pas que ça se renouvelle ! s'exclama-t-elle, se retournant vers lui.

Elle s'était ressaisie et sa voix avait retrouvé sa vigueur.

— *Nous* ne permettrons pas, rectifia-t-il.

« Imbécile ! Tu n'as pas encore compris que tu ne dois pas faire ce genre de promesses ? » se reprocha-t-il tout bas.

Tory hocha la tête. Elle attrapa une bride et, les doigts tremblants, la tripota. Cole remarqua son trouble mais ne dit rien. Il fit descendre Rocky de ses épaules, remit son chapeau en place et regarda le chat qui se frottait maintenant contre les jambes de Tory.

— Quel personnage ! finit-elle par dire.

Cole grimaça.

— Tu veux dire que c'est un poison.

— Peut-être, mais c'est *ton* poison.

Exaspéré, il soupira.

— Il n'est pas à moi.

Voyant le sourire narquois de Tory, il n'insista pas.

— Ce ne sont pas les maîtres qui choisissent leurs chats, ce sont les chats qui choisissent leurs maîtres, déclama-t-elle.

— On me l'a déjà dit, merci.

— Tu veux peut-être lui donner à manger ?

— Il n'a qu'à attraper des souris.

Elle éclata de rire, un rire si cristallin qu'il en eut des frissons.

— Je commence à comprendre pourquoi il t'a choisi. Vous avez beaucoup de choses en commun, à commencer par une incroyable suffisance.

Il écarquilla les yeux. Elle l'accusait de suffisance ? Il avait été traité de tout dans sa vie, mais jamais d'arrogant.

— Qu'ai-je dit ou fait pour que tu me juges aussi sévèrement ?

— Peu importe, répliqua-t-elle en agitant la main devant elle.

— J'aimerais pourtant savoir ce qui me…

— Si on en revenait aux chevaux ? le coupa-t-elle. As-tu un point de vue sur ce qui se passe ?

— Aucun, pour l'instant. Hobie, lui, a des idées. Et toi ?

Tory n'hésita pas une seconde.

— Quelqu'un veut faire main basse sur le ranch.

— Sur le ranch ? Pourquoi tuer les chevaux, alors ?

— Parce que tout le monde sait que nous ne vendrons jamais. Cette ferme, Hobie en a rêvé. C'est sa réussite, son bonheur. La seule façon d'en devenir propriétaire, c'est de ruiner notre réputation et de nous forcer à lâcher prise.

Elle se mordilla la lèvre.

— Dans le monde du hippisme, ta réputation est ton fonds de commerce. Si tu la perds, c'est fini pour toi. Tu peux mettre la clé sous le paillasson. Personne ne te fera plus jamais confiance. On ne te laissera plus de chevaux.

— Tu veux dire qu'on essaie de faire croire que vous êtes négligents ? Incompétents ? Incapables de prendre soin d'animaux de valeur ?

— La dégringolade peut aller très vite. Même quelqu'un comme Hobie, que tout le monde respecte, peut se casser la figure. Des broutilles, passe encore. Mais la mort de chevaux ? Impardonnable !

Elle recommença à se mordre la lèvre. Pour ne pas pleurer, pensa Cole.

— Je ne vois pas pourquoi quelqu'un voudrait à tout prix faire main basse sur cette propriété.

Elle hésita, et Cole eut l'impression qu'elle cachait quelque chose.

— L'emplacement est exceptionnel, expliqua-t-elle. De l'eau pure en abondance, un accès direct à la mer et à la route principale. On est très entourés. On a des voisins des deux côtés. Les Crain à droite, les Charlie Lee à gauche. Ils convoitaient le terrain, quand Hobie l'a acheté. Ils voulaient également les terres que Glen Porter refusait de vendre mais qu'il nous a louées. Quand ils ont appris qu'il nous les avait louées, ils ont vu rouge parce que ça signifiait qu'elles ne risquaient pas de réapparaître sur le marché avant cinq ans, au mieux.

— Tu veux dire que tu ne serais pas étonnée que l'un d'eux soit derrière ce qui s'est passé ? L'un d'eux ou les deux ?

Elle haussa les épaules.

— Ça m'ennuie de penser ça mais ils étaient tellement contrariés… D'un autre côté, le deuxième cheval qui est mort appartenait à Harry Crain. Je ne vois pas l'intérêt pour lui de tuer une de ses bêtes.

— Qui sait ? N'oublie pas qu'il était assuré. A part eux, qui vois-tu qui aurait pu…

Elle le regarda sans répondre.

— Qui ? insista-t-il. Qu'allais-tu dire il y a un instant ?

Après un moment de silence, elle se décida.

— Il y a un mois environ, j'étais avec Mac dans le pâturage qui est tout à l'ouest. Il y a une source, là-bas, et le bétail s'y regroupe parce qu'il y fait plus frais et qu'il y a de l'ombre. Donc j'y étais avec Mac parce que je voulais l'habituer au bétail quand j'ai aperçu quelqu'un en bas de la colline. Sur nos terres. On aurait dit qu'il avait campé, parce qu'il avait tout un barda avec lui.

— Quel barda ?

— Je n'ai pas bien vu, mais il m'a semblé que c'était un sac de couchage et une lampe. Je suis à peu près certaine d'avoir vu aussi une pioche ou une hache. Je ne me suis pas approchée tout de suite parce que j'ai eu peur que le troupeau se disperse. Finalement, lorsque j'y suis allée, il n'y avait plus personne.

— Et alors ?

— Alors ? Une légende court depuis une bonne centaine d'années comme quoi il y aurait une mine d'or au pied de la colline. On raconte que l'homme qui l'a découverte est mort en allant faire enregistrer sa découverte. Il avait, paraît-il, un sac plein de poussière d'or et deux lingots de belle taille sur lui.

— Tu penses que l'homme que tu as vu prospectait ? Et qu'il voudrait acquérir le ranch à cause de cette… légende ?

Elle haussa les épaules.

— Je sais que ça semble complètement fou. N'empêche, la rumeur tient bon. On en a beaucoup parlé dans les journaux de l'époque, et il s'est même trouvé un historien du début du siècle pour écrire des articles sur ce sujet. De temps à autre, je dirais tous les deux ans, quelqu'un vient rôder. Si ce type trouve quelque chose…

Elle se tut, le regarda.

— Peu importe. Je sais que tu penses que…

— Je vais faire mon enquête, l'interrompit-il. Pour commencer, je vais demander à mon bureau de m'adresser une copie des derniers relevés topographiques et géologiques faits du ciel. Je veux aussi voir les relevés faits par satellites.

— Tu vas faire ça ?

— Ça vaut la peine, non ? De toute manière, à ce stade, il ne faut rien négliger. On éliminera les pistes au fur et à mesure que l'on progressera.

— Je pensais que tu allais dire une fois de plus que je suis… naïve.

— On peut être naïf et ne pas avoir forcément tort.

— Merci pour le compliment ! répliqua Tory, l'air pincé.

— C'est ce que tu cherchais, non ?

Elle rougit puis son regard s'assombrit.

Cole se demanda pourquoi, mais il n'était pas là pour la sonder. Si elle avait une raison d'être troublée ou triste, cela ne le regardait pas. Leur relation devait rester strictement professionnelle. Il était l'employé, elle était l'employeur.

Malgré cette résolution, il ne put s'empêcher de la taquiner.

— Tu sais que tu es jolie quand tu rougis ?

Elle leva les yeux au ciel.

— C'est de la même veine que : « Tu es belle quand tu es en colère » !

— J'aime ces formules, dit-il de sa voix traînante.

— Je suppose qu'elles marchent à tous les coups ?

— Parfois.

— Les femmes sont idiotes, marmonna-t-elle.

— Tout à fait d'accord. C'est pour ça que je les évite.

— Pardon ?

— Si elles sont assez bêtes pour prendre ça pour argent comptant, je les évite parce que je sais que je m'ennuierais à mourir avec elles au bout de cinq minutes.

Hésitant sur la conduite à adopter, Tory esquissa un vague sourire.

— Evidemment, poursuivit-il, si elles sont vraiment très jolies…

— … on leur pardonne un peu de sottise !

L'amertume que trahissait sa voix frappa Cole. C'était parfait, elle allait le détester. C'était exactement ce qu'il souhaitait.

— Un petit calcul, en somme, c'est ça ? poursuivit-elle sèchement. La quantité de bêtise tolérable est proportionnelle à la beauté physique.

La froideur de son raisonnement le dérouta.

— Je plaisantais, O.K. ? Je…

— Bien sûr ! Avec vous, les hommes, c'est toujours des plaisanteries. « Elle est bête à manger du foin, mais avec un corps pareil… » « D'accord elle n'a rien dans la tête, mais quelle tête ! »

Cole la dévisagea. Pourquoi montait-elle sur ses grands chevaux alors qu'il la mettait gentiment en boîte ? Il se passait des choses ici qui lui échappaient.

— Tu es marié ? demanda-t-elle brusquement.

Il écarquilla les yeux.

— Non. Pourquoi cette question ?

— Dommage ! Tu aurais pu changer de femme. En prendre une plus jeune, plus mignonne, plus sexy. Une que tu aurais exhibée à ton bras. Une maîtresse, si tu préfères.

— Je suis désolé, dit-il, mais je ne vois pas où tu veux en venir.

— Le contraire aurait été étonnant ! laissa-t-elle tomber.

Là-dessus, sans lui laisser le temps de répondre, elle décrocha une selle et sortit. En deux enjambées il fut à la porte, mais Tory parlait déjà avec les deux garçons que Hobie lui avait présentés tout à l'heure. Ils donnaient un coup de main le temps qu'il récupère.

Cole s'éloigna jusqu'à être hors de leur vue et les observa.

Kurt, grand et dégingandé, les cheveux blonds rasés sur les côtés, tripotait l'anneau qui pendait à son oreille gauche. Eric était plus petit et plus musclé. Il avait des cheveux bruns qui lui tombaient sur les yeux. Ils discutaient avec Tory des travaux à faire le lendemain.

Quand il leur avait parlé, tout à l'heure, il les avait trouvés anormalement posés et respectueux, pour des jeunes de seize ans. Avec Tory, en ce moment, ils se comportaient de la même manière. Ils écoutaient sagement, opinaient, visiblement d'accord sur tout. Toutefois, ils ne la regardaient pas en face.

En fait, ils semblaient sur leurs gardes. C'était une piste à laquelle personne n'avait pensé, mais qu'il allait falloir explorer, se dit Cole.

Une fois les garçons partis, au volant d'une guimbarde qui semblait ne tenir que grâce aux stickers collés sur la carrosserie, il sortit de sa cachette et rejoignit Tory.

— Dis-moi, Tory, qu'est-ce que tu sais d'eux ?

Au loin, la voiture avait rejoint le grand axe et roulait à toute allure. Soudain, Cole vit que ses phares étaient allumés. Dans leur précipitation, ils avaient dû les oublier.

— De Kurt et Eric ?

Elle eut l'air surpris.

— Ils fréquentent le lycée du coin. Ils ont tous les deux seize ans. J'avais mis une petite annonce sur le tableau de leur lycée, et ils ont répondu. Ce que je proposais comme travail et comme salaire leur convenait et, d'ailleurs, ils ne rechignent pas à la peine.

— Quand ont-ils commencé ?

— Il y a deux mois, au début de l'été. Pourquoi me

demandes-tu ça ? Tu ne penses pas quand même pas qu'ils…

— Je dis seulement que le timing est… intéressant.

— Tu plaisantes ! Ce sont des gosses !

— Tu veux la liste des gosses de seize ans qui ont tué ? Alors, tuer des chevaux…

Elle le regarda quelques secondes puis dit, d'une voix à peine audible :

— Quelle horrible façon de vivre ! En soupçonnant tout le monde.

— On est bien obligé, laissa-t-il tomber.

— C'est pour ça que tu n'exerces plus ton vrai métier ?

— Non.

Sentant qu'elle allait insister, il s'empressa de changer de sujet.

— Demain, je ferai de nouveau le tour de la propriété. Il faudra que j'aie l'air d'un ouvrier agricole. Sauf si tu veux que tout le monde remarque ma présence.

— Il va falloir que tu travailles vraiment, alors.

— Bien sûr. De toute façon, je ne suis pas venu ici pour faire joli.

— Très bien. Par où veux-tu commencer ?

— J'aimerais voir l'endroit où tu as aperçu le type à cheval.

— Ça tombe bien, une partie du troupeau est parqué là-haut. Je ne pensais pas le ramener avant vendredi mais à un jour près, ça n'a guère d'importance. C'est d'accord, demain, hue cocotte, on y va !

— Hue cocotte ? Tu veux dire à cheval ?

Elle lui jeta un regard en coin.

— Bien sûr. Il n'y a rien de tel pour déplacer le bétail. De toute manière, l'endroit est inaccessible par la route, même pas en 4x4. Pourquoi ? Tu ne vas pas me faire croire qu'un cow-boy ne monte pas à cheval !

Son ton grinçant vexa Cole, mais il ne le montra pas.

— C'est-à-dire que ça fait longtemps.

— On va te trouver un gentil cheval, se moqua-t-elle.

— Et mettre des clous sur la selle ?

Il s'adossa au mur de l'écurie et, les bras croisés, la fixa.

— Tu ne m'aimes pas beaucoup, hein ?

Tory se sentit rougir mais soutint son regard.

Elle n'a vraiment peur de personne, se dit-il.

— Ce n'est pas que je ne t'aime pas, c'est que je n'ai pas confiance en toi.

Elle n'avait pas tort ! D'ailleurs, il l'avait lui-même mise en garde contre lui. N'empêche, c'était déplaisant de se l'entendre dire.

— Je vois bien que tu doutes de tout ce que je dis. Tu peux me dire pourquoi ?

Elle se redressa.

— Je n'ai pas confiance en toi parce que je connais les hommes de ton espèce. Le charme texan est doux comme le miel et tu t'en sers trop bien ! Je connais, j'ai déjà donné. En plus, tu es bel homme et je me méfie comme de la peste des hommes trop beaux.

Cole cilla. On lui avait déjà dit qu'il avait beaucoup de charme, compliment qui l'avait souvent mis dans des situations embarrassantes devant des maris ou des petits copains, mais on ne le lui avait jamais dit sur ce ton accusateur.

— Pourquoi ai-je l'impression que ce n'est pas de moi qu'il s'agit ?

Elle pâlit et parut soudain extrêmement lasse.

— Je suis désolée. Je ne sais pas pourquoi je suis tellement agressive. Enfin, si… Mais tu es un ami de Hobie, et je ne devrais pas te dire des choses pareilles. Par moments, je crois que je perds la tête.

— J'ai touché un point sensible, peut-être ?

— Je suis fatiguée, c'est tout, dit-elle en se frottant les yeux pour accréditer son propos. J'essaie de faire tourner le ranch, Hobie ne va pas très bien et… et il y a cette affaire avec les chevaux.

— Ne t'excuse pas, Tory, tu as le droit d'être fatiguée.

Tory, quel joli prénom ! Prononcé avec douceur, c'était comme une caresse. Malgré lui, Cole frissonna.

Comme si elle avait perçu son trouble, elle recula. Au même moment, il recula lui aussi.

— Je… Si tu veux qu'on aille là-haut, il faudra partir tôt, bafouilla-t-elle. Aux heures chaudes, la terre est très sèche et en galopant on soulève de la poussière.

Il fit opina du chef.

— Il n'y a pas de réveil dans ta chambre, ajouta-t-elle.

— Ne t'inquiète pas, je serai réveillé.

— Parfait.

Sans un mot de plus, elle tourna les talons et s'en alla.

En la regardant s'éloigner, Cole secoua la tête. Il regrettait parfois que Stomper ne lui ait pas esquinté le visage plutôt que les côtes. Peut-être alors les femmes, celles qui l'intéressaient du moins, l'auraient-elles vu autrement que comme un bellâtre dont il fallait se méfier.

Kyra, au début, avait réagi exactement comme Tory. Il avait compris pourquoi quand il avait su comment son ex-mari, cet homme si parfait, l'avait traitée. Il lui avait fallu du temps et beaucoup de patience pour la convaincre de lui accorder sa confiance. Entre-temps, elle était tombée amoureuse de Cash Riordan, un comédien assez quelconque physiquement et qui, pourtant, crevait l'écran.

Dépité, il haussa les épaules. Dans le fond, que lui importait ce que pensait et ressentait Tory ? C'était la nièce d'un ami, il devait la traiter comme telle. Point.

Le problème, c'est que c'était plus facile à dire qu'à faire !

Agacé subitement, contre lui, contre la vie, contre tout, il donna un coup de poing dans le mur de l'écurie. Un hennissement lui répondit. Un étalon sortit la tête d'une stalle et deux yeux doux et gentils se posèrent sur lui. Regrettant son mouvement d'humeur, il rassura l'animal.

— Pardon, mon vieux. Je ne voulais pas te faire peur.

Il se conduisait comme un adolescent sous l'influence de ses hormones ! Lui, perdre son sang-froid ? Cela ne lui était jamais arrivé, et ça n'allait pas commencer à son âge !

Mac hennit doucement.

— Tu as de la chance, Mac. Elle est folle de toi !

Le cheval hocha la tête comme s'il acquiesçait, ce qui fit rire Cole. Il caressa l'encolure de la bête, lisse et nerveuse. C'était vraiment un bel animal.

— Elle a raison, tu es magnifique, dit-il. Et tu ne l'abandonneras jamais, toi.

Il soupira.

— A condition que je puisse t'éviter le sort des autres, murmura-t-il.

6

Le jour pointant, Cole cessa de lutter pour trouver le sommeil. A plusieurs reprises il s'était assoupi, mais s'était très vite réveillé en sursaut, hanté, comme toujours, par des images obsédantes. Dommage, car la campagne était calme et le silence le changeait de la rumeur permanente de la ville.

Cette nuit, ces images avaient été différentes de celles qu'il voyait d'ordinaire. D'habitude, des yeux mourants et des visages accusateurs mais anonymes le fixaient. Cette fois, les yeux étaient ceux de Hobie et le visage accusateur, celui de Tory. Il s'était réveillé en sueur et avait cru sentir sa présence dans la chambre.

La deuxième fois, il avait été réveillé par un rêve érotique. Tory était assise sur lui et le caressait. Il s'était de nouveau réveillé en sueur, mais avec une incroyable envie de jouir dans ses mains.

Il s'assit au bord du lit en soupirant.

Tory s'était excusée de l'installer dans une petite chambre en lui expliquant que Hobie occupait dorénavant la chambre d'amis du rez-de-chaussée pour ne pas avoir à monter à l'étage.

Il lui avait assuré que c'était parfait en se disant que si elle devait s'excuser de quelque chose, c'était de l'installer juste en face de sa chambre.

Il se leva et s'étira tout en réfléchissant à ce qu'il

allait faire aujourd'hui. Jusqu'à présent, il n'avait pas fait grand-chose, à part passer à la loupe les noms que Hobie et Tory lui avaient communiqués, et confier à son bureau le soin d'enquêter sur les propriétaires des chevaux. Ses collaborateurs lui avaient laissé entendre que les Flynn n'avaient plus bonne presse. La rumeur se répandait qu'ils avaient des problèmes graves avec les chevaux dont ils s'occupaient. Pour l'instant, il gardait cette très mauvaise nouvelle pour lui.

Il se massa la nuque. Il était ankylosé, ce matin. Les cicatrices qu'il sentait sous ses doigts, serpents boursouflés et hideux sur sa peau, lui rappelaient le jour maudit qui avait signé la fin de sa carrière.

S'il n'y avait eu que ces cicatrices pour lui rappeler ce jour funeste… Hélas ! il y avait toutes ces images.

« Arrête de t'apitoyer sur toi ! »

Il se pencha pour prendre son jean, le passa puis longea le couloir vers la salle de bains. Une bonne douche lui remettrait les idées en place. Une douche froide. Très froide, se dit-il en refermant derrière lui.

En entendant l'eau couler, Tory sut que Cole était réveillé et qu'il n'était pas question de se rendormir. Elle se frotta les yeux. La journée s'annonçait longue et difficile. Et cela n'aurait qu'un lointain rapport avec le manque de sommeil.

Cette nuit, elle était descendue plusieurs fois écouter à la porte de Hobie pour s'assurer qu'il allait bien. Sa respiration était sifflante, mais il respirait. Elle n'en demandait pas plus. Evidemment, ces allées et venues l'avaient totalement réveillée, lui laissant tout le temps pour penser. Penser à l'homme qui, en ce moment même, se douchait à six mètres d'elle.

Elle ferma les yeux, troublée, mais les images s'imposaient. Celles d'un grand corps nu et puissant, sur lequel couraient des filets d'eau. Excitée, elle imagina la force et la souplesse qu'il lui avait fallu pour affronter les bêtes féroces, chevaux sauvages et taureaux agressifs, lâchés dans l'arène pour le tuer.

— Ça suffit !

Elle sursauta. Depuis quand se parlait-elle tout haut ? Elle s'extirpa de son lit, prit un T-shirt jaune dans sa commode, son jean, et se dirigea vers la douche.

Une douche froide lui ferait du bien, lui remettrait les idées en place. Il fallait qu'elle garde présent à l'esprit que Cole n'était pas là pour la faire fantasmer mais pour enquêter sur la mort des chevaux. De toute façon, elle ne l'intéressait sûrement pas.

Sa douche prise, elle se sécha, s'habilla, rassembla ses cheveux en queue-de-cheval et retourna vers sa commode. Courbée en deux, elle ouvrit le tiroir du bas et tâtonna au fond jusqu'à ce qu'elle touche le cadre en argent massif qu'elle cachait là depuis longtemps. Après avoir pris une profonde inspiration, elle le retourna.

Son père la regardait. Il était vraiment beau. Des traits réguliers, fins, des cheveux blonds, souples, à peine grisonnants aux tempes, des yeux pétillants, un nez droit, des fossettes et une bouche sensuelle qui semblait prête à rire. Pas étonnant qu'il ait séduit tant de femmes !

« Rappelle-toi qui il est vraiment ! » s'ordonna-t-elle en sentant qu'elle s'attendrissait.

Tout n'avait pas été mauvais, néanmoins. Enfant, elle l'avait adoré comme une petite fille peut adorer son père. Il lui avait dit qu'elle était belle et elle l'avait cru. Il lui avait appris à monter à cheval, à danser, à chanter.

Et, pour finir, il lui avait appris à pleurer.

Aujourd'hui, elle ne pleurait plus. Cela faisait longtemps qu'elle n'avait plus versé une larme à cause de cet homme. Elle ne ressentait plus que colère face à ce visage dont il se servait pour charmer et convaincre. Pour forcer les autres à penser et agir comme lui.

Elle remit le cadre au fond du tiroir et le referma brusquement. Elle était forte, maintenant. Armée. Vaccinée contre le charme, si jamais il prenait à Cole Bannister la folle idée d'essayer de l'exercer sur elle. Totalement immunisée.

Elle enfila ses chaussettes et dévala l'escalier pour aller mettre ses bottes et s'assurer que Hobie allait bien.

« J'avais oublié », songea Cole.

Oublié comme c'était bon d'être en pleine nature, loin du tohu-bohu de la ville. Oublié la sensation de l'air pur et les odeurs d'herbe et de terre chauffées par le soleil. Oublié le plaisir simple de chevaucher dans des prés parsemés de coquelicots. Oublié le bonheur de monter un cheval à la démarche élastique et souple.

Le cheval de Hobie était un de ceux-là. Pas n'importe quelle bête.

— Tu as l'air… aux anges.

Surpris, il regarda Tory. Depuis ce matin, elle lui avait à peine dit deux mots, comme si elle avait décidé de ne pas lui adresser la parole. En fin de compte, il appréciait son silence. Le peu qu'ils s'étaient dit concernait Hobie — qui dormait encore au moment de leur départ —, le cheval de Hobie, et Rocky qu'ils avaient laissé vautré de tout son long sur la rambarde de la terrasse.

— Dure vie ! s'était exclamé Cole en regardant le chat qui se dorait au soleil.

Il s'en voulait d'être redescendu dans la nuit pour donner au chat une des boîtes de pâtée qu'il avait fourrées à la dernière minute dans son pick-up, quand il avait compris que l'animal, plus têtu qu'une mule, était bien décidé à l'accompagner.

— Il l'a bien mérité, avait dit Tory en caressant la boule de fourrure.

Rocky n'avait manifesté ni contentement ni agressivité. Il n'avait pas miaulé non plus.

Il se fait bien à cette vie de pacha, avait pensé Cole.

Pour l'heure, c'était lui qui se sentait comme un coq en pâte et, à en juger par ce que venait de dire Tory, cela devait se voir.

— Oui, c'est le mot, je suis aux anges.

Il enleva son gilet en jean doublé de peau de mouton, trop chaud maintenant, et l'attacha à sa selle.

— Je ne m'étais pas rendu compte à quel point cela me manquait.

— Je ne pourrais pas vivre autrement, dit-elle.

La gravité de son ton le fit sourire.

— Ce n'est pas moi qui te le reprocherai.

Tory haussa les sourcils.

— Même après cette matinée ? Le cheval de Hobie ne t'a pourtant pas fait de cadeau.

Cole ne put s'empêcher de rire.

— Il a voulu me montrer qu'il a de la personnalité. Hobie m'avait prévenu qu'il n'était pas sorti depuis un certain temps et qu'il risquait de se cabrer.

Dès qu'il s'était mis en selle, il avait senti qu'il voulait l'éjecter. La bête avait perdu l'habitude d'être montée, surtout par quelqu'un d'aussi pesant que lui. Alors il avait protesté, mais Cole avait tenu bon. La chevauchée avait juste été un peu acrobatique au début.

— Il ne lui a pas fallu beaucoup de temps pour saisir que tu ne te laisserais pas faire, remarqua Tory.

Tu l'as rapidement mis au pas. Pour quelqu'un qui n'a pas monté depuis longtemps…

— Je crois quand même que je vais en ressentir les effets plus longtemps que lui !

Son commentaire la fit sourire. Un sourire adorable qu'il but comme un élixir. C'était bon d'être avec elle, de chevaucher en sa compagnie dans le soleil du matin.

Tout en la regardant, il lui rendit son sourire.

Elle était charmante, sa casquette de base-ball enfoncée sur la tête, sa queue-de-cheval flottant au vent. C'était comme s'il avait fait un bond dans le passé et revivait une journée heureuse de son enfance.

— Ton petit cheval est un amour, dit-il en faisant un mouvement de tête vers Mac.

Quand il vit la manière dont elle regardait son cheval, il se demanda s'il lui arrivait parfois de regarder un homme avec ces yeux-là.

— Il est merveilleux, répondit-elle. Il a du cœur, du talent, il comprend tout. S'il était à moi, jamais je ne le vendrais.

— Si tu l'aimes tant, tu devrais l'acheter.

— L'acheter ? Avec quel argent ? John l'a déjà payé très cher pour un cheval de deux ans, alors maintenant…

— Dommage ! laissa tomber Cole. Il devrait appartenir à quelqu'un qui l'aime beaucoup.

— Oh ! John l'aime beaucoup ! Mais il… il aime gagner. Il avait mis tous ses espoirs en John's Prize, et il…

— En qui ?

— Son autre cheval, celui qui est mort.

Elle baissa les yeux.

— Il lui avait donné son nom ? Belle expression de son narcissisme !

Tory releva la tête.

— Non, il n'est pas comme ça. Enfin, pas vraiment. De toute manière je refuse de le critiquer. Il nous est resté fidèle même après…

Elle laissa sa phrase en suspens et se pencha pour caresser l'encolure de Mac.

La voyant triste, Cole voulut lui dire de ne pas s'inquiéter, qu'il ferait tout pour que rien n'arrive à Mac, mais il se tut. Il ne faisait plus jamais de promesses. Il y en avait tellement qu'il n'avait pas tenues !

Il se détourna et regarda les collines, espérant retrouver la sérénité qui l'habitait un instant plus tôt. Ils continuèrent à chevaucher en silence. Après de longues minutes, alors que le soleil qui montait dans le ciel lui brûlait le dos, la douce sensation de bien-être l'envahit de nouveau.

— C'est là-haut que je l'ai vu, dit enfin Tory en montrant un point à droite sur la colline.

Cole fit bifurquer sa monture. Il n'y avait pas de chemin, mais Tory semblait sûre d'elle. Il la laissa ouvrir la route sur la pente caillouteuse.

Le poulain de Tory avançait sans hésitation sur le terrain accidenté. De temps à autre, elle lui donnait un petit coup dans les flancs ou tirait sur les rênes. Ce matin, pendant qu'ils sellaient les bêtes, elle lui avait dit qu'elle était récemment passée du hackamore à un mors plus difficile à supporter. S'il ne l'avait pas su, il ne l'aurait jamais imaginé. Mac acceptait avec une bonne humeur toute équine l'étrange pièce de métal qui lui entravait la bouche au lieu du hackamore en cuir qui exerçait seulement une légère pression sur son nez.

Tory était une excellente cavalière. C'était Hobie qui l'avait entraînée, et Hobie était un bon. Peut-être le meilleur cavalier texan. Comme il la suivait, il la voyait faire. Elle se tenait droite sur sa monture, mais jamais raide ; elle avait une souplesse et une élégance naturelles que beaucoup de cavalières auraient pu lui envier. Quant à Mac, il progressait sur ce terrain accidenté sans jamais trébucher, ni renâcler. Elle anticipait tous les dangers, devinait les pièges et, l'encourageant à mi-voix, le guidait à travers broussailles et cailloux.

Elle lui parlait. Portés par la brise, les mots gentils arrivaient jusqu'à Cole. De nouveau, il se demanda si elle savait parler avec autant d'amour à un homme.

Pour entendre ces mots et cette voix, cette voix sensuelle à donner des frissons, s'adresser à lui, il se serait jeté du haut de la falaise, si elle l'avait voulu.

— Là-haut, dit-elle en arrêtant Mac.

Le bras tendu, elle montra un bosquet d'arbres à peine plus hauts que des buissons, qui entouraient ce qui ressemblait à une petite clairière entre deux gros rochers.

Bon point de vue, pensa Cole en la rejoignant. Situé au-dessus d'un chemin à peine tracé, à l'ombre d'arbres qui le protégeaient de la vue, l'endroit était à peine visible. Seuls ceux qui en connaissaient l'existence pouvaient le deviner.

Cole fit passer les rênes par-dessus la tête de sa monture et mit pied à terre.

— Tu peux le lâcher, il ne bougera pas, le rassura Tory.

En effet. Le cheval, docile, ne broncha pas.

Cole observa la colline, cherchant le chemin le plus logique pour grimper jusqu'au petit plateau. Escalader les rochers ? Ils étaient lisses et ronds comme de gros galets, et ses semelles glissaient. S'il trouvait une prise, il pourrait se hisser. Or il ne voyait pas d'aspérités dont il aurait pu se servir.

— Je n'ai pas vu de cheval, ni d'empreinte, quand

je suis venue voir un peu plus tard, mais il avait pu tout nettoyer.

— Où est la route la plus proche ? demanda-t-il en avançant vers un rocher plus petit que les autres.

— Il y a une route secondaire là-bas, répondit Tory en lui indiquant la direction d'un geste de la main. Elle passe dans les collines et continue de l'autre côté sur près de deux kilomètres, jusqu'au sentier coupe-feu.

— C'est loin d'ici ?

— Pas trop, mais c'est raide.

Cole hocha la tête et, posant le pied sur le petit rocher, prit son élan et grimpa au sommet du plus gros. Là, il se retourna.

— C'est bien ce que je pensais ! s'exclama-t-il. D'ici, on a une vue plongeante sur le ranch. Avec une bonne paire de jumelles — ou un bon fusil à lunette, pensa-t-il —, on suit tout ce qui se passe dehors.

— Tu me fais peur, dit Tory.

Accroupi, il passa le doigt sur une tache plus foncée que la terre et le sentit.

— C'est du pétrole. Ça confirme la présence de la lampe que tu as vue.

— Les lampes à pétrole sont lourdes. Personnellement, je ne monterais pas à pied jusqu'ici avec un poids pareil. Sauf si je devais y rester des heures.

Son expression changea brusquement.

— A ton avis, il est dans les parages ? Je suis revenue plusieurs fois, et je ne l'ai plus revu.

— Dis-moi une chose, Tory.

Il prit l'air dégagé et recula vers le bord du petit plateau.

— Ça t'arrive souvent de courir après les gens qui entrent dans la propriété sans autorisation ?

— Je ne lui ai pas couru après, il était déjà parti.

— Et s'il avait été là ? Qu'aurais-tu fait ?

Elle rougit.
— Je sais, tu penses que je suis…
— N'essaie pas de savoir ce que je pense, tu ne devineras jamais, murmura-t-il.
Sur ces mots, il sauta en contrebas.
— Je fais faire le tour, annonça-t-il. Tu attends ou tu commences à redescendre ?
— J'attends. Mais si tu me disais ce que tu cherches, je pourrais t'aider.
— Je ne sais pas au juste. Je…
— … le saurai quand je le verrai ?
Il leva la tête vers elle, s'attendant à la voir rire, mais elle ne riait pas. Elle le regardait froidement.
— Oui, quelque chose comme ça, répondit-il en s'éloignant.
— Oh ! Cole ! le rappela-t-elle. Dis-moi. Pourquoi as-tu arrêté les rodéos ?
Cole s'immobilisa. Il n'avait jamais ressenti ce qu'il éprouvait en cet instant. La sensualité de sa voix quand elle avait prononcé son nom, suivie, brutalement, de la question qu'il redoutait entre toutes, le pétrifia sur place.
— Trop de gens mouraient, répondit-il platement sans même se retourner.
Puis il reprit sa marche vers le sommet de la colline.

7

Après avoir rassemblé les bœufs qui paissaient le long du ruisseau et les avoir regroupés dans le pré en contrebas, Cole commença à s'inquiéter. Serait-il en état de marcher demain ? Cela faisait une éternité qu'il n'avait plus monté et donc fait travailler les muscles de ses cuisses et de son dos. Sa mobilité pour les jours à venir lui semblait compromise.

Cette balade à cheval était un rêve. Entre Tory et lui, l'atmosphère était au beau fixe. Ils se sentaient bien ensemble et leur collaboration se révélait efficace. Ils n'avaient eu aucun mal à réunir le troupeau, même si Cole avait dû, à plusieurs reprises, ramener une bête récalcitrante. Sa monture, Buck, était un cheval aguerri à ce genre d'exercice. Sur Mac, Tory pourchassait les fuyards ou les retardataires.

— Ils ne resteront pas ici longtemps, expliqua-t-elle. On les ramène quelques jours près du ranch pour vérifier qu'ils vont bien, et ensuite ils repartent.

Il se tourna pour regarder autour de lui.

— Ils ont assez d'herbe, ici ?

— On complète avec du foin, mais pas trop. On ne les élève pas pour leur viande. Alors, inutile de les engraisser.

— Hobie dit que Mac est un futur champion.

— C'est juste. Il est bourré de talent et très astucieux.

C'est inné, chez un cheval, ça ne s'acquiert pas. Mac, par exemple, a le sens de ce qu'il faut faire dans les situations périlleuses. Ça peut te sauver la vie.

Cole opina, mais il n'écoutait pas. Il n'entendait que la suavité de cette voix qui l'enchantait. Devenait-il stupide ? Pour commencer, un chat qu'il avait laissé entrer chez lui et qui s'octroyait tous les droits, et maintenant une femme, une cliente, qui lui tournait la tête.

Ils finirent leur promenade au trot et ralentirent à l'approche de l'écurie pour permettre aux chevaux de se rafraîchir.

— Aïe, aïe, aïe ! gémit Cole en mettant pied à terre.

Le voyant boitiller, Tory rit sous cape.

— Tu as mal ?

— Un peu, mais c'est surtout demain que je vais souffrir.

— Tu devrais te passer de la crème tout de suite, dit-elle d'un ton espiègle. Tu veux que je te bouchonne comme Mac ?

L'image des mains de Tory courant sur lui le fit frissonner. Elles le palpaient, le massaient, le caressaient pour faire pénétrer la crème dans ses muscles endoloris. C'était d'un érotisme insoutenable.

Excité par ces images, il ferma les yeux.

— Cole ?

— Euh… Oui ?

— Ça va ? Tu as si mal que ça ?

— Non… enfin… oui. Je vais rester dehors avec les chevaux… à l'air frais.

Si elle ne disparaissait pas tout de suite de sa vue, il ne répondait plus de rien.

Il serra les poings. L'étreindre, happer sa bouche, l'étouffer sous ses baisers… tout cela lui était interdit.

Pourtant, comme il désirait que les images qui défilaient devant ses yeux deviennent réalité !

— Si tu allais voir Hobie ? suggéra-t-il pour l'éloigner.

— Tu as raison, j'y vais.

Soulagé, il se pencha vers Mac et appuya le front sur sa robe tiède, luisante de sueur.

— Tu as de la chance, toi, tu sais !

Il se redressa, prit le harnachement des deux montures pour aller le ranger dans la sellerie et, sa veste négligemment jetée sur l'épaule, s'en alla.

En fin d'après-midi, après avoir aidé Eric et Kurt à nettoyer les stalles, Tory rentra à la maison. Elle était trop fatiguée pour en faire davantage ce soir. Heureusement, Hobie avait préparé le dîner qu'il ne restait qu'à mettre au four.

— Tu te sens mieux, on dirait, dit-elle en le serrant dans ses bras. Ça me fait plaisir.

— Oui, un peu mieux.

Il la regarda un moment puis se détourna.

— Qu'est-ce qu'il y a, Hobie ?

— Rien. Dîner dans une heure. Et ne sois pas en retard ou je jette tout à la poubelle.

— Hobie ? Qu'est-ce qui se passe ? Tu peux me parler, tu sais.

— C'est Ralph. Ralph Hudson. Il est venu ce matin.

— O.K., j'ai compris, il a repris Starwalker.

Il fit oui de la tête.

Ils s'y attendaient tout en espérant que cela n'arriverait pas. Mais il ne fallait pas qu'elle s'effondre devant son oncle.

— Ce n'est pas grave, Hobie. On va s'en sortir, crâna-t-elle.

— Où est Cole ?

— Je ne sais pas. Je vais prendre une douche, ajouta-t-elle, changeant brusquement de sujet.

Sur ces mots, elle monta dans sa chambre. C'était vrai, elle ne savait où était Cole et ne tenait pas à le savoir. Elle avait passé l'après-midi à essayer de l'ignorer et ne se sentait pas prête à le revoir après sa réaction de ce matin.

Jamais elle n'avait vu le regard d'un homme changer comme le sien quand elle lui avait proposé, en plaisantant, de le masser. Elle avait cru voir dans ses yeux les images qui défilaient dans son esprit.

Elle s'assit sur son lit et serra ses mains jointes entre ses genoux. Sa première expérience sexuelle, elle était alors au lycée, ne lui avait pas laissé un souvenir impérissable. La suivante avait été un désastre. Elle n'était pas du genre à fantasmer, alors pourquoi, subitement, cette flambée de désir pour un homme ?

Elle soupira et se roula en boule sur son lit. Qu'est-ce qu'il lui arrivait ? Etait-elle en manque au point que le premier homme disponible l'excite à ce point ?

Non, ce n'était pas ça. Il y avait d'autres hommes, dans la région, et si elle voulait… Mais ceux-là, elle ne les voyait pas. Qu'avait donc ce Cole de si différent ? Sa beauté ? Son charme ? Elle n'allait tout de même pas tomber dans le piège de ses beaux yeux ! Après avoir toujours évité les hommes trop beaux, allait-elle oublier tout à coup pourquoi elle les avait écartés de son chemin ? Oublier les humiliations subies par sa mère ? Oublier toute méfiance, toute prudence ? Tout oublier à cause d'un éclat troublant dans des yeux bleu acier ?

Elle frissonna et se recroquevilla davantage.

Soudain, elle prit conscience des odeurs de cuisine qui flottaient dans l'air et se rappela qu'ils n'avaient pas encore dîné. Vite, elle alla prendre sa douche puis, laissant ses cheveux humides retomber librement dans son dos, enfila une robe longue en jersey qu'elle portait parfois le soir parce qu'elle était confortable et la changeait de ses éternels jeans. L'idée qu'elle la mettait pour Cole lui passa par la tête. Elle la refoula et, pour bien se prouver que ce n'était pas pour lui, ne se maquilla pas.

A la fin du dîner, Hobie lui prit la main.

— Ton père a appelé, cet après-midi.

Tory pâlit et sentit son estomac se nouer.

— Je lui ai dit que tu étais dans les pâtures pour rassembler le troupeau. Je ne pense pas que tu aies changé d'avis et que tu veuilles lui parler ?

— Non.

— Tu sais qu'il veut toujours que tu rentres à la maison ?

— Mais je suis à la maison !

Hobie sourit.

— Il était… comment dire… agressif. Il m'a accusé de t'empêcher de lui parler.

— Je suis désolée qu'il t'ait dit ça.

— Je suis habitué, tu sais.

— Tu n'y es pour rien, si je suis partie. Il n'a aucune raison de t'en vouloir. Ça fait maintenant cinq ans ! Il devrait comprendre que ce n'était pas sur un coup de tête.

Elle se mordit la lèvre.

— Ça m'ennuie que tu sois obligé de mentir à cause de moi.

Hobie haussa les épaules.

— Je pourrais mentir jusqu'à la fin des temps, je ne le battrai jamais.

Tory observa son oncle et le trouva vraiment serein. Il y avait longtemps qu'il ne se faisait plus d'illusions sur Jack Flynn.

Elle regarda alors Cole. Comme toujours, son

expression était impénétrable. Si elle baissait sa garde et se laissait séduire, elle irait au-devant de graves désillusions. Il ressemblait trop à son père.

Sa mère avait-elle éprouvé la même attirance morbide pour un homme qui ne pouvait rien lui apporter de bon ?

Elle débarrassa la table et posa la vaisselle sale dans l'évier. Comme chaque fois qu'elle pensait à sa mère, son cœur se serra de honte. Jamais elle n'oublierait son visage, son teint blême et cireux, et ses traits enfin reposés dans la mort. Jamais elle n'oublierait l'injustice et la lâcheté dont elle avait fait preuve à son égard.

— Pauvre maman ! murmura-t-elle. Je me déteste.

Bouleversée, elle laissa tout en plan, assiettes, couverts, verres, et sortit en courant avec l'espoir de trouver dans la douceur triste de cette fin de journée un pardon à sa lâcheté.

Il faisait presque nuit quand Cole la retrouva sur la balancelle de la terrasse. Les jambes repliées, elle serrait ses genoux dans ses bras. Ses cheveux défaits balayaient le haut de sa robe dont la couleur faisait ressortir le vert amande de ses yeux. Elle était très belle.

— Tu veux qu'on parle ? proposa-t-il en s'adossant nonchalamment au poteau qui soutenait l'auvent.

Il la vit se raidir.

— De quoi ? Hobie t'a parlé ?

— Oui, parce que je le lui ai demandé. Je voulais savoir pourquoi il ne mentionnait jamais son frère. Pendant des années, je n'ai même pas su qu'il en avait un.

— Et que t'a-t-il dit ? Que mon père est aussi charmeur qu'un politicien qui se présente à une élection ? Que les femmes tournent autour de lui comme des mouches et qu'il en change toutes les semaines ? Qu'il a été deux fois en tête de liste des hommes les plus glam' du pays, enfin l'un des cinquante premiers selon le magazine *Gents*, ce qui est déjà pas mal ? Qu'il est tellement riche qu'il pourrait s'offrir la moitié du Texas, s'il était à vendre ? Ou tout ce qu'il veut. Ou qui il veut.

Elle resserra les bras autour de ses genoux et y posa la joue, lui tournant ostensiblement la tête.

— Non, dit-il doucement. Il m'a seulement dit que son frère trouvait normal d'être adulé, et que cela irritait beaucoup de monde. Il paraît qu'il a blessé pas mal de gens.

— C'est exact.

— Et qu'il veut vraiment que tu rentres.

Elle haussa les épaules.

— Je sais. Voilà des mois qu'il me harcèle. Pour quelle raison ? Mystère !

— On peut peut-être envisager qu'il veut que tu reviennes parce qu'il t'aime ?

Elle releva brusquement la tête et le dévisagea, l'air peu aimable.

— Mon père n'aime personne d'autre que lui. S'il veut que je rentre, c'est qu'il a quelque chose derrière la tête.

Cole ne releva pas. Son métier lui ayant appris que pour amener quelqu'un à parler d'un sujet donné il fallait commencer par parler d'autre chose, il mit la technique en application.

— J'ai l'impression, dit-il, que Hobie fait partie des personnes qu'il a blessées.

Tory se redressa comme si une guêpe l'avait piquée.

— Oui. Et plus d'une fois. Il le traitait de bouche inutile, de raté, de loser. Il disait qu'il était né pour être clown et qu'il serait la risée de tous jusqu'à la fin de ses jours.

« Cette méchanceté t'a blessée toi aussi, pensa Cole. Peut-être plus que Hobie lui-même. »

— C'est pour ça que tu t'es fâchée avec lui ?

Elle se leva d'un bond et empoigna la rambarde.

— Pas du tout. Je t'explique. J'étais la fille de mon père. C'était mon papa chéri. J'étais ce qu'on appelle « la fille à papa ». C'était mon héros, mon dieu. Je... je croyais tout ce qu'il me disait, j'avalais tout. Pendant des années, Hobie a été mon imbécile d'oncle, le clown de la famille. Ma mère me disait que j'avais tort de le juger comme ça, que Hobie était un homme bien et intelligent. Les quelques fois où je l'ai vu, j'ai pensé qu'elle n'avait pas complètement tort. Il était drôle, il me faisait rire. En plus, il était très gentil avec moi. Le pauvre ! Il supportait tout.

— Comment a-t-il pu ? s'exclama Cole, furieux à la pensée que son ami ait pu subir autant d'humiliations.

— J'aurais dû voir. J'aurais dû faire la part du vrai et du faux. Mais je devais croire mon père, parce que j'étais la petite fille à son papa et que les fifilles à leur papa ne doutent pas de leur père.

Ankylosé, Cole changea de position sans la quitter des yeux. Elle avait l'air triste. Sans doute éprouvait-elle de la culpabilité envers son oncle ? C'était un sentiment qu'il connaissait bien.

— Ce n'est pas ta faute..., commença-t-il.

Elle pivota sur elle-même.

— Comment peux-tu dire ça ? Quand j'avais cinq ans, peut-être. A six ou sept, passe encore. Mais je ne croyais que lui, Cole ! Même après la mort de ma mère, je l'ai encore cru. J'ai été nulle. Je n'ai jamais compris que maman espérait que je devinerais sa rouerie. Elle espérait que je finirais par voir qui il était vraiment, et où se trouvait la vérité. A seize ans, j'adorais encore Jack Flynn. Alors maman a baissé les bras. Elle a démissionné et a préféré mourir.

La façon dont elle parlait de son père, l'appelant « Jack Flynn » au lieu de « papa », témoignait du mépris qu'elle éprouvait pour lui maintenant et de la distance qu'elle entendait maintenir entre eux.

Misère ! Après Kyra qui avait été maltraitée par son mari, c'était maintenant Tory, malmenée par son père. Allait-il payer le prix fort alors qu'il n'avait rien fait, simplement parce qu'il était beau garçon ? A cause d'hommes qu'il n'avait jamais rencontrés et ne voulait surtout pas connaître ?

— Pauvre Hobie ! poursuivit-elle. Toutes ces années gâchées ! Des années qui ne reviendront jamais. Des années pendant lesquelles il a cru que je me moquais de lui, comme le faisait mon père. Tout cela par facilité.

Elle serra la rambarde qu'elle n'avait pas lâchée tellement fort que Cole vit ses articulations blanchir.

— Je suis partie en pension à ce moment-là et, pour la première fois, mon père n'a plus été là pour m'imposer insidieusement ses points de vue. J'ai commencé à voir les choses différemment, à juger par moi-même.

Amère, elle laissa échapper un petit rire sans joie.

— J'ai commencé à voir clair, tout simplement. On me montrait des journaux avec des photos de mon père en compagnie de sa bimbo de la semaine.

Elle détourna la tête pour cacher sa honte.

— Les autres filles me riaient au nez, me demandaient ce que ça me faisait de voir mon père sortir avec des filles de mon âge. Je me suis rendu compte à ce moment-là que ses infidélités duraient depuis des années. Il avait commencé bien avant la disparition de maman.

Elle s'arrêta, frissonna.

— Mais on l'admirait. Il paraît qu'il faisait beaucoup de choses. Pour cela, il se servait des gens, il leur faisait son grand numéro de charme pour arriver à ses fins. C'est de cette façon que le travail se faisait. Et ces imbéciles étaient flattés !

Elle souffla.

— J'ai été très courtisée, à l'époque, mais j'ai vite compris qu'on en voulait surtout à la fortune de mon père. Alors j'ai écarté tout le monde. Je ne sortais plus.

— Arrête, Tory. Je n'aurais pas dû insister pour que tu me parles. Excuse-moi.

— Je le déteste ! s'écria-t-elle. Je sais qu'on ne doit pas parler ainsi de ses parents, mais c'est comme ça. Je le déteste. Je hais Jack Flynn !

— Et ceux qui te font penser à lui ?

A peine posée, Cole regretta sa question. Que cherchait-il ? A connaître ses sentiments ou à stopper ce flot de paroles ?

Elle tourna vers lui des yeux brillant de colère.

— Oui ! Personne n'a intérêt à user de son charme devant moi. Il a passé sa vie à en abuser. C'était son arme, le moyen d'obtenir ce qu'il voulait quand il voulait. Au mépris de ceux qu'il flouait au passage, dans les affaires ou en famille.

— A qui penses-tu, Tory ? A moi ?

Encore une question idiote, se dit-il. Il ne saurait donc jamais se taire ?

Comme elle ne répondait pas, il reprit.

— Mon physique n'a jamais impressionné les chevaux ni les taureaux. A l'armée, il ne m'a pas non plus servi, au contraire. On disait de moi que j'étais « mignon », et on me chambrait deux fois plus. Ça n'a pas non plus arrêté la bombe qui…

Effrayé par ce qu'il allait dire, il se tut. Il ne parlait jamais de ça. A personne.

Voyant qu'elle se posait des questions, il enchaîna avant qu'elle ne l'interroge.

— Avant de parler du charme des autres, tu ferais bien de te regarder dans un miroir, Victoria.

Il sauta alors par-dessus la rambarde et s'éloigna. Elle le rappela, mais il continua. Il ne se détourna pas davantage en entendant un bruit de moteur sur la route, ni lorsque Rocky fila comme une flèche vers l'écurie.

— Cole, attends ! insista-t-elle.

Tête baissée, il avançait. Il ne voulait pas l'entendre. Il ne savait pas où il allait. Tout ce qu'il savait, c'était qu'il fallait qu'il s'éloigne d'elle sous peine de craquer.

— S'il te plaît, supplia-t-elle.

La voix était douce, envoûtante. Il s'arrêta et se retourna d'un bloc.

— Je ne voulais pas…

Elle s'interrompit et, se dirigeant vers lui, poursuivit :

— Je ne sais pas pourquoi je t'ai dit ça. Ça m'est venu comme ça. Je ne parle jamais de lui, d'habitude. Pas en ces termes, en tout cas, et jamais à des étrangers.

Des étrangers. Il n'était donc qu'un étranger pour elle ? S'il voulait le rester, il était grand temps qu'il s'en aille.

— Pas grave. Ce que tu penses de moi m'importe peu. Ce qui est important, c'est de trouver qui tue les chevaux. Et pourquoi. Ensuite je partirai… et plus vite que tu ne le crois. Tu peux compter sur moi.

— Excuse-moi, dit-elle. J'ai été grossière. J'oublie toujours que tu es un ami de Hobie. Je sais qu'il ne t'aurait pas demandé de venir s'il n'avait pas confiance en toi. Mais…

Elle baissa les yeux, et passa d'un pied sur l'autre. Ils étaient nus. Fasciné par sa robe vert mousse, Cole ne l'avait pas remarqué jusque-là car il n'avait d'yeux que pour son corps qu'il devinait souple sous le jersey moulant.

— J'ai… Tu me fais peur, avoua-t-elle.

Il resta sans voix.

— Oui, tu me fais peur, reprit-elle en rougissant. Je me sens bizarre, quand je suis près de toi. Tu me glaces. Je suis paralysée. Comme elle. Mais je ne veux pas être comme elle, c'est clair ? Pardon, excuse-moi, c'est du charabia…

C'était peut-être du charabia… mais c'était surtout étonnant ! Quand elle releva les yeux et qu'il vit qu'ils brillaient, Cole s'interrogea sur lui-même. Etait-il le genre de monstre qu'elle décrivait ? Un monstre qui faisait pleurer les femmes ? Combien de femmes avait-il fait pleurer sans le vouloir, sans le savoir ?

Emu par les larmes qu'elle essayait de cacher, il la prit dans ses bras. Elle se raidit.

— Chuuut, murmura-t-il. Chuuut. Tout va bien.

C'était faux. Rien n'allait bien. Tout empirait, au contraire, et cette étreinte n'allait rien arranger. Mais il ne pouvait plus la lâcher. C'était bon de la tenir, de la sentir contre lui, tiède et fragile.

— Je ne saurais pas expliquer, dit-elle.

— N'essaie pas, répondit-il tendrement. Je comprends. Moi aussi…

Les phares d'une voiture qui arrivait les firent sursauter. Tory se dégagea des bras de Cole qui se rappela alors le bruit de moteur qu'il avait entendu un instant plus tôt. Fallait-il qu'il ait la tête ailleurs pour ne pas avoir réagi !

— Bien, bien, bien… J'ai bien fait de m'arrêter, lança une voix masculine d'un ton moqueur.

Une portière claqua. Pris dans le faisceau des phares, Cole recula.

— Dommage que les clients n'aient pas droit au même traitement que le nouvel ouvrier ! ironisa la voix.

Sans même l'avoir vu, Cole détesta cet homme.

— Je suis en route pour Los Angeles, et…

— Ça vous ennuierait d'éteindre vos phares ? s'exclama Cole.

— Arrête, Cole, intervint Tory. C'est John.

— John Lennox ? Le gars à l'ego surdimensionné qui donne son nom à ses chevaux ?

— En personne, répondit l'intéressé. Une autre vacherie ?

Il rouvrit sa portière et les phares s'éteignirent.

— Ce sera tout pour l'instant, marmonna Cole.

L'homme, svelte, apparut dans un costume très chic.

— Voilà. Ça vous va mieux comme ça, monsieur… ?

La voix était suave, urbaine, très policée, mais elle déplaisait vraiment à Cole.

— Puisque vous ne répondez pas, poursuivit Lennox, Tory va se charger des présentations.

— Bien sûr, John. Je te présente…

Avant qu'elle ait terminé sa phrase, une forme grise arriva ventre à terre, toutes griffes dehors, et se jeta sur les jambes du nouvel arrivant.

— Nom de Dieu ! s'écria Lennox en agitant la jambe. Tu vas lâcher mes bottes, sale bête ?

Cole crut entendre Tory glousser.

— John, je te présente Rocky, dit-elle, retrouvant son sérieux.

Furieux, Lennox lâcha une bordée de jurons à faire rougir un bataillon de légionnaires.

— Bravo, Rocky ! murmura Cole.

Ce chat était sans doute collant, mais l'avoir amené n'était peut-être pas une si mauvaise idée, après tout…

8

Tory jeta un regard en coulisse à Cole. Le chapeau enfoncé sur les yeux pour se protéger du soleil, il regardait au loin, raide sur sa monture après leur balade de l'avant-veille, qui l'avait ankylosé.

Il semblait à l'aise au ranch où il s'était intégré sans problème. Quelle différence avec John ! se dit-elle. Avec ses costumes de couturier et ses voitures tape-à-l'œil, il n'avait jamais été à sa place ici. L'autre soir, quand il était arrivé comme en terrain conquis et que Rocky l'avait attaqué, elle avait failli éclater de rire. Heureusement, il faisait sombre.

Il avait mal réagi. Jamais elle ne l'avait entendu jurer de cette façon. Il lui avait fallu une bonne heure pour se calmer, une heure pendant laquelle elle l'avait caressé dans le sens du poil pour l'amadouer.

C'était leur meilleur client et il fallait le ménager.

Se remémorant l'attaque du chat et l'attitude de Cole, elle ne put s'empêcher de sourire. Il avait beau répéter que ce chat n'était pas à lui, quand John l'avait botté, il avait réagi sur-le-champ.

— Ben quoi ! avait-il dit avec un accent texan à couper au couteau. Un mec comme vous va pas se laisser faire par un pauvre vieux matou comme lui !

— Chassez cette sale bête avant que je…

— Je serais vous, je le menacerais pas, avait répondu Cole avec son même accent paysan.

Sur ces mots, il s'était baissé et avait pris Rocky dans ses bras sans se soucier des griffures aux bottes et au pantalon de John. Rocky avait miaulé en signe de protestation mais ne l'avait pas griffé.

— Notre chat, il déteste les bottes comme ça.

— Comment ?

— Les bottes comme ça, là. Comme les vôtres. En peau de serpent, c'est ça ?

— Des bottes d'importation étrangère. En anaconda. Qui coûtent plusieurs milliers de dollars la paire ! avait répliqué John en se rengorgeant.

Cole avait relevé une jambe de son jean, découvrant sa propre botte.

— Les miennes, elles sont pas importées et elles sont en vulgaire peau de serpent à sonnette, mais il les aime pas non plus.

Tory avait plaqué la main sur sa bouche pour étouffer un début de fou rire. En vulgaire peau de serpent à sonnette ! John se rendait-il compte que Cole se fichait de lui et de son snobisme ? Mais elle n'avait pas le droit de rire. Ils ne pouvaient se permettre de perdre encore un cheval, et John n'était pas du genre à accepter qu'on se paie sa tête.

— Qu'y a-t-il de si drôle ?

La question de Cole la ramena à la réalité et elle se tourna vers lui. Le soleil l'éblouissant, il avait rabattu son Stetson sur ses yeux. Ne restait visible que sa bouche aux lèvres sensuelles qui appelaient le baiser et qu'elle avait trop souvent regardées depuis leur départ, ce matin. Elle avait été contente qu'il lui propose d'aller voir à cheval s'il y avait des traces de passage, mais elle se demandait maintenant si elle n'aurait pas mieux fait de refuser.

— Je pensais aux bottes en serpent à sonnette, répondit-elle en riant.

Il se mit à rire lui aussi, et elle sentit son cœur battre plus fort, comme chaque fois qu'il la regardait. Il ne s'était pas rasé et sa barbe rugueuse contrastait avec ses lèvres lisses et gourmandes. Avec le soleil, elles devaient être chaudes, goûteuses. Comme une pêche bien mûre cueillie sur l'arbre.

— Je suis désolé, dit-il, faussement contrit.

— Ne t'excuse pas. John est souvent prétentieux, mais Rocky s'est chargé de lui rabattre son caquet. Ce n'est pas un mauvais cheval. Quand les bêtes sont mortes, même John's Prize, il s'est montré très gentil. Il pense que ce n'est pas notre faute, et il appelle sans arrêt pour savoir comment je vais.

Cole fit une moue qu'elle ne sut interpréter. Mépris ? Moquerie ? Scepticisme ? Autre chose ?

— Il a de très gros moyens ; il évolue dans les mêmes sphères que mon père. Ils se sont rencontrés ici une fois. Ils parlent la même langue, sont sur la même longueur d'onde. John est habitué aux égards, exactement comme mon père.

— S'il est comme ton père, pourquoi n'a-t-il pas droit aux mêmes critiques que… Jack Flynn ?

La question la déstabilisa.

— D'abord, il n'est pas si bel homme que ça, et puis je…

Elle laissa sa phrase en suspens et se mordit la lèvre. Elle avait failli dire qu'il ne l'excitait pas.

— Tu quoi, Tory ?

— Je… euh… je ne le vois pas avec les mêmes yeux.

— Encore une chance !

Il sourit, mais elle sentit que ce n'était qu'un sourire de façade.

— Hobie semble aller mieux, dit-il tout à coup pour changer de sujet.

— Oui, c'est vrai… Merci.

— Merci de quoi ?

— D'être venu. Même si on ne découvre pas qui a fait le coup, ça aura valu la peine pour Hobie.

— A ce point ?

— Il a changé, depuis que tu es là.

Elle se tut, regarda au loin puis, n'y tenant plus, posa la question qui la titillait depuis des jours. Et tant pis si elle se ridiculisait. Prenant son air le plus dégagé, elle se lança.

— Kyra a été ta petite amie ?

— Tu dis ça parce que tu m'as vu avec elle au bureau ? Dis carrément que je fais des frasques au travail !

— Euh… oui. C'est ce que j'ai cru au début. Ensuite, elle a dit qu'elle était enceinte alors je me suis dit que c'était ta femme.

Elle vit le visage de Cole s'assombrir.

— Je ne suis pas son type. Pour des raisons différentes des tiennes, elle a la même opinion que toi sur les gens comme moi.

Tory faillit lui dire qu'elle avait changé d'avis sur lui, mais elle garda sa réflexion pour elle.

— Mais tu… l'aimes bien.

Il tira sèchement sur les rênes de Buck. L'animal protesta en rejetant violemment la tête en arrière. Pour s'excuser, Cole lui tapota l'encoure puis se tourna vers Tory.

— Oui. Je l'aime beaucoup. C'est une femme hors norme, et une amie formidable. A une époque, j'ai espéré autre chose, mais je lui faisais peur. Quand elle a compris que je n'étais pas un mauvais bougre, c'était trop tard. Elle avait trouvé ailleurs. Cash était entré dans sa vie. Ils sont très amoureux, et je leur souhaite d'être heureux. Voilà. Une question ?

— Non, c'était juste de la curiosité de ma part. Elle a l'air charmante, je suis heureuse pour elle.

Il sembla se détendre.

A midi, alors que le soleil était au zénith, ils n'avaient trouvé aucune trace d'une quelconque intrusion dans le ranch. Comme il commençait à faire extrêmement chaud, Tory suggéra de s'arrêter près du ruisseau.

— A l'ombre, pour prendre le frais avant de redescendre, dit-elle.

— Pourquoi pas ? Ça me permettra d'inspecter ce coin.

Ils ne s'y étaient pas vraiment arrêtés quand ils étaient venus chercher le troupeau.

— Avec l'eau pour se rafraîchir, l'endroit est idéal pour un rôdeur, ajouta-t-il.

— Tu me fais peur, avec ton rôdeur, répondit Tory. C'est un des endroits que je préfère. L'idée que quelqu'un vienne là…

— A ta place je ne me ferais pas trop de souci. L'endroit est confidentiel. Si tu ne le connais pas, tu ne peux pas le trouver.

Ils continuèrent à avancer. Le creux entre les collines était si étroit qu'il y avait à peine l'espace pour un cheval et son cavalier. Un inconnu ne s'y aventurerait pas. Elle-même n'y était venue qu'une fois, pour récupérer un poulain égaré. C'est à cette occasion qu'elle avait découvert cette oasis de fraîcheur. Il existait sûrement d'autres paradis sur terre, mais un comme celui-ci…

Ils mirent pied à terre et laissèrent la bride sur le cou à leurs chevaux qui allèrent tout de suite près du ru. Quand les animaux eurent fini de boire, Cole et Tory s'agenouillèrent dans l'herbe. Se servant de son chapeau comme d'un seau, Cole se déversa des litres d'eau sur la tête. Tory, elle, trempa son bandana et s'en tamponna le visage, le cou et les bras. Elle recommença plusieurs fois puis le renoua autour de son cou. Ils s'assirent ensuite à l'ombre de petits chênes feuillus dont les racines plongeaient dans la fente d'un gros rocher.

Adossée à la pierre chaude, Tory ferma les yeux et écouta les bruits de la nature. L'eau qui bruissait, les chevaux qui mâchaient l'herbe, une abeille qui pompait des sucs en bourdonnant. Cole qui respirait…

Elle ne le voyait pas, ne le touchait pas, mais sentait sa présence.

Peut-être se trompait-elle à son sujet. Il était l'ami de Hobie, même si leurs chemins s'étaient séparés. Un ami de Hobie ne pouvait pas être foncièrement mauvais.

— Tu vas aller voir ton père ? demanda-t-il brusquement.

La question, à des années-lumière des pensées qui l'occupaient à cet instant, fit bondir Tory. Elle se redressa et le dévisagea.

— Tu plaisantes ?

— Non. Je pensais que tu pourrais être curieuse de savoir pourquoi il tient tant à ce que tu reviennes.

— Je m'en balance ! Je lui ai parlé deux fois en cinq ans et encore, par erreur. Parce que j'étais plantée près du téléphone dans l'attente d'un coup de fil. Sinon…

Elle s'adossa de nouveau au rocher.

— Je sais. Dans les familles classiques, c'est tout le monde il est beau, tout le monde il est gentil. Chez nous, ce n'était pas comme ça.

— Qui te dit que dans les familles classiques tout le monde il est gentil, comme tu dis ?

— Tu as raison. Il faut faire des efforts pour y arriver. Mon père ne s'en est jamais donné la peine. Il n'en avait pas besoin, il avait son charme.

— Alors, qui t'a appris ?

Elle sourit.

— Hobie. Il m'a tout appris. Le plaisir de travailler et la satisfaction que procure le travail bien fait. En classe, je m'en suis toujours sortie en en faisant le minimum. Heureusement, j'avais mes cellules grises qui fonctionnaient bien. Et puis le bluff, ça marche. Mais pas avec les chevaux.

Elle éclata de rire.

— Ni avec les chats.

— Ah non ! Tu ne vas pas recommencer avec cette satanée bestiole.

— Cette bestiole ? Je la trouve mignonne, moi.

— Eh bien alors, qu'elle dorme avec toi !

Il rougit légèrement et se tut. Après un long silence, il revint à la charge.

— Ton père… Tu as une idée de la raison pour laquelle il veut te voir ? Tu es partie depuis cinq ans, c'est bien ça ? Pourquoi aujourd'hui ?

Elle laissa échapper un rire amer.

— Je n'en sais rien. Peut-être parce que je suis la seule femme qui l'ait vraiment quitté. Même ma mère est restée avec lui jusqu'à ce qu'il la fasse mourir.

— Pourquoi ? Pourquoi n'est-elle pas partie ?

— Elle ne voulait pas me laisser.

— Elle aurait pu t'emmener.

Soudain, Tory se sentit très vieille.

— Mon père dirige un cabinet d'avocats réputé. Il déjeune et dîne avec les juges, les procureurs, les médiateurs… Tout ce qui compte dans la magistrature.

Il lui avait dit que s'il lui venait à l'idée de partir, elle pouvait être sûre de ne jamais me revoir.

Ce souvenir lui fit tellement mal qu'elle grimaça.

— Pour finir, il m'a fait entrer dans son jeu. Il m'a raconté une histoire de petite fille obligée de choisir entre son père et sa mère et m'a demandé : « Si cela t'arrivait, ma chérie, tu choisirais qui ? » Tout cela innocemment, bien sûr. Mais ma mère savait où il voulait en venir.

— Et tu as choisi ton père.

Elle n'osa pas le regarder.

— Evidemment. Je t'ai déjà dit le genre d'enfant que j'étais. Maman est restée, mais elle s'est mise à boire puis à prendre des antidépresseurs. Mais ce n'est pas de ça qu'elle est morte. Elle a… elle a baissé les bras. Je n'ai pris conscience que des années plus tard que si elle avait capitulé, c'était à cause de moi. Elle avait tenu bon, longtemps, dans l'espoir qu'un jour je verrais la vérité. Et elle voulait être là pour moi ce jour-là.

— Pourquoi ne t'a-t-elle rien dit, sur ton père, sur ses liaisons ?

Le regard perdu sur la surface de l'eau, Tory soupira.

— Je me le suis souvent demandé. Je pense que, un peu stupidement, elle ne voulait pas être celle qui détruirait l'image que j'avais de lui. Peut-être croyait-elle que je le lui reprocherais.

Elle se mit à trembler comme si elle avait froid et enroula ses bras autour d'elle.

— Tu veux savoir le pire ? dit-elle très bas. C'est qu'elle avait probablement raison. A l'époque, je le lui aurais reproché. Je l'aurais détestée de me dire des choses aussi horribles sur mon père.

Sa voix se brisa.

— Qu'est-ce que j'ai pu être aveugle !

— Tu étais jeune, c'est tout, Tory. Je suis sûr qu'elle l'a compris comme ça.

Elle hocha la tête et, malgré ses efforts, ne put retenir ses larmes.

— Elle est morte seule. Mon père et moi faisions du ski à Saint-Moritz pour mon anniversaire. Il ne me l'a annoncé qu'à notre retour. Elle était morte depuis une semaine.

Sans qu'elle s'en rende compte, Cole s'était rapproché d'elle. Il la prit dans ses bras, et elle ne le repoussa pas. En cet instant, elle avait trop besoin de lui, de sa force, de son courage. Elle se sentait tellement lasse et triste ! Tellement coupable, aussi.

— Dis-moi, Cole…

Elle se tut et se laissa aller contre lui en soupirant. Si quelqu'un pouvait lui faire oublier ses chagrins, c'était lui. Il était chaud, plus chaud encore que le soleil, et le contact de son corps, fort et musclé, la rassurait.

Elle soupira de nouveau et, alors que la douleur que lui causaient le fait d'avoir perdu sa mère, la trahison de son père, les humiliations subies par Hobie et la mort des chevaux s'estompait lentement, autre chose envahit son esprit. Un désir plus fort qu'une simple étreinte, plus intense, plus physique… et beaucoup plus dangereux.

Effrayée par ce qu'elle éprouvait, elle se dégagea et lui jeta un coup d'œil à la dérobée. Il avait le même regard que le jour où elle lui avait proposé de lui masser le dos.

Elle ferma les yeux quelques instants puis lui lança un nouveau coup d'œil. Son expression était redevenue indéchiffrable.

S'il avait su où allaient ses pensées… Elle le regarda encore, plus particulièrement sa bouche, cette bouche qui l'avait fascinée tout au long de leur chevauchée et qui la fascinait toujours.

— Tory.

Sa voix était rauque. Elle se sentit rougir.

— Je... je me demandais..., commença-t-elle.

— Je sais ce que tu te demandais. C'était écrit en lettres d'or sur ton front, petite fille.

— J'ai vingt-sept ans, Cole, répliqua-t-elle en se raidissant. Je ne suis pas une gamine. A dix-huit ans, j'avais déjà parcouru le monde, et je vis seule depuis que j'ai vingt-deux ans. Je ne suis plus une petite fille.

— Avoir fait le tour du monde ne te servira à rien ici, dit-il. Tu es en train de jouer avec le feu.

Tory pointa le menton. Il n'allait pas remettre ça avec sa naïveté et tout le bataclan !

— Ecoute, répondit-elle d'un ton pincé. Je ne suis pas vierge, si c'est ce que tu crois.

Elle rit nerveusement.

— Pas physiquement, en tout cas, précisa-t-elle.

Cole s'écarta d'elle comme si une décharge électrique l'avait traversé.

— Tu es complètement à côté de la plaque, Tory. Il n'est pas question de sentiments et encore moins d'amour entre nous. Il ne s'agit que de sexe. De faire l'amour, juste pour se faire du bien et jouir, bon Dieu ! Juste jouir ! Je ne suis bon qu'à ça, petite fille. Et arrête de me regarder comme ça ou tu vas comprendre tout de suite de quoi je parle.

Interloquée, Tory retint son souffle. Il la menaçait, maintenant ? Il était cru, presque vulgaire, et parlait d'une voix étrange, enrouée, comme si...

Elle frissonna et sourit. Tout compte fait, c'était excitant de faire cet effet à un homme. Surtout un homme comme lui !

— Dis-moi, demanda-t-elle calmement. Est-ce que tu m'appelles « petite fille » pour t'interdire de me toucher ?

Il détourna la tête et fixa l'eau qui coulait non loin d'eux. Le silence s'éternisant, elle insista.

— Tu me réponds ?

— Rappelle-moi de fuir en courant la prochaine fois que tu commenceras une phrase par : « Dis-moi ».

— C'est toi qui me l'as appris !

Il haussa les épaules puis la regarda, l'air mystérieux.

— Qu'est-ce que tu cherches, Tory ? Tu veux jouer avec le feu et te brûler les ailes ?

— On ne se brûle pas forcément. On peut aussi se chauffer, près d'un feu.

— A condition qu'il soit sous contrôle.

Pendant quelques secondes elle scruta son visage en se demandant si c'était lui, le feu dont il parlait. Mais il n'exprimait rien, aucun sentiment, aucune émotion qui puisse lui apporter un semblant de réponse.

— Je ne pense pas risquer grand-chose, déclara-t-elle. Je suis réaliste, je sais que je ne suis pas le genre de femme à déchaîner la libido masculine.

— Bon Dieu ! grinça-t-il entre ses dents.

Comme elle voulait se dégager, il la serra un peu plus et, avant qu'elle ait pu dire un mot, happa sa bouche.

Finalement, elle devait être plus naïve qu'elle ne le pensait. Rien ne l'avait préparée à autant de hardiesse, sans doute parce que rien ne le pouvait.

Aussitôt submergée par une vague de désir, elle se plaqua contre lui puis s'écarta pour reprendre son souffle avant de vite lui redonner ses lèvres. Il les prit, l'embrassa avec encore plus de fougue.

Cole la voulait tout à lui. Il voulait être à elle. Vite. Là. Maintenant. Et, une fois en elle, il ne la laisserait pas repartir. Il voulait peser en elle, dormir et se réveiller en elle. Il voulait tout prendre, tout donner.

Tory sentit ses mains glisser le long de son dos,

s'arrêter sur ses hanches, les caresser, les pétrir. C'était tellement bon qu'elle se mit à onduler contre lui comme Rocky le faisait parfois contre ses jambes.

Il remonta vers sa poitrine, prit ses seins dans le creux de ses paumes, titilla les mamelons qui pointaient sous sa chemise et sourit en l'entendant gémir de plaisir. Mais il voulait plus. Beaucoup plus. Il passa le bras autour de sa taille et l'attira contre lui.

Tory perçut son désir, tenta de reculer, mais il la plaqua fermement contre son sexe dur.

— Non, supplia-t-elle, haletante.

Tout son corps criait oui ! Elle se cambra. Elle voulait sans vouloir, demandait sans demander, ne savait plus où elle avait la tête.

C'est le tremblement de Cole qui la ramena à la réalité. Surprise, elle lâcha sa bouche et le regarda. Le masque était tombé. Son visage n'exprimait que désir, ardeur, sensualité, plus ce quelque chose qu'elle avait vu chez lui le jour où elle l'avait rencontré pour la première fois, un absolu dégoût de lui-même.

— Bon Dieu ! s'exclama-t-il.

Sans un mot d'explication il se leva, attrapa son chapeau et se l'enfonça sur la tête d'un coup de poing. Où était passé le langoureux Cole Bannister ?

Toujours sans rien dire, il pivota sur ses talons et, raide comme la justice, se dirigea vers les chevaux. Il passa le mors à Buck. A côté de lui, Mac releva la tête et, se tournant vers Tory, hennit. Voulait-il savoir s'ils s'en allaient eux aussi ?

— Je pense que oui, lui répondit-elle tout bas.

« Et je devrais être heureuse, ajouta-t-elle mentalement. En refusant mon cœur à un bellâtre qui l'aurait certainement brisé, je viens d'échapper à un grand danger. »

9

Cole ferma son ordinateur portable et se cala au fond de son siège. Tout l'après-midi et jusqu'en début de soirée, il était resté en communication avec son bureau, via internet, ce qui lui avait permis de faire quelques recherches. Hélas ! elles n'avaient pas donné grand-chose. Il en avait profité pour laisser des instructions que ses collaborateurs trouveraient en arrivant le lendemain matin.

Entendant un bruit suspect, il leva la tête. C'était Rocky qui traversait la pièce, un bandana rouge entre les dents.

— Ce ne serait pas celui de Tory ? marmonna-t-il sur un ton de reproche.

« Tant pis, se dit-il. Si elle le veut, elle le lui reprendra elle-même, puisque ce chat l'amuse tellement ! »

Rocky sauta sur la table en traînant toujours son foulard rouge, mais Cole ne bougea pas. Il réfléchissait. Eric et Kurt, à qui il avait parlé en revenant de sa balade avec Tory, lui avaient fait mauvaise impression. Les deux garçons affirmaient n'être au courant de rien ; ils avaient même prétendu ignorer la mort des chevaux. La véhémence de leurs dénégations et leur empressement à s'en aller l'avaient intrigué.

Après avoir délogé Rocky, il prit les deux comptes

rendus d'autopsie des chevaux. Il les avait déjà parcourus, mais il voulait maintenant les lire avec application.

Des traces de moisissure avaient été décelées dans le foin qu'avait ingéré le premier. On en avait retrouvé dans son estomac. Peu, mais suffisamment cependant pour induire un empoisonnement alimentaire et entraîner la mort. Aucune trace de moisissure en revanche n'avait été trouvée dans l'estomac de la deuxième bête, qui contenait cependant le même type de nourriture. En résumé, rien qui explique sa mort subite. Une mauvaise diarrhée, avaient conclu les experts dans ce cas aussi.

— Rien de neuf ?

Cole regarda Hobie qui venait de le rejoindre.

— Non, mais je ne m'attendais pas à trouver quoi que ce soit.

— Tory mourrait plutôt que donner du mauvais foin aux chevaux, dit Hobie.

Cole soupira. Il n'en doutait pas une seconde, mais, étant donné le travail qu'abattait Tory et la pression à laquelle elle était soumise, une erreur de manipulation, imputable à la fatigue, était possible. Il garda sa réflexion pour lui.

— A ce stade, dit-il en empilant les feuillets sur sa table, la cause de la mort importe peu, finalement. Ce qui m'intrigue, c'est que celui ou celle qui a fait le coup ait pu entrer dans le ranch et commettre son forfait sans attirer l'attention.

— A moins qu'il ne soit sur place, remarqua Hobie.

— C'est une possibilité. Une piste à ne pas négliger.

Il ne pouvait plus continuer à piétiner ainsi. Il n'avait déjà que trop attendu pour agir. Après la matinée qu'il venait de passer avec Tory, il savait qu'il devait résoudre l'affaire au plus vite pour pouvoir partir avant d'être trop impliqué.

Pour cela, il allait provoquer les uns et les autres pour les faire réagir. Mais, avant tout, il fallait qu'il se sorte Tory de la tête. Il fallait qu'il oublie l'émotion qu'il avait ressentie quand il l'avait embrassée. Si elle ne l'avait pas regardé avec ces yeux-là, à la fois étonnée et stupéfaite de sa propre audace, après avoir reculé, jamais il n'aurait pu s'arrêter.

Il aurait pu la prendre. Là, comme ça. Il lui aurait ôté son T-shirt et aurait plongé la tête entre ses seins puis il aurait fait glisser son jean sur ses jambes, ses jambes qui n'en finissaient pas, et enfoui son sexe entre ses cuisses. Il l'aurait chevauchée comme il chevauchait autrefois ses montures, avec la même violence, le même enthousiasme, et il l'aurait encouragée à le chevaucher à son tour avec la même rage.

Peut-être Mlle Flynn serait-elle choquée par un tel comportement. Elle n'était peut-être pas une *petite fille*, comme il le lui avait dit, mais elle était tout de même à des années-lumière des femmes avec lesquelles il apaisait généralement ses pulsions.

L'élan qui l'avait poussé vers Tory ne ressemblait en rien aux pulsions qui l'agitaient d'habitude. Il était plus puissant que tout ce qu'il avait connu depuis des années, peut-être depuis toujours. L'impossibilité d'entretenir une relation avec elle l'excitait-elle ? Il l'ignorait mais, quoi qu'il en soit, il devait en rester là.

Restait à savoir comment.

Tory soupira. Après la mort des chevaux, qui l'avait terrassée, l'impression que le monde se refermait sur elle venait se greffer sur son chagrin.

Elle n'avait personne vers qui se tourner, personne à qui parler. Avant, elle se confiait à son oncle, mais leur mésaventure le touchait tellement qu'elle préférait lui épargner ses propres soucis.

La leçon, se dit-elle en traversant le pré, c'est qu'il ne faut jamais se couper du monde. A son arrivée au ranch, au tout début, des voisines lui avaient offert leur amitié. Engluée dans sa tristesse et remontée contre son père, elle les avait ignorées. Elles n'avaient pas insisté. Lorsqu'elle avait refait surface, elle s'était satisfaite de la compagnie de Hobie et des chevaux, et n'avait pas cherché à changer quoi que ce soit à sa vie.

Depuis, presque six ans s'étaient écoulés dans une paix relative. La vitesse à laquelle les années filaient l'effrayait parfois. Dire qu'elle avait déjà vingt-sept ans ! Elle n'en avait vraiment pris conscience que ce matin, en bavardant avec Cole, et s'était demandé si, comme son père, il ne s'intéressait pas qu'aux proies jeunes. Jack Flynn les choisissait de préférence entre vingt et vingt-deux ans. Au-delà, c'étaient des vieilles ! disait-il. Avec des filles de vingt ans, il ne risquait pas de poursuites pour détournement de mineures. Il pouvait ainsi tranquillement sortir avec elles, les charmer à grand renfort de champagne, de roses et de diamants, jusqu'à ce que, séduites, elles tombent dans son lit.

Lors de leur halte près du ruisseau, elle en était sûre, Cole avait eu envie d'elle. Elle avait beau être naïve, elle savait interpréter certains regards, et celui-là ne trompait pas. De plus, il était excité, elle l'avait senti, tout comme elle avait senti qu'il tremblait.

Non, elle n'avait pas rêvé. C'était le pourquoi qui l'intriguait. Probablement le fait qu'elle soit la seule femme qu'il avait sous la main expliquait-il cet élan surprenant. Son père le disait bien : « La nuit, tous les chats sont gris ! »

Elle tournait au coin de l'écurie quand elle vit une

fourgonnette blanche et bleue quitter le ranch. Hobie se tenait sur le perron, une grosse enveloppe à la main. Vautré sur la terrasse, Rocky se prélassait dans les derniers rayons du soleil. Il y avait quelque chose de rouge sous lui. En approchant, Tory reconnut son bandana qu'il n'avait toujours pas lâché.

— C'est pour Cole, dit Hobie. Ça m'a l'air important. Espérons qu'il ne va plus tarder.

— Il est parti ?

Ils ne s'étaient pas revus depuis leur retour, et elle avait l'impression de savoir pourquoi il avait décidé de se tenir à l'écart d'elle et de sortir. C'était leur baiser qui l'avait fait fuir.

— Il est parti il y a une demi-heure, dit Hobie en lissant sa moustache. C'est bête, j'ai oublié de lui dire de m'acheter mes cachets.

— Tu n'en as plus ?

Le médecin lui avait prescrit un médicament qui devait l'aider à mieux respirer la nuit. Apparemment, il commençait à faire de l'effet.

— J'ai fini la boîte hier soir et je n'y ai plus pensé. C'est quand j'ai vu Joey que je m'en suis souvenu.

Joey, le livreur à la fourgonnette bleue et blanche, était le fils de Marcy Redman, la pharmacienne de Summer Springs.

Tory soupira. Il fallait absolument que Hobie prenne ses comprimés. S'il ne le faisait pas pour lui, il devait le faire pour elle. Elle ne tenait pas à passer une nouvelle nuit blanche à écouter, le cœur battant, la respiration de son oncle.

— Je vais aller les acheter quand on aura dîné. La pharmacie ferme tard, ça nous laisse le temps.

— Non, ne t'inquiète pas. Tu as eu une journée assez

rude comme ça. Je peux m'en passer, pour une fois. Il faudra seulement qu'on y pense demain.

— Non, j'y vais. J'ai quelques trucs à acheter, moi aussi. Si tu veux bien mettre la table pendant que je prends ma douche…

Ce qu'elle avait à prendre pouvait attendre, se dit-elle en roulant vers la ville. Les cachets de Hobie, eux, étaient importants. De plus, elle avait éprouvé le besoin d'aller prendre l'air. Le drugstore n'était pas très loin du ranch, mais cela lui faisait tout de même une petite sortie, et ce n'était pas désagréable de se changer de temps en temps. Ce soir, elle avait troqué son jean contre une petite robe sans manches légère et agréable à porter car il faisait encore chaud en cette fin de journée.

Deux personnes faisaient la queue devant elle. Quand arriva son tour, la pharmacienne, qui semblait bien jeune pour avoir un fils de l'âge de Joey, lui tendit un sac en papier.

— Tiens, c'est prêt. Hobie a appelé.

— Merci, Marcy.

— J'ai entendu dire que vous aviez des ennuis au ranch ?

Son porte-monnaie à la main, Tory se figea.

Marcy faisait partie des voisines qui lui avaient offert leur amitié mais, à la différence des autres, elle ne s'était pas offusquée de son refus.

— Oui, mais rien de grave. Ça va s'arranger.

— Tant mieux. J'ai appris que vous aviez trouvé de l'aide, ça me fait plaisir.

Elle fit un clin d'œil à Tory.

— Tu as bon goût. C'est vraiment un bel homme.

— Cole ? Tu parles de Cole ? Il est venu ici ?

— Je ne connais pas son nom, mais ce que je sais,

c'est que c'est un beau gars, avec d'incroyables yeux bleus et des cils… des cils… comme toutes les femmes rêvent d'en avoir.

— Oui, ça doit être lui, acquiesça Tory.

— Quand j'ai parlé de toi, j'ai vu qu'il était gêné comme si… J'espère que tu en profites bien, au moins. Cela fait si longtemps que tu es seule. Tu as le droit de t'amuser.

N'en croyant pas ses oreilles, Tory regarda la pharmacienne.

— Que je profite de quoi ? Il travaille avec nous, c'est tout. Il n'y a strictement rien entre lui et moi.

— Tu es bien sûre ?

Tory fronça les sourcils.

— Pourquoi dis-tu ça ? Il est venu ici ? Il n'est pas malade, que je sache.

Les yeux de Marcy pétillèrent de malice.

— Non, mais il avait besoin de… quelque chose.

L'air coquin de Marcy intrigua Tory.

— Ah bon ?

Elle se tournait pour partir quand, se rappelant l'affreux sentiment de solitude qu'elle avait éprouvé dans l'après-midi, elle se ravisa.

— Merci pour tout, Marcy. Excuse-moi si je suis parfois nerveuse, mais tout est tellement compliqué.

Marcy lui sourit.

— Je comprends. Ce n'est pas toujours facile de s'occuper d'un vieil oncle.

— Je lui répéterai ! s'exclama Tory en éclatant de rire.

— Alors dis-lui aussi que, si j'étais célibataire, je l'épouserais tout de suite.

— Compte sur moi, dit Tory. Je lui dirai.

Et elle le ferait, rien que pour voir son oncle rougir de plaisir.

Sur ces mots, elle sortit de la pharmacie et se dirigea vers son 4x4.

— Cindy, ma belle, je savais bien que c'était toi que je cherchais, dit Cole avec le fort accent texan qui marchait si bien du temps heureux des rodéos.

La blonde platine assise sur ses genoux lui coula un regard de biche énamourée. Il aurait menti en prétendant n'être pas flatté.

— Mon chou, tu sais que t'es mignon ? répondit-elle d'une voix traînante en faisant courir un doigt à l'ongle vermillon sur sa joue.

Hobie lui avait expliqué que la taverne Whitey Whitson était réputée pour deux choses à Summer Springs, la pureté de son eau-de-vie et l'impureté de ses clients, tant hommes que femmes. Les ouvriers la fréquentaient assidûment, laissant les bars huppés aux propriétaires de ranchs.

Cole n'y était venu que dans l'espoir de glaner quelques renseignements sur ce qui se passait au Flying Clown. Cependant, quand la blonde lui avait fait comprendre qu'elle le trouvait à son goût, il avait décidé de répondre à ses avances. Pourquoi ne pas en profiter, après tout ?

A en juger par sa familiarité avec le barman et les coups d'œil que lui adressaient les hommes qui traînaient autour du billard, c'était un pilier du bar. Elle devait en savoir autant que les autres, ici, et même probablement plus. D'autre part, c'était l'occasion pour lui de satisfaire son appétit sexuel. Elle était bien tournée, avait un joli minois et une bouche qui offrait des perspectives sur des choses illégales dans certains Etats.

Alors qu'il aurait dû être ravi, imaginant déjà toutes sortes d'acrobaties lubriques, il ne l'était pas et cela devait se voir. Son corps, généralement coopératif, ne réagissait pas. Il avait la tête ailleurs, et si la sulfureuse Cindy avait pu lire dans ses pensées, elle n'aurait pas apprécié.

Des femmes comme elle, il en croisait tous les jours à Los Angeles. Refaites de partout, maquillées comme des camions volés, belles, certes, mais complètement artificielles. Cindy devait se lamenter pour un ongle cassé, ne jamais attacher ses cheveux — ses boucles blondes soigneusement travaillées — et surtout pas en queue-de-cheval. Restait ses lèvres, des lèvres trop charnues, trop siliconées, prêtes à dévorer l'imprudent qu'il était. Elle ne les mordillait sûrement jamais, l'air penaud, comme Tory. Se relevaient-elles en un sourire amusé au spectacle d'un cheval faisant le fou dans un pré ? Sûrement pas.

Il posa le regard sur ses seins en essayant de l'imaginer avec un haut mouillé, les mamelons pointant sous le tissu. Avec elle, pas besoin de faire des efforts d'imagination ; son haut froufroutant soulignait ses généreux attributs. A la seconde où elle vit où il avait les yeux, elle s'arrangea pour qu'il remarque qu'elle ne portait pas de soutien-gorge.

Rien. Pas l'ombre d'un petit quelque chose. Pas le moindre intérêt. En dépit de ses seins qui pointaient sous son nez, de ses fesses qu'elle s'ingéniait à frotter sur ses cuisses, il n'éprouvait rien. Effrayé par son manque de réaction, il décida d'attaquer.

— Dis-moi, ma jolie, tu habites dans le coin ?

— J'ai toujours vécu ici.

Le ton était dépité. Elle devait avoir honte de vivre à Summer Springs, un trou perdu au milieu de nulle part, en rase campagne. Pas très excitant, en effet, pour qui rêvait sûrement, comme elle, de strass et de paillettes. Elle retrouva toutefois vite sa superbe.

— Mon père est propriétaire d'un des plus gros élevages de pur-sang de la vallée, se vanta-t-elle.

« Et toi, tu dois être un boulet pour ta famille ! » se dit-il.

— Félicitations ! lança-t-il comme si elle y était pour quelque chose. Tu dois connaître à peu près tout le monde, ici.

— Evidemment.

Elle se blottit contre lui.

— Toi, tu es nouveau. Je crois que je n'ai jamais vu un homme comme toi par ici. Je n'aurais pas oublié.

— Merci, ma belle. Toi aussi tu es inoubliable.

Il se racla la gorge — il mentait beaucoup moins bien qu'avant — et lui lança un regard appuyé qu'il voulait très suggestif.

— J'envisage de séjourner ici quelque temps. Tu sais où je pourrais trouver du travail ?

Cette perspective parut la réjouir.

— Je suis sûre que mon père pourrait t'en trouver.

Elle se pencha vers lui et battit des cils comme Betty Boop.

On ne lui avait encore jamais fait un numéro pareil, et Cole dut se retenir pour ne pas éclater de rire.

— D'habitude, je ne me mêle pas des affaires de ce vieux ranch à la noix, mais pour toi, je peux demander.

« Je l'aurais parié », se dit-il. Il lui adressa un de ces sourires dont il avait le secret, un sourire qui en avait fait craquer plus d'une quand il était plus jeune et dont il servait pour arriver à ses fins.

— C'est peut-être pas une si bonne idée. J'aime pas trop l'idée de fréquenter la fille du patron, si tu vois ce que je veux dire.

Curieusement, elle rosit comme une petite fille

modèle. Ou fit semblant. Dans la lumière tamisée du bar, difficile de bien voir.

— En venant, je suis passé devant l'entrée d'une petite ferme. Ça avait l'air assez mignon. Ça s'appelait quelque chose comme… Zut ! Je ne me rappelle plus. Le Flying Clown Ranch ou un truc dans ce genre. Ça existe ?

Elle fronça les sourcils.

— Tu veux parler de la ferme des Flynn ? Tu n'y penses pas, mon pauvre chou ! C'était très bien avant, mais il s'est passé de sales trucs récemment et ils vont sûrement avoir des soucis.

Cole sentit son estomac se nouer. Tout le monde était au courant, maintenant.

— Quels sales trucs ?

— Ils ont deux chevaux qui sont morts, peut-être même trois. Je ne sais pas bien.

— Ah bon ? Et ils sont morts de quoi ?

Elle haussa les épaules.

— De diarrhées, je crois. Du foin avarié, paraît-il. Les propriétaires des bêtes ne sont pas contents, ils disent que c'est leur faute et ils reprennent leurs chevaux. Il va sûrement y avoir des plaintes contre eux. Franchement, c'est pas le moment de mettre les pieds là-bas.

Cole n'eut pas de mal à prendre un air navré. L'idée que les rumeurs aillent bon train n'était pas rassurante pour l'avenir du ranch.

— C'est drôle. En fonction de ce que j'ai vu de la route, ça avait plutôt l'air propre. Même coquet. On n'aurait pas dit une ferme qui donne des cochonneries à manger aux bêtes.

Elle plissa le nez.

— Je suis d'accord avec toi. Moi aussi, ça me paraît bizarre. Mais la fille Flynn, c'est une drôle de nana. Elle ne voit jamais personne. Moi je dis qu'elle est bégueule. Enfin… si ça lui plaît, elle a le droit de vivre avec ses chevaux ! Elle ne fait que ça, elle n'aime qu'eux. C'est pour ça que c'est pas normal que ça leur arrive.

A ces mots, Cole eut des remords de s'être moqué de cette fille qui, finalement, ne devait pas être méchante. Le sourire qu'il lui adressa dut être explicite, car elle lui adressa en retour un sourire qui aurait pu éclairer le bar comme en plein jour et se serra contre lui en ronronnant.

— Si on parlait d'autre chose ? murmura-t-elle. On pourrait parler de nous.

Elle lui mordilla le lobe de l'oreille, ce qui avait la réputation d'exciter les hommes et fonctionnait très bien sur lui. Curieusement, ce soir, ça ne lui causa qu'une désagréable sensation d'agacement. Il se demanda ce que signifiait cette insensibilité.

Cindy parut s'interroger, elle aussi. Elle se dégagea un peu et, ce faisant, dut apercevoir quelque chose car elle fronça les sourcils.

— Quand on parle du loup ! C'est bizarre… Elle ne vient jamais ici, d'habitude.

Cole se pétrifia. Pas besoin de regarder, il savait. Il se retourna pourtant.

Tory était là, debout au milieu du bar et le regardait mi-triste, mi-écœurée. Ce qu'elle pensait était écrit en lettres capitales sur son visage. SALAUD !

Avant qu'il ait pu faire un mouvement de plus, elle fit demi-tour et fila vers la sortie.

10

Tory tapa si violemment sur son volant qu'elle se fit mal à la main.

Comment avait-elle pu être aussi bête ? se demanda-t-elle en tripotant ses clés.

C'était entièrement sa faute. Dès qu'elle l'avait vu, elle avait su qu'il était fait du même matériau que son père. Malgré cela, elle était tombée dans le piège. Pourquoi, mais pourquoi fallait-il qu'il lui fasse un tel effet ? Parce que, avec lui, elle éprouvait des choses qu'elle n'avait jamais ressenties auparavant ? Parce qu'elle s'était imaginé qu'il serait différent ? En tout cas il venait de lui administrer la preuve cinglante qu'elle se trompait et de la ramener sur terre.

Elle se sécha les yeux et, furieuse contre elle-même, frappa de nouveau le volant.

— C'est bon ! marmonna-t-elle. On ne s'apitoie pas !

Pour la troisième fois, elle essaya de glisser la clé dans le contact et y parvint enfin. Une grosse larme roula sur sa joue et atterrit sur sa robe qu'elle tacha.

Ah non ! Elle n'allait pas pleurer. Pleurer à cause de lui ? Sûrement pas ! Elle n'était pas blessée, pas vexée. Juste un peu déçue. C'était tout. Déçue. Déçue d'avoir fait une erreur de jugement. Pas de lui.

En fait, elle était humiliée de constater qu'elle avait oublié les leçons de *sa* vie pour un simple baiser.

Elle tourna la clé. Le moteur ronfla.

La portière de sa jeep s'ouvrit brutalement.

— Tory !

Tout à ses pensées, elle ne l'avait pas vu approcher. Elle détourna les yeux, regarda au loin. Plutôt mourir que de lui laisser voir qu'elle avait pleuré. Lui parler ? Surtout pas, sa voix allait la trahir.

— Tory… Ecoute. Ne va pas croire que…

Venue du plus profond d'elle, la rage monta soudain et la submergea comme un raz de marée. Elle ne comptait plus les fois où son père avait dit cela à sa mère. Les fois où elle s'était demandé comment sa mère pouvait tout gober, comment elle ne s'était pas douté des infidélités de cet homme « merveilleux » qu'était son père.

Elle dévisagea Cole, les yeux secs tout à coup.

— Je crois ce que je vois, j'ai vu Cindy Crain.

Il plissa le front.

— Tu as dit Crain ? Le Crain qui convoite votre ranch ? C'est ça ? Le propriétaire du deuxième cheval ?

Ils n'avaient donc pas parlé de ça, songea Tory. S'ils n'avaient pas parlé de ça, ils avaient parlé d'autre chose… Evidemment.

— Bien, dit-elle avec une froideur qui la surprit elle-même. Tu ne vas donc pas me dire que tu étais là dans le cadre de ton travail.

— Justement si. J'essayais de savoir exactement où elle se situe dans l'histoire et ce qu'elle sait.

— Où ? Sur tes genoux, pardi ! Et elle doit certainement s'impatienter.

Les mots à peine lâchés, elle les regretta, mais c'était trop tard.

— Ecoute…

Le ton exaspéré, exactement celui de son père dans le même genre de situation, la fit grincer des dents.

L'attaque est la meilleure défense, se rappela-t-elle.

— Ecoute, dit-il essayant de lui saisir le poignet, je te dis que je travaillais. Je veux savoir ce que les gens pensent de ce qui est arrivé.

Ça avait un sens. Cindy ne tenant jamais sa langue, c'était un bon contact.

« Mince ! se dit Tory, j'arrive à lui trouver des excuses ! »

— C'est Hobie qui m'a parlé de cette taverne, reprit-il. A propos, c'est lui qui t'envoie ?

Elle répondit sans même réfléchir.

— Non, tu as reçu un pli en exprès. Comme j'étais en ville et que j'ai vu ton pick-up, je suis venue te le dire. Ça semble important.

— De la poste ?

— Oui, c'est…

Elle s'arrêta. Décidément, il était comme son père qui avait l'art de détourner la conversation quand sa mère lui demandait avec trop d'insistance d'où il venait.

— De toute manière, il n'ira pas plus loin, tu le trouveras quand tu rentreras.

Elle jeta un coup d'œil vers la porte de la taverne.

— Ou *si* tu rent…

— Exact.

Ne cherchant pas à cacher son exaspération, Cole soupira. Ses yeux avaient pris une teinte bleu acier, glaciale.

— Je rentrerai quand je rentrerai, répliqua-t-il sèchement.

— Je n'en doute pas. Et surtout ne te presse pas.

— Qu'est-ce qu'il y a, petite fille ? Ça te déplaît de constater que tu avais raison ?

Tory se raidit. Ça suffisait comme ça ! Il l'avait assez trahie.

— Je déteste l'idée que Hobie se trompe autant que moi sur les gens.

Elle remarqua un drôle d'éclat dans ses yeux, qui disparut aussitôt.

— Les gens changent, constata-t-il platement.

— C'est ce qu'on dirait. Dommage que tu ne sois plus celui que Hobie croyait que tu étais.

— Je suis une coquille vide, ma belle, dit-il en accentuant son accent texan. Une façade avec rien derrière. Hobie et toi, vous feriez bien de vous en souvenir.

Il pivota sur ses talons et entra au Whitey sans même se retourner.

Sidérée, Tory resta là, dévastée par la certitude qu'il pensait ce qu'il disait. Comment pouvait-on avoir une aussi piètre opinion de soi ?

Elle pensa soudain à Rocky. La dernière chose à laquelle elle s'était attendue avait été de voir Cole arriver flanqué d'un chat. Un chat à lui, quoi qu'il en dise. Malgré ses efforts pour la cacher, elle avait vu la gamelle qu'il avait apportée pour ses croquettes.

Alors qu'elle continuait de ressasser, elle se rendit compte que les hommes qui sortaient du Whitey l'observaient. Elle se dépêcha de mettre le contact et quitta le parking en prenant soin de ne pas regarder la camionnette de Cole.

« Si ça se trouve, j'ai tout faux, se dit-elle en conduisant. Il n'est peut-être pas celui que je crois, mais il n'est peut-être pas non plus celui qu'il croit. Ce qu'il dit être et ce qu'il fait sont diamétralement opposés. » Un homme insensible aurait-il été choqué par ce qu'elle lui avait raconté au sujet de son père ? Aurait-il manifesté une telle colère quand il avait su comment Hobie avait été traité ? Et que dire de ses gestes réconfortants et de sa gentillesse au moment où elle en avait eu besoin ? Que penser de son refus d'admettre que Rocky était à lui alors que, en même temps, il le nourrissait secrètement ?…

Et puis il y avait eu l'épisode près de la source.

Elle continua de conduire sans but précis, juste pour se donner le temps de réfléchir. En apparence, tout était simple. Elle était attirée par un homme qui incarnait tout ce qu'elle avait toujours évité et, pourtant, elle n'avait jamais eu autant l'esprit occupé par un homme auparavant. Et aucun ne lui avait mis la tête à l'envers comme lui.

A cette pensée, elle se dit qu'il n'y en avait qu'un sur terre auprès duquel elle pouvait se réfugier, un seul digne de sa confiance.

Assise près de Hobie sur la balancelle, Tory ne savait que dire. Elle ne s'était jamais sentie embarrassée comme aujourd'hui. Pourtant, elle était avec lui depuis ses vingt-deux ans.

— Tu m'as l'air ailleurs ce soir, ma chérie.

— Moi ? répondit-elle en s'efforçant de sourire.

— Oui, toi. Je te connais, ma grande fille.

Elle se pencha pour défaire les lanières de ses sandales.

— J'aimerais bien être vraiment ta grande fille.

Ce n'était pas la première fois qu'elle lui disait qu'elle aurait aimé qu'il soit son père, et cela avait toujours fait sourire Hobie. Cette fois, il réagit différemment.

— Ça aurait pu, tu sais.

Il lissa sa moustache.

— J'y ai cru.

Tory le regarda fixement.

— Que… Qu'est-ce que tu veux dire ?

Hobie enroula la pointe de sa moustache autour de son doigt.

— J'aimais ta mère, Tory. Je l'ai aimée dès le lycée. Nous étions dans la même classe.

Surprise, Tory retint son souffle. Personne ne le lui avait jamais dit. D'accord, sa mère s'était toujours opposée à Jack Flynn quand il critiquait Hobie, mais Tory n'avait jamais rien soupçonné. Elle avait toujours cru que sa mère le défendait contre l'injustice de son frère.

— On est sortis ensemble pendant plusieurs années. On parlait de se marier. On imaginait notre future maison, on se voyait élevant du bétail, des chevaux, avec une ribambelle d'enfants courant dans la maison, dans les champs.

— Je n'ai jamais su ça, murmura-t-elle, sidérée.

— Je sais. Ton père ne s'en est jamais vanté.

Et pour cause, pensa-t-elle. Jack Flynn était beaucoup trop vaniteux pour admettre que celle qui était devenue sa femme ait pu un jour sortir avec ce frère qu'il méprisait tant.

— Mince alors ! Ceci explique cela. Il te détestait parce que maman était d'abord sortie avec toi.

Hobie haussa les épaules.

— Je ne sais pas si c'est pour ça ou parce que, pour lui, je comptais pour des nèfles.

— Je comprends mieux pourquoi il sortait de ses gonds quand maman te défendait.

Cette fois, il écarquilla les yeux.

— Jeanie me défendait ?

— Toujours. Quand il se lançait dans ses grands discours, tu vois lesquels, elle restait assise sans broncher. Mais dès qu'il se mettait à déblatérer sur toi, elle lui disait qu'il mentait et qu'il le savait parfaitement, alors il finissait par se taire. C'étaient les seuls moments où elle lui tenait tête.

Hobie baissa la tête et s'essuya discrètement les

yeux. Faisant mine de n'avoir rien vu, Tory s'empressa de continuer.

— Qu'est-ce qui s'est passé ?

— On était amoureux, mais on savait qu'on devait attendre d'avoir passé notre bac. Alors, dès le lendemain des résultats, je l'ai amenée à la maison. Pour qu'elle fasse la connaissance de ma famille.

Il recommença à friser sa moustache.

— Elle a donc rencontré ma famille. Ta grand-mère, ton grand-père et ton arrière-grand-mère Martha.

Il laissa échapper un soupir.

— Et Jack.

« Ton oncle Hobie a été durement malmené par la vie, Victoria, mais il a eu le courage de continuer. Il mérite le respect, et pas le mépris de ton père. »

La voix de sa mère sonnait à ses oreilles comme si elle avait écouté un enregistrement.

— Vous étiez fiancés et elle t'a laissé tomber pour lui ?

— Ne me regarde pas comme ça, ma grande. Nous étions jeunes et naïfs. Jack, lui, arrivait de sa fac prestigieuse de la côte Est. Il était grand et beau. Ça, il l'avait toujours été, mais maintenant, en plus, il était sophistiqué et il ne passait pas inaperçu. Et tu connais ton père. Quand il a une femme en tête, il ne décroche pas.

— Mais elle t'aimait.

— Je sais, mais ce n'était pas aussi simple. En matière d'affaires de cœur, tout est toujours compliqué, crois-moi. On est empêtré dans toutes sortes d'idées reçues, dans de vieilles blessures… Bref, on finit par ne plus savoir où on en est.

Tory observa son oncle en se demandant s'il avait lu dans ses pensées pour lui raconter cela justement maintenant.

— Jack a embarqué ta mère sans qu'elle comprenne vraiment ce qui lui arrivait. Mais je l'ai vue. Elle avait des étoiles dans les yeux, elle était émerveillée.

Il haussa les épaules.

— Dès l'instant où il a posé les yeux sur elle, j'ai su que je l'avais perdue. Les gens font parfois des choix insensés ; ça ne veut pas dire qu'ils sont fous pour autant.

— Moi, je pense que ma mère était folle. Disons qu'elle a fait une folie. La preuve, c'est qu'elle a été malheureuse toute sa vie.

— C'est le plus triste de l'histoire.

— C'est toi qui dis ça ! Après ce qu'elle t'a fait ? Après ce que mon père t'a fait endurer ?

Hobie prit ses mains dans les siennes.

— Depuis cinq ans celle qui aurait pu être ma fille vit avec moi et je l'aime. C'est plus important que toutes les vieilles rancunes, Tory. Beaucoup plus important.

Tory cilla pour refouler les larmes qui lui embuaient les yeux.

— Si, elle était folle. Elle s'est laissé éblouir alors qu'elle aurait pu épouser l'homme le plus formidable qui soit.

— Merci de dire ça, ma chérie.

Hobie la serra dans ses bras et la force de son étreinte la surprit. Rien que pour cela, pour l'envie de vivre que Cole avait redonnée à son oncle, il méritait d'être remercié.

— Je ne me laisserai jamais éblouir comme ça, murmura-t-elle comme pour elle-même.

Sans doute Hobie l'entendit-il, car il s'écarta légèrement et la regarda.

— J'ai beaucoup pensé à Jeanie, ces derniers temps. A dire vrai, je n'avais pas grand-chose d'autre à faire. Certains diraient que je devrais la haïr. Je ne peux pas. Je l'aimais, et je l'aime toujours. Je vais te confier quelque chose, ma puce. J'échangerais tout ce que j'ai, sauf toi, contre une nuit avec Jeanie.

— Une nuit ? s'étonna Tory. Tu veux dire que vous n'avez jamais…

— Non. Ce n'était pas l'envie qui nous manquait… On était jeunes et très très amoureux, mais je voulais attendre jusqu'au mariage.

Il eut un petit rire mi-coquin, mi-triste.

— Il n'aurait pas fallu qu'elle se retrouve enceinte. La pilule existait, mais c'était difficile de se la procurer discrètement. Si je n'avais pas été aussi raisonnable, tu aurais pu être ma fille.

Tory se blottit contre lui.

— Tu aurais mieux fait de l'être moins ! A propos, superman, notre enquêteur de génie, n'est toujours pas rentré. Je me demande ce qu'il fabrique.

Le ton, amer, dut frapper Hobie qui la repoussa pour mieux la voir.

— Il est rentré bien avant toi. Il est là depuis deux heures au moins.

Deux heures. Cela voulait dire qu'il était parti de la taverne aussitôt après elle et qu'il était revenu directement. Il n'avait donc pas eu le temps de fricoter davantage avec Cindy la bimbo. Ce qu'il fallait qu'elle sache, maintenant, c'est si son arrivée inopinée l'avait fait changer d'avis ou si, comme il l'avait prétendu, il n'avait jamais eu l'intention de lui faire du charme.

— Je n'ai pas vu sa camionnette, pourtant.

— Je te dis qu'il est dans le bureau. Il examine le dossier qu'il a reçu. Je lui ai même fait du café, il ne voulait rien manger. J'ai eu l'impression qu'il était morose.

Parce qu'elle lui avait gâché sa soirée ou parce qu'elle

l'avait mal jugé ? Quoi qu'il en soit, il n'était pas resté avec sa toute nouvelle conquête.

— C'est un garçon bien, Tory. Il est peut-être un peu perturbé en ce moment. Il est comme son chat, il a traversé des passes difficiles dont il ne parle jamais, mais ça ne change rien à ce qu'il est au fond de lui.

Sur ces mots, Hobie se leva.

— Bonsoir, ma chérie, je vais me coucher.

Tory resta sur la balancelle et, les yeux au ciel, essaya de démêler l'écheveau de ses pensées.

Quel message Hobie avait-il voulu lui faire passer ? Comprenant qu'elle était attirée par Cole, avait-il cherché à la rassurer sur son compte ? Elle avait eu l'impression qu'il l'encourageait dans cette voie. Hélas ! elle doutait que l'homme qui avait été un jour l'ami de son oncle soit encore celui dont il se souvenait.

Elle soupira. L'air s'était rafraîchi et une légère brise caressait ses bras nus. Rocky, qui avait terminé sa chasse aux souris, vint se planter devant elle. Les oreilles pointées, le nez frémissant, il semblait attendre quelque chose. Elle se pencha et le caressa.

Après avoir reçu une caresse le long du dos et une gratouille entre les oreilles, il fila derrière la balancelle et revint avec le bandana rouge gris de poussière entre les dents. Il sauta sur la rambarde et s'installa, en hauteur pour dominer la situation. Elle avait remarqué qu'il n'aimait pas la balancelle. Sans doute trouvait-il le va-et-vient peu propice à une sieste paisible.

— Tu en as vu, toi aussi, hein, mon Rocky ? murmura-t-elle.

Le chat tourna la tête vers elle et la regarda avec attention.

— Mais tu as fait la paix avec le monde, pas vrai,

le chat ? C'est la différence entre Cole et toi. Tu es sorti des ténèbres, pas lui.

Rocky cligna des yeux et, lentement, inclina la tête comme s'il acquiesçait. Sa mimique la fit rire. Décidément, Rocky n'était pas n'importe quel chat. Il était expressif et drôle. Pour l'heure, allongé sur son vieux bandana, il semblait parfaitement en harmonie avec l'univers. Comme elle aurait aimé pouvoir en dire autant d'elle-même !

Les propos de Hobie tournaient dans sa tête. Son ton était douloureux quand il avait dit qu'il aurait tout donné pour une nuit, une seule, avec la femme qu'il aimait. Elle avait du mal à reconnaître sa mère dans la femme qu'il avait décrite. Elle l'avait toujours vue comme une personne effacée, sans histoire. Aux yeux de Hobie, c'était une jeune femme ardente et passionnée. Il l'avait bien connue. Comme on pouvait se tromper sur les êtres !

Elle aussi était jeune, mais elle n'avait jamais été… passionnée. Jusqu'à maintenant.

Bien qu'assise dans le noir avec juste le chat pour compagnie, elle rougit. C'était vrai. Pour la première fois de sa vie, un homme lui inspirait des pensées… euh… Il lui faisait un effet incroyable, effrayant même. Près de lui, elle se sentait devenir ardente et prête à tout. Et ce matin, alors qu'ils étaient près du ruisseau, s'il ne s'était pas arrêté…

Un jour viendrait sans doute où elle regretterait l'occasion qu'elle avait laissé passer. Où, se retournant sur son passé, elle pleurerait de regret de ne pas avoir vécu au moins une grande passion. Où elle déplorerait de ne même pas avoir de souvenirs… Dès que toute cette affaire serait éclaircie, Cole repartirait. Bientôt. Elle n'avait donc rien à espérer. Aucun avenir avec lui à envisager. Etait-ce un bien ? Un mal ? N'était-ce pas le meilleur moyen de ne pas souffrir ?

Il n'est question que de sexe. Ni d'amour, ni de romance. Juste d'amour physique et de plaisir, avait-il dit en substance.

A ce souvenir, elle frissonna. Ça ne serait que ça, avec lui. Du sexe sans sentiment. C'était triste et dégoûtant, et en même temps excitant. Attraction et répulsion.

Elle eut envie de se caresser. Il lui mettait les nerfs à vif et la faisait flageoler sur ses jambes. Il la chauffait à blanc et sa petite voix lui criait : « Prends garde ! », mais son corps, bouillant, refusait de l'entendre.

Elle se faisait peu d'illusions au sujet de Cole et c'était tant mieux, car c'était la perte des illusions qui faisait souffrir. Comme lorsqu'elle avait découvert le vrai visage de son père. « Quand on ne se berce pas d'illusions, on ne peut pas être déçu », lui avait un jour dit quelqu'un.

Brusquement, elle se leva. Rocky entrouvrit un œil.

— Tu crois que je suis folle, le chat ? Tu crois que Cole est une coquille vide comme il dit ? Ou qu'il est seulement perdu, comme tu l'étais toi aussi ?

Le chat pointa sa langue rose et râpeuse et commença à se lécher la patte.

— Il faut que j'en aie le cœur net, marmonna-t-elle.

Si Cole était vraiment la coquille vide qu'il prétendait être, elle n'avait plus qu'à espérer qu'elle ne serait pas blessée lorsque la coquille en question volerait en éclats.

11

A la seconde où la porte du bureau s'ouvrait, Cole sut que c'était Tory.

« Je ne suis peut-être pas aussi rouillé que je le croyais », se rassura-t-il.

Au lieu de refermer le dossier qu'il lisait — il avait demandé à son bureau des renseignements sur Jack Flynn, plus par curiosité qu'autre chose —, il continua sa lecture, les pieds croisés sur un coin de la table, bien calé au fond de son siège.

— Ce sont les documents arrivés aujourd'hui ? demanda-t-elle.

Sans quitter ses papiers des yeux, il marmonna un « Mmm » puis lui jeta un coup d'œil de biais. Elle était tout en bleu ce soir, un bleu tirant sur le vert qui faisait ressortir la couleur de ses yeux. Elle avait les bras et les jambes nus.

— C'est le dossier que tu attendais ? insista-t-elle en faisant courir un doigt sur le bord du bureau.

— Mmm-hmm.

Voyant son doigt suivre le contour de la table, il se dit qu'elle avait de belles mains, solides, bronzées, avec des ongles nets taillés court pour pouvoir travailler correctement. Des mains féminines, pourtant, qu'elle agitait avec grâce. Il les avait vues caresser l'encolure d'un cheval et gratouiller le menton du chat méfiant. Et tous les deux en avaient redemandé. Il les comprenait.

— Tu trouves quelque chose ?

Il fit un effort pour détacher les yeux de cette main qui caressait le bois avec une sensualité insoutenable.

— Oui.

Cole ne l'aurait pas juré, mais il crut l'entendre soupirer. La hanche appuyée contre le bord de la table, elle attendait.

— Un… mobile ?

Il referma si nerveusement le dossier que Tory sursauta, et, leva enfin les yeux vers elle, l'air furieux.

— Tu peux me dire ce que tu me veux, au juste ? lança-t-il.

Elle voulut répondre, bafouilla deux mots et rougit.

— Je veux savoir si tu progresses, se reprit-elle en se redressant. Après tout, cela me concerne.

Le ton était glacial et son regard aussi.

— Oui. Ralph Hudson par exemple. Sais-tu que son beau-frère a ouvert récemment un centre d'entraînement au *cutting* en Arizona ?

— Non, je l'ignorais.

— Il y a une clause dans tes contrats qui l'autorise à quitter ton ranch sans payer le reste de sa cotisation dans le cas où les conditions de vie se détériorent pour les chevaux, ici.

Elle fronça les sourcils.

— La clause ne concerne que les catastrophes naturelles, incendie ou autre.

Il brandit un modèle de contrat.

— C'est formulé de telle sorte que tu auras du mal à te faire payer s'il décide de s'en aller.

— On ne pouvait pas se douter qu'il arriverait un

truc pareil, se justifia-t-elle. Et Starwalker est chez nous depuis un an. Enfin, il était…

— D'accord, mais son beau-frère vient juste d'ouvrir son centre.

Elle fronça les sourcils de plus belle.

— Que veux-tu dire ? Que Ralph aurait tué les chevaux pour pouvoir s'en aller chez son beau-frère ?

Cole haussa les épaules.

— J'ai vu pire pour moins que ça !

— Ecoute, Cole, je suis peut-être naïve, mais pas à ce point. C'est impossible.

— Crain, alors. Tu sais qu'il a trois emprunts sur le dos ? Avec les indemnités de l'assurance, il pourrait en rembourser une partie.

Le visage de Tory s'assombrit comme chaque fois qu'ils évoquaient la mort des chevaux.

— Firefly était assurée pour bien moins que John's Prize, et ce n'était pas un aussi bon cheval. Harry est snob et n'a acheté cette jument que pour pouvoir se vanter d'avoir un cheval de *cutting.* En plus, on en a fait des gorges chaudes dans le coin, tout le monde a raconté qu'il s'est endetté jusqu'au cou pour éviter des ennuis à Cindy.

Cole ne manqua pas de remarquer qu'elle mentionnait incidemment Cindy, avec une indifférence qui contrastait avec sa réaction à la taverne. Là-bas, on aurait dit une femme bafouée découvrant l'infidélité de son mari.

— Et ton copain Lennox, alors ?

— John ? Quoi, John ?

— Il est fauché comme les blés. Surendetté. Tu sais qu'il a acheté une start-up l'année dernière ?

Il lui lança un regard en coin.

— Tu le sais sûrement.

— Je ne vois pas comment je le saurais.

— Il ne te l'a pas dit ? Vous dînez pourtant en tête à tête au Country Club assez souvent.

Elle écarquilla les yeux.

— Comment je le sais… ? Peu importe. Je suppose que c'est Hobie.

— Il ne t'a rien dit ? Ce Lennox cherche à obtenir tes faveurs. Ne fais pas l'innocente, tu sais très bien qu'il veut beaucoup plus que ce que tu lui as accordé jusqu'à présent.

Tory baissa les yeux.

— Je ne lui ai rien accordé jusqu'à présent ! Mais il est habitué à obtenir tout ce qu'il veut. Alors, quand quelqu'un lui résiste… Je crois que je représente un défi pour lui.

Cole se raidit.

— Il a envie de toi, c'est ça ?

— Il le croit ; ça lui passera. Son problème, pour l'instant, je te le répète, c'est qu'il n'a pas l'habitude d'essuyer des refus. De toute manière, je ne suis pas son type à lui non plus.

A lui non plus ? Cole sentit sa gorge se nouer.

— Dis-moi une chose, Tory. Y a-t-il quelqu'un au monde à qui tu fasses confiance, à part Hobie ?

Elle n'hésita pas une seconde.

— Oui. Mac.

— A ta place, je ne m'attacherais pas à cette bête. Parce que si Lennox a besoin d'argent…

Il haussa les épaules et laissa sa phrase en l'air.

— Qu'est-ce que tu racontes ? Tu penses que Mac court un dan…

— Je pense que rien n'est impossible. Mac est assuré pour moins cher que les autres chevaux, mais il est quand même assuré.

En la voyant pâlir, Cole regretta ses propos.

— Non, c'est impossible. Pas Mac ! John ne ferait jamais ça.

— Combien aurait-il obtenu pour l'autre cheval, s'il avait voulu le vendre ?

— Je… Je ne sais pas. Sûrement beaucoup.

— Autant que ce que l'assurance lui a versé ?

Elle secoua la tête, désespérée.

— Non, Cole. Je te dis que c'est impossible. Jamais John ne ferait ça !

— Pourquoi pas ? Parce qu'il joue les riches ? Parce qu'il est charmeur ?

Quelle mouche le piquait, tout à coup ? se demanda Cole. En quoi ce qu'elle pensait de Lennox le regardait-il ? D'où lui venaient cette soudaine amertume, cette agressivité, cette envie de lui faire mal ?

Il la vit relever le menton, l'air têtu.

— Il était trop fier de John's Prize. Et il ne fera jamais de mal à Mac. Je le sais.

L'air buté, elle se mordilla la lèvre. Cole faillit lui dire d'arrêter, de ne pas abîmer sa bouche, qu'il la voulait intacte. Il eut envie de lui dire qu'elle était belle dans sa robe bleue et qu'il mourait d'envie de la lui ôter.

Il serra un instant les dents pour éviter de lui débiter ces fadaises.

— Tu as raison, il ne le fera pas. Perdre deux chevaux à la file ferait de lui le suspect numéro un, et il est assez malin pour le savoir. En plus, John's Prize…

— … était assuré pour un million de dollars, c'est ça ? l'interrompit-il d'un ton sarcastique.

Se mordant toujours la lèvre, elle opina.

— Ça fait beaucoup d'argent, même à son niveau. Ça peut peut-être lui suffire !

Il la vit frissonner puis se crisper.

— Je ne l'imagine pas dans le rôle d'un tricheur,

d'un escroc à l'assurance. Il vit comme un seigneur. Tu es sûr qu'il a des soucis financiers ?

— Les gens qui travaillent avec moi sont fiables. S'ils le disent, c'est que c'est vrai. Pour l'heure, ils cherchent à calculer l'étendue de ses dettes.

— Peut-être que si je demande à John…

Cole fit un bond sur sa chaise.

— Surtout pas ! Ne dis rien à personne.

— Mais…

— Pas de mais, Tory. S'il n'a rien à voir dans l'histoire, tu es assurée de perdre un bon client. Et s'il est mouillé, tu risques de graves ennuis. Alors ne parle pas, s'il te plaît.

— D'accord, dit-elle sans conviction.

Lennox était un client qui aurait certainement vu d'un bon œil que leur relation prenne un tour plus intime, mais elle n'avait jamais envisagé cette perspective avec sérieux, encore moins maintenant. Malgré tout, il n'était pas question de le contrarier.

— Je ne plaisante pas, Tory. Pas un mot.

— J'ai dit d'accord.

— A moins que tu ne tiennes à lui expliquer comment tu as découvert qu'il a des soucis d'argent ?

Elle haussa les épaules en soupirant.

— Cole, j'ai dit d'accord. Je ne lui dirai rien. Si tu voulais bien me croire…

Il esquissa un sourire.

— Te croire ? Alors que tu es aussi têtue que Hobie ? Quand vous avez une idée, vous n'en démordez pas !

Elle baissa les yeux et fixa le bout de ses bottes.

— Je cherche peut-être à m'excuser.

— A t'excuser ?

Elle releva la tête et le regarda franchement.

— Tu as dit que tu travaillais, à la taverne. J'accepte

de te croire. N'empêche que Cindy te dévorait des yeux et qu'elle était… vautrée sur toi ! Mais je veux bien croire que ce n'est pas toi qui l'as voulu.

Ainsi il était pardonné. Malgré ce qu'elle avait vu, malgré ce que la vie lui avait appris des hommes, malgré ce qu'il lui avait dit, elle avait décidé de le croire. Il ne le méritait pas, se dit Cole. Quand il se regardait dans un miroir, il voyait quelqu'un qu'il n'aimait pas.

— Tu ne devrais pas accorder ta confiance aussi vite, répondit-il. Ni ta confiance, ni ton pardon. Qui te dit que je n'avais pas envie d'elle ? Et qui te dit que ce n'était pas moi qui étais vautré sur elle ?

— Tu ne serais pas parti juste après moi. Hobie m'a dit que tu étais rentré depuis deux bonnes heures. C'est donc que tu m'as suivie.

— C'est vrai, soupira-t-il, mais je le regrette déjà.

Et pour la blesser et la dégoûter de lui, il ajouta :

— Je suis excité comme un taureau en rut, ces temps-ci.

Elle rougit mais ne cilla pas.

— Je sais.

Il faillit s'étouffer.

— Quoi ?

— J'ai dit que je sais. Il suffit de voir comment tu m'as embrassée, expliqua-t-elle froidement. Et puis j'ai bien senti…

Il savait ce qu'elle avait senti. Il était dur comme du bois sec et… A cette pensée, son corps réagit de nouveau, comme lorsqu'ils étaient au bord du ruisseau et que…

— J'ai bien compris que tu étais excité, mais, à la limite, ça ne me regarde pas. Je ne vais pas, pour un simple baiser, prétendre à je ne sais quoi.

Le « simple baiser » le piqua au vif.

— Un simple baiser ? releva-t-il.

— Comment veux-tu que j'appelle ça ?

Sa franchise, désarmante, le fit sourire.

— Je sais que je ne suis pas… Je sais que tu es habitué à autre chose, reprit-elle. A des femmes qui ressemblent plus à Cindy qu'à moi, mais…

Elle se tut et, se tortillant les doigts, regarda par terre.

— Mais quoi ? demanda-t-il en essayant de contrôler sa voix.

— Je sais que tu n'avais que moi sous la main, si j'ose dire, mais ça n'avait pas l'air de trop te gêner. Pour tout te dire, j'ai même cru que tu me… que tu me désirais vraiment. Et si c'est encore le…

Interdit, Cole la dévisagea.

— Qu'est-ce que tu racontes ?

— Ce que je veux dire, c'est que… si tu es toujours… si tu peux oublier que je n'ai pas le physique de Cindy…

Elle se redressa et soutint son regard.

— … je suis… disponible.

Cole eut envie de l'attraper et de la secouer comme un prunier pour lui apprendre à dire de telles horreurs. Quel démon l'habitait donc ? Quel monstre ? Ce qu'elle suggérait allait tellement à l'encontre du personnage réservé qu'elle était qu'il y avait de quoi s'interroger.

En outre, ce qu'elle venait de dire était humiliant pour lui aussi. S'imaginait-elle vraiment qu'il allait accepter sa proposition ? Elle était « disponible » ! C'était insensé ! Quant à croire qu'il pouvait être plus sensible à la beauté frelatée de Cindy qu'à son naturel si touchant, c'était…

C'était exactement ce qu'il méritait. Il l'avait bien cherché. Ce qu'elle pensait de lui collait avec ce qu'il avait voulu lui faire passer comme message. Il avait voulu la dégoûter de lui pour l'éloigner, et il avait gagné. Au-delà même de ses espérances ! Qu'elle ne voie plus en lui qu'un jouisseur était normal, et il aurait été malvenu de se plaindre.

— Ne t'inquiète pas, dit-elle dans un souffle. Je n'attends rien en échange. Quand la mésaventure qui nous arrive sera réglée, tu partiras, et je le sais.

— Tu veux dire qu'on prend notre pied toi et moi, juste comme ça en passant, et que quand on se sera bien amusés, je n'aurai qu'à m'en aller ?

Tory le regarda, étonnée.

— Ben… oui… Ce n'est pas ce que tu veux ?

— Ce que je veux, répliqua-t-il sèchement, n'a rien à voir avec ce que tu veux, petite fille.

— Qu'est-ce que tu en sais ? répliqua-t-elle d'une voix posée. M'appeler « petite fille » ne changera rien à ce que je viens de te dire. Le fait que je sois la nièce de Hobie, non plus. Je croyais que tu voulais une petite aventure en passant, et…

— Ce qui m'intéresse, c'est de savoir ce que *toi* tu veux.

Elle regarda au loin.

— Moi ? Ce dont tu as parlé près du ruisseau et que je n'ai jamais connu. Quelque chose d'ardent, de passionné. De volcanique. Aucun homme ne m'a jamais donné envie de connaître ça. Ni fait penser que ça pouvait exister.

— Bon sang, Tory ! Te rends-tu compte de ce que tu dis ?

Elle ramena son regard sur lui et vit dans le bleu de ses yeux une ardeur qu'il ne pouvait nier.

— Non, dit-elle avec une simplicité désarmante. C'est pour ça que je veux que tu m'apprennes.

Le cœur battant, les reins en feu, Cole eut envie de s'exhiber pour qu'elle voie ce qu'elle lui faisait.

« Si tu peux oublier que je n'ai pas le physique de

Cindy »… Elle savait qu'elle n'était pas une beauté fatale, mais ce qu'elle ignorait, c'est qu'un homme sensé et normalement constitué ne pouvait rester insensible à sa spontanéité et à son naturel.

Il ouvrait la bouche pour lui dire qu'il était bien plus attiré par elle que par la bombe Cindy quand il la vit venir à lui.

— Tu veux bien m'apprendre, Cole ?

Instinctivement, il la prit par la taille.

— Tu… Je ne peux pas…

Il reprit sa respiration.

— Non, Tory, tu vaux beaucoup mieux que ça.

— Mais j'ai vingt-sept ans, Cole ! L'occasion de connaître ça ne se représentera sans doute plus jamais.

Il lâcha sa taille et posa les mains sur ses épaules sans l'attirer à lui.

— Non, Tory. Ne fais pas ça. Pas avec moi. Pas maintenant. Ce n'est pas l'envie qui me manque, ajouta-t-il, mais…

Il baissa les yeux et elle suivit son regard. Son désir était visible, palpable.

— De toute façon, je ne pourrais pas. Je serais violent, je te ferais mal et ça, je ne le veux pas. Mais crois-le bien, ce n'est pas que je n'en ai pas envie. Je te désire comme je n'ai jamais désiré aucune femme. D'ailleurs, si je te disais oui, je ne pourrais même pas aller jusqu'à ton lit.

Tory le dévisagea et entrouvrit la bouche pour parler.

« C'est gagné, se dit-il. Cette fois, je lui ai fait peur. »

— Cole…

Cela ne faisait pas de doute, elle allait lui dire qu'il avait raison.

— Cole, reprit-elle. C'est ce que je veux, justement. Ce qui me plaît, ce n'est pas ce que je ressens ni ce que tu ressens, c'est de me dire que quelqu'un éprouve quelque chose d'aussi violent à cause de moi.

C'était faux, il le savait. Aucun des hommes qui l'avaient fréquentée n'avait pu rester insensible à son charme. Il aurait fallu être aveugle. C'était elle qui n'avait rien vu, elle qui avait gardé ses distances pour que personne ne l'approche.

Jusqu'à aujourd'hui.

Par malchance elle jetait son dévolu sur lui. Sur la personne entre toutes qu'elle devait à tout prix éviter.

— Cole, insista-t-elle en tendant la main vers son visage pour le caresser.

Sans le faire exprès, il tourna la tête et, ce faisant, effleura ses doigts du bout des lèvres. Elle hésita, parut soudain intimidée puis, doucement, d'un index malhabile, se mit à dessiner le contour de sa bouche.

Incapable de l'arrêter, Cole frissonna. Lorsqu'il croisa son regard émerveillé, il sut qu'il était mort !

Une plainte rauque lui échappa et il la prit dans ses bras.

12

Tout commença comme le baiser devant la source, rapide et passionné. Tory pensait qu'il ne pourrait pas être aussi fougueux, mais elle se trompait. Il fut encore plus violent.

Il lui saisit la tête et l'embrassa, avec sa bouche, avec sa langue, avec toute son ardeur. Les fesses contre le bord du bureau, elle se laissa faire en se disant qu'elle aimerait qu'il la prenne tout entière, sans la ménager. Elle était impatiente de tout connaître de l'amour, elle voulait vivre pleinement toutes les sensations et vibrer.

Comme il reculait légèrement pour reprendre son souffle, elle protesta. Alors, très vite, il reprit ses lèvres et les mordilla. Estimant soudain qu'il n'était pas assez près d'elle, Tory entrouvrit les jambes pour qu'il s'approche davantage, ce qu'il fit aussitôt. Elle gémit. Elle avait vu qu'il était excité, mais il y avait une différence entre imaginer et sentir son sexe contre elle.

Hésitant un peu, elle remua les hanches et se frotta contre lui. A travers le tissu léger de sa robe d'été, elle perçut sa chaleur.

— Tu peux encore changer d'avis, dit-il d'une voix rauque. Ensuite, ça risque d'être trop tard.

« Pourquoi changerais-je d'avis ? » songea-t-elle.

Au lieu de lui répondre, elle passa les bras autour de son cou et plongea les doigts dans ses cheveux.

Encouragé par son accord tacite, il la prit par la taille et se pencha sur elle pour l'embrasser.

Quand il s'écarta pour reprendre son souffle, elle nota qu'il haletait. Sa poitrine montait et descendait comme celle d'un coureur après un sprint. Un instant, elle eut peur qu'il s'en aille, mais il la reprit par les hanches, la souleva et l'assit sur son bureau, devant lui. Il avait le regard voilé, l'air tendu. Elle savoura l'ascendant qu'elle avait, à cet instant, sur lui. Jamais elle n'aurait imaginé exercer un tel pouvoir sur un homme.

— Je ne pourrai plus changer d'avis, après ? lui demanda-t-elle innocemment.

— Pourquoi ? Tu hésites ?

Une vague de chaleur déferla dans tout son corps.

— Si je te dis d'arrêter, tu vas t'en aller ?

— Pourquoi ? Tu veux que j'arrête ?

Elle secoua la tête.

— Au contraire. Et je ne veux plus attendre.

Il ferma les yeux en grommelant.

— Je peux aller vite, c'est facile. Si tu savais… Depuis que je suis ici, je ne rêve que de te prendre.

Elle écarquilla les yeux.

— C'est… vrai ?

Et d'ajouter, ingénument :

— Pourquoi ?

Il se mit à rire. Prenant alors son menton, il repoussa sa tête en arrière et l'embrassa, tendrement cette fois, en caressant ses lèvres du bout de la langue.

— Ça, c'est l'entrée en matière, dit-il.

Il fit glisser les bretelles de sa robe sur ses bras, découvrant sa poitrine. Soudain consciente qu'elle ne portait pas de soutien-gorge à cause de la finesse de ses bretelles, Tory rougit et se demanda si, sachant plus ou moins consciemment ce qui arriverait, elle ne l'avait pas fait exprès.

Il lui caressa ensuite les cuisses, l'air émerveillé, comme s'il ne s'apercevait que maintenant qu'elles étaient nues. Après quelques instants il s'arrêta et parut attendre quelque chose. Elle retint son souffle.

— Tory ?

Sa voix était si rauque qu'elle la reconnut à peine, et ses mains tremblaient.

Comprenant qu'il voulait qu'elle soit sûre d'elle, elle lui saisit les mains en guise de réponse et les guida. Il dégagea ainsi son buste de sa robe qui tomba en corolle autour de ses hanches.

— Oh ! Tory !

Il recula pour mieux la voir. Elle se mit alors à trembler et sentit ses mamelons se dresser.

Au contact de ses paumes sur sa peau, elle gémit. La tête en arrière, les yeux fermés, elle se laissa caresser. Tout à coup, elle poussa un petit cri et se cambra. Excité par son plaisir, il recommença et elle gémit de plus belle.

Cole baissa alors la tête et, du bout de la langue, titilla un de ses mamelons. Elle se mit à onduler en gémissant de plus en plus fort. Il passa alors à son autre mamelon, le titilla, le mordilla, joua avec lui jusqu'à ce qu'elle crie grâce. Puis il recommença avec le premier, encore tout humide de sa bouche.

Ondulant toujours, bras tendus, Tory chercha quelque chose à empoigner, un point d'ancrage pour empêcher le raz de marée de l'emporter. Ses mains agrippèrent la chemise de Cole, dont les pressions de nacre cédèrent. Elle passa les mains sous le tissu et les fit courir sur son torse. Il était musclé et dur ; c'était l'homme le plus robuste qu'elle ait jamais connu.

Elle l'entendit reprendre son souffle puis sentit ses

muscles se contracter sous ses doigts. Son cœur accéléra son rythme. Soucieuse de lui rendre un peu du plaisir qu'il lui donnait, elle le caressa, trouva ses mamelons et joua avec eux.

Involontairement, il remua les hanches qu'elle empoigna. Elle perçut alors, sous ses doigts, comme une série de petites rides juste au-dessus de sa ceinture.

Des cicatrices, se dit-elle. Un réseau de cicatrices, comme une toile d'araignée, striait sa peau lisse. Elle n'eut pas le temps de se demander ce que c'était, il la mordilla si fort qu'elle poussa un cri.

Quand elle retrouva son souffle, elle glissa de nouveau les mains sur son dos, mais il lui saisit les poignets et l'obligea à baisser les bras. Elle plaqua alors les mains sur son jean, hésita une seconde, puis le caressa.

Il s'immobilisa.

— Tory !

Sentant son excitation grandir, elle le caressa de plus belle et avec plus d'assurance. Avec un gémissement, il lui caressa les cuisses en remontant.

Lorsqu'il passa les doigts sous l'élastique de sa culotte pour la lui retirer, Tory savait que ce qui allait suivre serait plus excitant encore que lorsqu'il lui avait mordillé les seins. Or, elle était loin d'imaginer ce qu'elle éprouva quand il plongea les doigts dans sa chaleur moite.

A peine l'eut-il pénétrée qu'il l'appela par son nom.

Tout alla alors très vite. En quelques secondes, son jean se trouva déboutonné, descendu. Tory ne put réprimer un mouvement de recul. Son érection était impressionnante.

Comme il déchirait l'emballage d'un préservatif qu'il venait de sortir de sa poche, elle chercha son regard.

— C'est pour ça que tu es allé à la pharmacie avant d'aller au Whitey's, dit-elle d'une voix douce.

Il comprit tout de suite la méprise.

— Non, Tory. Ce n'était pas pour elle.

Sceptique, elle se mordilla la lèvre.

— Ecoute-moi, Tory, j'ai acheté ça parce que je n'étais pas sûr de pouvoir rester de marbre avec toi plus longtemps. Et je ne m'étais pas trompé !

Elle le regarda en silence, réfléchit. Même s'il les avait achetés dans l'intention de s'en servir avec une autre, il ne l'avait pas fait puisqu'il était rentré tout de suite à la maison.

— Tu as eu raison, dit-elle enfin.

Il recommença à la caresser, la palpa, la pétrit jusqu'à ce qu'elle se torde sur le bureau, le suppliant d'aller plus loin, mais il prit sa main et la posa sur lui.

Emerveillée par la chaleur et la douceur de la chair qui frémissait sous ses doigts, elle l'effleura doucement. Le plaisir que Cole éprouvait à ce contact se lisait sur son visage. La manière dont son corps répondait, l'incitant à continuer, ne laissait planer aucun doute. D'une main plus assurée, elle multiplia les caresses jusqu'à le faire trembler.

Il fit glisser ses doigts vers le haut de ses cuisses, à la recherche du petit nœud de nerfs qui la ferait jouir.

— Maintenant, Tory, marmonna-t-il. Mais… pas sur ce bureau. Où peut-on aller ? C'est tout de suite.

— Oui, murmura-t-elle.

Elle songea vaguement que, par bonheur, la table était de bois massif, puis Cole recula pour mettre le préservatif.

— La prochaine fois, laisse-moi te le mettre, dit-elle, trouvant ce geste terriblement érotique.

— Si je vis jusque-là !

Il la prit alors dans ses bras, la rapprocha du bord du bureau et, la tenant fermement par les hanches, se guida vers elle. En sentant l'extrémité de son sexe la pénétrer doucement, elle laissa échapper un gémissement et recula un peu.

— Si, Tory. Je ne peux plus… attendre, haleta-t-il.

Incapable de se retenir une seconde de plus, il s'enfonça en elle.

Pénétrée avec une brusquerie à laquelle elle ne s'attendait pas, elle lui empoigna les épaules et les griffa en gémissant.

— Je… je t'ai fait mal ? s'inquiéta-t-il.

— Non, non, s'il te plaît, continue, murmura-t-elle.

Il commença à aller et venir, de plus en plus profondément, de plus en plus fort. Il prit ses jambes et les souleva. Instinctivement, elle les enroula autour de ses hanches. Alors il s'enfonça plus encore, lui arrachant un cri.

— Oh oui, Cole !

Son cri dut l'exciter, car il s'arc-bouta contre le bureau pour lui donner des coups de boutoir encore plus furieux.

La tête en arrière, cambrée vers lui, elle l'appela de nouveau par son nom, plusieurs fois. Dans le brouillard de son plaisir, elle crut l'entendre lui aussi alors que, secoué de tremblements, il accélérait ses mouvements.

Que se passa-t-il ensuite ? Tory n'aurait su le dire mais, quand elle rouvrit les yeux, ils étaient par terre et elle le chevauchait.

Se laissant aller contre lui, elle se blottit contre sa poitrine, jambes emmêlées, corps soudés.

Elle ne serait plus la même, dorénavant, se dit-elle en frissonnant. Elle venait de vivre l'expérience qui bouleverse une vie. A l'avenir, elle ne s'étonnerait plus que des gens puissent perdre la tête au nom de l'amour. Ni que l'amour occupe une telle part dans la vie des hommes ou qu'il existe tant de chansons vantant l'amour, tant de poèmes, tant de livres sur le sujet. Pas plus qu'elle ne s'étonnerait que son oncle regrette encore, après toutes ces années, de n'avoir jamais eu le bonheur de partager un moment comme celui-ci avec la femme qu'il aimait.

Hélas ! ce qu'elle venait de vivre n'était pas de l'amour, mais peu importait. Cole s'était montré tel qu'il l'avait dit, chaud, brutal, incontrôlable. Et elle avait adoré. Il l'avait prise, là, sur le bureau de son oncle, et elle, indifférente à tout sauf aux merveilleuses sensations qu'il lui faisait éprouver, s'était abandonnée totalement au plaisir. Rien que pour cela, elle savait que jamais, au grand jamais, elle ne regretterait rien.

Or elle se mentait.

Au fond d'elle-même, une petite voix lui disait que ce qu'elle avait vécu allait au-delà d'une simple relation charnelle. Elle était peut-être naïve, pas assez cependant pour croire que la magie opérait chaque fois, quel que soit le partenaire. Et même en imaginant qu'elle ne l'ait pas su, l'émerveillement étonné de Cole lui aurait mis la puce à l'oreille.

Elle n'était pas assez naïve non plus pour se figurer que cette fabuleuse expérience allait changer quelque chose à leur relation. Elle avait pris sa décision en connaissance de cause. Il lui en resterait un éternel souvenir.

Cole la sentit trembler contre lui. Le silence les enveloppait, maintenant. Un silence dans lequel il n'entendait que leurs respirations haletantes.

Des millions de choses se bousculaient dans sa tête tandis que son cœur battait encore à un rythme précipité. Tout ce qu'un homme dit d'ordinaire après avoir fait l'amour. Des choses sur le plaisir qu'il a éprouvé mais, surtout dans son cas, rien qui engage. Pas de promesses, pas de serments. Que des mots qui expliquent que, aussi extraordinaire qu'ait été ce moment, il resterait une aventure sans lendemain.

Bizarrement, il ne put rien dire.

Il n'existait pas de mots simples pour exprimer ce qui s'était passé entre eux. Leur fusion avait été totale. Unique. Elle avait dépassé en intensité tout ce qu'il avait connu jusqu'à présent, tous les fantasmes qui occupaient ses nuits, mais il ne pouvait pas le lui dire. Il craignait, s'il essayait de mettre des mots sur ce qu'il éprouvait, de dire des choses qui ne dépasseraient pas sa pensée mais qu'il ne voulait pas dire.

Ce qu'il redoutait, en fait, c'est que ce qu'il venait de vivre n'eût été bien plus important qu'une simple partie de plaisir.

Bon sang ! Il déraillait complètement.

Il inspira deux bonnes goulées d'air pour essayer de se calmer.

Au même moment, Tory remua contre lui et ses sens qui commençaient à s'engourdir le titillèrent de nouveau.

Oui, elle lui faisait perdre la tête.

Il essaya de distraire son imagination en repensant à ses acrobaties amoureuses. Quand ses genoux avaient commencé à flancher, il s'était arrangé pour ne pas tomber lourdement par terre et se demandait comment il y était parvenu. Ils étaient là maintenant, l'un contre l'autre, vêtements pêle-mêle, elle avec sa robe en chiffon autour de la taille, lui avec sa chemise sous son dos, son jean aux genoux, ses boots aux pieds.

Il sentait son corps contre le sien, les courbes de ses seins contre sa poitrine, ses hanches encastrées dans les siennes. Et c'était tendre.

De nouveau il voulut parler, dire quelque chose, n'importe quoi, mais il ne trouva rien.

— Merci, Cole, murmura alors Tory.

Son souffle caressa son torse, le faisant frissonner. Il sauta sur l'occasion pour dire enfin quelque chose.

— Tu ne regrettes pas ? demanda-t-il.

Que ferait-il si elle répondait « si » ?

Elle laissa échapper un soupir qu'il ne put interpréter. Soulagement ? Remords ? Contentement ?

Mystère.

— Non. Je t'avais dit de m'apprendre. Tu l'as fait, c'est bien.

— Tory, je... Non, rien.

Sachant que ce qu'il allait dire risquait de compliquer les choses il en resta là, se contentant de repenser à ce qu'il venait de vivre avec elle. Il n'était pas certain que ce soit lui qui ait donné la leçon. Il s'était un peu moqué de sa naïveté, lui avait dit qu'il allait lui apprendre, l'avait mise au défi de faire l'amour. Finalement, c'était elle qui l'avait surpris par sa hardiesse et son ardeur. C'était une grande amoureuse, et elle lui avait donné une leçon d'humilité.

Il la regarda. Blottie contre lui, une jambe en travers de ses cuisses, elle respirait à présent calmement. Il se dit alors que le plus fort des deux n'était sans doute pas celui qu'il avait cru. A vrai dire, il l'avait plus ou moins soupçonné. Tory Flynn était une femme forte. Assez forte, même, pour ne pas lui permettre de la faire souffrir.

Dans l'aventure, c'était lui qui avait perdu pied. Il s'était montré fiévreux, sauvage, incapable de se contrôler. Il l'avait prise sur le bureau, comme un ado trop impatient pour attendre.

Et elle avait adoré.

Son expérience aidant, il savait reconnaître une

femme sincère d'une femme qui faisait semblant. Tory était trop entière et trop naturelle pour simuler.

Il lui caressa tendrement l'épaule. Maintenant que la puissance de ce qui s'était passé entre eux avait ébranlé ses convictions, qu'allait-il faire ?

Un hennissement, dehors, le tira de ses pensées. Un hennissement strident accompagné de chocs sourds provenant de l'écurie.

— Mac ! s'écria Tory en se levant d'un bond.

Avant que Cole ait eu le temps de bouger, elle avait rajusté sa robe et, pieds nus, filait vers la porte.

13

— Tory !

Il jura tout en remontant en hâte son jean.

— Bon sang ! N'y va pas toute seule ! hurla-t-il.

Le temps de sortir du bureau tout en se reboutonnant, il entendit claquer la porte de la cuisine. Soit elle n'avait pas entendu, soit elle n'avait pas écouté.

Il entendit Hobie l'appeler :

— Tory ! Tory !

… et lui crier qu'il y allait, puis un bruit de pas précipités, ceux de Hobie, qui s'exclama :

— Bon Dieu, ça recommence !

Le cœur battant la chamade, Cole se mit à courir. Les souvenirs qui s'étaient un peu estompés depuis qu'il connaissait Tory refirent surface. Trois fois. Trois horribles fois. Des personnes à qui il avait voulu rendre service. Des femmes qui lui avaient fait confiance pour les aider et qui, finalement, avaient enterré ceux qu'elles aimaient et pour lesquels elles l'avaient sollicité.

N'avait-il donc rien retenu ? Pourquoi était-il revenu ici ? Pour relancer la machine diabolique, la combinaison mortelle — une femme, un être aimé — qui avait déjà conduit à l'enterrement de deux hommes et d'un enfant ?

Une image de Tory pleurant sur la tombe de Hobie passa devant ses yeux, et il s'arrêta net.

Il vacilla, lutta contre la nausée qui lui retournait l'estomac, et repartit.

Deux secondes, trois peut-être de faiblesse… Ce laps de temps avait permis à Hobie de le précéder. Alors qu'il entrait dans la cuisine, il entendit la porte qui donnait sur la cour se refermer pour la seconde fois.

— Bon Dieu ! jura-t-il.

Il fonça dehors. Pas de Tory en vue. En revanche, la maigre silhouette de Hobie avançait dans le clair de lune. Il le rattrapa et le saisit par le bras.

— Attends ici, dit-il.

— Mais Tory est dans…

— Je sais.

Essayant de refréner la peur qui l'envahissait, Cole serra les dents.

— S'il te plaît, Hobie, reste là. J'y vais et je la ramène.

Le front creusé de rides, Hobie le regarda.

— Je te donne trois minutes, mon gars.

— Reste là, l'implora Cole.

Il se précipita vers l'écurie dont Tory avait laissé la porte ouverte. L'oreille tendue, il écouta, mais n'entendit que le remue-ménage naturel des chevaux que l'agitation avait dérangés.

Il entra et longea le mur pour rester dans l'ombre en s'efforçant de ne pas faire de bruit.

Tory riait.

Stupéfait, il s'arrêta net. Elle allait bien. Il n'était rien arrivé malgré sa panique et les deux secondes d'hésitation qui l'avaient freiné.

— Bravo, Rocky ! s'exclama-t-elle. Tu en fais de belles !

Rocky. Ce fichu chat. Encore lui !

Cole se redressa — dans sa panique, il s'était adossé

au mur — et se dirigea vers l'endroit d'où provenait la voix. Du box de Mac, à n'en pas douter.

Et en effet, elle était là. La main posée sur la demi-porte sur laquelle le chat se tenait en équilibre instable, elle riait en le regardant. Le matou avait le poil hérissé sur toute la longueur du dos et sa queue avait doublé de volume.

Quand Cole s'approcha, il miaula et lui sauta sur l'épaule.

— Maudit chat ! Et arrête de me griffer !

Il le saisit tant bien que mal et essaya de lui faire lâcher prise, mais l'animal en avait décidé autrement et enfonçait de plus en plus profondément ses griffes dans sa peau.

— Arrête, sale bête !

Cette fois il saignait, c'était sûr, il le sentait. Rocky miaula encore et le cheval hennit.

— Il a essayé d'en faire autant avec Mac, dit Tory en riant. C'est pour ça qu'il y avait ce raffut.

Cole réussit enfin à lui faire lâcher prise et le tint loin de lui. Battant l'air des quatre pattes, Rocky émit un feulement menaçant.

— Arrête ton cirque, le chat, ou je ne te dis pas où tu vas finir tes jours !

— Les ennuis continuent, on dirait ! s'exclama Tory. Tu as le chic pour les attirer !

Cole s'immobilisa. Pourquoi disait-elle cela ? Etait-elle au courant ? Avait-elle fini par comprendre qu'il avait égrené un chapelet de catastrophes sur son passage au cours des treize dernières années ?

Il se raidit.

— Comme tu vois ! Mais je t'avais prévenue.

Elle se tut une seconde puis répondit doucement :

— Je parlais au chat.

Il y avait tant de gentillesse dans sa voix qu'il s'en voulut de la sécheresse de sa réponse. Une pensée le hantait. A cause de la peur qui l'avait paralysé pendant quelques secondes, elle aurait pu être tuée, si elle avait été en danger.

— Je vais dire à Hobie que tout va bien, déclara-t-il.

Son ton était encore plus sec, mais il n'y pouvait rien. Il avait eu trop peur.

Il fit demi-tour et s'éloigna en espérant qu'elle le rappelle, qu'elle lui dise quelque chose de gentil au nom de ce qu'ils partageaient encore quelques minutes plus tôt.

— Soigne ton épaule, tu saignes, fut tout ce qu'elle lui dit.

— Oui, marmonna-t-il.

Et il disparut.

Il n'avait aucune raison d'être vexé, songea-t-il. Au contraire, il aurait dû lui être reconnaissant de ne pas chercher à le retenir pour parler de ce qu'ils avaient vécu, de leur fièvre, de la magie qui les avait transportés au nirvana. Peut-être lui aurait-elle demandé quelque promesse.

Il secoua la tête. Son épaule saignait peut-être, mais...

« Il n'y a pas que mon épaule », se dit-il.

Comme il sortait de l'écurie, il vit arriver Hobie, un fusil à la main. Un 22 long rifle, nota-t-il machinalement.

— Je te donnais encore dix secondes, mon gars, et j'entrais.

« Et s'il y avait eu danger, tu aurais sans doute allongé la liste des morts que j'ai laissés derrière moi », pensa Cole.

— Tout repose sur ça, poursuivit Hobie en montrant son fusil. Je le garde dans la sellerie depuis que l'affaire a commencé. A propos, je te la confie.

— Que veux-tu dire avec « je te la confie » ?

— Veille sur Tory. Jusqu'à ce que je sache… quoi faire.

— Je ne la quitte jamais.

— Tu te conduis comme un imbécile, mon gars, remarqua Hobie en soupirant.

— Tu n'as jamais rien dit d'aussi vrai.

Hobie scruta l'expression de Cole.

— Tu me fais penser à un lézard suspendu au-dessus d'un feu.

Pas mal vu ! admit Cole avec d'autant plus d'amertume qu'il estimait avoir lui-même allumé le feu.

— Bon, je pense que je vais aller prendre une cuite, marmonna-t-il. S'il y a assez de gnôle en ville !

Là-dessus, il partit vers la maison d'un pas raide et sans un regard derrière lui. Il frissonna, mais la brise sur son torse nu n'y était pour rien. C'étaient ces deux ou trois maudites secondes de faiblesse durant lesquelles il avait été incapable de surmonter la peur qui le paralysait, qui le glaçaient.

D'accord, il s'était vite repris, mais ce moment de défaillance aurait pu coûter la vie à Tory ou à Hobie comme cela s'était produit pour d'autres. Aujourd'hui, par chance, rien n'était arrivé.

Il entra dans la cuisine, crispé, les dents serrées. Il n'avait jamais douté d'avoir pris la bonne décision en arrêtant son activité cinq ans plus tôt, et ce qui s'était produit tout à l'heure lui confirmait qu'il avait eu raison. Les événements venaient de lui démontrer qu'il avait définitivement perdu ce quelque chose qui faisait la différence : la rapidité, la capacité à réagir sur l'instant. Il avait perdu ses réflexes, son aptitude à intervenir immédiatement. Cela ne tenait qu'à quelques secondes d'hésitation, juste le temps de chasser les souvenirs sombres, mais c'était assez. Assez pour que quelqu'un se fasse tuer.

Ce soir, ce quelqu'un aurait pu être Tory. Ou Hobie. Il vivait depuis des années avec les fantômes de ceux qui étaient morts à cause de lui, se rabattant parfois sur l'alcool pour tenter d'oublier ses cauchemars et son atroce sentiment de culpabilité. Il savait qu'il ne pourrait vivre hanté par les images des Flynn s'il leur arrivait malheur ; il n'y aurait alors pas assez de gnôle sur toute la terre pour noyer ses remords.

Il alla directement au bureau, le traversa en évitant de penser que c'était là que Tory s'était donnée à lui et, en se baissant pour ramasser sa chemise, vit la petite culotte de coton bleu qu'elle avait oublié de remettre dans sa précipitation à aller voir ce qui se passait à l'écurie.

L'image du moment où il la lui avait littéralement arrachée passa devant ses yeux. Ce souvenir, qu'il essaya de refouler, raviva son désir. Si peu de temps après avoir fait l'amour avec passion, il était toujours aussi violent.

En entendant des pas à l'extérieur, il fourra rapidement la culotte dans sa poche. Il la déposerait tout à l'heure dans la chambre de Tory. Dans l'immédiat, il voulait éviter qu'elle se trouve embarrassée si Hobie et elle revenaient ensemble.

Lorsque ce serait fait, vu la froide indifférence avec laquelle elle l'avait laissé partir, il s'en irait. Sans doute avait-elle eu tout ce qu'elle voulait ? Probablement ne désirait-elle rien d'autre de lui que la leçon qu'il lui avait promise et donnée ?

Dans ce cas, se dit-il, amer, elle pouvait être heureuse car il n'allait plus tarder à partir. Plus tôt qu'il ne l'avait prévu, même, mais ce n'était pas plus mal, en fin de compte.

— Il est parti ?

Hobie haussa les épaules.

— Oui. Je pense qu'il doit être en train de se soûler chez Whitey ou ailleurs.

Tory s'effondra sur le canapé du salon. Elle avait entendu le pick-up de Cole démarrer pendant qu'elle calmait Mac et vérifiait que Rocky ne l'avait pas griffé. Son départ sur les chapeaux de roues l'avait étonnée. Quand elle était revenue à la maison, elle était tombée sur Hobie qui sortait du bureau.

— Mais… il est plus de minuit.

— Ils ferment à deux heures du matin. En deux heures, tu as largement le temps de t'enivrer.

— Mais… pourquoi ?

Hobie la dévisagea avec un peu trop d'insistance.

— Tu n'en as aucune idée ?

Son cœur manqua un battement. Hobie avait-il deviné ce qui s'était passé ce soir ?

— Je ne vois pas ce que tu veux dire.

— A mon avis, c'est à cause de toi.

— A cause de moi ? répéta-t-elle en frissonnant.

— Ecoute, ma puce, je ne sais pas ce qu'il a. Ce que j'ai remarqué, c'est que depuis qu'il est ici il est aussi aimable qu'un bouledogue. Le Cole que je connaissais autrefois était tellement cool que même un tremblement de terre ne l'aurait pas ébranlé. Mais maintenant…

Il haussa de nouveau les épaules et bâilla.

— C'est un grand garçon ; il retrouvera son chemin. La journée a été longue. Je vais me coucher.

Tory embrassa son oncle et le regarda s'éloigner, tarabustée par un flot de questions. Pourquoi Cole avait-il paru contrarié lorsqu'ils avaient découvert d'où provenait le vacarme ? Pourquoi ensuite avait-il quitté l'écurie si précipitamment ? Et pourquoi, après ce qui s'était passé entre eux, avait-il éprouvé le besoin de s'éloigner toutes affaires cessantes ? Voulait-il effacer ce souvenir ? Lui était-il si désagréable ?

Quand ils avaient fait l'amour, il semblait heureux. Craignait-il qu'elle n'exige quelque chose en retour ? Des promesses ? Un engagement ? Elle avait pourtant été claire en lui disant qu'elle faisait l'amour avec lui en toute connaissance de cause et ne lui demanderait rien de plus que ce qu'il lui avait promis au bord du ruisseau.

A moins que... Serait-il possible que ce qui s'était passé représente, pour lui comme pour elle, davantage qu'une simple... partie de jambes en l'air, comme disaient les filles qu'elle connaissait ? Se serait-il sauvé pour cette raison ? Parce que c'était beaucoup plus, justement, et que cela l'effrayait ?

« Ne rêve pas ! » se dit-elle.

Ruminant toujours ses questions sans réponses, Tory leva en soupirant la tête vers le ciel étoilé. Epuisée par les émotions de la journée, elle s'était assoupie sur le canapé peu après que Hobie était allé se coucher. Pour détendre ses muscles endoloris, elle était sortie sous la véranda. En s'apercevant que le pick-up de Cole n'était pas là, elle jeta un coup d'œil à sa montre. Presque quatre heures. Le Whitey avait fermé ses portes depuis une bonne heure et demie maintenant. Où était Cole ? Que faisait-il ?

Inquiète, elle tendit l'oreille, puis haussa les épaules. Allons donc ! Elle n'allait pas jouer les épouses qui attendent toute la nuit en se tordant les mains que leur ivrogne de mari rentre au bercail !

Cette pensée la fit d'abord rire, mais l'agacement remplaça bien vite l'hilarité. Oh non ! Elle ne serait jamais ce genre d'épouse-là.

Elle rentra et s'approcha silencieusement de la chambre de Hobie pour écouter à la porte. Il respirait normalement, enfin presque.

Rassurée, elle monta dans sa chambre.

Quand elle vit le petit morceau de tissu bleu sur son lit, elle eut le souffle coupé. Hobie sortait du bureau quand ils s'étaient retrouvés tout à l'heure. Il avait dû voir sa culotte traîner par terre. Quelle horreur ! Quelle honte !

Mais non. C'était Cole qui avait dû la récupérer pour éviter qu'elle ne soit embarrassée devant son oncle. Quelle honte, tout de même ! La main sur la poitrine elle chercha à reprendre sa respiration. C'était pire que si elle était tombée de cheval et manquait d'air !

Elle s'assit au bord du lit et tripota sa culotte, du même bleu que sa robe, en essayant de ne pas penser à sa fougue et à leur impatience quand Cole la lui avait ôtée.

Quand elle quitta la maison quelques minutes plus tard, vêtue de l'un de ses confortables vieux jeans, elle ne savait plus si elle était en colère ou inquiète. Elle conduisit prudemment, scrutant les bas-côtés et les rares voitures qui venaient à la croiser, espérant tomber sur le pick-up de Cole. Lorsque, finalement, elle aperçut une forme sombre arrêtée près d'un bosquet un peu en retrait de la route, elle soupira de soulagement.

Elle roula sur le bas-côté, tous phares allumés. Le pick-up semblait vide. Il paraissait si proche des arbres qu'elle se demanda s'il ne les avait pas heurtés. Elle ralentit, s'arrêta, et sauta de la jeep.

— Hé ! tes phares !

La voix de Cole provenait de quelque part devant le pick-up. Elle éteignit ses phares et se précipita vers lui en se disant que s'il satisfaisait un besoin pressant, eh bien tant pis pour lui.

Il était assis par terre, adossé à un arbre, son chapeau

rabattu sur les yeux. Il empestait le whisky à une lieue. Ou peut-être le bourbon. Elle n'avait jamais fait la différence.

— Tu es soûl.

— Tu crois ?

— Heureusement, tu ne conduis pas, marmonna-t-elle.

Il releva vaguement son Stetson.

— Ben non. Je suis trop cuit pour conduire.

En grimaçant il pointa le doigt un peu plus loin.

— Il a fallu que je m'arrête. J'étais malade. Je bois plus, maintenant.

— Charmant, dit Tory en s'accroupissant près de lui.

— Ouais. Char-mant.

Bien que pâteuse, sa voix était assez claire pour qu'elle le comprenne. En fait, il faisait des efforts pour articuler afin de tenter de compenser la mollesse de sa langue.

— Toi, dit-il comme s'il prenait soudain conscience où il était et qu'il était anormal qu'elle soit là. Qu'est-ce que tu fais ici ?

— Ce serait trop long à expliquer et, vu ton état, tu ne comprendrais pas. Allez, viens. Je te ramène à la maison.

« A la maison. » Elle avait fait exprès d'employer ces mots qu'il releva malgré son état.

— Quoi ? C'est Hobie ? Lui est arrivé quelque chose ?

Il s'était redressé et lui serrait le bras si fort qu'elle poussa un cri.

— Il est vi-vant au moins ? Tory, dis-moi qu'il est vi-vant !

— Hobie ? Bien sûr que oui. Pourquoi ne le serait-il pas ?

— Parce que je suis venu. J'aurais pas dû. Tous ils meurent quand je veux aider.

Il avait le vin tellement triste qu'elle frissonna.

— Qui meurt toujours ?

— Eux. Ceux que j'aime.

Nouveau frisson. Ne comprenant pas, Tory insista.

— Qui ?

Il s'adossa de nouveau au chêne.

Comme la lune était cachée et qu'il faisait sombre, elle ne distinguait pas son expression. Seul son ton indiquait son état d'esprit ; il était abattu.

Soudain, comme si les effets du whisky se dissipaient sous l'effet de quelque terrible souvenir, sa voix s'éclaircit.

— Gil. Neal. Le petit Timmy. Tous. Parce que les femmes qui les aimaient m'ont demandé de les aider. T'as déjà enterré un… en-fant, Tory ?

— Non, répondit-elle, appréhendant d'entendre la suite.

Or, il avait manifestement besoin de parler, même dans son ivresse. Il fallait qu'il évacue le trop-plein de souvenirs douloureux qu'il devait contenir depuis longtemps. Elle le laissa donc continuer.

— C'est la taille du cercueil qui te frappe, dit-il. Il est tellement petit. Et ils sont toujours blancs. T'avais remarqué ça ? Parce que les enfants sont innocents, tu piges ? Ils n'ont pas eu le temps de devenir autrement.

Tory serra les poings tellement fort que ses ongles s'enfoncèrent dans ses paumes.

— On m'a dit que le kidnappeur l'avait tué presque aussitôt. Qu'il avait l'intention de le faire dès le départ. N'empêche qu'il était encore vivant quand j'ai commencé à le chercher. Je l'ai bien senti. Bon Dieu ! Il était de mon sang ! Je savais qu'il était en vie.

Médusée, Tory plaqua la main sur sa bouche.

— C'était… quelqu'un de ta famille ?

— Sa mère était ma cousine. J'avais pas plus proche, comme famille.

Il se laissa aller en arrière et sa tête cogna le tronc. Son chapeau glissa puis tomba à terre ; il ne chercha pas à le ramasser.

— Un gosse. Et j'ai pas été foutu de le trouver. Si j'avais été meilleur ou plus rapide… ou je ne sais pas quoi.

— Ça suffit, Cole, arrête !

— Tu veux que j'te dise ce qui a été le pire ? Lisa, la mère de Timmy. Elle m'a regardé, l'air pitoyable, et m'a dit qu'elle savait que j'avais fait le maximum. Et puis elle m'a demandé si je viendrais à l'enterrement !

Une plainte lui échappa.

— Moi ! Elle voulait que moi, le type qui avait pas été fichu de retrouver son fils à temps, je vienne à l'enterrement de son gamin. Tu peux comprendre ça, toi ?

— Elle savait que ce n'était pas ta faute, dit Tory, histoire de répondre quelque chose pour apaiser son chagrin. Ces choses-là arrivent, Cole. C'est effroyable, mais ça arrive.

— Ouais. Ça arrive. Surtout avec moi.

Sa voix, déjà enrouée par l'alcool, se brisa.

— Timmy… a été mon dernier ratage. Après lui, j'ai compris qu'il fallait plus que j'insiste. C'était un bébé, tu comprends. Cinq ans tout juste, et…

Il ne finit pas sa phrase. Il semblait à bout de forces.

— Pourquoi dis-tu « surtout avec moi » ? demanda doucement Tory.

Cole releva la tête. Elle comprit qu'il voulait voir son visage, mais il faisait toujours aussi noir.

— Tu ne comprends rien ! C'est pour ça que je voulais pas venir. Toi et Hobie, et moi. Un sale attelage. Une mauvaise combinaison.

— Attelage ? Combinaison ? Je ne comprends pas, Cole !

— Gil et Sherry. Les Carlton. Timmy et sa mère… Eux et moi. Et maintenant, toi et Hobie. Et moi. C'est toujours comme ça. Deux, et trois avec moi.

— Cole, supplia-t-elle doucement. Arrête !

Elle ne voulait pas en entendre davantage. Pourtant, elle ne put s'empêcher de poser la question.

— C'est toujours comme quoi ?

— Je t'ai déjà dit. Ils meurent.

Sa tête retomba contre l'écorce.

— Gil, Neal, Timmy… Et maintenant Hobie, si je rate ici aussi. Ceux qu'ils aimaient. C'est pour ça que je ne voulais pas venir. Toi et Hobie. Et moi. Un sale attelage… Ils meurent. Et maintenant, Hobie.

Un attelage !

Tory ressassa un moment ses propos en essayant de leur donner un sens.

— Tu veux dire que… si une femme fait appel à toi parce que quelqu'un qu'elle aime a des ennuis, ce quelqu'un…

Il répondit, comme s'il s'agissait d'une fatalité que rien ni personne ne pouvait contrecarrer :

— Il meurt.

14

Tory s'assit sur ses talons, complètement abasourdie. Il était impossible que Cole se croie aussi nul. Cependant, la liste des noms qu'il avait énumérés laissait supposer qu'il y avait eu trois catastrophes.

— Gil, dit-elle se souvenant du premier nom.

— Mon meilleur ami, du temps où je servais dans l'armée.

Elle l'entendit avaler péniblement sa salive, comme si sa gorge lui faisait mal.

— On s'en est sortis, mais il est revenu fou. Il s'est acoquiné avec un type qui lui a raconté qu'ils allaient devenir milliardaires en achetant des terres. Quand il a compris que c'était une arnaque, il a poursuivi le type. Sherry est venue me trouver pour que je l'aide à l'arrêter.

— Tu es arrivé trop tard ?

Il reprit son souffle.

— Si seulement j'avais pu ! Il serait toujours en vie. Ce que l'escroc voulait, c'était quitter le pays avec le demi-million qu'il lui avait soutiré. Quand je m'en suis mêlé, il a paniqué. Et Gil est mort.

— Tu n'y es pour rien.

— C'est ce que je me suis dit. Mais ensuite il y a eu les Carlton. Neal et Jennifer. Je venais de monter Sanders Protection. Pauvre Jenny ! Là encore, j'ai tout loupé. Il y a eu d'autres affaires qui ont marché, heureusement.

Il s'arrêta, soupira.

— Bon Dieu ! Je sais pas pourquoi je te raconte tout ça.

— Parce que tu as besoin de parler à quelqu'un, dit-elle gentiment.

Il avait besoin de parler comme il le faisait là, dans le noir, pour ne pas voir son visage pendant qu'il lui racontait ses ratages. Cole Bannister s'était déjà jugé et condamné, et il avait tout enterré pour ne plus jamais y repenser. Mais, aujourd'hui, la soupape avait sauté et il ne pouvait plus s'arrêter.

— Qu'est-il arrivé à Jennifer Carlton ?

— Rien, sauf qu'elle a enterré son mari, ricana-t-il. Ou ce qu'il en restait !

Horrifiée, Tory plaqua la main sur sa poitrine.

— Un attentat à la voiture piégée.

— C'est affreux. Pourquoi ?

— Il avait un journal qui ne plaisait pas à tout le monde. Les truands, en particulier, n'aimaient pas son insistance à vouloir dénoncer la terreur qu'ils faisaient régner dans les quartiers.

Tory en avait entendu parler. Cela avait dû se produire peu de temps après son arrivée chez son oncle. Elle avait un vague souvenir d'articles parus dans la presse et de photos de l'immeuble saccagé. Et de quelque chose d'autre. D'une demi-page sur l'homme qui avait tenté de sauver Neal Carlton.

— Ton dos ! s'exclama-t-elle. Tes cicatrices dans le dos, c'est ça.

Il ne répondit pas, mais elle se rappelait parfaitement, comme on se souvient des scènes affreuses d'une tragédie, que, parmi les personnes très grièvement blessées — en plus du journaliste qui avait perdu la vie — figurait l'homme qui lui avait porté secours.

— Il n'écoutait pas, lâcha-t-il. Il ne voulait pas entendre parler des risques qu'il prenait et continuait d'écrire ce qu'il pensait. Il ne croyait pas que quelqu'un pourrait l'assassiner pour avoir exprimé le fond de sa pensée.

— Sa femme le croyait, elle, remarqua Tory. Et c'est pour ça qu'elle est venue te demander de le protéger.

— Oui. Et sur ce coup-là, j'ai encore fait du bon boulot… Comme pour Gil !

Il jura tout haut.

— Je lui avais dit de ne jamais monter dans sa voiture avant que je la passe au détecteur, mais il n'en a fait qu'à sa tête. Jenny était inquiète parce qu'elle avait trouvé des menaces peintes sur sa porte. Je me suis arrêté chez eux pour la rassurer, et… je me suis réveillé dans un lit d'hôpital une semaine plus tard.

— Je ne vois pas ce que tu pouvais faire de plus, Cole. Il ne t'écoutait pas !

— Mon métier ! répliqua-t-il. J'aurais dû le forcer à attendre. Je n'aurais pas dû m'attarder pour parler à sa femme.

— Oui, mais si elle avait si peur que ça, ton rôle consistait aussi à la rassurer.

— Non ! Mon rôle consistait à m'occuper de lui. Pas d'elle. Je me suis laissé distraire, et il est mort. Je n'ai pensé qu'à ça pendant des semaines. J'étais là, dans ce lit d'hôpital, et les images me hantaient. Ma responsabilité aussi. Et ça me revient tout le temps. Elle m'a fait confiance, et il est mort.

— Tu as bien failli mourir toi aussi.

Une semaine dans le coma et plusieurs semaines en réanimation à l'hôpital. Et il se sentait coupable ?

Elle soupira.

— Tu ne penses pas que, même si tu avais été

coupable, tu aurais largement payé ? Ce qui est arrivé n'était pas ta faute.

Il ne répondit pas tout de suite. Elle le laissa réfléchir en silence jusqu'à ce qu'il sorte de son mutisme.

— Il avait trois gosses. Six, quatre et deux ans.

— Evidemment…, dit-elle, pensive. Mais ce n'est tout de même pas ta faute.

— Trop lent, trop lent ! Si je n'avais pas perdu de temps à parler avec sa femme, j'aurais été avec lui et…

— Et tu aurais sauté avec lui. Et il serait mort quand même.

Il laissa échapper un long soupir.

— C'est ce que je me suis dit. Mais j'ai du mal à m'en convaincre. Encore que, parfois… Mais trois fois !

Non, pas trois fois, se dit Tory. A raisonner de cette manière, c'était normal qu'il pense qu'il portait la guigne !

— Tu disais tout à l'heure qu'il y a eu des cas où…

C'est lui qui enchaîna.

— Ouais, il y en a eu plein. Heureusement !

Il sembla s'enflammer brusquement.

— En quatre ans, j'en ai sauvé beaucoup. Des hommes, des femmes, des enfants. Des jeunes, des vieux, peu importait. Ça a bien marché. Il n'y a pas eu de casse, je n'ai pas raté une affaire, pas perdu un client. Tant que ça n'a pas été des femmes qui voulaient sauver leur homme. Ou leur fils.

Le sale attelage, se rappela-t-elle. La mauvaise combinaison.

— Je vois, dit-elle, songeuse. Tu penses que, parce que c'est moi qui t'ai demandé de venir aider Hobie, je vais te porter malheur. C'est pour ça que tu t'es sauvé.

Cole ne répondit rien.

Y avait-il seulement quelque chose à ajouter ? se demanda Tory. Trois fois. Son meilleur ami, pour commencer. Puis le père de trois gamins innocents, et enfin son propre neveu. Mieux valait se garder d'y penser. Ça devait être cauchemardesque.

« Juste une façade avec rien derrière », avait-il dit. Cela l'avait frappée.

Or c'était faux. Pourquoi se jugeait-il si sévèrement ? Et, surtout, pourquoi l'avait-elle cru ?

Elle avait commencé par s'imaginer — parce qu'il avait fait tout fait pour cela — qu'il était un homme à femmes peu recommandable et qu'elle était la énième sur la liste. Et quand elle l'avait vu avec la sulfureuse Cindy Crain sur les genoux, elle en avait été convaincue.

Mais ce n'était pas du tout ça.

Elle se rappela son trouble quand elle avait pensé au vide de sa vie et se demanda s'il n'éprouvait pas la même angoisse face à ses échecs successifs.

Ce n'était pas par vanité stupide qu'il lui avait conseillé de le fuir — il n'était pas le tombeur qu'il prétendait être —, mais par chagrin et désarroi.

Qu'avait-il dit à propos de Kyra ? « Je ne suis pas son genre... elle se méfie. » Pensait-il vraiment que les femmes sérieuses comme Kyra — et peut-être comme elle — ne voudraient pas de lui si elles découvraient de la sensibilité derrière la façade d'homme grand, fort et solide ? S'imaginait-il que seules des femmes comme Cindy pouvaient être attirées ? Des femmes ne se souciant que du paraître ?

Elle se rappela soudain un cheval qu'elle avait vu une fois, un superbe étalon qui se trouvait dans un van qui venait d'être heurté par une autre remorque. L'animal avait été si grièvement blessé qu'il était mourant, mais il luttait pour tenter de se relever, pour continuer à vivre. Sa douleur l'avait bouleversée. Son courage aussi. Elle en avait pleuré. C'était un peu ce qu'elle ressentait en ce moment. D'ailleurs, sa gorge était tellement nouée qu'elle dut laisser passer un moment avant de recommencer à parler.

— Je ne sais que dire, reprit-elle enfin. Sauf que rien de ce qui est arrivé n'est ta faute. En revanche, je comprends ce que tu peux ressentir.

Elle le vit se raidir.

— Personne n'a encore jamais compris, dit-il. Il est vrai que je n'avais jamais fait autant de confidences à quelqu'un.

— On ne peut pas se forcer à parler, Cole. Ça vient tout seul quand ça doit venir. Mais si tu ne parles jamais, un beau jour ça finit par sortir quand même, et pas toujours comme il faudrait.

Il ricana.

— Tu as été barman dans une vie antérieure ?

— Non. Mais je me suis sentie vraiment mieux après t'avoir parlé de mon père.

— Je vois, marmonna-t-il après un instant de silence. C'est un prêté pour un rendu !

— Si tu veux le prendre comme ça, libre à toi.

S'il avait su… Mais sans doute préférait-il ne pas savoir. Elle-même commençait à peine à savoir. D'une manière singulière, ça l'avait arrangée de penser à lui comme à quelqu'un de factice, à l'amant d'un soir, à une passade. A un homme du genre de son père qui, supposait-elle, n'avait jamais dû rien ressentir de sincère dans sa vie. C'était nettement plus facile de se dire qu'ainsi elle ne risquait pas de souffrir puisqu'elle était consciente, dès le départ, que leur relation ne déboucherait jamais sur rien.

Elle savait maintenant que Cole n'était pas ce type d'homme. C'était quelqu'un de tellement profond qu'il ne pouvait admettre que les morts qui l'avaient touché de si près n'étaient pas sa faute. Il se sentait trop concerné pour tourner la page et reprendre une vie normale. Trop concerné pour ne pas s'interroger sur ce qu'il aurait pu ou dû faire pour sauver ceux dont le souvenir le hantait. Si concerné, enfin, qu'il avait fini par changer de vie à cause d'eux.

Où tout cela allait-il la mener ? Comment allait-elle faire dorénavant pour garder ses distances ? Comment allait-elle pouvoir se protéger quand tout ce qu'elle venait d'apprendre lui donnait envie de le serrer dans ses bras et de le consoler ?

Ils restèrent silencieux un long moment. Tory commençait à se demander s'il ne s'était pas endormi quand elle vit ses yeux briller dans la nuit.

— Tory… Pourquoi es-tu là ? demanda-t-il.

— Je te cherchais, répondit-elle simplement.

— Au milieu de la nuit ?

— C'est presque le matin, lui fit-elle remarquer.

C'était vrai. Il ne faisait pas encore jour, mais on voyait que le ciel pâlissait et que le soleil ne tarderait plus à se lever.

— Pourquoi ? répéta-t-il.

— J'étais inquiète… et en colère. Et ne me demande pas pourquoi, je n'en sais trop rien moi-même.

— Ah.

Cette réponse l'agaça.

— Ça veut dire quoi, ce « ah » ? répliqua-t-elle.

— Ça veut dire que je n'ai rien à ajouter.

Ne s'attendant pas à cette réponse, elle le regarda, étonnée.

Soudain un léger sourire éclaira son visage, la faisant sourire elle aussi. Hélas ! il se rembrunit aussitôt. L'intensité des confidences avait dû l'épuiser.

— Je crois qu'on a tous les deux besoin de sommeil,

dit-elle en se levant. Tu te sens capable de conduire jusqu'à la maison ou tu préfères revenir chercher ton pick-up plus tard ?

Au mot « maison », elle le vit se raidir.

— Je rentre en voiture et je prends mes affaires.

— Tes affaires ? Pour quoi faire ?

— Je te l'ai dit, je m'en vais.

— Tu t'en vas ?

Il se releva péniblement.

Dans la lumière de l'aube, Tory observa son visage aux traits tirés qu'une barbe naissante creusait un peu plus encore, accusant sa lassitude.

— Il le faut, Tory. S'il y avait eu quelqu'un dans la grange, ce soir, quand tu y es entrée, il aurait pu te blesser ou pire. Et ça parce que, une fois de plus, je n'ai pas réagi assez vite.

— Pas assez vite ? Mais tu étais derrière moi !

— Pas assez vite, je te dis. Il n'y a pas si longtemps, je serais arrivé avant toi, mais je ne suis plus assez vif. Chaque seconde compte, quand il y a danger. Chaque seconde est critique. Il faut y aller et réfléchir après. Tu aurais pu mourir pendant que moi, j'étais en train de me souvenir, et…

Et il y aurait eu un autre enterrement.

Il ne le dit pas tout haut, mais il le pensa si fort que Tory crut l'entendre. Elle eut alors la certitude douloureuse que, même si elle le réconfortait, l'assurait de son amour, le comblait d'espoir, elle ne le guérirait jamais. La guérison ne pouvait venir que de lui, et à condition qu'il le veuille. Traînant sa culpabilité comme un boulet, il n'était malheureusement pas dans cette logique.

Elle vacilla comme si, elle aussi, avait cherché l'oubli au fond de la bouteille.

— Tu expliqueras à Hobie, dit-elle. Moi, je suis trop fatiguée.

De peur de pleurer devant lui, elle lui tourna précipitamment le dos. Elle lui avait assuré qu'elle ne voulait rien d'autre que ce qu'il lui offrait, et il le lui avait donné. Il ne lui devait donc rien.

Anéantie, elle alla vers sa jeep en se disant que ce n'était pas parce qu'elle s'était menti à elle-même qu'il fallait rejeter la responsabilité sur lui.

Ses mains tremblaient quand elle ouvrit la portière.

Dans un premier temps, elle l'avait jugé sur son allure et catalogué : il était comme son père, et ce n'était pas un compliment.

En fait, les deux hommes n'avaient rien en commun. Cole était trop sensible et il payait sa sensibilité au prix fort, ce qui n'avait jamais été le cas de son père.

En montant en voiture, elle lui lança un regard par-dessus son épaule.

Debout contre le chêne, il était presque aussi grand et fort que l'arbre. Mais beaucoup plus solitaire. Jamais elle n'avait vu quelqu'un d'aussi seul et désespéré.

Elle cligna des paupières pour refouler ses larmes et prit la route qui la ramenait chez elle. Heureusement, la jeep connaissait le chemin.

Cole regarda la jeep s'éloigner. Il commençait à avoir mal au crâne. L'abus d'alcool y était sûrement pour quelque chose, mais les souvenirs qu'il venait de remuer n'avaient certainement rien arrangé.

Encore une bonne raison pour ne plus boire, se dit-il en se frottant le front.

Dire qu'il s'était épanché ! Lui qui détestait se raconter, il lui avait même parlé de Timmy. Personne n'était au courant, pour Timmy.

Il était en congé, quand Lisa était venue à Sanders Protection. Après cela, il s'était juré de ne plus jamais prendre de vacances. D'ailleurs, il avait tenu sa promesse. Quand il était revenu au bureau, trois jours après les funérailles, sa tristesse avait frappé tout le monde. Personne ne l'avait jamais vu aussi sombre, taciturne. Il avait alors demandé son transfert, que Sanders avait accepté, au service Recherche. Avec l'aide d'un ami du shérif, il avait obtenu que l'affaire ne soit pas ébruitée plus que nécessaire, et personne n'avait donc su que le petit garçon assassiné lui était apparenté.

Et voilà qu'il venait non seulement d'en parler, mais de se livrer à la personne qui représentait le plus grand danger pour son équilibre si chèrement reconquis. La personne qui avait ébranlé ses défenses, qui le faisait douter du métier qu'il avait choisi et de la vie qu'il menait.

Celle qui ne lui pardonnerait jamais qu'un malheur arrive s'il restait. C'était trop risqué. Il refusait de voir le nom de Hobie allonger la liste des sacrifiés, parce que le sort avait décidé de s'acharner sur lui.

D'un pas lent, mal assuré, il rejoignit son pick-up. Il avait les jambes en coton et était épuisé après cette nuit blanche, mais son esprit fonctionnait très bien.

Il se hissa sur son siège et, les coudes sur le volant, se prit la tête dans les mains. Evidemment, le whisky n'était pas seul responsable de son état de fatigue. C'étaient les souvenirs qui l'avaient éreinté, et tout leur cortège d'émotions. Il s'était pourtant donné du mal pour essayer d'oublier.

Cinq ans plus tôt, il était parti avant de voir les fossoyeurs descendre le petit cercueil dans la tombe en se disant que la tendresse et les sentiments, c'était bon pour les autres… ces imbéciles ! Il s'était juré de ne plus jamais s'attacher à qui que ce soit pour être sûr de ne pas assister un jour à son enterrement.

Il avait tout fait pour s'en tenir à sa résolution. Il y avait des gens qu'il aimait, d'autres qu'il respectait, mais il avait protégé son cœur comme un loup garde ses petits. Pendant des années, ça avait fonctionné.

Puis Kyra était arrivée ; elle était encore plus méfiante que lui. Quand ils s'étaient rendu compte qu'elle le fuyait — parce qu'elle le trouvait trop beau pour être honnête, elle le lui avait avoué plus tard —, il avait été blessé. Entre-temps, elle avait rencontré quelqu'un d'autre.

Il avait tiré plusieurs enseignements de cette expérience, notamment que, étant donné son attitude, elle ne pouvait qu'être sur la réserve. Quand, enfin, elle s'était sentie assez libre avec lui pour en parler, il avait pris conscience de sa bêtise. Il était amoureux de Kyra Austin mais savait qu'elle ne l'aimerait jamais.

Peut-être était-ce justement parce qu'il savait qu'elle ne l'aimerait jamais qu'il était tombé amoureux d'elle ! admit-il pour la première fois.

Il releva la tête et regarda le ciel qui rosissait. Elle s'appelait Kyra Riordan, maintenant, et était follement amoureuse de son mari qui l'adorait. Elle était enceinte et plus heureuse que jamais. Il était sincèrement content pour elle.

Il s'aperçut tout à coup que, pour la première fois depuis longtemps, le mot « bonheur » n'était pas teinté de regret.

Que signifiait ce changement ?

Il n'en savait rien. Sans savoir pourquoi il repensa à Kyra et Cash et se sentit mal à l'aise. A cause de son expérience avec les terroristes, Bill Sanders, le patron de Sanders Protection, avait voulu l'envoyer en renfort auprès de Kyra parce que la situation s'aggravait. La mission consistait à protéger Cash Riordan qui avait reçu des menaces. Mais Cole savait qu'accepter c'était inviter le drame à entrer dans la danse. A cette époque déjà, il avait compris que Kyra était amoureuse de Cash, la star qu'elle était censée protéger. Envoyer Cole Bannister pour l'aider, c'était la combinaison maudite, la catastrophe assurée. Aussi avait-il refusé. Kyra n'avait jamais compris, et Cash non plus. Mais Cash était toujours en vie. C'était la preuve indubitable qu'il fallait qu'il quitte le ranch.

Il démarra et roula lentement. Le jour se levait, maintenant. La lumière lui piquant les yeux, il se pencha pour prendre ses lunettes de soleil dans la boîte à gants. Des verres fumés à cette heure ? Fallait-il qu'il soit mal en point..., se dit-il.

La route était quasiment déserte, heureusement, car sa conduite était approximative. Qu'allait-il dire à Hobie en arrivant ? Comment lui annoncer sa décision ? Et, surtout, comment allait-il faire pour se séparer de Tory ?

Assez loin devant lui, un nuage de poussière s'élevait du chemin qui longeait le pied de la colline. Celui qui roulait là devait aller vite, mais qui était-ce pour emprunter cette route assez « confidentielle » ?

Circonspect, il se pencha vers le pare-brise. Il avait examiné les lieux après que Tory lui avait raconté qu'elle y avait vu des traces de pneus et des empreintes de pas, mais il n'avait pas remarqué grand-chose.

Il se rangea sur le bas-côté et, de nouveau, se pencha vers la boîte à gants, cette fois pour en sortir les jumelles. Comme le pare-brise était gris de poussière, il descendit de voiture.

Le nuage de poussière s'était dissipé, et la voiture qui l'avait soulevé n'était plus en vue. Il se rendit alors compte qu'il regardait trop loin.

Agacé par sa méprise, il ajusta les jumelles. Il y avait deux nuages, en fait, car deux véhicules se suivaient. Lorsqu'il regarda le deuxième, son estomac ne fit qu'un tour. La voiture blanche qui filait à travers la campagne, il la connaissait bien.

C'était la jeep de Tory.

15

Inquiet, Cole se remit au volant et posa les jumelles sur le siège à côté de lui. Tory avait dû remarquer, comme lui, le nuage de poussière et se lancer à la poursuite de la voiture qui roulait sur sa propriété. Sans doute avait-elle pensé qu'il pouvait s'agir de l'homme qui avait tué les chevaux.

Mais c'était de la folie ! La connaissant comme il la connaissait, il savait qu'elle ne ferait pas demi-tour. Même menacée, elle n'était pas du genre à baisser les bras.

La perspective de ce qui risquait d'arriver le fit trembler.

L'homme qu'elle suivait ne pouvait pas ne pas la voir dans ses rétroviseurs. Les nuages de poussière que l'on soulevait sur les chemins de terre desséchés de l'Arizona ne passaient pas inaperçus.

— Nom d'un chien, Tory ! fulmina-t-il à mi-voix.

Puis, plus haut :

— Magne-toi, Bannister !

S'il ne se bougeait pas, il faudrait qu'il assiste à un nouvel enterrement. Celui de Tory. Et, cette fois, il ne résisterait pas à l'envie de se jeter dans la tombe !

A toute allure, il redémarra et, le pied au plancher, fonça jusqu'au chemin de terre. Là, il ne chercha pas à passer inaperçu, au contraire. Tous les cent mètres, il faisait une embardée pour soulever un maximum de poussière afin que le premier véhicule sache qu'il était doublement suivi. Les nids-de-poule ne facilitaient pas la conduite, mais il ne ralentit pas pour autant. Il avait déjà perdu assez de temps, ces fameuses secondes où tout pouvait se jouer. Ces fragments de seconde qui séparent l'instant où l'on enregistre l'événement de la pulsion qui vous fait agir. L'ancien Cole Bannister aurait déjà rattrapé l'intrus.

Le pick-up passa sur une grosse racine et fit une embardée. Il redressa et appuya sur le champignon. Ce n'était pas bon qu'il soit là, se dit-il. Il aurait mieux fait d'envoyer quelqu'un à sa place, quelqu'un qui fonctionnerait comme lui autrefois, qui démarrerait au quart de tour. Malheureusement, il était un peu tard pour s'adresser des reproches. Il était tout ce qu'il avait sous la main ! Tout ce qu'*elle* avait sous la main.

Devant lui, pour contourner un énorme rocher, le chemin faisait une boucle à gauche avant de reprendre sa trajectoire en ligne droite.

Forcé de ralentir pour négocier la courbe, Cole jura. Ces secondes qu'il avait perdues au démarrage risquaient de lui coûter la…

Il écrasa brutalement la pédale de frein. Le pick-up tangua et chassa avant de s'immobiliser dans un nuage de poussière aveuglante. Il venait d'éviter de justesse la jeep de Tory.

— Bon Dieu !

Elle était là, derrière le rocher, arrêtée près d'un énorme 4x4 gris.

Tory était descendue de voiture et se tenait face à un type blond et trapu qui l'invectivait.

Cole bondit de son pick-up. Se précipitant sur l'individu qui avait saisi Tory par les épaules et la secouait, il l'attrapa par le cou et le plaqua contre la jeep. Furieux, l'homme se contorsionna pour tenter de se dégager et essaya de donner des coups de pied à Cole qui esquivait plutôt bien.

Voyant que ses efforts étaient vains, et comme il commençait à manquer d'air, l'homme agrippa le bras qui lui serrait la gorge, mais Cole tenait bon. La peur dans les yeux, son captif se mit à suffoquer.

— Cole, arrête ! intervint alors Tory. Tu vois bien que tu l'étrangles !

— Mais… Il ne t'a rien fait ?

— Non, c'est ce que j'essaie de te dire. Lâche-le ! Ce n'est pas celui qu'on croyait.

La rage meurtrière de Cole retomba.

— Ce n'est pas lui que tu as vu dans la propriété l'autre jour ?

— Non. Enfin, si. C'est lui que j'ai vu, mais ce n'est pas un intrus. Enfin, pas au sens où on l'entend.

Cole desserra son étreinte. L'homme avala une grande goulée d'air et reprit instantanément des couleurs.

— Tu es qui, alors ? Et qu'est-ce que tu fiches ici ?

L'homme laissa échapper un râle douloureux. Il n'avait pas encore retrouvé son souffle et ne pouvait répondre. Il regarda Tory.

— C'est un détective, dit-elle. Il enquête pour le compte de la compagnie qui assure John's Prize.

Incrédule, Cole continua de le maintenir contre le flanc de la jeep.

— Tu peux le prouver ?

— Dans… dans, bégaya le détective en haletant. Dans la poche… intérieure de… ma… veste.

Le bras serrant toujours le cou de l'homme, Cole réussit à prendre son portefeuille et l'ouvrit. Sous le plastique transparent, il y avait une carte.

— Western Equine Society, lut-il.

Aussitôt, il lâcha l'individu.

— Salaud de cow-boy ! s'exclama l'homme.

Cole lui lança un regard peu aimable.

— La ferme ou je recommence, répliqua-t-il.

Il reporta les yeux sur le portefeuille et continua de lire.

— … Whitfield.

Il se tourna vers Tory qui commençait à s'énerver.

— Tu le connais ? C'est lui que tu avais vu là-haut ?

Elle fit oui de la tête.

— T'as du pot, Whitfield, insista Cole en toisant l'homme.

— Du pot ?

— Si tu l'avais touchée, je te jure que…

Whitfield, qui se frottait le cou, protesta avec véhémence.

— Mais je ne lui ai rien fait ! Je voulais seulement qu'elle m'écoute.

— Ne pose plus jamais la main sur elle. C'est compris ?

— Ça va, hein. Je fais mon boulot, et…

— Et quoi ? Au fait, pourquoi es-tu revenu ? Et explique-moi un peu ce que tu espionnais de là-haut, la première fois !

Whitfield dévisagea Cole.

— Qui es-tu, toi ? Je ne t'ai jamais vu ici, avant.

— Je suis le nouveau, l'ouvrier agricole, et je ne veux pas perdre ma place. Pigé ? Et c'est ce qui va se passer si le Flying Clown Ranch fait faillite. O.K. ? Je bosse ici. Toi, tu entres dans la ferme sans autorisation. Tu sais que c'est passible de poursuites ? Qu'est-ce que tu fabriques ici, au juste ?

L'homme haussa les épaules.

— Ma compagnie a une grosse somme à débourser pour le cheval de Lennox. On ne verse jamais de tels montants sans faire d'enquêtes préalables. Surtout quand les chevaux meurent à la file.

— Tu n'as pas répondu à ma question.

Terrorisé, l'homme chercha le regard de Tory.

— Mes patrons ne sont pas contents. Ceux des autres compagnies non plus. Trois chevaux qui meurent subitement, c'est louche. Du coup, ils refusent de refermer les dossiers. Ils veulent savoir ce qu'il y a derrière avant de verser l'argent.

L'insinuation était claire.

— Qu'est-ce qu'ils espèrent trouver ?

— Un mobile, pour commencer. Enfin… quelque chose.

— C'est vague, répliqua Cole.

Il savait que c'était cela, les enquêtes. Des heures passées à attendre, à farfouiller pour trouver le détail qui ne collait pas, « l'élément pas raccord », comme on disait au bureau, et qui les mettrait sur une piste. Plus d'une fois, il avait débrouillé des affaires simplement en suivant son intuition, en voyant ce qui ne cadrait pas avec le reste du tableau.

— Ce n'est pas nous, s'insurgea Tory. Jamais on n'aurait… On n'a pas de raison de… tuer nos chevaux !

— Un bakchich, ça ne se refuse pas ! Et sur un million de dollars, c'est peanuts !

Se rendant compte de la malveillance de ses propos, Whitfield se tut, mais un peu tard.

— Tu parles trop, Whitfield, gronda Cole, menaçant. Tu devrais faire attention. Maintenant, laisse-moi te dire une chose. Tu peux me croire ou pas, mais nous cherchons la même chose : faire la lumière sur ce qui est arrivé à ces chevaux. Si tu penses le trouver en restant assis sur ces rochers, tant mieux pour toi. Moi, je n'y crois pas. Allez Tory, viens, on s'en va.

Le détective les regarda s'installer dans la jeep puis, à son tour, monta dans son 4x4 et démarra.

Avant de mettre le contact, Cole se tourna vers Tory. Elle tremblait. L'envie de la prendre dans ses bras le démangea, mais, après lui avoir annoncé qu'il allait partir, cette étreinte aurait été grotesque et irresponsable. Elle n'aurait pas compris.

— Qu'est-ce qu'il te disait quand je suis arrivé ? demanda-t-il.

— Je venais de lui dire que s'il touchait à un seul des chevaux, je le tuerais. Alors il était furieux.

— Tu es complètement folle, ma pauvre Tory. Imagine que…

Elle ne le laissa pas terminer.

— J'étais tellement en colère ! Et puis je ne pensais qu'à… qu'à M… M… Mac et j'avais peur qu'il… qu'il soit le… pro… pro… prochain.

Sur ces mots, elle éclata en sanglots.

Emu, bouleversé même par son chagrin, Cole n'hésita plus et la serra contre lui. Pauvre Tory ! Elle avait tant besoin d'être rassurée, consolée, et lui, au lieu de la soutenir, la laissait se dépêtrer seule dans ses problèmes. Au lieu de l'aider, il ne pensait qu'à fuir, qu'à sauver sa peau.

— Je suis un triste sire, marmonna-t-il.

— Comment ?

— Rien, dit-il.

Ses sanglots s'espacèrent peu à peu et elle ne chercha pas à se dégager de ses bras. Elle semblait bien, lovée contre sa poitrine. C'était peu de chose, pourtant. Pourquoi ne lui avait-il pas apporté ce réconfort plus tôt ? Pourquoi ne pas lui avoir spontanément retourné ce qu'elle lui avait donné au terme de cette longue nuit : une présence ? Cette présence si précieuse quand l'autre en a besoin.

Ils restèrent enlacés un moment.

— Tu es bien ? lui demanda-t-il.

Au lieu de répondre, Tory ronronna.

Cole se surprit alors à souhaiter que ce moment ne s'arrête jamais.

— Un type de l'assurance, c'est ça ?

Cole opina de la tête en avalant une bouchée du sandwich qu'il venait de se préparer. Il n'était pas bon, on aurait dit de la sciure de bois dans du carton. Quand il était allé se coucher, à l'aube, il était épuisé. Et maintenant, quelques heures plus tard, il se sentait encore plus fatigué que lorsqu'il s'était mis au lit.

Il avait raconté à Hobie l'aventure avec Whitfield, sans s'étendre sur les détails qui l'auraient inquiété, notamment la poursuite en solo de Tory pour rattraper l'intrus. Elle-même n'avait pas réapparu depuis qu'elle avait gagné sa chambre dès leur retour après avoir rapidement salué son oncle.

— Je pense qu'une paire d'yeux de plus pour surveiller la ferme, ça ne fait de mal à personne, reprit Hobie. Aussi longtemps qu'il ne regarde pas ce qui ne le regarde pas…

— Pour l'heure, il n'y a pas grand-chose à voir, grinça Cole.

— Mauvaise nuit ? s'enquit Hobie, mi-amusé mi-compatissant.

— On peut dire ça comme ça.

Honteux de s'apitoyer sur lui-même, Cole baissa les yeux. Que dirait Hobie s'il savait ? Que penserait-il de son soi-disant ami si impatient de faire l'amour à sa nièce adorée qu'il n'avait pas pris le temps de l'emmener dans sa chambre et l'avait prise sur la table de son bureau ?

— Quand je me suis levé et que j'ai vu que vous n'étiez pas rentrés, je me suis demandé où vous étiez passés. Et puis là-dessus je vous ai vus arriver avec des têtes de déterrés et aller droit au lit.

Cole ouvrit la bouche pour répondre mais, craignant d'aggraver la situation par une explication malheureuse, se ravisa.

— Je ne t'ai pas vu à plat comme ça depuis…

— La dernière fois que j'ai monté Stomper ? demanda-t-il d'un ton aigre comme Hobie semblait chercher ses mots.

— Je dirais plutôt comme la fois où le taureau a essayé de m'écrabouiller dans l'arène.

Cole frémit. Il détestait ce souvenir, et plus encore qu'on le lui rappelle. Ce jour-là, il avait monté l'énorme taureau roux et noir et fini sa prestation — huit secondes réglementaires, pas très spectaculaires — quand ce que redoutent tant les cow-boys lui était arrivé. Le cauchemar.

A mi-chemin entre la bête et le bardage de l'arène par-dessus lequel il devait sauter pour se mettre à l'abri, et au moment où il se croyait tiré d'affaire, il s'était rendu compte que sa corde était restée accrochée à la bête. Retenu par une main, projeté en l'air comme une poupée de chiffon malgré sa taille, il avait reçu des coups de sabot dans les côtes, et écopé d'un coup de tête si violent qu'il avait eu le nez cassé, avant de parvenir, enfin, à se libérer.

Alors qu'il essayait de reprendre ses esprits et qu'il avait mal partout, il avait compris que s'il ne s'était pas fait piétiner à mort par l'animal déchaîné, c'était parce qu'un clown en pantalon bouffant avait empêché le taureau, Crusher, de terminer ce qu'il avait entrepris de faire — et qu'il faisait si bien : réduire en bouillie les infortunés cow-boys et les écraser contre la clôture de l'arène.

Tandis que deux cow-boys l'aidaient à se relever et

l'entraînaient hors de la trajectoire du taureau furieux, les cris épouvantés des spectateurs lui avaient indiqué que l'animal n'avait pas dit son dernier mot, mais qu'il avait simplement changé de cible.

Enragé, Crusher avait encorné Hobie Flynn, le poids plume, et l'avait fait tournoyer en l'air dans son costume bariolé avant de le projeter à terre et de le piétiner comme un paillasson.

— Ce coup-là, j'ai cru que j'étais bon !

Cole essaya de sourire.

— On nous avait dit que tu étais fichu, mais tu es trop têtu pour mourir.

— T'as tout compris ! s'exclama Hobie. Quelquefois, avec de l'entêtement, tu t'en sors.

Il regarda Cole pensivement.

— Je sais pas si je t'ai vraiment remercié d'avoir passé des heures avec moi pendant ma convalescence.

Cole haussa les épaules.

— C'était le moins que je pouvais faire. Si tu n'avais pas éloigné ce foutu taureau, c'est moi qui serais resté allongé pendant des mois. Ou qui serait peut-être mort.

— C'était mon métier.

— Tu es allé au-delà de ton simple devoir.

Hobie fit une drôle de mimique.

— On t'a appris à voir ça à l'armée ?

— Entre autres…

Encore une chose qu'il devait à Hobie. A l'époque où il s'était retrouvé seul pour affronter un chemin qui ne s'annonçait pas pavé de roses — ses parents étaient morts depuis des années et ses grands-parents, qui l'avaient élevé, venaient de décéder peu de temps auparavant, à six mois d'intervalle —, Hobie lui avait suggéré de s'engager. Cole lui avait ri au nez. Il gagnait — chichement — sa vie en participant à des rodéos et, dorénavant, son ambition s'arrêtait là.

— Ils t'apprendront des trucs qu'il faut savoir. Tu suivras des cours, mon garçon, lui avait dit Hobie. Et mets-toi bien dans le crâne que l'instruction, c'est ce qu'il y a de plus important dans la vie.

Cole avait encore ri, mais, cette fois, le cœur n'y était plus. Plus jeune, il avait nourri le rêve d'aller un jour en fac, mais, ses grands-parents ne roulant pas sur l'or, le rêve ne s'était pas réalisé. Il n'y avait plus pensé. Plus tard, quand il avait commencé à participer à des rodéos, l'idée l'avait repris. Il avait même espéré un moment pouvoir amasser assez d'argent pour essayer. Malheureusement, deux mauvaises années au cours desquelles il avait été blessé plusieurs fois s'étaient succédé, et il avait finalement compris qu'il valait mieux arrêter les rodéos.

Se sentant alors au creux de la vague, il avait fini par prendre avis auprès de Hobie. Jamais il ne l'avait regretté. Il devait à cet homme bien plus que la vie. Il lui devait tout.

— Tu veux qu'on parle ?

Arraché à ses pensées par la question de Hobie, Cole fronça les sourcils.

— De quoi, bon Dieu ?

— De ce qui fait que tu as l'air de quelqu'un à qui on mène la vie dure.

En temps normal, l'expression l'aurait fait sourire, mais il n'était pas d'humeur à plaisanter. Comment dire à Hobie qu'il lui devait tout et, dans le même temps, lui annoncer qu'il le laissait tomber alors même qu'il avait besoin de lui ?

— Dis, Hobie, je…

Un bruit de moteur l'arrêta net. Eric et Kurt, les deux jeunes, arrivaient.

— Parfait, enchaîna-t-il. Je voulais justement leur parler.

Il se leva et commença à débarrasser les restes de son déjeuner, mais Hobie lui fit un signe de la main.

— Laisse ça.

Cole hocha la tête et sortit.

Les deux garçons semblaient mal à l'aise, nerveux même, comme chaque fois qu'ils le voyaient. Il devait y avoir une raison autre que la timidité.

— Suivez-moi, dit-il en leur indiquant la porte de la sellerie.

Tête basse, ils entrèrent.

— Bien. Maintenant, vous allez me dire pourquoi vous sursautez chaque fois que vous me voyez arriver.

Les deux garçons s'entre-regardèrent puis fixèrent le bout de leurs santiags.

— Parfait. Puisque vous ne voulez pas parler, je vais vous forcer à le faire. Vous fumez, c'est ça ?

Les deux lascars relevèrent vivement les yeux, l'air scandalisé.

— Ah non ! On touche pas à la drogue ! C'est pas vrai.

Cole n'y avait pas pensé, mais cela avait eu le mérite de les faire réagir.

— Alors, c'est quoi, ces regards fuyants ?

N'obtenant pas de réponse, il soupira.

— Vous avez intérêt à parler, les gars, parce que je ne vais pas vous lâcher.

— Mais, on n'a rien fait ! protesta Eric.

— Non, rien, renchérit Kurt.

Ils baissèrent de nouveau les yeux et reculèrent. Pour la première fois depuis qu'ils étaient entrés dans la sellerie, ils paraissaient avoir peur.

— Je n'ai pas beaucoup dormi la nuit dernière, reprit Cole, et je suis un peu sur les nerfs. Alors faudrait voir à ne pas m'énerver davantage.

Les deux garçons se regardèrent par en dessous.

— Bon Dieu ! jura Cole.

Il claqua la porte de la sellerie et s'avança vers eux, menaçant.

— O.K., O.K., marmonna Eric.

— Tu la fermes ! lui ordonna Kurt.

— Faut lui dire, insista Eric. De toute manière, ça a été un accident.

Gagné ! pensa Cole avec un sentiment de satisfaction non dissimulé.

— Qu'est-ce qui a été un accident ?

— Le cheval, dit Eric. Mais on ne voulait pas le blesser. Je le jure.

— Arthur ?

— Oui, Arthur.

— Celui qui craignait tellement l'eau qu'il ne pouvait même pas approcher d'un ruisseau.

C'était Tory, les larmes aux yeux, qui le lui avait dit. Se souvenant de son chagrin, il eut envie d'empoigner les deux garçons par les cheveux et de leur fracasser la tête l'une contre l'autre.

— On n'a pas fait exprès, reprit Eric. C'est juste qu'on faisait les marioles avec le petit tracteur. On tournait autour de lui pour lui faire peur, vous savez, comme on voit à la télé. Mais manque de bol…

Il fit un geste en direction de Kurt qui le menaça du poing.

— … il a touché la conduite d'eau.

— C'est pas ma faute ! protesta Kurt. C'est le tracteur qu'a dérapé.

— Continue, dit Cole à Eric.

— On a eu peur. Ouais, on a eu peur qu'on nous demande de rembourser. Alors on a vite remis le tracteur en place, et on est partis.

— En laissant l'eau fuir ?

— On ne pouvait pas savoir ce qui allait arriver, se défendit Kurt.

— Je jure que le cheval était O.K. quand on est partis, précisa Eric. On l'a vu. Il a dû glisser après. C'est ce qu'ils ont dit, et ça doit être ce qui s'est passé.

— Et maintenant, il est mort.

Les deux garçons fixèrent le sol un moment puis Eric releva la tête timidement.

— Qu'est-ce que vous allez nous faire, maintenant ?

— On verra plus tard. Pour l'instant, vous allez me raconter exactement tout ce que vous avez fait ce jour-là. Du début jusqu'à la fin. Je veux tous les détails. Ensuite, si je suis convaincu que vous m'avez tout dit, je vous laisserai filer. Je dirai aux Flynn ce qui s'est passé, mais seulement après votre départ. Ce qu'ils feront par la suite ne regarde qu'eux.

Il s'adossa contre le porte-selle et, les bras croisés sur la poitrine, attendit qu'ils se décident à parler.

Tory s'était juré qu'elle ne le ferait pas mais, dès son réveil, en début d'après-midi, après un sommeil agité qui ne l'avait pas reposée, elle alla regarder par la fenêtre.

La voiture de Cole était toujours là.

Partagée entre soulagement et déplaisir, incapable de savoir lequel de ces sentiments dominait, elle descendit.

Qu'allait-elle lui dire, si elle le croisait ?

Elle le trouva dans le salon, allongé sur le canapé, le dos calé par des coussins. Il avait ôté ses santiags et croisé les pieds sur l'accoudoir. Des papiers et des dossiers étaient éparpillés par terre, et il en étudiait un.

Quelque chose qui bougeait sur le sol attira son attention. La queue en l'air, à moitié caché derrière le canapé, Rocky attendait en position d'attaque, les yeux fixés sur les boots de Cole. Malgré elle, elle éclata de rire.

Le chat bondit sur sa proie ou du moins essaya, car Cole, sans même regarder par terre, tendit le bras et attrapa l'animal qui protesta en faisant le dos rond.

— Miaou, miaou…

Attendri par la détresse du matou, Cole le posa sur le dossier du canapé sur lequel gisait, tout froissé, le bandana rouge de Tory. Après un feulement vengeur, Rocky alla s'allonger sur le bout de tissu et bâilla.

Cole avait fait cela sans même lever les yeux du dossier qu'il étudiait. Il avait beau maudire le chat, il le manipulait avec douceur. Tory en éprouvait presque de la jalousie. Rocky avait droit à tous les égards. Elle chercha une remarque à faire mais, ne trouvant rien de spirituel, s'entendit dire platement :

— Je croyais que tu devais partir…

Il se redressa, le dossier dans une main, l'autre posée sur sa cuisse.

— Pas tout de suite. Il y a du nouveau. Viens t'asseoir.

Sa voix sonnait bizarrement.

Inquiète, elle posa les fesses sur le bord du canapé.

— Que se passe-t-il ?

— Il faut que tu me répondes, Tory. Mais sincèrement. Et s'il te plaît, ne te mets pas en colère.

Ce préambule l'agaça, mais elle se contint. Elle savait qu'elle était à cran parce qu'elle manquait de sommeil. Mais pourquoi était-il si gentil, si prévenant ? Il avait dû se passer quelque chose d'horrible.

— Est-ce que par inadvertance, je dis bien par inadvertance, tu aurais pu donner du foin moisi aux chevaux ? J'insiste : sans t'en rendre compte.

Quelle question ! C'était insupportable ! Comment osait-il même la poser ? Elle ouvrit la bouche pour protester puis s'arrêta. Il avait dit qu'il y avait du nouveau. Elle voulait savoir.

— Pourquoi me demandes-tu ça ? C'est quoi ce « nouveau » ?

Il soupira et ferma les yeux un instant avant de lui raconter ce qu'il avait appris.

— Eric et Kurt ? Ils ont cassé la canalisation ?

Repensant au pauvre cheval, elle se mit à pleurer.

— Ils faisaient les imbéciles avec le tracteur, expliqua Cole. Quand ils ont vu la fuite d'eau, ils ont déguerpi. Mais ils jurent que le cheval n'avait rien à ce moment-là.

— Pauvre Arthur, dit-elle en reniflant. Il était tellement doux, et drôle. C'était un clown.

Elle s'essuya les joues.

— Pourquoi ne m'ont-ils rien dit ?

— Ils ont eu peur de ta réaction. Surtout quand ils ont su qu'il avait fallu abattre Arthur. Ils savaient qu'ils étaient indirectement responsables, mais ils ont continué à venir travailler parce qu'ils se doutaient que s'ils ne venaient plus ça te mettrait la puce à l'oreille.

— Ils n'avaient pas tort de le penser.

— Ils m'ont dit qu'ils vous aimaient beaucoup, Hobie et toi. Je suis peut-être un peu naïf, mais je les crois. Ce sont deux pauvres gamins, pas très malins, dont les jeux ont mal tourné.

Tory réfléchit un instant, puis le regarda avec attention.

— Je ne vois pas ce que cela a à voir avec ta question.

Cole tripota le dossier qu'il avait toujours à la main, et le referma. Il jeta un coup d'œil à Rocky qui l'observait, les paupières mi-closes.

— Ce que cela veut dire, c'est que, si Arthur a

vraiment été victime d'un accident, il reste quand même des questions en suspens.

— Lesquelles ? Je ne comprends pas.

Elle le vit serrer les dents, signe qu'il ne souhaitait pas répondre. Alors elle insista.

— Que veux-tu dire ? Qu'il se passe des choses bizarres, ici ?

Il soupira et se passa la main dans les cheveux d'un geste las.

— Ce que je veux dire c'est que, au contraire, il ne se passe rien ici.

16

Cole vit Tory pâlir.

— Qu'est-ce que tu veux dire ? Que c'est notre faute ?

Elle se leva brusquement et se dirigea vers la fenêtre. Rocky se redressa lui aussi et fit le dos rond comme si leur dispute l'irritait.

— Laisse-moi t'expliquer, au lieu de t'énerver. Si la mort d'Arthur a été accidentelle…

— Inutile d'aller plus loin, j'ai compris. Arthur est mort accidentellement et Johns's Prize et Firefly ont été empoisonnés par du foin de mauvaise qualité. Dis-le !

Elle se retourna et le fusilla du regard.

— Tu veux savoir si nous sommes assez négligents ou escrocs, mon oncle et moi, pour donner du foin empoisonné aux bêtes ? C'est ça que tu veux savoir ?

Cole poussa un soupir exaspéré. Il savait que ce serait un sale moment à passer et qu'elle ne le prendrait pas bien. Qu'il mette en doute les soins qu'ils apportaient aux chevaux qu'on leur confiait, elle ne pouvait le supporter. Pourtant, il fallait qu'il sache !

Elle ferma à demi les yeux.

— Eh bien non, ce n'est pas ça, d'accord ? Tu connais Hobie, et tu sais qu'il ne ferait jamais un truc pareil. Donc, tu dois penser que c'est moi !

— Arrête, Tory. Je n'ai jamais dit ça.

— Non, mais tu le penses.

Prise de frissons, Tory croisa les bras sur sa poitrine. Elle s'était rarement sentie aussi seule, aussi désemparée.

— Dans le fond, qu'est-ce que tu sais de moi ? Que je suis la nièce de Hobie. Ça te suffit ? N'oublie pas que je suis aussi la fille de mon père. Qui ne s'occupe de personne sauf de lui.

Elle se mit à faire les cent pas, les bras toujours croisés, comme pour se soutenir. Il connaissait ce geste ; il traduisait le besoin de se tenir pour ne pas s'en aller en mille morceaux.

Tout à coup, elle s'arrêta et fit volte-face.

— Dis-moi une chose, Cole. Pourquoi… m'as-tu fait l'amour, hier soir ?

Elle voulait une réponse ? Eh bien, elle pouvait toujours attendre ! De toute façon, il n'avait rien à répondre, sinon qu'il avait eu envie d'elle. C'est tout.

A vrai dire, il avait compris que ce n'était pas une simple pulsion qui l'avait poussé vers elle, mais il fallait tout de suite étouffer le germe dans l'œuf. Pour avoir trop souffert d'aimer une femme sans être aimé en retour, il n'était pas prêt à revivre le même tourment.

— Encore une histoire d'hormones ? laissa-t-elle tomber. Vous, les hommes…

Elle soupira. Blessée, triste.

— Je me demande comment on peut faire l'amour à une femme qu'on trouve si négligente.

— Je n'ai jamais pensé que tu…

Elle lui coupa la parole d'un rire sarcastique.

— Tu ne penses pas ? J'ai déjà entendu ce couplet. Les hommes et leurs pulsions ! Bah ! Je n'y croyais pas, mais j'aurais dû. Sinon, pourquoi…

— Ça suffit ! s'exclama Cole en se levant.

Dérangé par son mouvement brusque, Rocky bondit sur ses pattes en feulant. Il attrapa son bandana du bout des griffes et partit se réfugier derrière le canapé, au calme.

Les yeux rivés sur Tory, Cole traversa le salon. Elle le regarda approcher sans ciller. Il prit conscience à cet instant qu'elle n'avait jamais battu en retraite devant lui, qu'elle n'avait jamais eu peur de lui physiquement malgré leur différence de taille et de poids. Ce qui supposait qu'elle ne craignait pas qu'il utilise sa force contre elle. Rassuré, il lui saisit les poignets.

Il chercha son regard et vit qu'il l'avait blessée. Des mots lui vinrent alors à l'esprit, des mots qu'il avait sur le bout de la langue depuis longtemps.

— Tu es une femme incroyable, Tory. Tu as tout. Le cran, l'intelligence, la sensibilité. Je n'ai jamais connu de femme comme toi. En plus, tu es belle. Physiquement et moralement. Tu as des qualités de cœur que peu de gens possèdent. Comment pourrais-je…

Il se tut et soupira.

— Je suis incapable de te refuser quoi que ce soit. Même quand je sais que je le devrais. Même quand je sais que je ne mérite pas ce que tu me donnes.

Elle baissa les yeux sur leurs mains jointes.

— Ecoute-moi, Tory, reprit-il. Je n'ai jamais pensé que tu étais légère, ou négligente, ou coupable de quoi que ce soit dans cette affaire. Je sais que tu travailles dur, surtout avec Hobie fatigué comme il est. Trop de boulot, pas assez de temps libre pour te reposer. On peut être la personne la plus scrupuleuse du monde, la plus prudente, des choses peuvent nous échapper. Tu ne peux pas tout faire, tu ne peux pas être partout à la fois. C'est trop pour toi toute seule.

Tory ne bougea pas, ne dit rien. Lui aussi se tut. Quand enfin elle releva les yeux, le désarroi qu'il lut dans son regard le bouleversa.

— J'ai été amenée à faire des concessions, dit-elle, calmée maintenant. Certaines choses ont attendu. La maison n'a pas toujours été bien entretenue, j'ai plus d'une fois opté pour les plats tout préparés, parce que c'était rapide et que je n'avais pas de temps. Mais pour ce qui est des chevaux, je ne me suis jamais autorisé aucun écart. Tu m'entends ? Jamais ! Ils viennent les premiers, ici. Ils ont toujours été les premiers.

Cole l'observa, fasciné par son regard. Elle lui disait la vérité, c'était sûr. Elle lui demandait de la croire mais ne mendierait pas sa confiance. Pas seulement par orgueil, mais parce que, s'il pensait vraiment ce qu'il venait de lui dire, elle n'avait pas à le supplier de la croire.

Après ce qu'ils avaient partagé — peut importait que ce soit dû à une poussée d'hormones, une flambée de désir ou à l'abstinence prolongée —, elle n'allait pas se mettre à genoux pour l'implorer.

Brusquement il la lâcha, recula et se laissa tomber sur le canapé.

— Je sais, dit-il. Je suis désolé, Tory. Mais j'ai beau tourner toutes ces infos dans tous les sens, je ne comprends pas. Il manque un maillon à la chaîne.

Tory s'assit sur une chaise en face de lui.

— Je pense, reprit-il, qu'on peut d'ores et déjà éliminer les deux garçons.

Visiblement soulagée, elle approuva d'un signe de tête.

— Il me reste quelque six suspects. Chacun d'eux avait une bonne raison de faire le coup. Enfin, plus ou moins. Crain est criblé de dettes avec son ranch, mais il s'en sort. Evidemment, palper de l'argent de l'assurance lui faciliterait la vie et lui permettrait de racheter votre ranch, s'il est toujours décidé à le faire. Je ne pense cependant pas qu'il ferait une chose pareille, encore que…

Il haussa les épaules.

— Même chose pour John Lennox. Mes gars disent qu'il est sur la corde raide, mais il n'est pas en faillite. En conséquence…

Tory faillit lui dire : « Je te l'avais dit », mais garda sa remarque pour elle. D'un petit signe de tête, elle lui suggéra de poursuivre.

— Charlie Lee aimerait bien acquérir vos terres pour agrandir son ranch, mais il n'est pas prêt à aligner la somme qu'il faudrait pour que Hobie accepte.

— Tu ne me dis rien des gens qui ont menacé Hobie ?

— Il t'en a parlé ? demanda Cole, surpris.

— Je l'ai cuisiné. Je savais que tu ne m'en parlerais pas toi non plus, maugréa-t-elle.

— Il ne voulait pas t'inquiéter.

— Je me suis inquiétée tout de même. Mais non, ce n'est pas lui qui me l'a dit. L'année dernière, un soir, en rentrant, j'ai trouvé un message sur le répondeur. Le type disait que son père avait été tué et que… je ne sais plus quoi. Bref, quand j'en ai parlé à Hobie, il a d'abord cru que c'était l'homme qui avait été blessé qui appelait. J'en ai donc conclu que ce n'était pas une mais deux personnes au moins qui ne lui voulaient pas de bien.

— C'est juste. Mais j'ai vérifié avec mon bureau. George Wheeler n'a pas quitté Topeka de toute l'année. Quant à Brock, il vient tout juste de se marier. Je pense qu'un jeune marié a d'autres chats à fouetter.

Tory soupira.

— J'ai toujours pensé que c'étaient des menaces en l'air. Il n'y a rien à reprocher à Hobie.

— C'est ce que je veux dire quand je dis qu'ils ont tous « plus ou moins » un mobile. Mais, de mon point de vue, aucun n'est assez sérieux pour justifier qu'on tue des chevaux. Maintenant, combinés par deux, ces mobiles deviennent plus plausibles.

Du bout du pied il poussa le dossier qu'il avait laissé tomber. La carte topographique du ranch et de ses environs en dépassait.

— Si l'intrus qu'on a vu près des gros rochers est un détective mandaté par l'assurance et non un chercheur d'or, la théorie sur la mine d'or tombe à l'eau !

— De toute manière, c'était délirant ! convint-elle avec un petit rire.

— On vérifiera quand même, ma chérie, dit-il.

Se rendant compte du mot doux qui venait de lui échapper, il scruta sa réaction. Elle rougit légèrement mais ne bougea pas. Pour se donner une contenance, il se pencha pour ramasser les papiers qu'il avait laissé tomber par terre quand il avait vu qu'ils ne lui serviraient à rien.

Un silence s'installa. Un silence lourd, gêné, que ne troublait que le bruit du papier qu'il rassemblait. N'osant plus la regarder, il continua de ranger les feuilles.

— Ne t'en fais pas, Cole, dit-elle enfin. Ce n'est pas parce que tu viens de m'appeler « ma chérie » que je vais te demander quelque chose.

Il se pétrifia, ferma les yeux. L'estomac noué, il attendit.

— Tu peux me croire, tu sais, poursuivit-elle de sa voix douce. Tu t'accuses déjà de tellement de maux, je ne vais pas en rajouter une louche !

Il rouvrit les yeux et la regarda. Il n'y avait sur son visage ni moquerie ni sarcasme. Simplement de la compréhension et beaucoup de gentillesse.

Une envie absurde de la serrer dans ses bras l'envahit. C'était plus qu'une envie, c'était un besoin, le désir insensé de l'avoir sans cesse avec lui, contre lui, jour après jour, nuit après nuit. Besoin de sentir son corps serré contre le sien, le rassurant, l'aidant à chasser les démons qui le hantaient depuis trop longtemps maintenant.

— Ne me regarde pas comme ça si tu n'as rien à me dire ! s'exclama-t-elle d'une voix rauque.

— Et si j'ai quelque chose à te dire ? demanda-t-il dans un souffle.

Elle secoua la tête.

— Non, Cole. Tant que tu ne seras pas guéri, tu n'auras rien à me dire.

— Mais…

— Non. Je ne peux pas te guérir. Il faut que ça vienne de toi.

C'était comme si elle avait lu dans ses pensées.

— Je ne demande pas qu'on me guérisse.

— Je sais. Tu ne le veux pas. Parce que tu estimes que tu ne le mérites pas.

— Depuis quand joues-tu les psy ? ironisa-t-il.

Elle sourit, un petit sourire triste qui lui fit regretter ce qu'il venait de dire.

Il se leva brusquement et se passa la main dans les cheveux. Comme elle ne bougeait pas et gardait le silence, il finit par se tourner vers elle.

— Excuse-moi, Tory.

Elle haussa les épaules.

— Excuse-moi, toi aussi. Je sais que tu n'as pas envie de mes conseils.

— Tu veux bien qu'on évite de parler de ce dont j'ai envie ou pas ?

Elle fit celle qui ne comprenait pas.

— Pourquoi ?

Il alla à la fenêtre et regarda dehors.

— Pour ton bien.

— Tu veux bien me laisser décider de ce qui est bon pour moi ?

Il se retourna et revint vers elle. Il était immense et la dominait de deux têtes. Elle ne bougea pas, ne recula pas. Il ne lui faisait pas peur, lorsqu'il la toisait ainsi.

— Nom d'un chien, Tory ! Est-ce que tu te rends compte des risques que tu prends ? Tu fonces dans le brouillard, tête baissée, sans savoir où tu vas. Hier soir, tu es partie comme une fusée dans l'écurie. Ce matin, cette voiture que tu as poursuivie…

— Je croyais que c'était le type qui avait tué…

— C'est ça ! Tu pensais qu'il avait tué trois chevaux et tu le poursuivais ! Mais tu es folle ! Et si tu avais eu raison et que c'était lui qui avait tué les bêtes ? Il se serait débarrassé de toi dans la foulée pour te réduire au silence. Tu y as pensé ou pas ? Et Hobie ? Tu penses à lui, s'il t'arrivait quelque chose ?

— Hobie aussi l'aurait poursuivi, protesta-t-elle. Je le sais.

— D'accord, lança Cole. Vous êtes deux fous furieux.

Elle le regarda pendant quelques secondes et sa petite voix douce s'éleva, tranquille.

— De toute façon, tu me suivais !

Il la prit par les épaules et la secoua.

— Tu sais pourquoi ? Parce que je ne voulais pas aller à un autre enterrement, surtout pas le tien. Je…

Se rendant compte qu'il criait, il s'arrêta, et prit une profonde inspiration pour se calmer.

— Je ne le supporterais pas, Tory. N'importe quoi, mais pas ça !

Etonnée, elle le dévisagea puis lui caressa la joue. Il ferma les yeux et se laissa faire. Ses doigts étaient doux et tièdes, leur contact bienfaisant. Il frissonna et essaya de se contrôler, mais c'était impossible. Lorsqu'il tourna la tête pour embrasser le creux de sa main., elle n'esquiva pas. De nouveau, il sentit une douce chaleur l'envahir. S'il ne mettait pas un terme à cela tout de suite, son corps allait s'embraser.

Craignant de ne pouvoir se maîtriser, il chercha quelque chose à dire mais ne trouva rien. C'est elle qui parla.

— Où est Hobie ?

— Pardon ? dit-il, tiré des méandres brumeux de ses fantasmes.

— Hobie. Où est-il ?

Il secoua la tête avoir l'espoir de s'éclaircir les idées. En vain.

— Il… il a dit qu'il se sentait mieux, alors il est parti avec Buck.

Il plissa le front.

— Il a dit qu'il voulait se faire discret, mais qu'il serait de retour avant la nuit.

— Je ne suis pas inquiète pour lui, assura-t-elle en souriant. Il sait ce qu'il fait.

Négligemment, elle passa une main derrière sa nuque et joua avec ses cheveux.

— On a encore deux heures avant la nuit, en cette saison…

— Je sais.

Son sourire et le message codé de Hobie avant de partir avec Buck le décidèrent.

— Tory…

— Oui, mais trouvons un endroit plus confortable, cette fois-ci.

— Tu as raison, dit-il en gémissant sous ses caresses.

Malgré son inexpérience, elle avait des doigts de fée, doux et caressants, qui savaient comment faire du bien. N'y tenant plus, il lui prit la main pour l'immobiliser.

— Si tu continues, tu vas le regretter, dit-il d'une voix rauque.

— Je crois que j'ai pris le plus gros risque de ma

vie, avec toi, hier soir, murmura-t-elle. Je ne le regrette pas. Et si tu pars demain, je ne regretterai pas non plus d'avoir profité d'un second bon moment avec toi.

Elle lui proposait exactement ce qu'il souhaitait, songea Cole. Une aventure sans lendemain où personne ne souffrirait. Alors pourquoi hésitait-il ?

Espérait-il davantage de leur relation ?

Il n'avait jamais attendu grand-chose des femmes avec lesquelles il sortait et s'était résigné à rester seul avec ses démons. Sans le vouloir, Kyra l'avait conforté dans cette attitude. Il n'était pas fait pour partager la vie d'une femme, surtout pas celle de Tory.

— Cole, regarde-moi.

Hissée sur la pointe des pieds, elle l'embrassa. Tout alla alors très vite. Il la souleva dans ses bras et monta l'escalier qui menait à sa chambre. En chemin, il passa prendre les préservatifs qu'il gardait dans sa table de chevet. Le regard que lui lança alors Tory lui rappela qu'elle avait l'intention de le lui mettre elle-même.

Impatient, brûlant de désir, il la déposa sur le lit. Il voulait que ce soit différent, cette fois. Moins frénétique, moins fiévreux. Plus romantique, en somme.

Comme il avait envie d'être en elle, pourtant ! Allait-il pouvoir contrôler ses pulsions ?

Les mains tremblantes, il la déshabilla. La manière dont elle se laissa faire décupla son désir. Elle était belle, féminine, tout en rondeurs et en douceur, et en même temps sportive, cela se voyait à ses muscles. Une fois nue, elle s'assit sur le lit et recula pour lui faire de la place près d'elle.

Elle avait les yeux rivés sur lui, sans vergogne, tandis qu'il se déshabillait, et malgré tout ses joues roses et son regard trahissaient une certaine gêne.

Sentant ses yeux posés sur lui, Cole douta de lui pour

la première fois de sa vie. Il n'avait jamais accordé beaucoup d'intérêt aux réponses des femmes à ses avances. Son corps parfait, ses traits réguliers étaient un don du ciel, mais il n'était pas gratifié pour autant d'autres qualités. Tory le savait, comme elle savait que le plus bel étalon ne fait pas fatalement la meilleure monture.

Brusquement, il eut peur qu'elle remarque que l'essentiel lui manquait : le cœur.

— Tu sais que tu es très belle, lui dit-il en la caressant.

Il se pencha sur sa poitrine et prit un à un ses mamelons dans sa bouche.

— C'est bon, s'extasia-t-il.

Du bout de la langue, il s'amusa à les titiller, lui arrachant de petits cris de plaisir. Après quelques minutes, maîtrisant son désir de la prendre, il s'allongea près d'elle et ne bougea plus. Elle se releva alors sur un coude.

— Cole ?

— Hier soir je ne t'ai pas laissée décider, dit-il. J'étais trop… trop excité pour attendre. Je m'en veux.

Il reprit sa respiration.

— Hier, j'ai pris. Aujourd'hui, je veux que ce soit toi qui diriges.

Tory écarquilla les yeux, interdite. Son regard glissa sur sa peau nue et, brusquement, elle rougit.

— Je… Je ne…

A son trouble, Cole comprit ce qu'elle avait voulu dire, hier, au bord du ruisseau. Elle avait eu des expériences, mais n'avait pas souvent décidé. Justement ! Aujourd'hui, c'était elle qui mènerait la danse. Il voulait que ce soit nouveau pour elle. Cela, au moins, il pouvait le lui offrir.

Quand elle releva les yeux, ses grands et beaux yeux étonnés, il se demanda combien de temps il résisterait.

— Fais ce que tu veux, Tory, murmura-t-il. Cette fois, c'est toi qui décides. Je suis ta chose.

A la seconde où il sentit ses doigts caracoler sur lui, il sut qu'il avait surestimé sa capacité de résistance. Elle avait des doigts agiles qui touchaient, caressaient, volaient sur lui, le palpaient, le pétrissaient, déchaînant en lui des sensations uniques, si violentes qu'il craignit pour son cœur.

Elle dessina des arabesques de sa bouche à son nombril en passant par son cou, contourna le premier mamelon, se pencha pour le mordiller, remonta sous son cou, effleura son autre mamelon, l'embrassa au passage, ce qui le fit sursauter comme si une décharge électrique l'avait traversé. Elle continua de descendre, caressa son ventre, ses reins, puis plus bas… Enfin elle remonta, passa derrière son dos là où, la première fois, des cicatrices avaient surpris ses doigts. Elle ne dit rien, ne demanda rien, préférant qu'il oublie, en ce moment magique, les souvenirs douloureux qu'elle avait involontairement réveillés l'autre soir.

Quand, enfin, elle déchira la petite enveloppe d'aluminium qui protégeait le préservatif et réalisa le vœu qu'elle avait fait de le lui mettre elle-même, Cole vit dans son geste la chose la plus excitante qu'il ait jamais connue. Refusant de monter au septième ciel sans elle, il l'arrêta.

Tendant alors les bras derrière lui, il agrippa la tête de lit.

— Prends-moi, dit-il. Prends-moi comme je t'ai prise l'autre nuit.

Il ne plaisantait pas. Il voulait qu'elle se déchaîne sur lui, comme il l'avait fait sur elle. Il avait besoin de sa fougue, de sa folie, de savoir qu'il n'était pas seul dans ce voyage et, pour l'heure, le sens de cette folie lui importait peu. Il verrait plus tard. Pas maintenant, alors qu'elle se penchait sur lui, nue, offerte et magnifique ; pas maintenant, quand il voyait ses seins gonflés, encore mouillés de ses baisers, pointer vers lui ; pas maintenant que son sexe impatient, vibrant à l'orée de sa grotte humide, s'apprêtait à la prendre.

Elle commença à onduler et, sans hésitation, le guida en elle.

— Tory, gémit-il comme elle se refermait sur lui.

Sentant sa chair humide et chaude l'entourer, le serrer, il donna un coup de reins pour s'enfoncer plus profondément encore.

Elle poussa un cri, non de douleur, mais de pur plaisir. Stimulé par l'effet qu'il lui faisait, il donna d'autres coups saccadés, plus forts encore, presque douloureux cette fois, mais qu'elle accueillit avec le même plaisir.

— Oh oui ! dit-elle.

Elle commença à le chevaucher, cavalcade effrénée et joyeuse, et son visage irradiait de bonheur. Toutefois, il y avait quelque chose en plus. Quelque chose de plus intense et de plus grave, quelque chose de plus profond que le plaisir charnel et que Cole ne pouvait ignorer. Elle l'aimait.

Sachant qu'il ne voulait pas l'entendre, elle ne l'avouerait pas, mais le masque était tombé.

Alors qu'il en prenait conscience, Tory se cambra, rejeta la tête en arrière, et cria son nom. Il la sentit se resserrer autour de lui. Elle le tenait prisonnier, maintenant. Elle allait l'emmener avec elle dans le feu ardent du plaisir.

Il empoigna ses hanches, la pressa contre lui pour la fouiller plus profondément encore, se cabra, donna deux coups de reins puis retomba, vaincu et haletant.

— Oh ! Tory ! souffla-t-il.

Quelques instants plus tard, soudés l'un à l'autre, ils retombèrent sur le lit, pantelants et comblés.

Serrée dans les bras de Cole qui ne la lâchait pas, Tory dégagea une main pour lisser en arrière les mèches retombées sur son front quand il avait joui.

— Cole, murmura-t-elle tendrement en caressant sa joue.

Sentant son sexe chaud en elle, elle se dit qu'elle pourrait rester ainsi toute la nuit sans bouger.

— Tory, bredouilla-t-il revenant peu à peu à lui.

« Si seulement tu savais ! » pensa-t-il, admettant enfin qu'il y avait entre eux beaucoup plus que du plaisir. Ce qu'il vivait était plus fort, plus profond qu'une passade. Il devait en prendre acte : il était à la croisée des chemins et avait toujours redouté ce moment. Quelle voie allait-il choisir, maintenant ?

Il verrait plus tard. La tenir, la sentir blottie contre lui, lui suffisait pour l'instant.

La tête pleine d'images, de mots et de rêves, ils sombrèrent doucement dans le sommeil.

Alors que la nuit était tombée sur le ranch et que ses occupants dormaient paisiblement, un coup de feu déchira le silence.

Instantanément réveillé, Cole s'assit dans le lit de Tory. Petit calibre, reconnut-il tout de suite. Un 22 long rifle, sans doute. Tiré d'assez loin, à en juger par le bruit étouffé. Le flingue de Hobie, se dit-il.

En moins de deux secondes, l'information était enregistrée tout comme le fait qu'il faisait nuit noire et qu'il avait dû dormir deux heures.

Suivit aussitôt le détail qui effaça tout le reste. Il était seul. Tory était partie.

17

Pris de panique et conscient qu'il avait peur, peur pour elle, peur de ne pas être à la hauteur, peur de ne pas être assez rapide, il ne réfléchit pas. Il enfila jean et bottes et dévala les marches quatre à quatre. A mi-chemin, trouvant qu'il n'allait pas assez vite, il enfourcha la rampe et glissa jusque dans le salon où il atterrit brutalement, manquant de se tordre les chevilles.

Tory. Il n'y avait qu'elle qui comptait.

Le coup venait de dehors, quelque part du côté de l'écurie. S'interdisant d'y aller directement de peur de se découper en ombre chinoise à la lumière de la lune, il fit le tour par le pied des collines en courant à toutes jambes. Son cœur battait à tout rompre. S'il arrivait malheur à Tory…

— Nom d'un chien ! jura-t-il tout bas en évitant de justesse Rocky qui battait furieusement de la queue devant la porte de l'écurie.

La porte à double battant du box de Mac était fermée, mais on entendait des voix. Tendant l'oreille, il écouta. On parlait, c'était sûr, mais c'était inaudible. Pas de doute, il y avait une voix de femme.

Sans faire de bruit il avança, plié en deux pour ne pas se faire voir. La scène qu'il découvrit l'épouvanta. Une scène comme celles de ses pires cauchemars. Tory était là, le visage meurtri. Un homme la tenait par le cou, Il était fort, bronzé, et la menaçait d'un revolver pointé sur sa tempe.

Ce n'était pas l'arme qui avait tiré, Cole connaissait le bruit des armes. Ce revolver-là n'était pas un 22 long rifle mais un 380, une arme qui ne portait pas loin mais qui, pour tuer à bout portant, était plus que suffisante. Le 22 long rifle était donc ailleurs. Tory l'avait-elle eu en main et l'aurait-elle laissé tomber quand elle avait trouvé l'intrus ? A moins que ce ne soit Hobie qui ait tiré ? A propos, où était-il ?

La panique qu'il avait éprouvée à la toute première seconde l'habitait toujours mais, pour la première fois depuis cinq ans, elle ne le paralysait pas. Il réagissait froidement, machinalement, comme un automate, ignorant la peur, la sueur, les battements accélérés de son cœur. Seules importaient Tory et l'urgence de la sauver.

Rocky, qui l'avait suivi et se frottait à ses jambes, miaula alors. De peur de faire du bruit, Cole ne fit rien pour l'éloigner. Agacé par la présence du chat, Mac hennit en réponse en tapant du pied. L'homme qui serrait le cou de Tory tourna la tête.

Il fallait qu'il agisse tout de suite, songea Cole, car l'homme devenait nerveux, cela se lisait dans ses yeux, sur son visage luisant de sueur. Et un homme apeuré est capable du pire.

A pas de loup, il ressortit et contourna la grange pour se faufiler dans la sellerie. Une fois de plus Rocky, qui l'avait devancé, s'entortilla dans ses jambes. Bousculant un peu l'animal qui avait encore failli le faire tomber, Cole attrapa une lourde lime en métal et la mit dans sa poche arrière. Repérant la veste en laine qu'il avait abandonnée en fin d'après-midi dans un coin, il la prit et l'enfila. Il mit ensuite un poinçon dans l'une des poches et une lame de scie souple, qu'il plia en deux, dans l'autre. S'approcher du type avec ces armes de fortune n'avait rien d'engageant, d'autant qu'il pointait son arme sur Tory, mais il n'avait pas le choix.

Il revint alors vers l'écurie.

Une nouvelle fois, Rocky se prit dans ses jambes.

— Sale bête ! pesta-t-il tout bas.

Il donna un petit coup de pied au chat qui cracha et se frotta de plus belle à ses bottes.

Une idée germa alors dans son esprit. Il aurait aimé avoir un 45 ou, mieux encore, le préféré de Kyra qui tirait dix-sept coups à la suite, un Glock calibre 40, mais il n'avait ni l'un ni l'autre. En fait, il n'avait que lui. Lui et un chat qui avait appris à se battre avant de savoir ronronner.

Bon sang ! Mais oui ! Ça pouvait marcher, même si c'était complètement fou ! Ça pouvait lui donner le quart de seconde qu'il lui fallait.

Tout en se disant qu'il était fou, mais tant pis ! il s'accroupit et prit Rocky sous le ventre de sa main gauche.

Le chat émit un petit « miaou » de surprise. Cole referma sa veste sur son buste nu et installa Rocky dans le creux de son coude gauche en le gratouillant entre les oreilles comme Tory le faisait toujours.

— Rends-toi utile, pour une fois, lui chuchota-t-il.

Le chat le considéra un instant et, surprise, s'installa confortablement comme s'il avait l'habitude d'être promené par Cole comme un bon vieux chat d'appartement.

Alors que Cole se mettait à siffler, l'air de rien, un air joyeux, Rocky releva la tête pour l'observer.

Tory entendit siffler. Surpris, l'homme qui lui serrait le cou se tourna vers la porte de l'écurie.

C'est Cole ! se dit-elle. Il ne fallait surtout pas qu'il

vienne ! Le fou qui la menaçait le tuerait sûrement s'il entrait. Et il ignorait que ce cinglé était armé.

En voyant coulisser la porte, elle retint son souffle.

— Tu n'as pas intérêt à crier, ma jolie, sinon tu es morte, intima l'homme à son oreille en l'entrainant derrière une meule de foin. Même chose pour toi, le vieux ! ajouta-t-il.

Tory regarda son oncle. Il gisait sur le sol, la tête contre une botte de paille, son fusil à quelques mètres de lui, là où la brute l'avait poussé à l'aide d'une fourche. L'immobilité de Hobie était inquiétante

« S'il te plaît, ne meurs pas ! » supplia-t-elle en silence.

Elle tourna la tête vers la porte qui n'était pas encore complètement ouverte, comme si penser très fort à Cole pouvait l'avertir du danger qu'il courait.

Illusions…

Cole entra, l'air dégagé, en sifflant toujours. Chose incroyable, Rocky dormait dans le creux de son bras et Cole le caressait comme s'il s'agissait d'une créature qu'il aurait adorée. Tory réalisa soudain que le chat ronronnait. C'était surréaliste.

L'homme qui la retenait se crispa. Cole avançait tranquillement. Il ne semblait rien chercher, ni personne. Il avait l'air de promener son chat et, apparemment inconscient de ce qui se passait, il n'arrêtait pas de siffler.

Or, Cole était tout sauf inconscient…

Pour se rassurer, Tory se dit qu'il savait ce qui se passait. Restait à savoir s'il était sûr de ce qu'il faisait !

— Eh bien !

Il s'arrêta près de Hobie et cligna des yeux comme s'il sortait d'un drôle de rêve.

— Ça va pas, mon gars ?

Si elle ne l'avait pas entendu parler quand il était ivre, elle aurait cru qu'il avait trop bu. Cole, quand il était soûl, avalait la moitié des mots. Là, il articulait plus nettement. Elle sentit son agresseur se détendre. Probablement pensait-il avoir affaire à un ivrogne qu'il n'aurait aucun mal à maîtriser, malgré sa taille. Peut-être aussi espérait-il que Cole était trop ivre pour les voir, tapis dans l'ombre, et qu'il ressortirait sans avoir remarqué leur présence.

Tout en continuant son numéro, Cole contourna le corps de Hobie en titubant jusqu'à se trouver à l'aplomb de son fusil. A cet endroit, il ne se trouvait plus qu'à deux mètres de Tory et de son agresseur.

Alors que rien ne permettait de prévoir ce qu'il s'apprêtait à faire, Cole attrapa tout à coup Rocky et le lança dans leur direction. Toutes dents dehors, feulant furieusement, Rocky atterrit sur l'assaillant dans lequel il planta sauvagement ses griffes. Surpris et effrayé, l'homme fit un bond et lâcha Tory qui se précipita vers Cole. Pendant ce temps, se débattant comme un diable, l'homme était parvenu à se débarrasser du chat, mais Rocky le réattaqua, aux jambes cette fois.

L'agresseur jura, hurla. A la fête, Rocky lui lacérait les bottes et la jambe à travers l'étoffe de son pantalon.

Cole s'approcha alors, le fusil de Hobie à la main, et fit passer Tory derrière lui. Se rendant enfin compte qu'il était en très mauvaise posture, l'homme tourna son arme vers Cole qui attrapa la lime en fer qu'il avait dans la poche et la jeta sur lui. Dans sa tentative pour éviter le projectile, l'homme tituba. Profitant de cette seconde de flottement, Cole lui saisit le poignet et le lui tordit. Le revolver vola en l'air avant de disparaître dans le box de Mac.

L'homme fit volte-face pour s'enfuir, mais Rocky s'acharnait toujours sur lui, le faisant hurler de douleur sous ses griffes.

— Je te conseille de ne pas bouger, dit Cole en le mettant en joue avec le fusil.

On aurait dit un jouet dans ses grandes mains.

— Et les mains derrière la tête, ajouta-t-il. C'est peut-être qu'un 22 long rifle, mais c'est un semi-automatique et je peux te trouer la peau… dix-sept balles à la seconde.

L'homme parut le jauger.

— Crois-moi, continua Cole d'un ton parfaitement maîtrisé qui fit trembler Tory. Il n'y a pas un tribunal au monde qui me reprochera de t'avoir descendu, sachant que tu as voulu tuer deux personnes.

— Je n'ai tué personne ! se rebiffa l'autre en mettant les mains derrière la tête. J'ai même pas essayé.

Il avait une voix haut perchée, ridicule chez un homme aussi lourd et trapu. Peut-être était-ce la peur qui modifiait son timbre, se dit Tory en regardant le canon du fusil de Hobie.

Hobie ! Elle fit un mouvement dans sa direction, mais Cole la ramena contre lui fermement.

— Le vieux là, il fait le guignol, dit l'homme en agitant la jambe pour en décrocher le chat.

Mais Rocky en avait décidé autrement. Les dents plantées dans le pantalon, il commençait à déchirer le tissu.

— Je ne l'ai pas cogné si fort.

— Hobie, dit Tory en essayant de se libérer pour s'approcher de lui. Hobie !

Cole regarda son ami étendu sur la paille, apparemment mal en point, et lâcha Tory. Comme elle s'agenouillait près de lui, Hobie grogna faiblement. Assez fort cependant pour qu'ils sachent qu'il était en vie.

— Hobie ! répéta-t-elle. Merci, mon Dieu ! Il est vivant.

— C'est toi qui devrais remercier le ciel, dit Cole à l'agresseur. Puisqu'il est toujours en vie, je ne vais peut-être pas te descendre, finalement.

L'homme pâlit et recula d'un pas. Rocky miaula. Cole regarda les pieds de l'homme.

— Des boots en peau d'anguille, dit-il en le visant.

— Non, s'écria l'homme épouvanté. Vous ne pouvez pas faire ça !

— Tu es sûr ? Tu es entré dans une propriété privée sans y être invité et en pleine nuit. Tu es un rôdeur, un voleur, et tu es armé. Tu crois que je vais me gêner ? D'autant que je sais qu'aucune charge ne sera retenue contre moi, puisqu'il n'y aura que ma parole et que je vais prendre soin de remettre ton joli petit revolver dans ta main.

Interdite, Tory dévisagea Cole. Il semblait sérieux. Peut-être avait-il vraiment l'intention de le tuer ? Peu importait. Ça lui était égal. Il pouvait faire ce qu'il voulait, elle ne l'en empêcherait pas ; elle se sentait l'âme vengeresse. Pour l'instant, elle n'était pas prête à pardonner.

Ce type était entré dans le box de Mac !

— Il avait un sac quand je suis tombée sur lui, dit-elle. Il est là-bas.

Elle montra un sac en toile écrue qui traînait quelques mètres plus loin.

— Tiens, tiens…, dit Cole, visiblement intéressé.

Tenant toujours l'homme en joue, il s'approcha du sac, mais Tory l'avait devancé et venait d'ouvrir le sac. Il contenait un ensemble de fils et de pinces crocodiles.

Intriguée, elle regarda Cole qui se figea. Il avait manifestement compris à quoi devait servir ce matériel.

— Pose ça, lui dit-il.

Il se retourna vers l'homme.

— Ton nom !

L'homme ne répondit pas.

— Tu vas parler, oui ou non ?

Lassé de lacérer le pantalon et les bottes, Rocky finit par lâcher prise. Il leva la tête vers Tory, puis fila s'asseoir aux pieds de Cole et ne bougea plus, comme s'il attendait des félicitations pour le rôle qu'il venait de jouer avec succès dans ce scénario improvisé.

— Al, grommela enfin l'homme.

— Bien, Al, déclara Cole d'un ton glacial. Donne-moi une bonne raison de te laisser partir d'ici vivant.

Affolé, l'intrus écarquilla les yeux.

— Je n'ai rien fait, ! Je ne vois pas pourquoi je mourrais ici.

— Les chevaux non plus n'ont rien fait. Alors ?

L'homme ne répondit pas. Il paraissait paniqué, mais tout aussi décidé à ne pas en dire plus.

Après quelques secondes, Cole releva son arme.

— Attends ! s'écria Al.

— Tu me dis tout de suite qui t'a envoyé ici et je vais le sortir de sa tanière. Sinon, c'est toi qui vas casquer. De toute manière, ton boss, je l'aurai. D'une façon ou d'une autre, je le trouverai. Si tu ne m'aides pas, ça me prendra juste un peu plus de temps, c'est tout. Et, évidemment, tu seras déjà mort.

Al regarda Tory.

« Il essaie de m'amadouer », comprit-elle.

Comme il l'implorait des yeux, elle se raidit. Elle ne pouvait oublier John's Prize qui avait fini en vulgaire cheval de boucherie. Ni Firefly, froid et raide dans son box. Ni Arthur, ni Mac. Mac qui avait failli être le suivant sur la liste.

— S'il ne le fait pas, dit-elle, c'est moi qui le ferai.

— Pas la peine, ma puce. Je vais m'en charger.

C'était Hobie. Il s'était redressé sur un coude et se frottait la nuque avec son autre main. La voix était faible mais le propos cohérent.

Soulagé, Cole leur jeta un coup d'œil puis reporta son attention sur Al.

— Non, Hobie, je me réserve ce plaisir.

Al éructa une grossièreté.

— Quoi ? s'exclama Cole. Tu ne trouves pas que t'as déjà assez d'ennuis comme ça sans en rajouter en m'insultant ?

Al jura encore.

— Comme tu voudras ! Je ne suis pas pressé.

L'homme finit par craquer.

— Je ne sais pas qui c'est.

— Mauvaise réponse, mon gars.

— C'est vrai. Je jure que je le connais pas ! Je l'ai jamais vu, je sais même pas son nom. On a fait ça par téléphone. Quelqu'un lui a refilé mon numéro. Il a appelé, et on a préparé le coup. Après, je l'ai rappelé pour lui dire où envoyer la monnaie.

— « Le coup » ? Y en a eu qu'un ?

— Ouais, au début. Juste le grand cheval marron avec le nez blanc.

Cole regarda Tory.

— John's Prize, murmura-t-elle.

— Et ensuite ?

— Le gars a rappelé. Il était pas content sur ce coup-là. Il voulait qu'on en tue un autre.

— Il t'a dit lequel ?

— Il m'a juste dit « celui du box à côté ».

Firefly.

Le commanditaire était bien renseigné, pensa Tory. Pour savoir dans quel box se trouvaient les chevaux, il devait connaître les lieux.

Elle regarda Cole et s'aperçut qu'il était arrivé à la même conclusion.

— Et Arthur, alors ? L'Appaloosa ?

— Celui qui avait des taches ? Ça a été le troisième coup de téléphone. Celui-là, ça avait moins d'importance, paraît-il. Il m'a dit de lui dire quand ce serait avant d'y aller, mais c'est tout.

Ça n'avait pas de sens, se dit Tory, de plus en plus en colère.

— Pourquoi lui avoir cassé la jambe ?

Al haussa les épaules.

— J'ai trouvé que c'était mieux. J'ai vu la mare, là-haut, et je me suis dit que ça serait une bonne excuse. Un cheval qui glisse et qui tombe, n'importe qui peut le croire.

— Sauf les gens qui savent qu'il avait horreur de l'eau, espèce d'imbécile ! répliqua Tory.

— Ah ?

— Laisse tomber, intervint Cole. Dis-moi plutôt, Al… Ça veut dire quoi ça, « il était pas content sur ce coup-là » ?

— J'en sais rien, moi. Ça ne lui plaisait pas. J'ai eu comme l'impression qu'il voulait arrêter après le premier.

— Pourquoi ?

— Qu'est-ce que j'en sais ? C'était pas mes oignons. Du moment qu'il me paie…

— Ça, je m'en doute ! persifla Cole. Qui lui avait donné ton nom ?

L'homme commença à transpirer. Il avait peur, de toute évidence.

— Si je le dénonce, je suis mort ! répondit-il en s'essuyant le front.

— De toute manière, c'est comme si tu l'étais déjà, décréta Cole.

Avec cet air obstiné que lui donnait son front bas, Al haussa de nouveau les épaules.

— Je préfère encore une balle.

Il avait l'air de le penser vraiment. Fallait-il que le commanditaire le terrorise !

— Tu peux encore t'en tirer, proposa Cole. Dis-moi quel numéro tu as fait pour le joindre au téléphone.

Comme l'homme hésitait, Cole poussa un soupir exaspéré.

— Je te donne encore une chance, mon pote, mais ce sera la dernière. Tu ne me dis rien et je te laisse partir.

Incrédule, Al fronça les sourcils.

— C'est vrai ?

— Oui. Je te laisse filer, et on dit aux journaux que tu as dénoncé le type qui t'a engagé et celui qui lui a donné ton nom. C'est mieux comme ça ?

Al pâlit.

— Le temps qu'il découvre que c'est pas toi qui as mouchardé, tu seras déjà mort.

— Espèce d'enc… ! s'exclama Al en crachant par terre.

— Non merci, t'es pas mon type, répliqua Cole en le narguant. Allez, Al ! Le numéro. Grouille.

L'air dégoûté, Al éructa un numéro.

— Eh ben, voilà ! C'était pas si difficile.

Cole regarda Tory.

— Je vais demander à mon bureau de chercher à qui correspond…

— Pas la peine, l'interrompit-elle, atterrée. Je connais ce numéro par cœur. C'est celui de John. Sa ligne privée.

Lennox foudroya du regard Cole qui venait d'entrer en trombe dans son bureau. Sa rage sembla décupler quand il vit que Tory le suivait.

— Tory ? C'est quoi ce raffut ?

— C'est à propos de ça ! répliqua-t-elle en jetant le sac de toile d'Al sur la table.

Lennox regarda le sac et releva la tête, l'air étonné.

— C'est ça, dis tout de suite que tu ne sais pas ce que c'est, Lennox ! Pour qui me prends-tu ?

Furieux, Lennox se leva.

— Qui te permet de me parler sur ce ton ?

— Dis-moi alors ce que c'est que ce matériel ?

— Mais je n'en sais rien !

— Je vais te le dire, moi. C'est une arme pour tuer. Voilà ce que c'est. Facile. Tu prends un animal gentil, confiant et tout. Tu fixes ces deux pinces sur lui, à bonne distance l'une de l'autre, tu branches, et tu as un cheval mort.

Lennox verdit.

— C'est comme ça qu'il a tué les chevaux, pour être bien sûr de ne pas les rater. Le foin empoisonné, c'était pour la galerie, pour faire joli. Ce n'est pas assez expéditif. En revanche, une bonne électrocution, ça c'est radical. Pas de signes visibles, de la nourriture avariée dans l'estomac pour faire croire qu'il a été empoisonné, et le tour est joué.

Cole s'approcha de Lennox qui était gris comme la cendre.

— Ça ne va pas, Lennox ? Ça ne te gêne pas de donner les ordres, mais les détails, non merci !

Lennox regarda Cole, puis la porte derrière lui.

— Oh non ! lui dit Cole. Ne t'avise pas d'essayer de filer. De toute façon, Hobie est au téléphone avec les flics. C'est trop tard. Quant à la fraude à l'assurance, tu sais ce que ça vaut ? La pendaison, mon cher !

Lennox retomba sur son siège.

— Pourquoi, John ? demanda Tory d'une voix triste. Pourquoi ? Avais-tu donc tellement besoin d'argent ?

Ecroulé sur son fauteuil, l'homme avait perdu de sa superbe. On aurait dit une baudruche dégonflée.

— Je vais avoir une plainte déposée contre moi, gémit-il. Pas contre moi, mais contre ma nouvelle société d'informatique. A cause d'un concurrent qui prétend qu'on a copié ses logiciels.

— Et c'est vrai ? s'enquit Cole.

Lennox le fusilla du regard mais ne répondit pas.

— Je vois, dit Cole. Il va te falloir beaucoup d'argent et une armée d'avocats pour te défendre.

— Je ne te comprends pas, reprit Tory. Pourquoi ne pas avoir vendu ton cheval, si tu avais besoin d'argent ?

— Je n'avais pas le temps de chercher un acheteur qui aurait payé ce que je demandais, répondit Lennox sans la regarder.

— Et les autres chevaux ? reprit Tory. C'était pour fausser les pistes ? Arthur et Firefly… Ils ne t'appartenaient même pas ! Et Mac… Comment as-tu pu…

— Ça, ça ne vient pas de moi.

Cole haussa les sourcils.

— C'est ça, ta défense ?

— Puisque je te dis que les autres, ce n'est pas moi ! Je voulais arrêter après le premier. J'aurais récupéré assez d'argent pour me permettre d'attendre.

— D'attendre quoi ? s'énerva Tory. La mort du cheval suivant ?

Pour la première fois, Lennox la regarda.

— Il y a plus important que tes chevaux, Tory ! s'exclama-t-il. Mais tu n'as jamais voulu le voir !

— Elle a blessé ton orgueil, Lennox, admets que c'est ça !

— Disons seulement qu'elle a un goût discutable ! rétorqua-t-il en jetant à Cole un regard mauvais.

— Tu dis ça parce que j'ai refusé tes avances ?

s'enquit Tory. Tu sais très bien que tu ne voulais de moi que parce que je t'avais éconduit.

Lennox se redressa. S'il avait par moments eu un certain charme, seul son côté calculateur apparaissait maintenant.

— Pas exactement, dit-il.

Tory baissa la tête. Cole se demanda à quoi elle pensait pour avoir l'air aussi préoccupé. Mal à l'aise, Lennox s'agita sur son siège.

— Je comprends maintenant ton numéro de charme, lui lança-t-elle. Tu me faisais la cour pour m'occuper l'esprit. Pour éviter que je pose des questions. C'est pour ça que tu t'es montré si attentionné après la mort de Firefly ! Et encore plus quand John's Prize est mort. Pour que je pense à autre chose au lieu de chercher à comprendre. Tu avais peur que je découvre la vérité.

— Je ne t'ai pas fait de numéro de charme, protesta-t-il. C'était sérieux. Et, si tu avais quelque chose dans la tête, tu l'aurais compris. Tu es passée à côté de ton bonheur, Tory. Ensemble, on aurait fait fortune.

Elle le dévisagea froidement.

— Tu n'en as pas assez comme ça ?

— Non, pas autant que j'aimerais. Tu m'aurais aidé.

— Comment ? Ne me dis pas que tu veux aussi le Flying Clown Ranch ?

Lennox s'esclaffa.

— Cette petite ferme de rien du tout ? Tu plaisantes ! J'avais l'œil sur quelque chose de bien plus gros. Beaucoup, beaucoup plus gros, ma chère !

Perplexe, Tory écarquilla les yeux.

— Plus gros ? Je ne comprends pas.

— Ce que tu peux être naïve ! C'est désespérant !

— Je crois que ça suffit comme ça, intervint Cole. Viens, Tory, allons-nous-en.

Lennox l'observa avec une certaine curiosité.

— Bien, bien, cow-boy… Tu as une petite idée ? Serais plus malin que je l'imaginais ?

— Disons que je suis au courant de la petite virée que tu as faite il y a trois mois.

Lennox regarda Tory qui semblait complètement perdue.

— Et tu n'as pas relayé l'information ? relança Lennox.

— Pour quoi faire ? C'était sans objet.

— Si, justement. Je refuse de payer pour les autres.

— On verra ça plus tard.

— Tu la protèges ? Quelle galanterie ! Mais elle trouvera toute seule, de toute façon.

Tory regarda Lennox puis Cole et de nouveau Lennox.

— Qu'est-ce que vous racontez ?

— Je te suggère, répondit Lennox avec un petit sourire, de demander à ton père.

18

— Tu t'es cru obligé de venir.

Cole lui lança un regard de biais.

— Tu aurais préféré que je m'abstienne ?

Tory serra un peu plus fort le dossier qu'elle tenait à la main

— Je n'ai pas dit ça.

— C'était moi ou Hobie.

— Choc à la tête ou pas, Hobie l'aurait tué.

— Qu'est-ce qui te fait croire que je ne le ferais pas ?

— Si quelqu'un doit le tuer, ce sera moi, répliqua-t-elle sur le même ton.

Elle brandit le dossier.

— Au fait, merci.

Il haussa les épaules.

— Ça n'a pas pris longtemps, ils savaient où regarder.

Il lui sourit.

— Et puis, tu m'as déjà remercié.

C'était vrai. La nuit passée elle s'était donnée à lui. Elle l'avait fait en sachant que, si les choses se déroulaient aujourd'hui comme prévu, ce serait la dernière fois.

Elle repoussa cette pensée qui lui faisait trop mal.

Les portes de l'ascenseur s'ouvrirent, et elle sortit dans le couloir. Cole la suivit.

— Tu es sûre que tu ne veux pas que je t'accompagne ?

— Pourquoi ? Tu as vraiment peur que je le tue ?

— Non, mais j'ai le sentiment que tu en as vraiment envie et ça m'inquiète.

— Rassure-toi. Je veux seulement qu'il me laisse tranquille. Je veux qu'il sorte de ma vie, définitivement. Et je tiens à le lui dire en face.

Elle s'arrêta et lui fit face.

— Merci quand même.

— De rien, répondit-il en haussant les épaules.

Ce n'était peut-être rien pour lui, mais pour elle c'était important.

Elle se remit en marche. Elle avait chaud et se sentait poisseuse. Depuis cinq ans qu'elle vivait en Californie, elle s'était habituée à la chaleur sèche. Ici, à Houston, la chaleur était humide en été et cela l'avait toujours incommodée.

Oui, cela faisait cinq ans qu'elle était partie et elle se souvenait de tout comme si c'était hier. Les murs étaient toujours du même gris poudré, la moquette du même ton, bordée d'un liseré lilas. Dehors, sur la plaque de cuivre parfaitement astiquée était gravé « Flynn Financial Associates ».

— C'est luxueux, murmura Cole.

— Mon père connaît l'importance du paraître.

Il lui lança un regard en coin.

— A propos de paraître…

D'un geste circulaire, il indiqua les bureaux.

— … tu ne trouves pas que notre accoutrement choque, dans ce décor ?

— C'est exprès, dit-elle.

On aurait dit qu'elle venait de passer une nuit dans un train bondé. Elle était froissée, chiffonnée. Cole aussi était négligé. Pas rasé, son vieux Stetson élimé rabattu sur les yeux, il ne faisait pas vraiment chic.

— Ça fait des années que je refuse d'entrer dans le jeu de mon père.

Elle poussa les portes donnant sur la réception.

— Oh ! Mademoiselle Flynn ! Puis-je vous aider ?

— Inutile de m'annoncer, Gladys. Je vais voir mon père directement, répondit Tory en passant devant l'hôtesse d'accueil un peu éberluée.

— Je ne saurais trop vous recommander de ne pas la contrarier, lança Cole.

Tory accéléra le pas. Trois secondes plus tard, elle se trouvait devant la porte du bureau de son père. Une plaque en cuivre précisait « Privé ».

Sans même frapper, elle entra.

L'homme assis derrière le bureau était au téléphone, calé au fond d'un grand fauteuil de cuir. Tout sentait l'argent, dans ce bureau : le mobilier en loupe d'acajou, les lampes design, la moquette profonde.

Entendant la porte s'ouvrir, il fit pivoter son siège.

— Gladys, je vous ai déjà dit de ne pas…

Il s'arrêta, interdit.

— Je vous rappelle, dit-il à son interlocuteur tout en se levant.

C'était encore un très bel homme, aux tempes grisonnantes, grand et svelte. Bronzé, élégant, il devait plaire aux femmes, avec ses faux airs de star de cinéma.

— Victoria, ma chérie ! Quelle surprise !

— Ça ne devrait pas en être une ! rétorqua-t-elle.

— Je sais, nous avons eu des mots durs il y a quelque temps. Mais oublions ça, veux-tu ?

— Assez, papa. Arrête ton cinéma. C'est fini, tout ça.

— Que veux-tu dire, ma chérie ?

— Ce que je veux dire ? Que je sais pourquoi tu tenais tant à ce que je revienne à la maison.

Il fit mine d'être peiné.

— Mon bébé chéri, ma petite fille ! Bien sûr que je veux que tu reviennes. Tu sais bien que cette maison est la tienne, que je t'attends. Les portes sont grandes ouvertes.

— Arrête, s'il te plaît ! Tu n'as jamais vu que ton intérêt et…

— On ne parle pas comme ça à son père, l'interrompit-il d'une voix mielleuse.

— La comédie est terminée, maintenant. Finissons-en vite, si tu veux bien.

— Je ne comprends pas.

— John Lennox ! Ça te dit quelque chose ?

L'espace d'un instant, elle le vit perdre pied. Il se ressaisit cependant très vite.

— Je ne le connais…

— Tu ne le connais pas ? Vraiment ? Tu ne te rappelles pas l'avoir rencontré le jour où tu es venu au ranch pour m'obliger à revenir à la maison ?

— Ma chérie, je ne t'ai jamais forcée à rien.

— Tu ne te rappelles pas non plus qu'il est venu ici, il y a trois mois, pour te présenter son projet ? Tu sais bien, ce petit projet qui vous intéressait tous les deux ?

Pour la première fois de sa vie, elle vit son père perdre son sang-froid, et se dit que Cole avait eu raison de penser que deux mobiles associés pouvaient donner une raison valable de tuer les chevaux.

— Tory, commença-t-il.

Il ne l'appelait jamais Tory. C'était signe qu'il s'énervait.

— Il touche l'argent de l'assurance et, avec cette manne, il s'introduit dans la place. Toi, tu finances le meurtre de mes chevaux et il promet…

— Tu ne penses quand même pas, ma chérie, que je…

— Ça n'aurait pas quelque chose à voir avec… ça, par hasard ?

Elle lui lança le dossier qu'elle tenait sous le nez.

— C'est un double du testament de maman. Bizarre, on ne m'avait jamais dit ce qu'il y avait dedans…

Son père la regarda, l'air de penser qu'elle bluffait, puis il fixa les documents qui s'étaient éparpillés sur son bureau et les rassembla.

— Je voulais t'épargner ce chagrin supplémentaire, ma chérie. De toute façon, tout ce qu'elle possédait te revient.

— C'est ce qu'il semble, en effet. Y compris ses intérêts dans cette société. Comment se fait-il que je ne l'aie jamais su ?

— Tu étais tellement bouleversée quand ta pauvre maman nous a quittés ! Tout est allé dans un trust, de toute manière.

— Jusqu'à ce que j'aie l'âge légal, c'est toi qui l'as administré. Toi et quelques juristes que tu t'es mis dans la poche. Mais, depuis mes dix-huit ans, j'aurais dû voter, puisque je détiens un important paquet d'actions. Comment se fait-il que j'aie toujours été tenue à l'écart ? J'aimerais comprendre par quel tour de passe-passe…

— Oh ! Victoria !

Il tapota les papiers.

— Tu sais, c'est compliqué. Ce sont les affaires. Je savais que cela ne t'intéressait pas.

— Peut-être. Il n'empêche, j'aurais aimé que l'on me dise qu'avec les parts que maman m'a laissées je suis majoritaire dans la société. Légalement, tu n'avais pas le droit de bouger un cil sans mon accord.

— Ta mère…

— C'était *sa* société ! C'était *son* père qui l'avait créée et développée. Et quand il est mort, c'est *elle* qui en a hérité. Est-ce pour ça que tu l'as épousée ? Pour la société ? Pour sa fortune ? Pauvre maman !

Combien de temps t'a-t-il fallu pour la séduire, pour obtenir d'en prendre la direction ? Et pour donner ton nom à l'entreprise ?

— Tu ne comprends pas…

— Je comprends qu'elle t'avait laissé un droit de contrôle, mais que tu ne pouvais rien faire sans son aval. Par malheur, elle est morte. Et elle me l'a léguée.

— Tu as tout faux, Victoria.

— Tu crois ? J'ai eu une longue discussion avec John Lennox. Vous êtes bien les mêmes, tous les deux. Il me regardait comme tu devais regarder maman. Qu'est-ce qu'il t'a promis en échange ? D'obtenir ma procuration ? Ma signature définitive pour tous les votes à venir ? En me faisant un numéro de charme ? Pensez donc, je suis tellement naïve !

— Ce que tu dis…

— … est la vérité. Je suis au courant pour la fusion avec Bowman et Carter. Tu n'as pas eu peur qu'ils regardent de trop près les statuts et découvrent ce que tu as fait illégalement ? Tu n'as pas eu peur que je trouve les papiers que tu as signés à ma place ? Ces papiers que tu as falsifiés quand j'ai eu dix-huit ans.

Flynn s'effondra sur son siège.

— As-tu vraiment pensé que je reviendrais ? poursuivit-elle. As-tu cru que je redeviendrais la petite fille soumise qui n'a jamais rué dans les brancards ? Que je signerais les papiers te cédant mes parts sans même regarder de quoi il s'agissait ?

Le côté calculateur de son père se lisait tellement sur son visage qu'elle se demanda comment elle avait pu être dupe aussi longtemps. Il avait l'air d'un petit garçon en train de calculer comment il va s'en tirer et combien ça va lui coûter.

En aurait-elle douté, elle avait sous les yeux la

preuve vivante que Cole avait parfaitement analysé les informations que son staff lui avait communiquées ces trois derniers jours et que ses conclusions étaient justes.

— Je pense, lui avait-il dit, qu'au bout de cinq ans il a pris conscience que tu n'étais plus la petite fille qui l'a quitté et que tu ne le serais plus jamais. Il se doute que tu ne reviendras pas. Il a donc fallu qu'il essaie autre chose. Quelque chose qui te touche. Qu'y avait-il de plus sûr que de s'en prendre à tes chevaux ?

Cole avait tout compris.

Cole. Il y avait un abîme entre son père et lui ! C'était le jour et la nuit. L'humilité face au paraître, le cœur contre l'égoïsme et la cruauté, la droiture contre les coups tordus.

— J'ai bien compris ton manège, papa. Tu t'es figuré qu'en nous mettant à genoux, Hobie et moi, j'accourrais pour te demander de l'aide. Et toi, tu… tu m'aurais, magnanime comme toujours, proposé de me racheter mes parts. Ou tout simplement accordé un prêt. Un prêt d'argent à sa propre fille après l'avoir spoliée ! Quelle honte, papa !

Elle vit un éclat étrange passer dans les yeux de son père et se demanda s'il n'y avait pas effectivement songé. Cette quasi-certitude décupla sa colère mais, surtout, lui fit mal.

— Ce n'étaient que des chevaux. De pauvres bêtes parfaitement innocentes. Pourquoi t'en être pris à elles ?

Bouleversée, elle dut s'interrompre pour reprendre son souffle.

— Tu aurais pu essayer de me parler. Tu aurais pu me demander de te céder mes parts. Pourquoi ne l'as-tu pas fait ?

— Te demander ? répéta-t-il étonné. Personne ne

fait cadeau d'une fortune pareille simplement parce qu'on le lui demande !

— C'est là où tu te trompes. D'ailleurs, tu t'es toujours trompé. Je te l'aurais donnée car, vois-tu, moi j'ai déjà tout ce que je veux.

Le téléphone intérieur sonna sur son bureau.

— Monsieur Flynn, j'ai M. Muñoz à la réception pour vous.

— L'inspecteur ?

Tory vit son père se décomposer.

— Oui. Il s'intéresse aux relations entre vous et un certain Al Patterson. Il a les experts et les détectives des assurances à ses trousses.

Jack Flynn se tassa dans son fauteuil et raccrocha.

Au même instant, la porte s'ouvrit comme sous l'effet d'une bourrasque et trois hommes entrèrent. Tory pivota sur ses talons et se dirigea vers la sortie. Cole devait être dehors à l'attendre. Dans quelques secondes elle serait avec lui, il la serrerait dans ses bras, et ce serait le bonheur. Elle en avait grand besoin.

— Victoria !

Le cri de son père la fit se raidir.

— C'est un malentendu. Tu verras. Ça va s'arranger. Après tout, il n'y a pas de mort.

Elle pensa à Hobie qui n'était pas encore remis du coup qu'il avait reçu à la tête, et qui avait failli le tuer.

Elle pensa à la frayeur qu'elle avait eue quand l'homme qu'elle avait découvert dans l'écurie avait menacé de la tuer.

Elle pensa à Cole, cherchant à vaincre ses propres démons pour l'aider à affronter son père et à lui tenir tête.

Elle pensa enfin à John's Prize, à Firefly, à Arthur. Et à Mac.

Elle continua comme si elle ne l'avait pas entendu et, sans se retourner, sortit de son bureau.

— Tu vas être riche, Tory, dit Hobie. Avec la vente de tes parts dans la société…

Il continua de boire le café qu'il avait emporté dehors pour le déguster assis sur la balancelle, dans le soleil du petit matin.

— Tout ce que je veux, c'est pouvoir acheter Mac. Le reste, je m'en fiche. Si tu le veux, c'est à toi.

— Je ne dis pas que je ne te demanderai pas un petit quelque chose pour dédommager Cole, répondit Hobie avec son inimitable accent texan.

C'était la première fois que le nom de Cole était cité depuis le jour où, ses bagages faits et chargés dans son pick-up, il était parti. Il n'avait pas dit grand-chose, après la confrontation de Tory avec son père. C'était elle qui avait expliqué à Hobie comment la rencontre s'était déroulée. Elle avait découvert qu'il se préparait à partir en entendant les miaulements de protestation de Rocky.

— J'ai à faire, lui avait-il dit sans autre explication. Des choses que j'ai laissées en plan.

Elle l'avait regardé en se demandant s'il lui dirait au revoir ou s'il filerait en douce. Qu'espérait-elle ? Qu'on sonne le tocsin ? Une déclaration d'amour ? Une bague de fiançailles ?

Finalement, elle lui avait dit une chose d'une banalité à pleurer :

— Je te souhaite de guérir un jour, Cole.

La voix de Hobie la tira de ses songes.

— Qu'en penses-tu, Tory ? Il a pris sur son temps libre.

Elle le savait. Il avait pris un congé pour venir les

aider au Flying Clown. Ses premières « vacances » depuis l'enterrement du petit Timmy.

— Envoie-lui un chèque dès qu'on aura reçu l'argent.

Si elle était fière de réussir à contrôler sa voix, elle l'était moins de ses vains efforts pour calmer son cœur qui s'affolait à la seule pensée de Cole.

— Je suis désolé pour ton père, ma chérie.

« Ma chérie. » Cole aussi l'avait appelée « ma chérie », une fois. Et quand elle l'avait regardé, elle avait compris que ça lui avait échappé. Quel dommage ! Elle commençait à y croire…

— C'est aussi ton frère, répondit-elle.

— Ça fait longtemps que je l'ai oublié ! s'esclaffa-t-il.

Ils se turent. Tory recommença à se balancer comme si la lenteur et la régularité de ce mouvement l'apaisaient.

— Tu sais, dit finalement Hobie, c'est dur de perdre sa confiance en quelqu'un. Mais c'est encore pire de perdre confiance en soi. Il faut du temps à un homme pour s'en remettre. Je veux dire pour la reconquérir.

Elle leva les yeux, non pour regarder Hobie mais l'endroit où Rocky avait l'habitude de se prélasser. Le chat, avec ses oreilles déchiquetées, lui manquait. A propos, elle n'avait jamais retrouvé son bandana. Peut-être l'avait-il emporté…

— Je lui ai dit qu'il avait beaucoup de courage. A sa façon, poursuivit Hobie.

Elle fixa son oncle. Ça ne lui ressemblait pas d'être aussi direct et sa réflexion, qui de toute évidence concernait Cole, l'étonna.

— Il fallait s'y attendre, dit-elle. La fille de la campagne un peu gourde et le cow-boy sublime. Telle mère, telle…

— Arrête, Tory. Tu sais que tu n'es pas comme ça. Et Cole n'est pas ton père.

— Ça, c'est vrai. Mais je me demande bien ce qu'il est !

Elle posa sa tasse et freina la balançoire avec ses deux pieds.

— Je vais aller voir le cheval qui s'est pris dans la clôture électrique la semaine dernière, annonça-t-elle. Il faut que j'examine sa blessure.

En s'en allant, elle essaya de ne penser qu'aux choses positives. Hobie avait recouvré la santé. Elle avait la consolation — maigre, mais une consolation tout de même — de savoir que John's Prize et Firefly n'étaient pas morts de diarrhées douloureuses, mais que leur mort avait dû être rapide et qu'ils n'avaient pas dû trop souffrir. Hobie était toujours propriétaire du ranch et la nouvelle de ce qui s'était réellement passé avait circulé aussi vite que la rumeur qui avait failli détruire leur réputation. Mac était toujours chez eux et, bientôt, il serait complètement à elle.

Et elle ne reverrait probablement plus jamais Cole.

Ce dernier point n'était peut-être pas à classer au rayon des bonnes nouvelles. Encore que, en le ne le revoyant pas, elle l'oublierait peut-être plus vite.

Puisqu'elle était seule responsable de sa solitude, elle ne pouvait s'en prendre qu'à elle. Il ne lui avait pas menti ; il lui avait toujours dit qu'il partirait. Il ne lui avait fait qu'une seule promesse, celle de lui faire l'amour comme un fou. Sur ce point aussi, il avait tenu parole. Jamais elle n'aurait cru, même dans ses fantasmes les plus débridés, qu'on puisse être aimée avec cette violence. Elle avait adoré ça.

Elle trouva le troupeau rassemblé près de la source, comme elle l'avait pensé. Aussitôt assaillie par un flot de souvenirs, elle tenta de les refouler. Elle sortit du lot le cheval blessé.

— Alors, mon beau, dit-elle en lui tapotant le flanc. Tu vas mieux ?

Très vite, Mac s'approcha d'eux.

Jaloux ? se demanda-t-elle.

— Tout à l'heure, mon grand, lui dit-elle en lui caressant l'encolure. Ne t'inquiète pas, on va aller faire un tour.

Comme un petit avion passait dans le ciel, elle leva le nez.

— Toi aussi tu trouves qu'il fait trop de bruit, hein, Mac ?

C'était un bimoteur à rayures blanches et rouges qui volait si bas qu'elle put relever son immatriculation. La piste d'atterrissage locale étant à moins de deux kilomètres, dès son retour au ranch elle téléphonerait pour savoir quel imbécile s'amusait à faire du rase-mottes pour effrayer le bétail.

— Idiot, va ! grommela-t-elle.

Une demi-heure plus tard, au lieu d'aller à l'écurie avec Mac, elle alla directement à la maison. En cheval discipliné, Mac allait attendre gentiment devant les marches de la terrasse qu'elle passe son coup de fil à l'aérodrome. Ensuite, elle lui donnerait un bain et…

C'est le bandana qu'elle vit en premier. Puis Rocky. Il était allongé à *sa* place, sur la rambarde, sa petite tête de voyou offerte au soleil. Comme s'il l'avait entendue arriver, il ouvrit les yeux et lui fit un clin d'œil. Oui, oui, un clin d'œil !

Puis, vautré sur les marches, ses longues jambes allongées devant lui, son Stetson brûlé par le soleil rabattu sur le front, Cole.

— J'ai bien pensé que ce vol en rase-mottes te ramènerait dare-dare à la maison ! s'exclama-t-il avec son accent traînant.

La colère, peut-être plus forte encore que l'émotion, fit réagir Tory.

— Parce que c'était toi ? Tu es complètement fou !

— Oui, complètement. Faut être complètement malade pour venir de l'aérodrome jusqu'ici à pied, par cette chaleur, avec ces bottes. En plus avec ce chat qui est tellement paresseux qu'il a fallu le porter pendant tout le chemin.

— Tu es venu à pied ? dit-elle, sa colère cédant du terrain. Ça fait une bonne trotte !

— Tu l'as dit ! Et pas une voiture, sinon, j'aurais fait du stop.

Il ôta son chapeau et se passa la main dans les cheveux. Elle le regarda, inquiète. Pourquoi ce retour inopiné ? Avec son chat. Et en avion.

Elle n'hésita pas.

— Pourquoi cet avion ?

— Je voulais voir le temps qu'il faut.

— Le… quoi ?

Il se leva, descendit les marches et lui prit les mains.

— Je ne pensais pas être absent si longtemps, mais… j'ai eu pas mal de choses à faire.

— C'est ce que tu avais dit en partant, que tu avais plein de choses à faire.

Il fit une drôle de mimique.

— C'est vrai, j'avais pas mal de problèmes à régler.

Il baissa le ton.

— Je suis allé voir Lisa, la mère de Timmy.

— C'est vrai ?

— Oui. Et Sherry. Et Jennifer. Et les enfants aussi. Il le fallait… pour ma tranquillité d'esprit. Tu avais raison, Tory. Je n'aurais jamais guéri si je n'avais pas réglé ces problèmes. Maintenant, c'est fait. Je leur ai parlé, on s'est expliqués. Ils ne m'ont fait aucun reproche.

Ils m'ont dit qu'ils ne m'en avaient jamais voulu. C'est moi qui… Je n'aurai sans doute plus jamais ce truc que j'avais avant — appelle ça du ressort, du talent, un don, comme tu voudras —, je ne serai sans doute plus jamais celui que j'étais, mais ça n'a pas d'importance. Ce qui compte, c'est que je vais pouvoir vivre maintenant avec moi. Et ça, c'est grâce à toi.

Il la regarda intensément.

— Ce que tu as dit, tu le pensais vraiment ?

— Quoi ? Je ne me rappelle plus.

— Que tu espérais que je trouverais ce qu'il me faut pour guérir.

— Oui, bien sûr.

— Pendant tout le chemin, je n'ai pensé qu'à ça. Pourvu que ce soit vrai, pourvu que ce soit vrai… Parce que tu sais quoi, Tory ? Je l'ai trouvé. Je l'ai trouvé ici. C'est toi.

Elle ravala une envie de pleurer de joie. Elle avait déjà été douchée ! Elle n'allait pas recommencer à se bercer d'illusions sans savoir ce qu'il avait vraiment dans la tête.

— Pour la première fois depuis… Timmy, j'ai trouvé quelque chose de tellement important que je me sens prêt à passer sur mes souvenirs. La nuit où j'ai cru que tu étais menacée, je me suis dit que le danger ne devait pas m'arrêter. Quelle que soit ma peur, il fallait que j'y aille parce que l'idée qu'il puisse t'arriver malheur n'était pas admissible.

— Tu as toujours eu du courage, répondit-elle. A ta façon.

— C'est toi qui m'as donné du courage. Toi qui m'as donné l'envie de revivre. Je t'aime, Tory. Si tu savais comme je t'aime !

— Moi aussi, Cole, je t'aime.

— Je sais, murmura-t-il.

Elle écarquilla les yeux. Elle ne le lui avait jamais dit !

— Je l'ai su cette fameuse nuit… J'aurais dû le savoir avant, mais j'étais trop occupé à me convaincre que je ne t'aimais pas.

Folle de joie, Tory lui sauta au cou et il la serra dans ses bras si fort qu'elle crut étouffer.

Il était revenu et il commençait à guérir !

Submergée par un trop-plein d'émotions, elle se mit à pleurer dans son cou. Il se tourna alors vers Rocky qui semblait les narguer et murmura à l'oreille de Tory :

— Tu veux bien de nous ?

— Je n'ai pas le choix, répliqua-t-elle en riant entre deux sanglots. C'est les deux ou rien, j'imagine !

— C'est un sorcier, dit-il. Tu l'as peut-être remarqué.

— Un sorcier déguisé en chat ?

— Une peste ! s'exclama Cole. Voilà deux semaines qu'il boude et refuse ses croquettes. Il traîne partout ton bandana en me jetant des regards mauvais. Il a lacéré mon canapé, recommencé à boulotter mes bottes, même quand je les ai aux pieds. Une vraie plaie !

Tory releva la tête et sourit malicieusement.

— Il voulait peut-être te dire quelque chose.

Cole sourit en retour.

— Peut-être, mais je suis tellement bête que je ne l'ai pas compris.

— Tout ce que tu veux, Cole, mais pas ça ! Tu es tout sauf bête.

— Est-ce que cela voudrait dire que… c'est oui ?

Elle rejeta la tête en arrière. De quoi parlait-il au juste ?

— Tu veux bien répéter ta question ?

Comme intimidé, Cole baissa les yeux un instant puis se redressa fièrement.

— Epouse-moi, Tory. Epouse-moi. S'il te plaît. Vite.

Il se passa la main dans les cheveux.

— Pardon, ma puce, ce n'est pas très romantique. Il faut m'excuser, je n'avais encore jamais fait ça… Alors, c'est oui ?

L'air très grave soudain, Tory l'observa avec attention, ce qui lui fit très peur.

— Seulement si Rocky vient avec toi.

Soulagé, il poussa un soupir.

— Si c'est tout, je veux même bien la nourrir, cette sale bête.

— C'est bien, dit-elle. Ce sera un bon entraînement.

Ne comprenant pas, Cole arqua les sourcils.

— Tu ne le sais peut-être pas, mais Hobie veut des bambins plein la maison. Il va falloir se mettre au travail, mon chéri.

— Il a raison. Cette maison demande à être remplie d'enfants qui jouent, qui crient, qui courent partout. Il lui faut de la vie.

Il s'aperçut que le regard de Tory s'était soudain enfiévré.

— Si tu veux, ajouta-t-il, nous pourrions commencer tout de suite.

Comme elle frissonnait, il la serra plus fort dans ses bras et l'embrassa.

— Après cinquante ans de pratique, peut-être que nous serons au point ? plaisanta-t-il en reprenant son souffle.

— Cinquante ans, pas plus ?

Devant son air dépité, il reprit sa bouche pour le plus ardent des baisers.

— Toute notre vie, mon amour. Toute notre vie. C'est assez ?

— Je ne pense pas, répliqua-t-elle l'air coquin.

— Alors, viens…

Il la prit par la main et se dirigea avec elle vers l'entrée de la maison sous l'œil attentif de Rocky la terreur, perché sur sa rambarde.

— Miaou… miaou, fit-il lorsqu'ils passèrent près de lui.

— Miaou ! répondirent en chœur Tory et Cole en franchissant la porte.

Apparemment satisfait, Rocky griffa le bandana rouge qui n'était plus qu'une charpie et tendit sa frimousse de voyou au soleil retrouvé.

Retrouvez en octobre 2020,
dans votre collection

BLACK ROSE

Cavale nocturne, de Janie Crouch - N°605

SÉRIE DEUX FACE AU RISQUE 4/4

Le feu qui gronde de tous côtés ! Et la peur qui pousse mères et enfants à fuir… Dans un refuge pour femmes maltraitées, un incendie criminel fait rage. Arrivés à temps pour éviter la catastrophe, Bree, la hackeuse, et Tanner, le shérif de choc, s'enfuient dans la montagne avec les résidents et se lancent dans une cavale périlleuse pour échapper au fou dangereux qui les poursuit…

Une troublante fugitive, de Melinda Di Lorenzo

Qui est la mystérieuse inconnue, victime d'un accident de voiture, à qui Remo DeLuca vient de porter secours ? Amnésique, sans papiers, elle est accompagnée d'un petit garçon et semble terrifiée. Comme si elle fuyait quelque chose ou quelqu'un de terriblement dangereux. Une menace dont Remo, troublé par sa beauté fragile, est décidé coûte que coûte à la protéger…

Le bonheur en péril, d'Addison Fox - N°606

Jamais Hoyt n'aurait osé recontacter Reese de son propre chef. Pourtant, lorsqu'elle lui annonce qu'elle est enceinte, suite à la nuit d'amour qu'ils ont partagée quelques mois plus tôt, il est envahi par une joie inattendue. Un bonheur bientôt assombri par une série d'attaques violentes, comme si quelqu'un dans l'ombre voulait briser leurs retrouvailles amoureuses…

Des ombres sur la montagne, de Lara Lacombe

Sur les pentes de Pine Peak, une avalanche a révélé un macabre tableau : des corps de femmes enfouis là par un mystérieux assassin… En apprenant que sa sœur, disparue depuis des mois, fait partie des victimes, Molly sent le désespoir l'envahir. Une détresse à laquelle s'ajoute un sentiment de solitude extrême. Car elle est sur le point d'avoir un bébé et sait que Max, son compagnon, ne veut à aucun prix s'engager…

HARLEQUIN BLACK ROSE

Retrouvez en octobre 2020,
dans votre collection

BLACK ROSE

Retour à Eagle Mountain, de Cindi Myers - N°607

En arrivant à Eagle Mountain pour le mariage de son frère, Emily se laisse envahir par la joie des retrouvailles. Mais son bonheur est de courte durée, car Brodie Langtry, l'homme qui lui a brisé le cœur des années plus tôt, est de retour en ville, lui aussi. Il traque le meurtrier qui sévit depuis des mois à Eagle Mountain et, comble de l'ironie, il s'est mis en tête de protéger Emily. Avec ou sans son consentement…

Captifs du destin, de Beth Cornelison

Parmi les clients de la banque, Dave reconnaît Lilly, la sœur de Helen, sa petite amie, morte cinq mois plus tôt. Une rencontre vite interrompue par l'irruption d'un braqueur qui les prend en otage… Enfermé avec Lilly, Dave comprend bientôt qu'elle est persuadée qu'il n'aimait pas sa sœur. Désormais, il se retrouve face à un double challenge : échapper à leur geôlier et convaincre la jolie Lilly qu'il est un homme bien…

L'ombre d'une menace, de Marie Ferrarella - N°608

L'agent Kyle O'Brien est furieux. Pourquoi a-t-il fallu que ce soit à lui qu'on assigne Jaren Rosetti, la nouvelle recrue ? Comme s'il n'avait déjà pas assez de problèmes avec le meurtrier qui sévit en ville depuis quelques semaines ! Car Jaren est bien un « problème », c'est-à-dire une jeune femme très séduisante pour laquelle il se surprend, d'emblée, à éprouver une trop vive attirance…

Une famille à protéger, d'Alice Sharpe

Le jour où Olivia Capri vient le trouver et le supplie de l'aider à rechercher son mari, Zac Bishop ne peut empêcher une vieille douleur de lui serrer le cœur : il n'a jamais vraiment oublié Olivia, son premier amour. Et en la revoyant, toujours aussi belle, il doute de pouvoir mener à bien la mission qu'elle lui confie sans éprouver l'envie de renouer avec elle…

HARLEQUIN BLACK ROSE

Retrouvez en octobre 2020,
dans votre collection

BLACK ROSE

Une orpheline en danger de Cassie Miles - N°609

Sommée par le mystérieux Colin de l'accompagner dans la montagne pour aider une femme à accoucher, Rachel ne s'attend pas à se retrouver au cœur d'une fusillade. Par malheur la jeune accouchée succombe, et Rachel ne s'en sort indemne que grâce à Colin dont l'attitude protectrice la trouble au plus haut point. Alors que des questions sans réponses se bousculent dans sa tête, elle doit s'enfuir. Avec Colin et le bébé…

Passion ennemie, de Suzanne Brockmann

Lorsqu'un certain Casey Parker se présente à son ranch pour qu'elle l'embauche en tant que saisonnier, Rebecca Keyes sent une myriade de sensations étranges l'envahir. Car cet homme taciturne l'émeut terriblement, elle qui s'était pourtant juré de ne plus jamais accorder sa confiance à personne. Pourtant, très vite, elle comprend que Casey lui cache quelque chose : il refuse de lui parler de son passé et porte des cicatrices sur tout le corps…

HARLEQUIN BLACK ROSE

SAGAS

SECRETS. HÉRITAGE. PASSION.

Villa luxueuse en Grèce,
palais somptueux en Italie,
manoir mystérieux en Louisiane, chalet
enneigé en Alaska…
Voyagez aux quatre coins du monde et
vivez des histoires d'amour
à rebondissements grâce aux intégrales
de votre collection Sagas.

4 sagas à découvrir tous les deux mois.

DIVERTIR • INSPIRER • ÉMOUVOIR

HARLEQUI
www.harlequin

OFFRE DE BIENVENUE !

Vous êtes fan de la collection Black Rose ?
Pour prolonger le plaisir, recevez gratuitement

1 livre Black Rose gratuit
et 2 cadeaux surprises !

Une fois votre colis de bienvenue reçu, si vous souhaitez continuer à recevoir nos romans Black Rose, cela se fera automatiquement. Vous recevrez alors chaque mois 3 volumes doubles inédits de cette collection au tarif unitaire de 7,70€ (Frais de port France : 1,99€).

➡ LES BONNES RAISONS DE S'ABONNER :

Aucun engagement de durée ni de minimum d'achat.
◆
Aucune adhésion à un club.
◆
Vos romans en avant-première.
◆
La livraison à domicile.

➡ ET AUSSI DES AVANTAGES EXCLUSIFS :

Des cadeaux tout au long de l'année.
◆
Des réductions sur vos romans par le biais de nombreuses promotions.
◆
Des romans exclusivement réédités notamment des sagas à succès.
◆
L'abonnement systématique et gratuit à notre magazine d'actu ROMANCE.
◆
Des points fidélité échangeables contre des livres ou des cadeaux.

REJOIGNEZ-NOUS VITE EN COMPLÉTANT ET EN NOUS RENVOYANT LE BULLETIN !

N° d'abonnée (si vous en avez un) ☐☐☐☐☐☐☐☐ I0ZEA3

Mme ☐ Mlle ☐ Nom : .... Prénom : ....

Adresse : ....

CP : ☐☐☐☐☐ Ville : ....

Pays : .... Téléphone : ☐☐☐☐☐☐☐☐☐☐

E-mail : ....

Date de naissance : ☐☐ ☐☐ ☐☐☐☐

☐ Oui, je souhaite être tenue informée par e-mail de l'actualité d'Harlequin.

☐ Oui, je souhaite bénéficier par e-mail des offres promotionnelles des partenaires d'Harlequin.

Renvoyez cette page à : Service Lectrices Harlequin – CS 20008 – 59718 Lille Cedex 9 - France

Date limite : **31 décembre 2020**. Vous recevrez votre colis environ 20 jours après réception de ce bon. Offre soumise à acceptation et réservée aux personnes majeures, résidant en France métropolitaine. Prix susceptibles de modification en cours d'année. Vous pouvez demander à accéder à vos données personnelles, à les rectifier ou à les effacer. Il vous suffit de nous écrire en nous indiquant vos nom, prénom et adresse à : Service Lectrices Harlequin - CS 20008 - 59718 LILLE Cedex 9. Harlequin® est une marque déposée du groupe HarperCollins France – 83/85, Bd Vincent Auriol – 75646 Paris cedex 13. Tél : 01 45 82 47 47. SA au capital de 3 120 000€ - R.C. Paris. Siret 31867159100069/APE5811Z.

RESTEZ CONNECTÉ AVEC HARLEQUIN

Harlequin vous offre un large choix de littérature sentimentale !

Sélectionnez votre style parmi toutes les idées de lecture proposées !

www.harlequin.fr

- **Découvrez** toutes nos actualités, exclusivités, promotions, parutions à venir…
- **Partagez** vos avis sur vos dernières lectures…
- **Lisez** gratuitement en ligne
- **Retrouvez** vos abonnements, vos romans dédicacés, vos livres et vos ebooks en précommande…

L'application Harlequin

- Des **ebooks gratuits** inclus dans l'application
- **50 nouveautés tous les mois** et + de 7 000 ebooks en téléchargement
- Des **petits prix** toute l'année
- Une **facilité de lecture** en un clic hors connexion
- Et plein d'autres avantages…

Téléchargez notre application gratuitement

Télécharger dans l'App Store

DISPONIBLE SUR Google Play

SUIVEZ-NOUS !

facebook.com/HarlequinFrance
twitter.com/harlequinfrance

Composé et édité par HarperCollins France.

Achevé d'imprimer en août 2020.

CPi
BLACK PRINT

Barcelone

Dépôt légal : septembre 2020.

MIXTE
Papier issu de sources responsables
FSC® C108412

Pour limiter l'empreinte environnementale de ses livres, HarperCollins France s'engage à n'utiliser que du papier fabriqué à partir de bois provenant de forêts gérées durablement et de manière responsable.

Imprimé en Espagne.

OFFRE DÉCOUVERTE !

Vous souhaitez découvrir nos collections ? Recevez **votre 1er colis gratuit* avec 2 cadeaux surprises !** Une fois votre colis de bienvenue reçu, si vous souhaitez continuer à recevoir nos livres, cela se fera automatiquement. Vous recevrez alors vos livres inédits** en avant-première.

Vous n'avez aucune obligation d'achat et cette offre est sans engagement de durée

*1 livre offert + 2 cadeaux / 2 livres offerts pour la collection Azur + 2 cadeaux. Les collections Gentlemen et Aliénor démarrent avec le 1er colis payant.
**Les livres Ispahan, Sagas, Best-Sellers Féminins, Gentlemen et Hors-Série sont des réédités.

☛ COCHEZ la collection choisie et renvoyez cette page au
Service Lectrices Harlequin – CS 20008 – 59718 Lille Cedex 9 – France

Collections	Références	Prix colis*
❑ **AZUR**	Z0ZFA6	6 livres par mois 28,79€
❑ **BLANCHE**	B0ZFA3	3 livres par mois 23,65€
❑ **LES HISTORIQUES**	H0ZFA2	2 livres par mois 16,59€
❑ **ISPAHAN**	Y0ZFA3	3 livres tous les 2 mois 23,35€
❑ **PASSIONS**	R0ZFA3	3 livres par mois 25,09€
❑ **SAGAS**	N0ZFA3	3 livres tous les 2 mois 27,66€
❑ **BLACK ROSE**	I0ZFA3	3 livres par mois 25,09€
❑ **VICTORIA**	V0ZFA3	3 livres tous les 2 mois 25,69€
❑ **GENTLEMEN**	G0ZFA2	2 livres tous les 2 mois 17,35€
❑ **BEST-SELLERS FÉMININS**	E0ZFA2	2 livres tous les 2 mois 18,75€
❑ **ALIÉNOR**	A0ZFA2	2 livres tous les 2 mois 17,35€
❑ **HORS-SÉRIE**	C0ZFA2	2 livres tous les 2 mois 17,35€

N° d'abonnée Harlequin (si vous en avez un) ____________

Mme ❑ Mlle ❑ Nom : ____________

Prénom : ____________ Adresse : ____________

____

Code Postal : ______ Ville : ____________

Pays : ____________ Tél. : ____________

E-mail : ____________

Date de naissance : ____________

❑ Oui, je souhaite recevoir par e-mail les offres promotionnelles des éditions Harlequin.
❑ Oui, je souhaite recevoir par e-mail les offres promotionnelles des partenaires des éditions Harlequin.

Date limite : 31 décembre 2020. Vous recevrez votre colis environ 20 jours après réception de ce bon. Offre soumise à acceptation et réservée aux personnes majeures, résidant en France métropolitaine, dans la limite des stocks disponibles. Prix susceptibles de modification en cours d'année. Vous pouvez demander à accéder à vos données personnelles, à les rectifier ou à les effacer. Il vous suffit de nous écrire en nous indiquant vos nom, prénom et adresse à : Service Lectrices Harlequin CS 20008 59718 LILLE Cedex 9. Service Lectrices disponible du lundi au vendredi de 8h à 18h : 01 45 82 47 47.

Harlequin® est une marque déposée du groupe HarperCollins France – 83/85, Bd Vincent Auriol – 75646 Paris cedex 13. SA au capital de 3 120 000€ – R.C. Paris. Siret 31867159100069/APE5811Z.